Alexandra Berger
Andrea Ketterer

Warum nur davon träumen?

Was Frauen über Sex wissen wollen

Deutscher Taschenbuch Verlag

Von Alexandra Berger und Andrea Ketterer
ist im Deutschen Taschenbuch Verlag erschienen:

Immer muss ich an dich denken (dtv 20263)

Aktualisierte Neuausgabe
August 2007

www.dtv.de

Umschlagkonzept: Balk & Brumshagen
Umschlagfoto: Corbis/zefa/Vincent Besnault
Gesamtherstellung: Druckerei C. H. Beck, Nördlingen
Gesetzt aus der Leawood Book 9/13 pt (QuarkXPress 3.32 Mac)
Gedruckt auf säurefreiem, chlorfrei gebleichtem Papier
Printed in Germany · ISBN 978-3-423-34428-9

Inhalt

Die nackte Wahrheit

Ist Sex eigentlich schwierig? Muss wohl so sein. Gäbe es sonst zu diesem Thema so viele Artikel in Frauenzeitschriften, jährlich einen riesigen Stapel neuer Ratgeber und unzählbare Internetseiten? Viele Menschen scheinen zu glauben, dass in ihrem Sexleben irgendetwas nicht richtig läuft. Stimmt schon, das ganze Leben ist schneller, anstrengender, stressiger, komplizierter geworden. Davon bleiben unsere Partnerschaften nicht verschont. Die meiste Energie und Zeit müssen wir in Ausbildung, Job und Kinder investieren. Da bleibt für die Beziehung nicht viel übrig, geschweige denn für den Sex. Und genau das macht ihn zum Problemfall. Denn eine gute Liebhaberin mit einem aufregenden Sexleben zu sein, gehört zu unserem Bild einer glücklichen, erfolgreichen, modernen Frau. Die Folge: Wir glauben, zu müssen, und vergessen darüber, zu wollen.

Ist Sex denn wirklich so wichtig? Nun, er ist sicher nicht das Wichtigste in der Liebe, nimmt man den Orgasmus als Maßstab. Aber er ist weit mehr als eine lustvolle Entladung sexueller Spannung. Küssen, streicheln, einander spüren ist eine innige Form der Kommunikation, die durch nichts zu ersetzen ist. Sie schenkt Nähe, Intimität, Geborgenheit, Wärme. Durch sie finden Paare nach einem Streit wieder zusammen, zeigen einander, wie wichtig und einzigartig sie füreinander sind, wie sehr sie einander schätzen. Deshalb spüren wir so schmerzlich, wenn dieser Ausdruck der Liebe fehlt.

Ein funktionierendes Sexleben beeutet nicht, jeden Abend übereinander herzufallen oder ausgefallene Techniken zu beherrschen. Es bedeutet, den Sex zu kennen und zu leben, der einem guttut. Dazu will dieses Buch Inspiration sein und konkrete Anregungen liefern.

Dies ist ein Buch für Frauen. Wir haben versucht uns von allen Tabus und Klischees zur weiblichen Sexualität zu lösen. Alle Themen so darzustellen, dass sie Frauen gerecht werden. Ob es um sinnliche Vorspiele geht, klitorale und vaginale Orgasmen, sanfte Fesselungen oder Perversionen. Frauen kommen zu Wort und Ergebnisse aus der Wissenschaft werden angesprochen.

Es gibt Kapitel, bei denen Sie (hoffentlich) schmunzeln können, das eine oder andere Aha-Erlebnis haben; Kapitel, die Sie in Ihren lang gehegten Gedanken bestärken und Zweifel auflösen, die Ihnen praktisch und theoretisch neue Impulse geben, und die Sie vor allem dazu inspirieren sollen, Ihre sexuellen Grenzen zu erweitern.

Zur Einführung ein paar grundsätzliche Gedanken zum Sex, die jeder Frau im Kopf herumgeistern. Es sind genau die Ängste, Probleme und Tabus, die sich durch eine neue Betrachtungsweise weiblicher Sexualität lösen lassen. Sie werden diese Thesen überall in den verschiedenen Kapiteln des Buches wiederfinden.

Wissen Sie wirklich alles über Sex?

Klar. Die Zeitschriften sind ja schließlich voll davon. Da steht geschrieben, wie man es macht, wie oft und wie es noch schärfer wird. Aber was davon haben Sie tatsächlich in Ihr Sexleben übernommen? Sie wissen zwar, was die SM-Szene praktiziert, aber haben Sie sich schon mal fesseln lassen? Sie wissen auch, dass Bisexuelle doppelten Spaß haben, aber haben Sie nicht mit einem Partner schon Stress genug? Sie sind nicht allein. Umfragen zufolge kann sich unser theoretisches Wissen sehen lassen, aber wenn's um die Praxis geht, lässt sich vorsichtshalber niemand unter die

Decke gucken. Denn trotz der Aufklärung und Enttabuisierung haben viele Frauen nach wie vor ein unbefriedigendes Sexleben. Unter anderem liegt es daran, dass die Forschung bisher die weibliche Sexualität an der des Mannes gemessen hat: Demnach wurden Frauen die gleichen Bedürfnisse unterstellt, sie sollten auf die gleichen Reize reagieren und ihr Körper sollte genauso funktionieren wie der männliche. Und diese »Erkenntnisse« haben die Öffentlichkeit natürlich maßgeblich beeinflusst. Ihre scheinbare Unvollkommenheit hat Generationen von Frauen schweigen lassen. Erst neueste Forschungen und auch die Sexualwissenschaften mit feministischem Ansatz beginnen das Bild zurechtzurücken.

Es ist an der Zeit, dass die Frauen mit großem Selbstvertrauen und Selbstverständnis zu ihrer – weiblichen – Sexualität stehen können. Ein wichtiger Schritt, um mehr Lust zu haben und sich individuelle Wünsche zu erfüllen.

Was ist guter Sex?

Sie schlafen mit Ihrem Partner nur drei- bis viermal im Monat. Ist das zu wenig? Den Sexprotzen nach ist alles unter vier Mal die Woche nicht erwähnenswert. Sind die ehrlich, sind sie wirklich befriedigt? Vermutlich bewegen Sie sich mit Ihrer Frequenz im allgemeinen Durchschnitt. Sie sind deshalb nicht lustlos, lieblos oder verklemmt. Natürlich gibt es Phasen, in denen man gar nicht aus dem Bett herauskommt, es gibt aber auch Zeiten, in denen Sie an alles andere, nur nicht an Sex denken. Dann haben Sie vermutlich keine Energie, keine Muße oder keine Gelegenheit, aber ein Problem haben Sie deshalb nicht. Lassen Sie sich durch die Aufschneiderei anderer nicht unter Druck setzen.

Das Gleiche gilt für den Sex mit oder ohne Orgasmus. Genießen Sie das Liebesspiel, auch wenn Sie nicht zum Höhepunkt kommen. Für das weibliche Lustempfinden hat der Orgasmus keine so große Bedeutung. Allein der Weg zum Ziel kann oft befriedigend sein. Für den Mann scheint dagegen Sex ohne Orgasmus schlicht wertlos.

Frauen sind leidenschaftlich. Warum nur müssen sie ihre pure Lust als »wahre Liebe« rechtfertigen? Und warum ist es ihnen unangenehm, beim Sex die Kontrolle zu verlieren? Haben sie Angst, das Bild zu zerstören, das sie von sich aufgebaut haben? Nicht ausgelebter Sex ist halber Sex! Da können Frauen ausnahmsweise etwas von Männern lernen: Sie denken nicht lange darüber nach, sie machen einfach. Und sie benutzen Sex auch nicht als Erpressungsmittel – wie es Frauen gerne tun. Beim Spiel mit Liebesentzug können Sie auf Dauer nur verlieren. Spontaneität und Unbefangenheit, die wesentlichen Merkmale des Sex, werden zerstört. Wenn es denn überhaupt sein muss, verlegen Sie Ihre Machtkämpfe auf anderes Terrain.

Um guten Sex zu haben, muss man nicht: eine Meisterin mit der Peitsche sein, die ausgefallensten Kamasutra-Stellungen beherrschen, heißen Draht zu Cybersex oder gleich viel Spaß mit Peter und Petra haben. Vor lauter Rummel um extravaganten Modesex haben die meisten vergessen, was ihnen wirklich guttut. Oder halten Sie sich für spießig, wenn Sie eigentlich Kuschelsex in der Missionarsstellung allem anderen vorziehen? Sagen wir mal so: Nichts gegen Ihre Standardnummer, manchmal gibt es eben nichts Schöneres – aber wenn man das Liebesleben nicht hin und wieder aufpeppt, verliert es seinen Reiz. Die Ausflüge müssen ja nicht gleich im SM-Keller enden.

Sind Sie auch so schlecht im Bett?

Sind gute Liebhaberinnen irgendwie lustvoller? Was haben sie, was ich nicht habe? Kennen sie eine wahnsinnige Technik, können sie sich in Szene setzen wie Mata Hari? Beißen sie, jauchzen sie? Was flüstern sie wohl den Männern ins Ohr, dass deren Blick sich so verklärt? Ganz einfach: Eine gute Liebhaberin ist, die sich so akzeptiert, wie sie ist. Und sich das nimmt, was Lust bereitet. Voraussetzung: vor sich selbst eine gute Liebhaberin zu sein. Erst dann kann der Funke auf den Mann überspringen.

Ja, wie sehen Sie denn aus?

Vermutlich haben Sie zu viel Speck am Bauch, einen nicht mehr vorzeigbaren Busen und einen Hängepo. Zum Glück kennen Sie eine Menge Tricks, um beim Sex trotzdem eine gute Figur zu machen: Im Schlafzimmer ist es immer hübsch dunkel, Sie ziehen sich selbstredend niemals vor seinen Augen aus, Sie können ziemlich lang die Luft anhalten, damit der Bauch flach bleibt ... Genug der Gemeinheiten. Aber man kann gar nicht deutlich genug darauf hinweisen, wie Frauen sich mit ihrem Schönheitsideal mächtig unter Druck setzen und sich den Spaß am Sex verderben. Denken Sie mal in Ruhe darüber nach, wofür Sie sich eigentlich so schämen, dass Sie glauben, sich verstecken zu müssen. Zeigt der Spiegel tatsächlich etwas Hässliches oder entspricht das, was Sie da sehen, nur nicht irgendeinem Idealbild? Männer haben da einen viel liebevolleren Blick für den weiblichen Körper. Sie sehen ihn als Einheit, als sinnliches Gesamtkunstwerk. Doch wieder etwas, das wir von den Männern lernen können ...

Schweigen ist Silber, Reden bringt Erfolg

Wir reden andauernd über Sex. Nach dem Kino, aufgrund einer Schlagzeile in der Zeitung, mit Freunden, Bekannten, Kolleginnen, jeder hat etwas dazu zu sagen. Aber wenn es darum geht, das eigene Sexleben zu gestalten, verstummen plötzlich alle. Keiner traut sich zu sagen, wie er es wirklich mag. Frauen quälen sich lieber jahrelang mit falschen Stellungen herum, lassen ihre Klitoris wund rubbeln, wagen nicht einzufordern, was sie stimuliert, und sei es nur, dass er ihre Brüste küssen soll. Zugegeben, es ist nicht so einfach, die richtigen Worte zu finden. Vor allem, wenn man seit Jahren geschwiegen hat. Aber wir sind alle keine Hellseher, Männer schon gar nicht. Wie lange wollen Sie denn noch auf besseren Sex verzichten, auf die Befriedigung Ihrer Wünsche? Schließlich wollen wir nur das immer wieder haben, das uns wirklich guttut und Spaß macht. Wenn Sie immer nur warten, dass etwas von allein passiert, dann wird sich nie etwas ändern. Noch dazu ist es lieblos und unfair, dem Partner nicht die Chance zu geben, sich als guter Liebhaber zu beweisen, und ihm nicht mit ein paar konkreten Hinweisen auf die Sprünge zu helfen.

Zärtliche Ouvertüre

Manchmal reicht es eben nicht, wenn er Blumen mitbringt ... Frauen wollen mehr, bevor sie den Sex zelebrieren. Sie träumen von einem Bad in Rosenblättern, von einer sinnlichen Massage zu zweit, von einem Liebesmahl und von viel, viel Zeit, um alles zu genießen. Nicht gleich »zur Sache kommen«, erst einmal ausgiebig spielen, reizen, küssen, streicheln. Um den Kopf auszuschalten und um dem Körper Wohlbefinden zu verschaffen. Entspannung ist der erste Schritt zur großen Lust.

Der spontane Reiz, der schnelle Sex ist deshalb nicht zu verachten, keine Frage. Aber Vorspiele sind auch dazu da, in das Sexleben eines Paares Abwechslung zu bringen. Als Stimulierung der Sinnlichkeit. Als rauschhafte, allumfassende Intimität zwischen zwei Menschen. Und wer sagt, dass Männer das nicht genauso genießen könnten und mitspielen wollten? Sie sind im Allgemeinen nur etwas dickfelliger, aus Hast, aus Gier, aus mangelndem Gespür dafür, was die Partnerin empfindet. Es gibt einige Naturtalente, die aufmerksam und experimentierfreudig sind, und die sich auch hingeben können. Die anderen (anteilig leider mehr als die Erstgenannten) müssen lernen, dass sich eine Liebesbeziehung entwickeln kann und sollte, dass man dafür aber Risiken eingehen muss. Etwas riskieren heißt in diesem Fall, sich verletzlich zeigen. Und das ist in der Definition von »Männlichkeit« nicht unbedingt vorgesehen. Männer müssen von ihrem Glück überzeugt werden.

Das Vorspiel umfasst sämtliche erotischen Annäherungsvariationen »außer dem einen«. Vorspiel heißt, alles erforschen, alles betasten, alles berühren, neugierig sein, Schamlosigkeit wagen, Nähe und Vertrautheit spüren. Den Körper so zu wecken und erotisch aufzuladen, dass er zu einer einzigen erogenen Zone wird.

Liebesbeziehungen funktionieren (auf Dauer) nicht nach dem Zufallsprinzip – die beiden Beteiligten müssen etwas dafür tun. Ideen und neue Vorschläge tragen viel dazu bei, das Interesse wachzuhalten und keine Langeweile aufkommen zu lassen. Variieren Sie die Ouvertüre, die Einleitung zum Eigentlichen, es ist ein Spiel mit unglaublichen Möglichkeiten und unendlich vielen Regeln, die Sie ganz persönlich wählen.

Bevor die schönsten Vorspiel-Spiele vorgestellt werden, sollten Sie erforschen, wo Ihr Körper am empfindlichsten ist.

Die erogenen Zonen

»Ein Kuss auf die rechte Seite meines Halses hat beim Liebesspiel schon manchmal meinen ersten oder auch noch einen weiteren Orgasmus ausgelöst. Es fängt mit einem Gefühl genau an dieser Stelle an, dann läuft es kribbelnd zum Nacken und weiter den Rücken runter über das Becken, bis ich es in der Scheide spüre.«

Ohne dass die Genitalzone auch nur berührt werden muss, sind Liebkosungen des Körpers für einige Frauen der Start ins Glück. Manchmal reicht die unbeabsichtigte Berührung eines Fremden, um regelrecht elektrisiert zu werden. Der Körper hat viele geheime Stellen, die hochsensibel reagieren. Überall unter der Haut, dem größten Sinnesorgan des Menschen, enden Nerven, manche versteckt und vereinzelt, manche dicht gebündelt und fast ungeschützt. Wird die Haut gestreichelt, werden diese Nervenenden stimuliert, die in allen wichtigen Körperteilen liegen – in Kopf, Fingern, vor allem in den sogenannten erogenen Zonen, den Lippen, den Brüsten und den Genitalien. Dort Reaktionen hervorzuzaubern durch Küssen, Streicheln, Massieren, ist keine große Kunst. Die Kunst beginnt erst bei den weniger offensichtlichen, jedem Menschen ganz eigenen erogenen Zonen. Die gilt es zu suchen, zu erforschen, zu finden. Wissen Sie ganz genau, wo diese bei Ihnen liegen? Eine oder mehrere Stellen, bei deren Berührung es Sie von Kopf bis Fuß angenehm durchzuckt. In der Armbeuge vielleicht? Unter den Rippenbögen? In der Handinnenfläche? An einem bestimmten Punkt zwischen Hüftknochen und Nabel? Alles erkunden! Dazu brauchen Sie Zeit. Streicheln Sie, testen Sie, finden Sie Ihre Methode, diese Punkte zu erregen: ganz sanft, mit verstärktem Druck, kreisend massieren, zupfen oder einfach nur immer wieder in großen Bögen rhythmisch darübergleiten. Lernen Sie Ihren Körper und seine Regungen, seine Impulse, seine Grenzen kennen, spüren Sie jedem Ablauf nach.

Schöner ist es natürlich, wenn der Partner diese »Knöpfe« bei seinen Forschungsreisen auf Ihrer Haut entdeckt. Geben Sie ihm Rückmeldungen, wo es Ihnen und wie es Ihnen guttut, durch Lachen, genießerisches Murmeln, durch ein deutliches »Ja, da ist es schön!« oder Bewegungen mit dem Körper. Gehen Sie seinen Händen, seinen Lippen, oder was er sonst noch alles einsetzt, entgegen; weichen Sie ihm erkennbar aus, wenn Ihnen eine bestimmte Stelle unangenehm ist. Und wie köstlich ist es, die warme, weiche Haut und den Körper des Partners auf diese Weise zu entdecken!

Groß war seine Lust. Nicht zu bändigen seine Leidenschaft. Gierig machte er sich an ihr zu schaffen, saugte kräftig mit seinem Mund an ihrem, die rechte Hand streichelte unaufhörlich ihren Hals, über die Schulter hinunter zum Busen, um dort in einer großen Kurve den Weg wieder nach oben zu nehmen. Die linke Hand knibbelte unterdessen an ihrem linken Busen. Da, plötzlich waren auch die Lippen zur Stelle, als sich langsam sein rechtes Bein an ihrem inneren Oberschenkel nach oben zog und der große Zeh von links ihre Kniekehle massierte …

Ein Zauberer, ein Allround-Künstler? Nein, einer, der es mit dem Streicheln und Liebkosen gut meint, aber leider noch nicht weiß, dass man sich hübsch langsam und immer besinnlich mit den diversen Körperstellen befassen sollte:

Haare

Mit den Fingern durch die Haare fahren oder sanft an ihnen ziehen. Der Haaransatz am Hinterkopf ist weniger empfindlich, dort kann man schon etwas kräftiger zulangen und den Kopf leicht in den Nacken ziehen – so liegt der Hals frei, um ihn zu küssen! Auch eine Kopfhautmassage wirkt sehr erregend – wenn dabei noch Liebesschwüre geflüstert werden …

Augenlider

Ein leichter Kuss auf die zarten Lider, ein (trockenes) Lecken oder allein das Berühren nur mit den Lippen ist sehr intim.

Mund

Die Lippen gehören zu den klassischen erogenen Zonen, sie sind hochsensitiv – sie reagieren auf Küssen, Saugen, kleine Bisse, Lecken an den Mundwinkeln. Ob leidenschaftlich, hauchzart oder provozierend forsch. Am besten alles ausprobieren.

Ohr

Das Spiel mit den Ohren kann sehr erregend sein. Anscheinend gibt es eine direkte Nachrichtenleitung von dort in die Vagina (oder zum Penis). Vorsichtig die Ohrenfalte mit den Fingern oder den Lippen erkunden. Hauchen. Das Ohrläppchen berühren, zart daran knabbern. Nie zu tief ins Ohrinnere eindringen, nie mit schlabbernasser Zunge, und immer daran denken, wie laut es sich für den Partner anhört, wenn gesaugt, geblasen, mit den Lippen geschmatzt wird.

Hals

Küssen, Zungenberührungen und zartes Saugen hat bisher jedem Hals gefallen. Nicht nur wegen der angenehmen Gänsehaut! Bei Männern ist vor allem der Adamsapfel sehr empfindlich. Und der Nacken ist für Kraulen oder heißes Hauchen zu begeistern.

Achseln

Alle stark behaarten Stellen des Körpers gelten als nicht besonders empfänglich für erotische Stimulierung. Mit einer Ausnahme: die Achseln. Mit Fingerspitzen und kreisenden Daumen lassen sie sich gerne verwöhnen.

Armbeuge und Innenseite der Handgelenke

Die Haut ist dort so dünn und durchlässig für sinnliche Signale. Feuchte Küsse tun gut.

Finger

Mit den Daumen sanft die Fingeransätze massieren, zärtliches Knabbern und Saugen an den Fingerspitzen, mit feuchter Zunge an den Seiten entlangfahren, den Mittelfinger in den Mund nehmen und mit der Zunge umkreisen – das heizt ein.

Busen

Jede mag es anders. Kneten, streicheln, küssen, an den Brustwarzen saugen, sie nur leicht berühren oder behutsam quetschen. Es gibt nur wenige Frauen, die eine Stimulation ihrer Brüste ablehnen, die meisten brauchen sie, um richtig in Fahrt zu kommen. Legen Sie selbst Hand an, testen Sie ohne Scham, wie es für Sie am schönsten ist – und zeigen Sie ihm, wie er es machen soll. Die Brustwarzen des Mannes sind nicht so empfänglich (liegt auch an der Behaarung), aber man muss sich ihnen ja nicht ausschließlich widmen. Am stärksten reagieren sie in Kombination mit anderen Streicheleinheiten, zum Beispiel mit der Zunge lecken und dabei mit den Händen bereits den Penis massieren.

Nabel

Er bietet sich geradezu an, die Zunge darin wandern zu lassen. Küssen und streicheln Sie zuerst seine Umgebung, bevor Sie in den Nabel »eindringen«.

Venushügel

Fester, sanft kreisender Druck mit der gesamten Handfläche auf den weichen Schamhügel ist extrem erregend, besonders, wenn sich der Daumen in Richtung Klitoris bewegt.

Klitoris und Vagina

Sie ist zwar klein und zurückgezogen, hat aber eine große Aufgabe. Die Klitoris dient ganz allein der Lust: In ihr liegen unzählige Nervenenden und machen sie damit zum empfindlichsten Punkt Ihres Körpers. Saugen, lecken, streicheln, sie mit Finger oder Zunge umkreisen und schon sendet sie leidenschaftliche Signale. Nicht anders reagieren die Schamlippen und die Vagina auf Liebkosungen – schließlich hat man für sie den Begriff »erogene Zone« erfunden.

Penis

Es gleicht nicht einer dem anderen, und so will der eine wie der andere auch individuell behandelt werden. Auf jeden Fall steht er darauf, (mindestens) von einer Hand fest umschlossen, auf- und abwärts gestreichelt zu werden. Meist ist die Eichel der empfindsamste Teil des Penis, besonders am unteren Rand, wo sie durch ein feines Hautbändchen mit dem Penisschaft verbunden ist. Überhaupt ist der gesamte untere Bereich entlang der »Naht« Richtung Damm *die* erogene Zone des Mannes. Finger-, Mund- und Zungenfertigkeit sind gefordert!

Hoden

Vorsicht – roter Bereich. Hier kann ein leichtes Klopfen schon unangenehm sein, fester Druck oder zartes Zupfen dagegen angenehmste Gefühle auslösen. Zeigen lassen!

Damm

Der kleine Bereich zwischen Vagina und Anus, auch Perineum genannt, reagiert am liebsten auf Streicheln mit sanftem Druck. Bei Männern ist dieser Bereich ein echter »hot spot«!

Po

Der verträgt einiges: Er will geknetet und massiert werden. Er lässt ungestraft Fingernägel Bahnen ziehen, liebt kleine Bisse, aber auch das zarte Streichen über die feinen Härchen.

Anus

Der mit den Fingern oder Handkante gezeichnete Weg zwischen den Pobacken hin zum Anus ist für viele schon aufregend genug, die sanfte Fingermassage rund um ihn ist unglaublich erotisch und für Paare, die sich gut kennen und sich vertrauen, ist Hauchen und die Stimulierung mit der nassen Zunge das Höchste.

Wirbelsäule

An ihr laufen wichtige Nervenstränge entlang, deshalb spricht die Wirbelsäule auch auf die richtige Stimulierung ganz besonders leicht an. Es gibt viele Varianten, die Wirbelsäule zu massieren, zum Beispiel mit zartem Daumendruck entlang der Wirbel bis hinunter zum Steißbein fahren.

Innenseiten der Oberschenkel

Sehr erogen! Abwechselnd festes und sanftes Streicheln, Kreisen, manchmal auch leichtes Kneifen heizen diesen Partien ein. Hin und wieder Berührungen der Scham wirken wie angenehme erotische Elektroschocks.

Kniekehlen

Sensibel wie die Armbeugen. Vertragen aber mehr Druck bei der Massage. Zungenküssen ist auch nicht zu verachten.

Füße und Zehen

Ein Mann, der seiner Liebsten zu Füßen liegt und diese auch noch küsst, ist der wahre Liebhaber. Fuß und Zehen gehören, man glaubt es kaum, auch zu den hocherogenen Zonen des Körpers. Der Fuß reagiert auf den kräftigen Händedruck (nicht zu leicht, das kitzelt!) bei der Ferse und der Delle (vier Finger breit über dem inneren Knöchel), er steht auf sanftes Streichen über der Grube im Fußmittelteil und antwortet mit Signalen nach oben auf das Kneten der Ballen und die zärtliche Massage der Zehen. Jetzt noch gehauchte Küsschen auf jede einzelne, und das Feuer ist entfacht.

Hände, Mund und Zunge sind die üblichen »Werkzeuge«, um die erogenen Zonen zu stimulieren. Warum versuchen Sie es nicht mal mit überraschenden Alternativen:

Satin, Pinsel & Co.

Wimpern bringen Schmetterlingsküsse auf Lippen, Ohren, Wangen, Brustwarzen, Kniekehlen und, und, und ...
Haare kitzeln über Rücken, Brust, Po, und wenn sie lang genug sind, kann frau auch einen Penis damit umschlingen – nicht zu fest!
Zähne können überall dort sanft zubeißen, wo Lippen küssen.
Brustwarzen, wenn sie erigiert sind, erkunden den ganzen Körper, am besten da, wo die Haut ganz zart und unbehaart ist: auf Lippen, Nacken, Nabel, Nippel auf Nippel oder seinem Penis.
Füße (müssen natürlich sauber sein und gut pedikürt, damit die Nägel nicht verletzen) sind stark genug, um den Partner mit einer Ganzkörpermassage zu verwöhnen. Künstlerinnen bringen einen Penis zwischen den beiden Füßen zum Orgasmus. Künstler verstehen es, mit dem großen Zeh die Klitoris sanft zu stimulieren ...
Federn (am weichsten sind die vom Strauß) kitzeln feiner noch als feine Fingerspitzen.
Stoffe wie Samt, Satin oder Seide fühlen sich sinnlich an. Lassen Sie ein Stückchen kostbares Tuch einfach über zarte, haarfreie Haut oder um die besonderen Körperteile gleiten.
Handschuhe aus Sisal oder mit Noppen und Massagebürsten leisten beste Dienste, wenn der Körper heißgerubbelt werden soll. Stark an den Beinen und Armen, behutsam an Brust und Bauch. Für die ganz empfindsamen Hautpartien ist wohl eher der Rasierpinsel das richtige Instrument.

Der starke *Strahl aus dem Duschkopf* massiert prickelnd, Vorsicht bei sensiblen Brustwarzen und Genitalien!
Vibratoren garantieren intensive Gefühle – als kribbelige Alternative zu den Händen.
Blumen und *Gräser* sind eine romantische Variante für Streichelorgien.
Last but not least, gehören natürlich sinnliche *Öle* und *Lotionen* zum wichtigen »Arbeitsmaterial«.

Faszinierende Vorspiele – alles, was den Geist anregt

Nicht nur im Bett ist es nett

Sie haben das Schlafzimmer Stück für Stück in ein sinnliches Liebesnest verwandelt. Das Bett hat die richtige Größe, das Licht stimmt, Kerzen, Pflanzen, Kissen und Decken gibt es reichlich, dort ein großer Spiegel, hier das Lämpchen mit dem erotischen Lieblingsduft – jetzt ist es an der Zeit einmal auszubrechen. Sex immer am gleichen Ort und immer nur zur gleichen Zeit wird zur Routine und damit schrecklich langweilig.

Die einfachste Art, die Szenerie zu wechseln, ist, es in einem anderen Raum in der Wohnung zu tun. Machen Sie einmal einen Inspektionsgang durch Ihre Räume. Welches Möbel, welches Plätzchen eignet sich für den Überraschungsquickie oder eine ausgedehnte Orgie? Ist das Regal im Wohnzimmer stabil genug, um sich daran zu klammern, was könnte sich auf dem Sofa abspielen? Ist der Teppich weich oder scheuert er die Knie auf? Hält der Tisch in der Küche mehr als nur Geschirr, hat die Küchenzeile eine gute Höhe, kippt der Kühlschrank, wenn man sich zu heftig dagegenlehnt? Und im Bad: Setzen Sie sich auf die vibrierende Waschmaschine oder den Wäschetrockner – ist das angenehm, kann man die Füße irgendwo einhaken? Wie sitzt es sich auf der Toilette (bei geschlossenem Deckel!), haben die Beine rechts und links genug Platz? Ist Sex im Kinderzimmer (wenn die Kleinen bei der Großmutter übernachten) obszön oder macht Sie der Gedanke daran neugierig? Lehnen Sie sich gegen die Haustür. Könnte man von draußen hören, was sich drinnen im Flur abspielt – mögen Sie die Vorstellung, ertappt zu werden? Jedes Plätzchen hat seine eigene Erotik, erforschen Sie diese!

Und variieren Sie den Stundenplan für Sex. Lassen Sie mal den Frühstückskaffee für einen mobilisierenden Quickie aus, überraschen Sie den Liebsten abends bereits an der Haustür und warten Sie mit den Streicheleinheiten nicht, bis sie gegessen haben. Begleiten Sie ihn zum Zähneputzen ins Bad und »bedrängen« ihn dort, verabreden Sie sich einmal mit ihm mittags zu Hause, Sie werden diese Art der Pause mit Sicherheit wiederholen.

Und nun zu den Outdoor-Aktivitäten. Das ist etwas für wagemutige Quickie-Liebhaber und für diejenigen, die beim Sex den Nervenkitzel suchen, eventuell erwischt zu werden. Nachts hinter den Büschen im eigenen oder fremden Garten, im Auto, in den Sanddünen, auf einer Waldlichtung. Noch intensiver wird es, wenn wirklich Leute in der Nähe sind. Es soll Leute geben, die auf einer Party das Badezimmer der Gastgeber als einen Ort für ein spannendes Intermezzo nutzen. Sein oder Ihr Büro in den Abendstunden. Es sogar in der Sauna oder im Wasser am Schwimmbeckenrand heimlich treiben.

Fahren Sie beim nächsten Wochenendtrip mit ihm im Schlafwagen (Picknickkorb mit Piccolo nicht vergessen!) – oder verabreden Sie sich mit ihm in einer Hotelbar und entführen Sie ihn, nach einem Drink, in ein (von Ihnen schon gemietetes) Zimmer – für einen kurzen Mittagspausenflirt oder für eine ganze Nacht. So ein Zugabteil oder auch das Hotelzimmer hat die Aura der Liebenden auf der Flucht – eine interessante Sexvariante!

So, und jetzt können Sie sich für einige Zeit wieder in Ihr lauschiges Liebesnest zurückziehen.

Rollenspiele

Die meisten Frauen stimulieren sich mit erotischen Phantasien. Aber nicht alle Phantasien müssen im Kopf bleiben. Einige eignen sich vorzüglich, sie auch auszuleben. Eine sexuelle Begegnung zu entwerfen, ist sehr anregend, sie auszuführen, birgt noch mehr Sensation. Sie können mit Personen, Themen oder Beziehungen spielen, indem Sie sich in eine imaginäre Situation hineinversetzen. Und das funktioniert auch ganz ohne Maskerade und Kostümierung! Sie sind in Ihren Träumen immer der unwiderstehliche Vamp, bei dem kein Mann »Nein« sagen kann? Geben Sie sich stark, dominant und provozierend, zeigen Sie in Ihrer Körperhaltung (denn dazu braucht man keine Lederklamotten und Peitsche): »Komm zu mir, trau dich und zeig mir, was du willst«, oder geben Sie die Befehle: »Massiere meine Brüste!«, »Nimm mich fester!« – eben so, wie Sie diese Szene in ihren Träumen durchleben. Viele Frauen können gerade in dieser dominanten »lüsternen« Rolle sexuell freier sein, ihren Gefühlen und Wünschen Ausdruck verleihen.

Dies ist aber nur eine Rolle aus einem großen Repertoire der Stimmungen. Genauso, wie sich eine Frau dominant zeigt, kann sie das nächste Mal lustvoll in die unterwürfige Rolle schlüpfen. Das unbedarfte, unerfahrene Mädchen, willig zu lernen, wie man Liebe macht. Manche geben sich schüchtern und täuschen vor, keinen Sex zu wollen – wollen in Wahrheit aber mit allen Mitteln der Kunst verführt werden. Andere stimulieren sich mit dem Gefühl, Urweib zu sein. Empfinden sich (und sind vielleicht) sanft und rund, fühlen sich eins mit der Kraft und Energie der Erde.

Rollenspiele setzen natürlich voraus, dass der Partner mitspielt, dass er akzeptiert und danach handelt. Mit anderen Worten: Übertreiben Sie Ihre Dominanz-Rolle nicht gleich beim ersten Mal – woher soll er wissen, dass Sie sich »nur« stimulieren. Ein einfühlsamer Liebhaber wird schnell verstehen, welche Rolle seine Partnerin gerade eingenommen hat – und wenn seine Stimmung, seine Rolle (schließlich spielen Männer auch gerne) einmal mit Ihrer konkurriert, kann der entstehende Konflikt wiederum zu einem spannenden, dramatischen Spiel um Dominanz und Unterwerfung werden.

Wenn Sie Spaß an der Verkleidung haben, sollten Sie sich der Rolle entsprechend auch so zeigen, wie Sie sich fühlen: in schwarzem Leder, sexy im knappen Rock, streng in seinem Anzug, als brave Schülerin, als sinnliche Kurtisane, als prüde Oberlehrerin oder als arroganter Hollywoodstar mit großer Sonnenbrille. Brauchen Sie ein paar neue Ideen für diese Spiele? In erotischen Romanen oder Filmen finden Sie Figuren und Situationen, die zum Nachahmen anregen. Und: Beginnen Sie diese Inszenierungen zur Abwechslung einmal nicht erst zu Hause! Wenn Sie mit ihrem Liebsten unterwegs sind, auf einer Party, im Theater, beim Essen, können Sie in Ihre Rolle schon ganz einsteigen. Ein Spiel für Fortgeschrittene: Verabreden Sie sich mit ihm in einer Bar.

Vorgabe ist, sich nicht zu kennen. Ziel ist, sich regelrecht »abzuschleppen«.

Sexy Talk und andere erotische Mitteilungen

Es ist nicht so einfach, den Partner mit Worten anzutörnen, ohne sich dabei ein bisschen albern vorzukommen, zumindest am Anfang. Aber es wirkt! Um sich selbst zu stimulieren und auch, um die Phantasie der Männer anzuheizen. Werden Sie etwa nicht gerne mit Worten auf ein erotisches Abenteuer eingestimmt? Sie fühlen sich geschmeichelt und bestätigt – er auch! Und was Sie ihm vormachen, wird er erwidern. Liebevoll soll es sein und nicht plump, geheimnisvoll und nicht platt. Leichter gedacht als gesagt. Natürlich kommt es nur dann auch richtig an, wenn Sie selbst in verliebter oder sexy Stimmung sind. Beginnen Sie mit einer leichten Übung, beim Essen in einem Restaurant zum Beispiel: Berühren Sie ihn kurz, um seinen Augenkontakt zu gewinnen, und sagen Sie ihm lächelnd und in völlig normaler Lautstärke geradewegs ins Gesicht, dass Sie (vorausgesetzt, es stimmt!) das ganze Schlafzimmer mit Blumen geschmückt haben – und essen dann in aller Seelenruhe weiter, so als sei nichts gewesen. Oder flüstern Sie ihm bei einer Party ins Ohr, dass Sie jetzt große Lust auf ihn haben – und gehen dann, ohne eine Reaktion abzuwarten, an ihm vorbei. Die nächste Übung in ähnlichen Situationen (an der Kinokasse, beim Einkaufsbummel, beim Tanzen) wäre dann, mehr ins Detail zu gehen: »Ich habe gerade daran gedacht, was wir tun, wenn wir nach Hause kommen ...« oder: »Ich möchte dich nachher überall küssen ...«, »Weißt du eigentlich, dass ich unter dem Kleid keinen Slip trage?«. Wenn Sie spüren, dass er auf diese sexy Botschaften steht, können die

Einzelheiten immer weiter ausgebaut werden, bis eine ganze Szenerie entsteht. Sagen Sie ihm, was Sie alles mit ihm vorhaben, aber lösen Sie Ihr Versprechen dann auch ein, sonst hat dieses Vorspiel beim nächsten Mal keine Wirkung mehr.

Oder rufen Sie ihn doch einmal nachmittags überraschend im Büro an und geben Sie ihm einen saftigen Vorgeschmack – gleich darauf einhängen! Die freudige Erwartung wird Stunden wirken. Bei beiden. (Vorsicht, der »Überfall« kommt natürlich nur dann gut an, wenn er nicht gerade Ärger mit seinem Chef hat oder ein Superdeal geplatzt ist!)

Die etwas indirektere, aber nicht minder wirksame Art ist es, ihm kleine sexy Botschaften per Brief zukommen zu lassen. Oder, im Falle, Sie verlassen das Haus vor ihm, einen Zettel auf dem Küchentisch oder eine Nachricht auf dem Spiegel im Badezimmer zu hinterlassen. »Sei heute Abend auf etwas gefasst ...«, oder legen Sie ein Sexbuch mit entsprechend aufgeschlagener Seite offen hin mit der Anmerkung: »Wollen wir das heute Nacht ausprobieren?«

Aber Vorsicht bei allem, was Sie in freudige Erwartung stellen, es sollen immer *Ihre eigenen Wünsche und Absichten* sein, nicht etwas, was Sie sich eigentlich nicht zutrauen oder der Partner von Ihnen erwartet – damit Sie sich selbst darauf freuen und in Gedanken bereits scharfmachen können.

Telefonsex

Die meisten denken bei Telefonsex an bezahlte Telefongespräche mit anonymen Partnern. Besonders Paare in einer Long-distance-Beziehung wissen aber, wie sinnlich der Sex durch den Hörer sein kann. *»Wir sind beruflich oft voneinan-*

der getrennt. Besonders abends, wenn unsere Gespräche am Telefon sehr vertraut und zärtlich sind, gehen wir oft dazu über, uns selbst zu befriedigen. Dann beschreiben wir einander, wo wir uns gerade berühren und wie es sich anfühlt. Wir haben auf diese Weise viel über unsere Vorlieben, Phantasien und unsere Lust erfahren.«

Man muss ja nicht gleich getrennt leben, um in diesen Genuss zu kommen!

Und die Handys bieten eine ganz neue Dimension, um spontan einen anregenden Anruf zu starten. Während Sie im Stau stehen oder auf einer grünen Wiese im Park sitzen ...

Wenn Sie genau wissen wollen, wie andere es tun, dann lesen Sie den Roman ›Vox‹ von Nicholson Baker.

Pornographisches

Sie glauben, dass sich nur verdruckste, seltsame Menschen mit einem armseligen Liebesleben von Pornovideos aufgeilen lassen? Da irren Sie aber! Das ist ein Klischee, noch dazu ein lustfeindliches! Ganz im Gegenteil, viele Menschen, die ein offenes, reges Sexleben führen, genießen erotische Filme: um sich anzuregen, Ideen zu bekommen, der Phantasie Stoff zu liefern und um etwas Neues über Sextechniken zu lernen.

Tatsache ist: Die Pornographie ist in den letzten Jahren aus der Schmuddelecke gekrochen, die Akzeptanz hat immens zugenommen und dabei ist auch die Zahl der Porno-Bekennerinnen enorm gestiegen. Endlich gestehen immer mehr Frauen offen ein, dass sie erotische Literatur, Fotografie und Filme gerne nützen, um sich sexuell zu stimulieren. Viele sind nach dem »ersten Mal« überrascht, bei welchen Szenen sie richtig scharf geworden sind. Lang genug wurde von Frauen behauptet, nicht auf diese visuellen Reize zu reagieren. Nach dem Motto: Anständige Damen mögen keine Sauereien. Könnte das nicht auch ein überkommenes patriarchalisches Bild sein? Dieses Bild trägt maßgeblich auch zu ihrer Entsexualisierung bei ... Aber Frauen sind keine unschuldigen Weibchen!

Frauen lassen sich sehr wohl von Optik antörnen. Das Kapitel über Phantasien (ab Seite 165) beweist das deutlich. Und warum sollten sie darin auch anders sein als Männer? Wieso sollte ein männlicher nackter Körper keine Wirkung auf sie haben? Wieso sollten sie an wippenden Brüsten und leidenschaftlichen Frauen keinen Spaß haben? Wieso sollte es sie nicht scharfmachen, andere beim Liebesspiel zu beobachten?

»Pornographie ist eine Kunstform, die uns uneingeschränkten Zugang zur menschlichen Phantasie gestattet«, sagt dazu Camille Paglia, die amerikanische Kultautorin und Kulturkritikerin.

Kommt nur darauf an, wie das in Szene gesetzt wird. Und darin liegt das entscheidende Problem:

Jedes Kunstwerk, ob Literatur, Gedicht, Gemälde, Skulptur, Fotografie oder Film, das ein Element von Sexualität enthält, kann erotisch sein. Im Gegensatz dazu ist Pornographie stärker, sie ist freimütiger und wurde in der einzigen Absicht erstellt, sexuelle Gefühle zu wecken. Und da sich jeder anders stimuliert, sind Pornofilme Geschmackssache, sie erregen unterschiedlichste Gefühle: Was die einen als erotisch empfinden, stößt andere als obszön ab, wieder andere finden es langweilig. Vor allem Frauen haben Kritik an der kommerziellen Pornographie:

Es ist wahr, Pornos sind zum großen Teil schlechte Ware. Das meiste Material ist wahrlich nicht ergreifend und kein Stoff, sich daran zu ergötzen. Jährlich wird eine Flut billiger

Pornofilme abgedreht und auf den Markt gebracht, kaum einer kommt über eine gewisse Mittelmäßigkeit hinaus. Miserable Ton- und Bildqualität, schlechte und unappetitliche Darsteller, miese Plots, vorhersehbare Sexakte, schwachsinnige Dialoge, und das Ganze untermalt von fadem Kaufhausgedudel. Noch dazu zeigen die üblichen Pornos zwar heterosexuellen Sex, aber fast ausschließlich auf die Wünsche und Bedürfnisse des Mannes abgestimmt. Das heißt: einige Fellatioszenen, einige Orgasmusaufnahmen, ergreifend weit spritzende Männer, riesenbusige Frauen, Großaufnahmen von vaginaler und analer Penetration und dann noch eine lesbische Liebesszene. Selten geht es um die sexuelle Befriedigung der Frau, wenn überhaupt, dann ist der weibliche Sex stereotyp gezeigt, zum Beispiel, dass Frauen nur durch starkes Stoßen zum Orgasmus kommen, und ihr Gesichtsausdruck ist dabei immer ganz selig. Die Kritik der Frauen an der Massenware Pornographie ist berechtigt: Es fehlt Atmosphäre und auch Romantik, es fehlt die ganze Palette sexueller Stimulierung, die auf die weibliche Lust abgestimmt ist, angefangen bei schöner Musik, guter Kameraführung, bis hin zu der Auswahl schöner Männer und abwechslungsreicher Sexspiele.

Nach der schlechten nun die gute Nachricht: Es gibt auch für Frauengeschmack akzeptable Scharfmacher. Tipps dazu am Ende des Kapitels.

Dies vorneweg: *»Ich hole mir nur Lesbierinnen-Videos, die sind meist romantischer als die üblichen, und es spielen keine fiesen Rammler mit.«* – *»Frauenvideos sind mir am liebsten, Frauen sind darin keine Barbietypen und Männer keine geilen Monster. Es geht um Menschen wie du und ich, sie führen intelligente Gespräche und bauen die Spannung langsam auf bis zum Orgasmus, der angenehm inszeniert ist.«* Auch Lesbensex kann harter Sex sein, aber es werden, ob hart oder soft, weibliche Bedürfnisse realistisch in Szene gesetzt. Für Männer auch nicht ohne, schließlich können sie sich damit detaillierte und zuverlässige Informationen über die Art und Weise eines Cunnilingus holen!

Übrigens: Wir, die Autorinnen, halten es wie Camille Paglia: Pornographie ist eine Kunstform, sexuelle Spielarten sollen uneingeschränkt dargestellt werden. Wenn ein Porno zwei oder mehrere Menschen beim Geschlechtsverkehr zeigt, ob sie sich oral, anal oder anderswie lieben, ist er, gemäß der sexuellen Freiheit, erlaubt. Aber es gibt eine deutliche Grenze: Sobald Pornofilme Sex mit Kindern zeigen oder mit Tieren oder überhaupt Gewaltszenen mit im Spiel sind, lehnen wir sie ab – sie sollen verboten bleiben!

Zwei Vorurteile, die es noch zu entkräften gilt:

1. Pornos machen Männer aggressiv.

Radikal-Feministinnen gaben in der PorNo-Debatte den Slogan aus: »Pornographie ist die Theorie, Vergewaltigung die Praxis.« Ein Forscherteam stellte dagegen fest, dass nur Männer, die psychisch gestört oder überaggressiv sind, von Gewaltszenen in Pornofilmen zu brutalen Übergriffen animiert werden. Das wiederum passiere vergleichsweise weniger durch Pornos als vielmehr über – im Übrigen: von der Gesellschaft und Zensur akzeptierte – Gewaltfilme.

2. Pornos zeigen ein verzerrtes Bild der Sexualität.

Sie finden Pornos unangenehm, weil Sie mit dem schönen Körper der Hauptdarstellerin nicht konkurrieren können? Schon gar nicht mit ihren körperlichen Verbiegungen und ihrer professionellen Handfertigkeit. Sie fühlen sich durch die offensichtliche Geilheit der Schauspieler unter Erfolgsdruck? Das dürfte den Männern umgekehrt ebenso gehen, und trotzdem haben sie Spaß an Pornos. Sie können sich scheinbar besser von diesen Bedenken lösen – und daran sollten Sie sich ein Beispiel nehmen.

Sie finden außerdem, dass Pornos nicht die Wirklichkeit zeigen? Stimmt, wer hat schon in seinem realen Sexlife das Glück, dutzende willige Lover um sich zu haben, die allzeit von allen Seiten bemüht sind, der Partnerin die verrücktesten Megaorgasmen zu zaubern. Aber Pornos sind keine Dokumentarfilme – genauso wenig wie Krimis oder Liebesfilme – Pornos wollen unterhalten und anregen.

Der Beginn einer reizenden Freundschaft

So, nehmen wir mal an, Sie wollen nicht mehr länger in das Horn der »Porno – nein danke«-Fraktion blasen, sondern sich endlich selbst davon überzeugen, was es mit diesen Filmen auf sich hat. Oder wollen Sie die Sammlung Ihres Partners mit angenehmen Pornos erweitern? Da gibt es nur eins: Werden Sie aktiv!

Pornofilme bekommen Sie natürlich in jeder Spezialecke der Videotheken. Die aber sind leider zum großen Teil wirklich fies. Gehen Sie lieber in einen Sexshop, besser noch Frauensexshop oder Sexbuchladen. Dort müssen Sie die DVDs zwar kaufen, sie sind aber im Allgemeinen besser sortiert und auch das Personal kann Ihnen professionelle Auskunft geben. Es ist Ihnen zu peinlich, im ortsansässigen Videoladen aufzukreuzen? Fahren Sie in die nächste Stadt oder in einen anderen Stadtteil, um sich dort Filme zu besorgen, oder bestellen Sie aus Mail-Order-Katalogen, die Diskretion zusichern. (Im Branchenverzeichnis finden Sie die Adressen der Läden, bestellen Sie den Katalog per Telefon; z.B. Beate Uhse ...) Ganz unkompliziert ist mittlerweile das Suchen und Entdecken im Internet, Adressen finden Sie auf S. 38/39.

Sie stehen jetzt tatsächlich vor besagtem Regal im Sexshop? Das Angebot scheinbar identischer Filme ist überwältigend. Sie sind mit Recht völlig überfordert. Nehmen Sie sich ein Herz und bitten Sie eine weibliche Angestellte um Hilfe. Diese wird Sie natürlich nach Ihren Vorlieben fragen, um Sie richtig beraten und auswählen zu können. Sagen Sie gleich, dass Sie keine Erfahrung haben, sozusagen Sexfilm-Novizin sind, sie wird Vorschläge machen und Sie müssen darauf nur noch mit Ja oder Nein antworten. Wenn Sie Probleme haben, die Dame anzusprechen, müssen Sie sich allein durchkämpfen. Nehmen Sie sich Zeit:

– Überlegen Sie, was Ihnen an Pornofilmen gefallen könnte. Bestimmte sexuelle Aktivitäten, bestimmte Paarungen (z.B. Lesben-Videos), erotische Aufklärungsfilme oder Romantisches à la ›Emanuelle‹, Filme mit Stars der Pornoszene oder mit interessanter Story.

– Lesen Sie die Inhaltsangabe. Sie bietet zwar nicht immer hilfreiche Informationen, aber gibt zumindest Andeutungen, was Sie erwartet.

– Suchen Sie nach Award-Gewinnern. Nicht immer ein Garant für Qualität, aber immerhin ein Weg zum Ziel.

Sie haben ein oder zwei Exemplare gewählt?

... so ganz unvorbereitet sollten Sie sich aber nicht ins Abenteuer stürzen:

– Sind Sie jetzt in der richtigen Stimmung für Neues, haben Sie genug Zeit und Ruhe?

– Machen Sie es sich gemütlich – Jalousien zu, Telefon aushängen, genießerische Couchlage und ein Glas Rotwein.

– Schauen Sie sich den Film erst mal alleine an. Sie können offen und ehrlich Ihre Reaktionen auf die diversen Reize erkunden. Ungestört von der Erwartungshaltung Ihres Partners.

– Benützen Sie die Fernbedienung: Sei es, um das manchmal etwas peinlich geile Gestöhne leise oder ganz ausblenden zu können oder per Schnell-Vorlauf unangenehme Szenen zu übergehen (manche Fellatioszenen sind zu lang, manche Dialoge sind abtörnend, manche mögen keine lesbischen Szenen oder keine »luststörende« Handlung) – die angenehmen Stellen hingegen können je nach Laune auch zurückgespult werden, immer und immer wieder ...

– Wenn Ihnen die Filmmusik nicht gefällt? Abstellen! Und Ihre Lieblingssongs vom CD-Player zuspielen lassen.

Jetzt sind Sie bereits in der Zielphase der Porno-Entdeckungsreise. Noch eine Frage?

Was, bitte schön, sollen mir Pornos bringen?

Es ist die reine Lust, die durch Pornos über Sie kommen soll. Ganz klar.

Pornofilme sind eine schöne Abwechslung zum Kopfkino, den Phantasien, vor allem bei der Selbstbefriedigung: *»Ich schaue mir immer nur meine Lieblingsszenen an und zwinge mich, so lange es geht, mich nicht selbst zu berühren – ein aufregendes Spiel.«* Erotikstreifen sind auch ein Anheizer, ein Vorspiel für den Sex zu zweit. Alles Weitere kann man getrost der Natur überlassen. *»Wenn ich mir Pornos mit meinem Freund anschaue, bin ich manchmal bereits nach dem ersten Drittel so erregt, dass wir den Fernseher ausschalten und miteinander schlafen müssen.«* Manche haben auch Sex, während der Porno läuft: *»Was ist schon dabei, wenn wir es mit den anderen zeitgleich tun? Ihr Gestöhne macht mich ziemlich an. Das ist wie Gruppensex. Und da wir beide währenddessen in die Glotze gucken, habe ich auch kein schlechtes Gefühl dabei.«*

Bei allem Lustgewinn kann man so ganz nebenbei auch noch eine Menge lernen. Über sich selbst: *»Ich hätte nicht ge-*

dacht, dass das bloße Zusehen beim Analsex mich so stimulieren kann – das habe ich gleich ausprobiert«, über das Verlangen und Vergnügen anderer und über die große weite Welt der Stellungen, Szenarien und Macharten. Zum einen können bestimmte Szenen zum Nachahmen inspirieren: *»Manchmal halten wir das Band an und lassen eine Szene nochmal abspulen, während wir sie nachspielen«* , sie können aber auch Anlass sein, sich mit dem Partner über Sexpraktiken oder Rollenspiele zu unterhalten: »Würdest du auch gerne mal ...?« »Sollen wir das mal ausprobieren...?« »Könntest du dir vorstellen ...?"

Sie können sich mit Pornos immer noch nicht anfreunden? Nach all den guten Tipps? Dann bleiben Sie dabei. Jeder Zwang macht der Lust den Garaus. Nun haben Sie vielleicht dennoch mit der unangenehmen Wahrheit zu kämpfen, dass Ihrem Partner »dieses Zeug« so ausnehmend gut gefällt. Da gibt es nur eins, damit er endlich Ruhe gibt, Sie davon überzeugen zu wollen: Schauen Sie sich seine Pornos erst allein und dann mit ihm an. So viel Zeit und Liebe muss sein. Und sagen Sie ihm dann ganz nett, aber deutlich, was Ihnen daran nicht gefällt, was Sie unangenehm und abstoßend finden. Auch wenn er es nicht versteht, Sie haben gezeigt, dass Sie sich damit auseinandersetzen. Der umgekehrte Fall, dass Sie auf Pornos stehen und er nicht will – das kommt äußerst selten vor. Falls Sie so einen zu Hause haben, verfahren Sie wie oben beschrieben und frönen Sie, nach seiner definitiven Absage, Ihrem Vergnügen künftig im Stillen.

Film-Tipps

Vorneweg: Die 70er-Jahre-Pornos, und davon gibt es richtig viele, können Sie glatt vergessen, es sei denn, Sie wollen herzhaft lachen. Und: Jeder Tipp hier in der Folge ist ohne

Gewähr, dass er Ihren Geschmack trifft. Er soll Ihnen als schneller Wegweiser durch das weltweit riesige Angebot dienen.

Eine gute Auswahl von der Marke Harmlos bis hin zu härteren Bondage-Filmen bietet natürlich der Beate-Uhse-Shop (www.beate-uhse.com). Dort findet man unter anderem das Repertoire der Ex-Porno-Queen Teresa Orlowski. Oder die Candida-Royalle-Reihe, auch hier führt ein Ex-Porno-Star – Miss Royalle – die Regie. Französische Erotikfilme haben meist eine romantische Rahmenhandlung und ganz oben in der Ästhetik-Rangliste stehen die Pornofilm-Produktionen der beiden Amerikaner Paul Thomas und Andrew Blake. Die, und das sieht man ihnen definitiv an, ein paar Dollar mehr gekostet haben als die üblichen Streifen. Zum Beispiel: ›Paris Chic‹ und ›Unleashed Porno‹. Zu bestellen zum Beispiel bei www.femmefatale.de.

Ganz besonders, interessant und wirklich für Frauen gemacht sind die Pornos von »Innocent Pictures«. Dahinter steckt das Film-Imperium des dänischen Regisseurs Lars von Trier. Die Filme haben Witz und gute Dialoge und zeigen schöne Menschen beim netten Miteinanderschlafen, aber auch bei exzessivem Sex. Schauen Sie doch im Internet einfach mal rein: die zwei berühmtesten Filme ›All about Anna‹ und ›Pink Prison‹ bei www.innocentpictures.com, dort sind sie auch zu bestellen. Weitere Online-Sexshops mit Filmangeboten: www.sexclusivitaeten.de oder www.kleinefreiheit.com.

Sie wollen, wenn schon Porno, dann am liebsten hollywoodesken Einsatz mit Demi Moore, Uma Thurman oder Bruce Willis? Bei www.emunio.de können Sie erotische Kinofilme bestellen, wie z.B. ›Henry und June‹ mit Uma Thurman, ›Striptease‹ mit Demi Moore, ›Color of Night‹ mit Jane

March und Bruce Willis – oder auch Lehrreiches wie ›Kamasutra – Die Kunst der Liebe‹. Bei www.emunio.de sind die Erotikstreifen freundlicherweise auch noch in Kategorien unterteilt: Action, Drama, Episodenfilm, Sciencefiction, Thriller etc. Da ist für jede Neigung etwas dabei.

Erotika

Haben Sie erotische Literatur bisher gemieden, sinnliche Fotografie schlicht überblättert, sexy Comics als albern abgetan? Oder haben Sie sich einfach nicht getraut, einmal richtig hinzusehen, das Gelesene oder Gesehene auf sich wirken zu lassen? Sie ahnen ja gar nicht, wie lustvoll es sein kann, sich darauf einzulassen. Hier wird nicht der Anspruch auf preisverdächtige Literatur oder Fotos von künstlerischer Bedeutung gelegt – es geht einfach darum, ob und dass Erotika anregen. Falls Sie mit dieser Art Lustgewinn bereits Erfahrung haben und Gebrauch davon machen, finden Sie hier eventuell noch ein paar schöne Vorschläge, um diese Spezialabteilung in Ihrem Bücherregal zu bereichern. Sie haben sicher schon erlebt, dass Besucher, wenn sie davon wissen, in dieser Ecke liebend gerne schmökern.

Sehenswertes

Wie im Kapitel über Pornographie bereits erwähnt, lassen sich selbstverständlich auch Frauen sehr stark von visuellen Reizen stimulieren. Begeben Sie sich in eine Buchhandlung mit großer Fotoband-Abteilung oder in den Frauensexshop (die haben meistens mehr Bildbände als DVDs) und lassen Sie sich Zeit mit dem Blättern – das Personal in diesen Läden ist das gewöhnt. Das Angebot ist zu schwach? Hätten Sie gerne schärfere Sachen? Dann lassen Sie sich Kataloge geben oder beraten.

Überlegen Sie, welche Phantasien Ihnen Spaß machen, und wählen Sie danach auch den Fotoband oder einen speziellen Fotografen. Nahaufnahmen, sogenannte Close-ups von gut gebauten Körperteilen, Close-ups vom Penis? – da gibt's nur einen (von den Klassikern): Robert Mapplethorpe. Schöne nackte Männer (auch Frauen) finden Sie bei Herb Ritts und Bruce Weber. Sie mögen lieber romantisch verklärte Softbilder, dann wählen Sie George Hamilton. Ihnen steht der Sinn eher nach erotischem Geheimnis: da ist Bettina Rheims die Richtige. Oder doch lieber masochistisch Angehauchtes? Schauen Sie mal in eines der Bücher von Helmut Newton rein.

Sammlungen erotischer Kunst in Bildbänden gibt es mittlerweile unzählige. Darunter sind wahre Bonbons, und zwar nicht nur für Kunstliebhaber – wer die Wahl hat, hat die Qual!

Lesenswertes

»Wir sitzen oft nebeneinander im Bett, an die Wand gelehnt, die Beine angezogen, und lesen uns gegenseitig erotische Geschichten vor. Damit haben schon die schönsten Nächte begonnen – manchmal endeten sie gar nicht mit Sex, aber zumindest mit angenehmen Träumen.«

Sich beim Lesen antörnen zu lassen, den Part einer Figur in der Handlung zu übernehmen, hineingesogen zu werden und mitzuerleben, der Phantasie freien Lauf zu lassen, das ist für viele Frauen das reine Vergnügen. Ob Sie für sich allein lesen, um in Stimmung zu kommen, oder Ihrem Lover geeignete Passagen daraus vorlesen – das gedruckte Wort hat manchmal magische Kraft.

An Erotika gibt es eine so große Auswahl, dass jede auf ihre Kosten kommt: episch angelegte Liebesromane, Sex in

Sciencefiction, deftige Short Storys, Sammlungen erotischer Geschichten von verschiedenen Autoren. Lassen Sie sich in der Buchhandlung Tipps geben oder gleich verschiedene Bücher zum Anlesen vorlegen, (fast) jede Buchhändlerin kennt die Palette der Erotika. Lassen Sie ihr ruhig Zeit, peu à peu wird sie Ihnen ihre Lieblingsstückchen aus den Regalen fischen. Das macht ihr mit Sicherheit mehr Spaß, als in Sachen »Fit durch den Winter« zu beraten!

Einige der Klassiker: ›Die Geschichte der O.‹ von Marquis de Sade; ›Der Wendekreis des Krebses‹ von Henry Miller; ›Der Liebhaber‹ von Marguerite Duras; ›Lolita‹ von Vladimir Nabokov; ›Das Delta der Venus‹ von Anaïs Nin.

Neues (unter vielen): ›Die klassische Sau‹ und ›Die neue klassische Sau. Das Handbuch der literarischen Hocherotik‹, herausgegeben von Eva Zutzel und Adam Zausel; ›Sabbaths Theater‹ und ›Portnoys Beschwerden‹, beides von Philip Roth.

Ganz speziell geht es natürlich bei den Frauenerotika zur Sache: Wünsche und Neigungen aus weiblicher Sicht stehen hier im Vordergrund, ob abartig oder normal, romantisch oder hardcore. In diese Kategorie erotischer Fiction gehören zeitgenössische, von Frauen geschriebene Romane, Erzählungen und Kurzgeschichten. Diese Literatur ist in normalen Buchhandlungen erhältlich, besser sortiert sind natürlich Frauen- und Lesbenbuchhandlungen.

Neues in kleiner Auswahl: ›Susie Sexperts liederliche Lesbenwelten‹ von Susie Bright; ›Heuchelmund, erotische Erzählungen‹ von Karen-Susan Fessel; ›Land meines Herzens‹ von An Chee Min; ›Fetisch und andere Stories‹ von Evelyn Lan; ›Schreckliche Maria. Das Leben der Suzanne Valadon‹ von Elke Vesper; ›Lulu‹ von Almudena Grandes; ›Liebe, Lust und Zoff. Starke Geschichten von starken Frauen‹, herausgegeben von Petra Neumann; ›Sarahs Lust‹ von Regina Hoffmann.

Haben Sie schon einmal von Nancy Fridays ›Die sexuellen Phantasien der Frauen‹ gehört? Ein Sachbuch, das in den 70ern Furore machte. Und zwar nicht nur, weil das erste Mal so offen über weibliche Sexualität geschrieben wurde. Es ist Unterhaltung der besonderen Art: *»Ich habe meinen zwei besten Freundinnen einmal Auszüge aus Nancy Fridays Buch vorgelesen, wir wurden derart davon angeregt, dass wir, bis dahin zwischen uns unvorstellbar, Sex miteinander hatten.«*

Anregend und dabei aufklärend sind auch die Sachbücher von Lonnie Barbach (z.B. ›Verzaubere mein Verlangen‹, ›For yourself‹), Rachel Swift (›Die Geschichte mit dem O.‹) und von Sina Aline Geißler (›Immer wenn ich mich verführe‹).

Magazine und Comics

Jede Menge Pin-ups zu einem passablen Preis – das ist schon mal ein Grund, sich Sexmagazine anzusehen. Dazu gibt es halbseidene Sexstories und Infos über Stellungen, Fetische und verschiedene Praktika. Nicht jederfraus Geschmack, aber sich informieren kostet ja (fast) nichts. Jeden Monat neu, am Kiosk und auch in den Lesben-, Schwulen- oder Sexläden.

An illustrierten Geschichten, den Comics, können sich manche Leute nicht sattsehen. Spaß und Unterhaltung und Sexappeal. Viele bekannte Künstler und Cartoonisten probieren sich in diesem Genre. Das ist schon einen Blick wert. Probieren Sie es aus. Zu finden sind diese Grafikromane in Sexshops oder Comicläden.

Faszinierende Vorspiele – alles, was den Körper erregt

Süße Küsse

Küssen ist *k*eine Kunst – wir tun es täglich. Die Freundin, das Kind, Bekannte, Verwandte, alle werden mit dieser Geste bedacht. Mehr oder weniger flüchtig.

Küssen ist eine Kunst – beim Liebesspiel. Wie der Portwein vor dem Festmahl ist der Kuss ein feiner Appetizer. Mit ihm beginnt das erotische Abenteuer. Jedes. Ist es nicht wie ein Blitz aus heiterem Himmel, wenn sich die Lippen und dann sanft die Zungen zum ersten Mal berühren? Und wie sich dann das Spiel wie von allein immer weiter leidenschaftlich entwickelt? Wellen der Erregung rauschen dabei durch den ganzen Körper.

Begegnen Sie dem Küssen jedesmal von Neuem wie einem kleinen Wunder. Erstaunt und neugierig. Geben Sie mit den Küssen Ihren Gefühlen, Ihrer Erregung Ausdruck. Und seien Sie erfinderisch: Benützen Sie die Lippen, die Zunge, die Zähne. Pressen Sie, streifen Sie federleicht, saugen, lecken, beißen Sie – mal sanft verliebt, mal leidenschaftlich fordernd. So signalisieren Sie Ihrem Partner »Ich bin scharf auf dich«, »Ich will mit dir spielen«, »Mir ist heute so zärtlich zumute« – und reagieren Sie Ihrerseits sensitiv auf seine Lippen-Ouvertüre. Das sollte nämlich keine Soloveranstaltung, sondern ein harmonisches Duett sein!

Ist er kein Kussexperte? Geben Sie nicht gleich auf. Zeigen Sie ihm, wie schön es sein kann. Küssen Sie ihn so, wie Sie gerne geküsst werden möchten. Küssen Sie ihn. Küssen Sie ihn noch mal. Küssen Sie ihn immer wieder. Wenn er allmählich an Lippenfertigkeit gewinnt, ermuntern Sie ihn, weiterzumachen: »Du hast so einen wunderbar weichen Mund«, »Ich brauche es, dass du mich küsst«, »So wie du mich küsst, werde ich total verrückt!«.

Erforschen und kosten Sie an allen Winkeln ihrer Münder. Ein paar Anregungen, die auch er lernen kann, wenn er seine Meisterin gefunden hat:

Streicheln Sie sein Gesicht, seinen Hals, seinen Nacken oder halten Sie sein Gesicht zärtlich zwischen den Händen und »überschütten« dabei seinen Mund mit Küssen. Viele kleine saugende Küsschen hintereinander. Lassen Sie Ihre Zunge erst über seine Lippen, dann über die Innenseiten seiner Lippen fahren und dringen Sie dann sanft immer weiter ins Innere vor. Lecken Sie nur seine Mundwinkel – höchst lustvoll! Küssen Sie ihn mit geöffnetem Mund, halten Sie inne und atmen Sie seinen Atem. Oder bedecken Sie seine Augen mit Ihren Händen, lassen Sie Ihre Zunge in seinem Mund spielen, und gehen Sie dann in Bewegungen (der Zunge) über, die einem Geschlechtsakt ähnlich sind. Jetzt sind Sie der Eroberer.

Haben Sie den Frosch zum Prinzen geküsst? Dann gibt es jetzt noch hundert andere erogene Spielplätze, wo Sie Ihre Lippen, Ihre Zunge spazieren führen können …

Dirty Dancing

Ist es nun erotischer, wenn Tina Turner breitbeinig über die Bühne wackelt oder eine Flamencotänzerin stolzen Hauptes die Hacken in den Boden stampft? Wenn Patrick Swayze in ›Dirty Dancing‹ seine Hüften kreisen lässt oder Sissi mit ihrem Kaiser im beschwingten Walzer über den Boden schwebt? Ob weich, verführerisch, anmutig, sportlich oder damenhaft, tanzende Bewegungen sind eindeutige Botschaften an das andere Geschlecht. Die eine Art wirkt sexy, die andere nicht – jeder entwickelt seine eigenen Phantasien dabei. Nur, *dass* Tanzen anmacht, darin sind sich alle einig. Und das bereits beim bloßen Zusehen.

Was erst, wenn sich zwei auf dem Parkett in Bewegung setzen? Eng umschlungen sich zum Rhythmus wiegen, alles um sich herum vergessen, die Hände wandern über den Rücken, sein Knie schiebt sich zwischen ihre Beine (oder umgekehrt) – ist das nicht Erotik pur? Bei öffentlichen Veranstaltungen sollten Sie sich schnell ein ruhiges Plätzchen suchen, um die aufgeheizte Stimmung nicht ungenutzt verfliegen zu lassen. Wenn Sie einen sinnlichen Pas-de-deux zu Ihrer Lieblingsmusik zu Hause inszenieren, kann es gleich an Ort und Stelle weitergehen. Zögern Sie den Balztanz so lang wie möglich hinaus, bis Sie beide von der Bewegung, der Nähe und dem Duft des Partners wie berauscht sind. Sich wiegend gegenseitig ausziehen (manchmal reicht es, sich nur bestimmter Kleidungsstücke zu entledigen) und nackt weitertanzen. Jetzt ist es nicht mehr auszuhalten? Dann haben Sie das schönste Vorspiel für die Liebesstellung im Stehen für sich entdeckt.

Strip

Nicht doch! Springen Sie nicht gleich unter die Decke, wenn Sie ihn für eine Lustnacht noch brauchen. Schon gar nicht ganz nackt und noch viel weniger in Ihrem ältesten, grauen Schlafshirt. Haben Sie nicht gehört, dass Männer von einem schönen Strip so richtig verrückt werden? Gönnen Sie sich den Spaß, ihn anzumachen, ohne dass er Sie anfassen darf. Bei Dämmerlicht und leiser Musik geht es leichter. Dazu müssen Sie auch nicht profimäßig vor ihm tänzeln und den BH durch die Luft wirbeln, es reicht bereits, im Türrahmen zu lehnen, in dem Kleid, das er am liebsten an Ihnen sieht (das schwarze Lackmäntelchen à la Catherine Deneuve in ›Belle de Jour‹ können Sie sich für ein späteres Mal aufheben).

(Fast) nichts drunter, versteht sich. Öffnen Sie Gürtel, Reißverschluss oder Knopf und geben Sie ihm einige Einblicke, bevor Sie das ganze Stück dann langsam über die Schultern streifen. (High Heels sind Scharfmacher, aber nicht vonnöten, nackte Füße sind ebenso hocherotisch!) Oder machen Sie es sich auf dem Sofa oder in einem Sessel bequem, die Beine lässig über die Lehne gelegt. Bereits das scheinbar unwichtigste Stück, wie die Nylons, werden zu Zündstoff. Bewegen Sie sich langsam und genussvoll, werfen Sie ihm nur hin und wieder einen Blick zu, spannen Sie ihn auf die Folter, bis Sie bei BH und Slip angekommen sind. Bevor die letzten Hüllen fallen, bekommt er nur Ihren Rücken zu sehen – und geben Sie den Rest erst preis, wenn er Ihnen ins Schlafzimmer gefolgt ist. Und wie wär's, wenn er jetzt den Verschluss selbst öffnen dürfte?

Suchen Sie sich zum Strippen eine Position, in der Sie sich wohlfühlen und nicht vor Scham in Grund und Boden versinken. Auch die Profis haben mal zaghaft angefangen. Überlegen Sie sich für jeden Strip eine neue reizvolle Inszenierung.

Eine Variante ist, dass er Sie ausziehen darf. Aber immer hübsch langsam und der Reihe nach …

Und, wie steht es mit ihm? Männer, die auf die Idee kommen, ihrer Partnerin einen reizvollen Strip hinzulegen, gibt es nicht oft. Sie meinen wohl, es nicht nötig zu haben? Sie meinen wohl, ihr flugs entblößtes Prachtstück wäre lustentfachend genug? Ist es nicht, zumindest nicht immer. Deshalb sollten Sie ihn wissen lassen, wie schön Sie seinen nackten Körper finden – langsam entblättert. Oder: Ziehen

Sie ihn aus! Stück für Stück. Streicheln und küssen Sie jedes Körperteil, das Sie entblößt haben. Tipp: Socken vor Hose. Ein Mann nur in Socken sieht erbärmlich aus!

Um nochmals auf den Einstiegsgedanken zurückzukommen (nicht gleich nackig unter die Decken hüpfen!): Wann haben Sie sich das letzte Mal gegenseitig ausgezogen? Schade, dass dieses Spiel scheinbar nur in dieser wilden Verliebt-über-sich-herfallen-Phase stattfindet – und sich Paare später nur noch präpariert, sprich nackt, und ohne Umschweife im Bett erwarten. Der sinnliche Weg ist das Ziel, und der beginnt bereits bei der spontanen, flüchtigen Annäherung, lange bevor es richtig zur Sache geht. Ob auf der Party, im Kino, auf dem Nachhauseweg oder beim gemeinsamen Essen, ihre Hand berührt seine verhüllte Brust, seinen Penis in der Hose, sie streift mit ihrem Körper seinen, und immer ist der Stoff noch natürliche Barriere, er verhindert die Berührung von Haut mit Haut – das kann ungeheuer reizvoll sein. Wenn dann seine Hände die Bluse aus dem Rockbund ziehen, ihre Finger an seinem Reißverschluss nesteln, wird die Hoffnung auf mehr immer stärker, und die Begierde wächst von Sekunde zu Sekunde. Das Finale ist ungewiss. Es kann Stunden dauern, bis das letzte Kleidungsstück gefallen ist, es kann Sekunden dauern (und einige Träger, Knöpfe und Verschlüsse sind hinüber), manchmal reicht die Geduld nicht und man bleibt halb angezogen, und manchmal wird in großer Leidenschaft der Slip nur leicht beiseitegeschoben.

Wasserspiele

Das Vorspiel aller Vorspiele ist der Genuss in der Badewanne. Wasser macht locker, leicht und gute Laune, es entspannt den Körper und gibt ihm neue Kräfte. Wasser ist ein

Medium der besonderen Art, Wasser ist ein sinnliches Spielzeug, Wasser ist ein idealer Ort für intime Begegnungen.

Zur Badeorgie gehört ein stimmungsvolles Ambiente: leise plätschernde Musik, viele Grünpflanzen oder aber ein üppiger Strauß bunter Blumen, Kerzenlicht am Wannenrand, zwei Gläser Wein und feiner Duft für das Wasser (oder die Massage danach, die Rezepte dazu finden Sie auf Seite 58).

Schön, wenn die Wanne genug Platz für zwei hat, aber auch das enge Über- und Untereinander der Beine kann sehr sinnlich sein. Falls die Wanne tatsächlich zu schmal ist, kann der Liebste im bequemen Stuhl daneben Platz nehmen, vorlesen, erzählen oder sich einfach nur daran ergötzen, wie Sie es sich im heißen Nass gutgehen lassen. Wirklich nützlich machen kann er sich mit einer sanften Kopfmassage und später dann beim Trockenrubbeln.

Setzen Sie sich gegenüber oder hintereinander mit möglichst ausgestreckten Beinen. Einfach nur warm liegen, zerfließen und genießen. Und dann aktiv werden: sich gegenseitig Rücken, Nacken und Füße massieren. Mit Öl und bloßen Händen oder mit dem Schwamm wird die Reinigung zum lustvollen Ritual. In gelöster Atmosphäre kann man sich weit vorwagen! Neues entdecken, sich gegenseitig stimulieren oder masturbieren. Wem es mittlerweile zu heiß geworden ist, der wird aus dem Duschkopf kalt abgebraust.

Das Spiel ist aber noch nicht zu Ende. Jetzt geht's ans gegenseitige Abtrocknen und Einölen. Spätestens hier hat das Vorspiel ein herrliches Ende genommen und geht fließend in den Hauptgang über.

Auch eine enge Duschkabine hat Vorteile: Man kommt sich zwangsläufig näher. Haut an Haut und das Wasser plätschert sanft von oben über beide Körper. Außerdem hat so ein kleines Kabäuschen auch nützliche Wände zum Gegenlehnen und Armaturen zum Abstützen... falls das Finale nicht mehr hinauszuzögern ist. Wenn doch, stellen Sie das Wasser kurz ab und seifen sich gegenseitig ein. Überall. Und dann wird der feine Glitsch mit hartem Strahl wieder abgespült. Überall.

Ein Extra für Fortgeschrittene: Wenn Sie schon mal bei der intensiven Reinigung sind, können Sie sich doch einmal als Barbierin im eigenen Badezimmer versuchen. Vorausgesetzt er ist Nassrasierer! Schäumen Sie ihn kräftig ein und lassen Sie sich zeigen, wie Mann es macht. Es ist ein Akt des vollkommenen Vertrauens und äußerst sinnlich!

Noch ein Extra für Liebhaber außergewöhnlicher Wasser-Schaumspiele: die Intimrasur. Glatt der Venushügel, prall und verführerisch die Scham. Nackt sein, wirklich nackt sein, über die Schamgrenze hinaus, das kann für Frauen (und Männer) ein ganz besonders erotischer Thrill sein. Diese Blöße setzt hohes sexuelles Vertrauen der Partner voraus – warum nicht ein gemeinsames Spiel daraus machen? Er soll geübte Nassrasierer-Hand anlegen, sich Zentimeter für Zentimeter vorarbeiten. Wie viel und wie weit, das sollte sie bestimmen. Es genügt ja schon, des Spieles wegen, den Bikinirand etwas nach unten zu versetzen.

Zu empfehlen nur bei ihr, denn ein ganz von Haaren befreiter Penis sieht eher lächerlich aus. Ein Tipp: Das Nachwachsen der Haare pikst anfänglich – dagegen hilft ein wenig Babycreme.

Erotische Massage

Lassen Sie Ihre Hände tanzen. Rhythmisch und fließend, zupackend und dynamisch. Eine ausgiebige Massage ist genauso entspannend, erfrischend und erotisierend wie ein Badefest. Das Beste daran: Es funktioniert bei jedem und es ist keinerlei Ausbildung nötig, um sich und dem Partner ein sinnliches Körpervergnügen zu bereiten. Es gibt keine Regeln, keine vorgeschriebenen Griffe. Was zählt, ist die Sensibilität der Hände. Alles, was guttut, ist erlaubt: kneten, kreisen, streichen, reiben, zupfen, gleiten, pressen, klopfen, drücken – mit der flachen Hand, mit dem Handballen, mit den Fingern, den Fingerspitzen – jede dieser Fingerübungen hat eine spezielle Wirkung auf den Körper, die durch unterschiedlichen Druck oder Rhythmus variiert wird. Und wo? An jeder Stelle des Körpers! Was nicht heißt, dass erst mal in Stunden Arbeit der ganze Körper durchgewalkt werden muss, um ihn anzuheizen. Dafür gibt es Spezialgebiete, die äußerst schnell reagieren. Nur eines vorneweg: Nicht gleich mit der Massage der Genitalien beginnen! Damit hätten Sie sich beide einiger Luststufen beraubt. Das Schöne an der erotischen Massage ist ja, den Körper des Partners langsam zu erobern und ihn bis zur kaum mehr erträglichen Spannung hochzukneten.

Sie werden überrascht sein, wie seidig sich die Haut durch das Massageöl anfühlt und wie reizbar sie für Berührungen wird. Besonders Frauen stellen ihren Körper auf Empfang, wenn die Haut verwöhnt wird. Nach einer solch intensiven Einleitung ist manch eine so sensibilisiert, dass sie sogar in den Genuss mehrerer Orgasmen kommen kann. Massage ist ein sinnliches Spiel für zwei, auch wenn erst mal nur ein Partner aktiv ist, gleich darauf oder beim nächsten Mal sollten die Rollen getauscht werden!

Jetzt noch ein paar Vorbereitungen:

Der Raum, in dem massiert wird, sollte mollig warm sein und ruhig, leise Instrumentalmusik im Hintergrund und sanftes Licht. Wo auch immer Sie massieren, denken Sie an etwaige Ölflecken und legen Sie etwas unter. »Unbearbeitete« Körperpartien sollten Sie zudecken, schließlich können die tanzenden Hände nicht überall sein.

Die Hände sollten warm sein, auch das duftende Öl (wie die geeigneten Zaubermittel gemischt werden, erfahren Sie auf Seite 57). Entweder Sie erwärmen es in einem Schälchen kurz im Wasserbad oder auf einem Stövchen. Halten Sie während der Massage keine Volksreden, lassen Sie nur Ihre Hände sprechen. Und, nicht zu geizig mit dem Öl: Es muss richtig glitschen. Nehmen Sie nach, falls es zu schnell einzieht oder wenn Sie bei einem noch unbehandelten Körperteil angelangt sind. Dafür gibt es zwei Methoden, entweder Sie tauchen die Hände ins Ölschälchen oder Sie lassen das warme Nass langsam auf den Körper tröpfeln (ein zusätzlicher Prickel!). Derjenige, der in den Genuss kommt, massiert zu werden, sollte zur vollendeten Entspannung die Augen schließen, noch erotischer ist es, diesem die Augen sanft zu verbinden. Was noch? Ganz wichtig: Lösen Sie nie beide Hände gleichzeitig vom Körper, bleiben Sie immer in Kontakt. Sinnlichkeit kann sich am besten entfalten, wenn der Energiefluss von Körper zu Körper nicht unterbrochen wird.

Nun kann's losgehen:

Wie gesagt, ist jede kleinste Stelle des Körpers ganz begierig auf Streicheleinheiten – beginnen Sie dennoch am Rücken, über ihn breitet sich am schnellsten die Entspannung im ganzen Körper aus, außerdem ist in der Bauchlage noch die Scham bedeckt, was zusätzlich entspannend wirkt. Den Rücken kann man getrost kräftig bearbeiten, von der Pogrenze bis oben zu den Schultern hin ausstreichen und walken. Wie und wo Sie nun fortfahren, ist ganz Ihrer Lust und Laune überlassen, finden Sie von Mal zu Mal mehr heraus, wie und wo es Ihrem Partner gefällt. »Fleischige« Körperstellen wie Schenkel und Po (bei vielen Frauen auch der Busen) vertragen kräftiges Hinlangen und reagieren besonders auf kreisende Bewegungen. Knochige Stellen sollten besser sanft, ohne starken Druck behandelt werden. Wenn

Sie sich perfektionieren möchten, ziehen Sie Literatur über Massage zu Rate. Hier sollen nur drei der erotischsten Varianten vorgeführt werden:

Schmetterlinge im Bauch

Der Bauch ist eines der sensibelsten und verletzlichsten Zentren des Körpers. Ihn dem Partner »schutzlos« auszuliefern, zeugt von großem Vertrauen. Besondere Zartheit der massierenden Hände ist hier gefordert, aber seien Sie auch wiederum nicht zu sachte, sonst kitzelt's! Knien Sie neben dem Partner, legen Sie beide Hände flach auf seinen Bauch, spüren Sie das Pulsieren unter der Bauchdecke, mit kreisenden Bewegungen beginnen. Im Uhrzeigersinn erst direkt um den Nabel, dann langsam und rhythmisch immer weitere Kreise ziehen, bis unter die Rippen und zum unteren Beckenboden. Anschließend den Bauch quer von einer Seite zur anderen mit Handflächen und Handrücken massieren. Frauen mögen besonders das kräftige Kneten (nicht Kneifen!) ihrer Taille. Danach mit langen Streichbewegungen quer über den Bauch wieder entspannen.

Faszinierende Füße

Beginnen Sie mit zartem Ausstreichen, das regt die Durchblutung an. Dann mit den ganzen Händen kneten, das lockert und entkrampft. Vor allem die Zehenansätze sind empfänglich dafür. Danach wird der ganze Fuß mit beiden Händen umfasst, die Handballen auf der Oberseite des Fußes, die Fingerspitzen treffen sich in der Mitte der Sohle. Kneten Sie den Fuß durch und streichen dann mit den Handballen von der Mitte zu den Seiten aus. Diese Dehnung entspannt und elektrisiert zugleich. Gleiten Sie nun mit gut geölten Händen nach oben, bis zu den Oberschenkeln und Hüften. Die Knie, vor allem die Kniekehlen, sind sensitiv!

Kreisende Daumenspitzen auf der Kniescheibe, sanftes Pressen der Vertiefungen rund ums Knie, behutsames Trommeln mit allen zehn Fingern und zartes Ausstreichen der Kniekehlen schicken erotische Impulse durch den ganzen Körper.

Fingerspitzentanz

Eine sehr erregende Massage mit den Fingerkuppen, bei der nur der Hauch einer Berührung stattfindet. Ganz leicht streifen dabei die Fingerspitzen über die Hautoberfläche, so dass nur die Flaumhärchen in zittrige Bewegung geraten. Keine Körperstelle ist tabu! Streichen Sie mit beiden Händen über den Rücken, über die Brust, die Brustwarzen, den Bauch, kreisen Sie in den Achselhöhlen, berühren Sie die Handinnenflächen und Fußsohlen, die Innenseiten der Arme und Beine – erst dann geht's rund um den Po, entlang dem Anus zur Vagina, oder bei ihm über die Hoden zum Penis.

Sie haben mal keine Lust auf ausgedehnte Ganzkörper-Massage? Und wollen dennoch nicht auf den erotischen Kick mit dem Öl verzichten? Setzen Sie sich nackt vor ihn, tauchen Sie die Hände in Öl und massieren Sie Ihre Brüste. Zeigen Sie ihm, wie stark oder sanft Sie es lieben, reizen Sie ihn mit dieser selbstverliebten Geste, lassen Sie eine dickflüssige Spur von den Brüsten zum Venushügel laufen und verfolgen Sie den Weg mit den Händen ... er wird Ihnen nicht lange ungerührt dabei zuschauen können ...

Sind Sie (oder er) bei der Massage etwa eingeschlafen? Keine Reue! Sie hatten ein glänzendes Vorspiel – nicht jedes muss mit Sex enden – und werden vielleicht mitten in der Nacht aus erotischen Träumen wach. Wenn nicht, sollten Sie das nächste Mal energischer und schneller zur Sache kommen. Wenn die feine Fuß- und Beinmassage bei ihm bereits stehende Wirkung zeigt, dann nützen Sie diese, und zwar sofort! Und wenn Sie nach seiner Streichelkunst so erregt sind, dass Sie es nicht mehr aushalten, nehmen Sie sich, was Sie von ihm brauchen – und versprechen ihm für das nächste Mal eine süße Revanche.

Gaumengenuss

Essen ist sinnlich. Es gehört wie das Salz in der Suppe zu den Gewürzen einer Liebesnacht. Und wie bei allen Liebesspielen ist allein die Vorbereitung schon sehr spannend. Stellen Sie den Abend zum Beispiel unter ein Motto. Das Outfit, das Ambiente, die Musik und das Essen sollten dann aufeinander abgestimmt sein. (Welche Zutaten, Gewürze und Kräuter aphrodisierend wirken, finden Sie auf Seite 63.)

Bei der Menüfolge sollten Sie alles vermeiden, was fett ist und den Magen füllt (ein voller Bauch liebt nicht gut); alles, was bläht (ein luftiger Bauch macht peinliche Geräusche); alles, was schwierig zu essen ist (beim Filetieren eines grätigen Fisches verliert man sein Gegenüber leicht aus den Augen).

Dagegen kann gefühlvolles Spaghettidrehen sehr sinnlich sein, Scampis aus der Schale pulen ist aufregend, und auch eine Suppe aus der Tasse schlürfen kann in dieser besonderen Situation erotisch ankommen. Mit den Händen essen, sich gegenseitig füttern, in der Badewanne schlemmen, am fein gedeckten Tisch bei Kerzenschein zelebrieren, picknicken auf einer schönen Decke, dekoriert mit Rosenblättern, am Wohnzimmerboden – im edlen Kostüm (mit oder ohne etwas drunter), in seinen Boxershorts oder ganz nackt...

Und wie hätten Sie's gerne?

Aphrodisiaka

Rose, Moschus, Sandelholz. Zimt, Jasmin und Bergamotte. Wundersame Wirkung wird diversen ätherischen Ölen aus Blüten und Hölzern nachgesagt. Schon immer waren Menschen fasziniert davon, die geheimen Kräfte der Natur zu erforschen, nicht nur um zu heilen, sondern auch um Lust und Liebe zu stimulieren. Wahr ist: Liebesmittel können weder bettsportliche Höchstleistungen herbeizaubern, noch können sie sexuelle Störungen beseitigen. Aber ganz sicher sind gut duftende Öle und Essenzen für das Wohlbefinden unentbehrlich und wunderbare Begleiter für alle Liebeslagen. Zimt regt zum Träumen an, Rose riecht verführerisch, Bergamotte macht fröhlich und Moschus gierig.

Liebe geht durch die Nase, Gerüche beeinflussen die sexuelle Lust. Düfte nehmen einen schnellen Weg – über die Nase eingeatmet, senden sie Nervensignale zum Hirn, und das gibt sie weiter zu den verschiedenen Körperpartien.

Düfte rufen Erinnerungen wach, steuern die Reaktionen. Sie stimulieren und manipulieren, regen an und besänftigen, riechen warm, süß und würzig oder frisch und zitronig, sind herb oder feminin. Mehr als wir denken, bestimmt die Nase unsere zwischenmenschlichen Beziehungen. Wir schnuppern und »erriechen« Freunde, Geschwister, Kollegen, den einen »kann man nicht riechen«, ein anderer duftet sympathisch. Unbewusst, aber höchst sensibel reagieren wir auf den individuellen Körpergeruch, besonders bei der Wahl des Liebespartners. Nicht anders als die Tiere. Allerdings lässt sich heutzutage kaum einer mehr über seine eigene Duftmarke beschnuppern: Deos und Intimsprays, Wolken von Parfum und Rasierwasser verändern diese »animalischen« Reize. Männer reagieren sehr stark auf echte weibliche Gerüche (auch die ganz natürlichen) und sind daher von

Parfumsalven eher weggenebelt als angetörnt. Napoleon soll seiner Geliebten Josephine einmal geschrieben haben, sie solle sich ab sofort nicht mehr waschen, er käme binnen der nächsten vierzehn Tage ... Dichtung oder Wahrheit?

Exotische Düfte und sinnliche Massageöle machen das Liebesspiel noch geheimnisvoller. Ein Abendessen mit Aphrodisiaka gewürzt, wird zum erotischen Diner d'Amour. Schon das Mischen, Komponieren und Zaubern in der Hexenküche öffnet alle Sinne und weckt die Neugier: Wird das Mittelchen auch seine gewünschte Wirkung haben?

Seien Sie anfangs vorsichtig bei der sinnlichen »Giftmischerei«. Hier gilt: Weniger ist immer mehr! Und: Es gibt keine festen Regeln für die Mischung von Düften. Alles ist eine Frage des Geschmacks und der Kunst, die verschiedenen Duftnoten ausgewogen zu vereinen. Nehmen Sie sich Zeit und suchen Sie in einem Spezialgeschäft für Duftöle Ihre Lieblingsmischung aus. Lassen Sie sich beraten. Die Preise für ätherische Öle sind nicht überall gleich, aber überall sehr hoch. Gönnen Sie sich vor allem bei den besonders kostbaren wie Rose, Jasmin oder Orangenblüte nur Tausendstelliter – diese Öle sind sehr intensiv und sparsam im Verbrauch. Verlangen Sie natürliche Essenzen, nicht »naturidentische«, die sind zwar billig und duften schön, ihnen fehlt aber das gewisse Etwas, um vollkommen zu sein. Ätherische Öle (wie zum Beispiel Bergamotte, Sandelholz, Rose etc.), Gewürze, Kräuter, Pflanzen, die pflanzlichen Basisöle (wie zum Beispiel Mandelöl, Weizenkeimöl, Jojobaöl etc.) und auch die Duftlampen bekommen Sie in Apotheken, bestimmt aber in allen Läden, die im Branchenbuch unter Stichworten wie »Naturkosmetik« und »Kräuter« zu finden sind. Besorgen Sie sich schöne Gefäße, Karaffen und Flakons für Ihre eigenen Mixturen. Das macht sich nicht nur in Badezimmerregalen schön. Die folgenden Rezepte sind nur eine winzig kleine Auswahl aus den unerschöpflichen Kompositionen. Damit gehören Sie schon zu den Einstiegsmixerinnen. Um Ihre Kunst zu verfeinern, müssen Sie experimentieren: Schnüffeln Sie sich durch, vergleichen Sie und trainieren Sie Ihre Nase. Verändern Sie ruhig einmal die angegebene Zahl der Tropfen, geben Sie ein anderes Öl hinzu, beginnen Sie aber immer mit kleinen Mengen.

Parfums aus der eigenen Küche

Lady's Light
15 Tropfen Neroli
15 Tropfen Bergamotte
15 Tropfen Limette
20 Tropfen Lavendel
5 Tropfen Vetiver
100 ml Mineralwasser
Öle in Wasser führen ein eigenes Leben (in Form von Fettaugen auf der Oberfläche) – also vor jedem Gebrauch gut schütteln. Fein, feminin und verführerisch.

Femme fatale
6 Tropfen Ylang-Ylang
6 Tropfen Geranie
6 Tropfen Litsea
15 Tropfen Muskatellersalbei
10 ml Jojobaöl
Vermischen. Ein starker, schwerer Duft für laszive Weiber!

La vie en rose
8 Tropfen Rosenholz
8 Tropfen Rose
8 Tropfen Sandelholz

5 Tropfen Neroli
10 ml süßes Mandelöl
Alles miteinander vermischen. Süß, blumig und betörend.

Eine Wanne voller Wollust

Das Unwichtigste am Baden mit dem Liebsten ist das Sauberwerden. Ganz nackt im warmen Wasser, komponiert mit dem richtigen Schuss Zaubertropfen – das macht weich und willig, das entspannt und bringt neue Power. Das gemeinsame Bad ist eines der sinnlichsten Vorspiele für eine lange Nacht.

Prickelfrisch
30 g Rosmarin
15 g Pfefferminze
10 Tropfen Geranie
5 Tropfen Rosmarin
5 Tropfen Fichtennadeln
Kräuter sind besonders wirksam, wenn man sie frisch zubereitet: in einem Topf mit Wasser gut bedecken, aufkochen und zehn Minuten ziehen lassen. Abseihen, den Sud ins Badewasser geben, dann das Fichtennadel-, Geranien- und Rosmarinöl dazu und selbst hinein! Diese Komposition prickelt auf der Haut, weckt Geist und Körper.

Erotik-Kick
20 g Verbenen
15 g Rosmarin
Ein Stück Zimtrinde
10 Tropfen Tonka
Wie oben werden die Zutaten zu einem starken Aufguss verkocht. (Öle und Aufgüsse immer erst in die vollgelaufene Wanne geben.) Zimt und Tonka riechen würzig und süß,

beide gelten in arabischen Ländern als stark aphrodisierende Mittel. Ausprobieren!

Glücksbad

12 Tropfen Sandelholz
6 Tropfen Ylang-Ylang
6 Tropfen Rose
2 Esslöffel Honig

Gut mischen und im Badewasser verteilen. Ätherische Öle sind nicht wasserlöslich, sie brauchen einen Emulgator (wie Honig oder auch Sahne und Milch), um nicht als Augen auf der Oberfläche zu schwimmen. Sandelholz macht gelassen und der Rosenduft beschwingt die (sexuellen) Energien.

Meerjungfrau

7 Tropfen Patschuli
6 Tropfen Zimt
4 Tropfen Vanille
3 Tropfen Grapefruit
3 Esslöffel Meersalz

Alles in einer kleinen Schale vermengen. Salz macht das Wasser weich, und diese Mixtur ist ein sinnlicher Muntermacher. Seien Sie bereit: laszive Spiele folgen!

Frivole Früchtchen

1/2 Kilogramm Pfirsiche
50 ml Sahne

Die Sahne gleich ins laufende Wasser geben, die (enthäuteten, in kleine Schnitze geschnittenen) Pfirsiche erst, wenn die Wanne voll ist und Sie es sich darin bequem gemacht haben. Und seien Sie nicht zu gierig, die Früchtchen nach und nach in kleinen Portionen dazugeben. Pfirsiche schmecken nicht nur köstlich (von der Haut des Liebsten weggeknabbert), sie sind auch richtig schönheitspflegend, wenn man sich damit einreibt. Dennoch: Erotisierend ist hier eher das Spiel, weniger die Wirkung der Frucht. Genauso sinnlich ist diese Prozedur mit Aprikosen- und Mangoscheibchen und allem, worauf Sie Appetit haben.

Noch eine Idee – fürs Auge: Nehmen Sie (circa eine Handvoll) frische Rosenblätter und verstreuen Sie sie auf das Badewasser. Die pflegende Wirkung übernimmt ein Esslöffel Honig, vermischt und verzaubert mit dem Duft eines ätherischen Öls Ihrer Wahl (jeweils 10 Tropfen Rose oder Hyazinthe, Geranie, Ylang-Ylang, Neroli, Bergamotte …)

Dusch das!

150 ml Orangenblütenwasser
150 ml Rosenwasser
10 Tropfen Geranie
10 Tropfen Neroli
8 Tropfen Ylang-Ylang

Mischung gut durchschütteln. Die Duftdusche wird (aus einem Sprühflakon oder mit der Hand) nach dem Bad über den Körper verteilt. Sie soll all Ihre Antennen auf Empfang stellen. Die angesetzte Mixtur reicht für einige Male oder auch für ein kleines Fläschchen für die Freundin.

Massageöle selbst gemacht

Nicht nur der Geruchssinn erfreut sich an köstlichen Ölen, sie wirken auch auf alle unter der Haut liegenden Nerven und Organe – ganz abgesehen davon, dass eine sanfte Massage ein herrliches Vorspiel ist.

Für zärtliche Hände

10 g getrocknete Verbenen (Eisenkraut)
10 g getrocknete Rosenblätter

15 Tropfen Tonka
10 Tropfen Rose (wenn Sie es warm und betörend lieben)
oder
10 Tropfen Litsea (wenn Sie es eher zart und zitronig mögen)
Eisenkraut und Rosenblätter zerkleinern und mit ca. 50 ml süßem Mandelöl oder einem anderen sogenannten »fetten« Öl (Sonnenblumen-, Aprikosenkern-, Erdnuss-, Walnuss-, Jojoba-, Avocado-, Oliven- oder Weizenkeimöl) bedecken. Circa zwei Wochen in einem gläsernen Gefäß verschlossen, dunkel und warm lagern. Danach filtern, und fertig ist das schönste aller Massageöle.

Das kann ja heiter werden
8 Tropfen Litsea
8 Tropfen Petit grain
10 Tropfen Mimose
50 ml Aprikosenkern- oder Jojobaöl
Miteinander vermischen. Alle drei ätherischen Öle wirken erfrischend und stimulierend.

Oh, oh, Erotik-Öl
3 Tropfen Jasmin
6 Tropfen Ylang-Ylang
3 Tropfen Koriander
5 Tropfen Vetiver
10 Tropfen Grapefruit (oder eine andere Zitrusfrucht: Mandarine, Lemon, Bergamotte etc.)
50 ml süßes Mandelöl
Miteinander vermischen. Jasmin vertreibt die Sorgen, Koriander macht warm, und Grapefruit bringt spritzige Ideen. Was will man mehr?

Aroma liegt in der Luft

Haben Sie noch nie daran gedacht, die Gemächer, in denen die Verführung stattfinden soll, zum Auftakt bereits mit feinsten Gerüchen zu erfüllen? Düfte, die entspannen, Düfte, die alle Sinne sensibilisieren, Düfte, die richtig scharf machen, Düfte, die einfach nur eine wohltuende Atmosphäre schaffen. Benützen Sie eine Duftlampe, das ist die einfachste Methode, erotisches Flair zu schaffen. Lassen Sie sich angenehm einnebeln und probieren Sie folgende Rezepte:

Betörend weiblich
2 Tropfen Ylang-Ylang
2 Tropfen Cananga
2 Tropfen Rose
1 Tropfen Lemongras
Wasser zum Verdünnen und Verdunsten
Diese Mischung steigt in den Kopf und wirkt weiter unten!

Sweet Inspiration
2 Tropfen Geranie, Jasmin oder Rose
2 Tropfen Ylang-Ylang
6 Tropfen Muskatellersalbei
Wasser zum Verdünnen und Verdunsten
Muskatellersalbei duftet würzig und fein harzig und ist bekannt dafür, alle Sinne zu öffnen.

Pure Lust
3 Tropfen Koriander
3 Tropfen Petit grain
4 Tropfen Orangenblüte
Wasser zum Verdünnen und Verdunsten
Ein außergewöhnlicher Duft, der scharfmacht.

Bettgeflüster

Die einen brauchen Satinbettwäsche, die anderen aprilfrisch gewaschene Baumwolllaken. Geblümt, kariert oder unifarben – Hauptsache ist eigentlich der sinnliche Duft, der aus den Laken steigt. Die schnelle Methode, gerade dann, wenn sich der Lover kurzfristig angemeldet hat: etwas Rosenwasser, Moschus, Kardamom, Sandelholz oder ein wenig Petit grain oder Neroli auf die Bettwäsche sprühen. Ein paar Tropfen der ätherischen Öle in einem Zerstäuber, verdünnt mit Wasser, dürfte reichen.

Und dann ab in die Federn.

Das Liebesmahl

Keine Kultur, die nicht aphrodisierende Speisen kennt. Aber über die Wirkung ist man sich nur selten einig: Die einen beispielsweise meinen, Petersilie mache ebenso wild wie Salbei, andere behaupten, sie seien einschläfernd wie Melisse oder Hopfen.

Spargel, Sellerie, Fenchel, Weintrauben, Knoblauch, Avocado, Feigen … Kaviar, Austern und Lachs, Meerestieren überhaupt wird stimulierende Kraft zugeschrieben. Welches Gemüse oder welcher Fisch wirkt, muss jede(r) selbst ausprobieren. Eines stimmt auf jeden Fall: Viele der als aphrodisisch geltenden Genüsse sind gesund, leicht und gut verträglich, viele haben hochwertiges Eiweiß (z.B. die Auster), welches deutlich die (Lust-)Kondition stärkt. Und was den Körper nicht mit großer Verdauungsarbeit beschwert, macht demnach auch nicht fett und träge. Überraschenderweise ist Salat echtes Lustgift, er enthält Morphine, die richtig müde machen.

Jetzt kommt es nur noch auf die richtige Dosierung an. Eiweiß hin oder her, zu viele Austern mit zu viel Alkohol machen eher Magenkrämpfe und betrunken als lüstern. Bereiten Sie auch nicht gleich eine Maurermahlzeit vor, viele kleine Gänge sind appetitlicher. Und nun zur Frage der Temperatur. Auch da sind sich die Hexenmeister nicht einig: Heißes macht heiß, Kaltes lässt kalt, sagt man in Südamerika und gibt mit scharfem Chili, Pfeffer und Ingwer noch eins drauf. Doch auch rohes Gemüse mit Mengen von Knoblauchsauce soll richtig anheizen – wenn der starke Geruch nicht schon vorher das ganze Abenteuer abbläst. Die Lösung? Ausprobieren! Es ist ja zu hoffen, dass Sie nicht nur einmal ein Liebesmahl zubereiten.

Anregungen für ein Diner d'Amour

Entrée:

Heiß: Süppchen aus Karotte oder Fenchel oder gebratene Austernpilze

Kalt: frische Feigen mit Gorgonzola gefüllt oder Artischockenböden mit Vinaigrette

Hauptspeise:

Heiß: gegrillter Schwertfisch mit einer Salsa aus Mango, Kiwi und Limonen; Lachs in Zitronensauce mit Trauben; Wachtel-, Truthahn- oder Hühnerflügel mit Salbei gewürzt; Lammfleisch mit Kümmel, Fenchel und Anis

Kalt: roher Fisch auf japanische Art (Sushi) mit viel Ingwer und Rettich oder Kaviarpaste auf Toast

Dessert:

Sorbet (Champagner oder Zitrone); Feigen, Papaya- oder Mangosalat, dazu leichte Crêpes; Anisplätzchen und der absolute Knüller: Lebkuchen, denn in ihnen ist alles enthalten, was liebestoll macht: Honig, Nüsse, Mandeln, Zimt, Kardamom, Nelken und Anis.

Getränke:

Außer Sekt, Champagner, leichtem Weiß- und Rotwein (in Maßen) – niemals Bier!, das macht dumpf – gibt es einige köstliche Liebesmixturen; besonders in orientalischen und asiatischen Rezeptbüchern werden Sie fündig, zum Beispiel Jasmintee, Kaffee mit Zimt oder gestoßenem Kardamom, Milch mit Ingwer, Nüssen und Vanille oder:

Powerpack

500 g geschälte Tomaten
1 Salatgurke
1/2 Peperoncino (entkernt)
1 Bund Frühlingszwiebeln
2 Knoblauchzehen
Salz, 2 Esslöffel Olivenöl
Das Gemüse mit dem Öl im Mixer pürieren, würzen und im Kühlschrank mehrere Stunden kalt stellen. In hohe Gläser füllen, fertig.

Sheherezades Tee

1 Esslöffel Verbenen
1 Esslöffel Rosenblätter
ein wenig Zitronenschale
1 Teel. Earl-Grey-Schwarztee
Die Mischung mit 3/4 Liter kochendem Wasser aufbrühen, 3 Minuten ziehen lassen, abseihen, mit Honig süßen. Ein Tee für 1001 Nacht.

Weingeist

Starken Rotwein mit Zimtstange, frischem Ingwer, Sternanis und Nelken würzen. Nach drei Tagen ist die Mixtur erblüht – und dann sind Sie dran!

Und das sagt der Wissenschaftler dazu:
Alle Versuche, die Wirksamkeit luststeigernder Mittel beim Menschen wissenschaftlich nachzuweisen, sind unzuläng-

lich. Es gibt keinen Laborbeweis dafür, dass die Vanilleschote, der Rosenduft oder Moschusöl die Libido anheizen. Das, was man mit Sicherheit sagen kann, ist, dass Aphrodisiaka, wie sie zum Beispiel überall auf arabischen Bazaren zu kaufen sind, eine besondere Wirkung auf das Herz-Kreislauf-System haben, oder sie wirken auf das sogenannte autonome Nervensystem, wodurch es zur verstärkten Durchblutung des Bauch- und Beckenraums und damit auch der inneren und äußeren Geschlechtsorgane kommt. Besondere Wirksamkeit sagt man dem Alkaloid Yohimbin nach, es wird aus der Rinde eines afrikanischen Baumes gewonnen. Es wirkt stimulierend auf das vegetative Nervensystem. Generell gilt: Von Freunden empfohlene Aphrodisiaka sind mit Vorsicht zu genießen, nicht jeder reagiert gleich auf diese Mittel. Manche wirken sogar wie Gift: Von der Spanischen Fliege, dem grüngoldenen Öl-Käfer, ist deshalb abzuraten. Wer nicht damit umgehen kann, begibt sich und andere in echte Lebensgefahr – am besten fragen Sie auch in diesem Fall einen Arzt oder Apotheker. Am erfolgversprechendsten, sagen die Fachleute, sind die Erkenntnisse der Naturheilkundler. Sie empfehlen exakt dosierte Tropfen, Aufgüsse und die Kombination verschiedener Kräuter und Gemüse, die auf das Temperament oder die Bedürfnisse des »Patienten« abgestimmt sind.

Drogen

Ein schönes bauchiges Glas Rotwein, eine Flöte prickelnder Champagner – Alkohol in kleinen Mengen (außer Bier, das macht träge) wirkt enthemmend, zugleich von der Körpermitte aus erregend und euphorisierend, und das steigert die Libido. Eine Studie stellte fest, dass leicht alkoholisierte Frauen sexuell aktiver sind und sich auch mehr Sex wünschen als abstinente. Eines scheint Alkohol allerdings zu verhindern: die sexuelle Befriedigung. Frauen, die reichlich trinken, ehe sie mit einem Mann schlafen, sind danach sexuell frustrierter als Frauen, die den Dingen nüchtern entgegensehen – sagt diese Studie. Beim Mann hat Alkohol (aus der Sicht der Frauen) eine positive Wirkung: er hält beim Sex länger durch, ohne zu ejakulieren. Die negative Wirkung: vermehrter Alkoholkonsum bedeutet verminderte Potenz.

Marihuana gilt als Anheizer, auch um Liebe zu machen – wenn Sie wissen, wie Hasch bei Ihnen wirkt. Diese Droge scheint den jeweiligen Zustand zu verstärken. Wenn Sie also müde sind, drauf und dran sind, in seligen Murmelschlaf zu verfallen, ist das Pfeifchen in Ehren für eine hitzige Liebesnacht natürlich nicht die richtige Vorbereitung! Wenn Sie fit sind und sexwillig, entspannt es und verstärkt die sensorische Wahrnehmung, und damit ist es sicher ein echtes Aphrodisiakum. Seien Sie jedoch geizig in der Anwendung: Sparen Sie es sich für besondere Anlässe auf, auch ein Lieblingsessen wird im Übermaß langweilig!!

Auch Kokain, Amphetamine, LSD und Meskalin sind Drogen mit enthemmender Wirkung. (Korrekterweise sei hier angemerkt, dass der Besitz aller eben genannten Drogen illegal ist!) Auch die Ärzte raten natürlich von jeglicher Art Drogen ab, weil sie gesamtpersönliche Veränderungen mit sich bringen, die eher zerstörerisch sind. Bei regelmäßigem Konsum kehrt sich die Lust in permanente Unlust, sogar Impotenz bei den Männern.

Der Gipfel der Lust

Die weibliche und die männliche Sexualität haben manchmal so viel gemein wie rhythmische Sportgymnastik und ein 100-Meter-Lauf. Am deutlichsten wird dieser Unterschied an dem Punkt, um den sich beim Sex, wenn auch vollkommen zu Unrecht, alles dreht – dem Orgasmus.

Für Männer ist Sex ohne Höhepunkt unvorstellbar. Ohne ihn wird das Liebesspiel zur persönlichen Niederlage. Der männliche Orgasmus ist eine feste, eindeutige Größe. Männer haben fast jedesmal einen, was sie auch mühelos beweisen können. Der Teelöffel voll weißlicher, klebriger Flüssigkeit, die auf dem Gipfel der Lust aus ihrem Penis herauskatapultiert wird, ist ein Fakt, an dem es nichts herumzuinterpretieren gibt. Ganz anders die Frauen. Vielen von ihnen ist der Genuss dieser Entladung sexueller Energie nur selten, einigen sogar gar nicht vergönnt. Und beweisen können sie ihr Kommen nie. Frauen produzieren nichts, was sie als Trophäe ihrer Lust vorweisen könnten. Dafür ist ihr Orgasmus nicht fälschungssicher und sie können, wenn ihnen danach ist, in die Trickkiste greifen und einen grandiosen Höhepunkt vortäuschen. Eine Tatsache, die Männer zutiefst verunsichert. Denn als guter Liebhaber gilt vor sich und dem Rest der Welt nur, wer seiner Partnerin mindestens einen echten Höhepunkt verschaffen kann. Das macht den weiblichen Orgasmus für den Mann, und damit häufig leider auch für die Frau, zum Maß jedes Liebesspiels. Und die bange Frage lautet immer wieder aufs Neue, wird er kommen, der ersehnte Gipfel der Lust?

Der weibliche Orgasmus

Der weibliche Orgasmus ist für Männer ein Mysterium, das sie misstrauisch und nicht selten mit einem gewissen Neid betrachten. Doch auch Frauen stehen ihrem Lustgipfel ein wenig ratlos gegenüber. Das letzte Geheimnis des weiblichen Höhepunkts ist noch lange nicht gelöst. Trotz aller Forschung und Eigenbeobachtung gibt er den Frauen selbst und den Experten weiterhin manches Rätsel auf. Was wurde nicht schon alles über ihn geschrieben und geforscht. Wann er kommt und wann wahrscheinlich nicht, wie er kommt und warum er oft so spät kommt, und dass er überhaupt nur sehr schwer kommt.

Rein wissenschaftlich betrachtet, ist der Orgasmus der Höhepunkt sexueller Erregtheit und Anspannung, die sich explosionsartig entladen. Jeder Mensch ist potenziell dazu fähig, einen Orgasmus zu erreichen. Die Betonung liegt auf potenziell. Denn tatsächlich haben Frauen oftmals große Mühe, sich zum Gipfel der Lust aufzuschwingen. Der weibliche Orgasmus ist eine Diva, launisch, unberechenbar, hochsensibel. Man kann sich nie darauf verlassen, dass er dem Liebesspiel mit seinem Auftritt ein furioses Finale beschert.

Um ihren Orgasmus richtig genießen zu können, sollten Frauen damit beginnen, dieses Thema etwas entspannter anzugehen. Sicher, das fällt schwer. Schließlich wird ihnen von allen Seiten suggeriert, dass es beim Sex nur darum geht. Der Geliebte fragt ängstlich oder siegessicher nach: *»Und, bist du gekommen?«* Eine Freundin erzählt von ihrem letzten Bettabenteuer und meldet großspurig: *»Der Typ war nicht der Mann fürs Leben. Aber ich hatte einen waaahnsinnigen Orgasmus. Du weißt ja, damit habe ich grundsätzlich keine Probleme.«* Den Rest geben einem dann Kinofilme, in denen man staunend verfolgen darf, wie eine viel zu schöne Leinwand-Diva einen Orgasmus nach dem anderen herbeikoitiert und -stöhnt. Ohne irgendeiner besonderen zusätzlichen Stimulierung zu bedürfen oder mit einem erwähnenswerten Vorspiel auf die Ekstase hingearbeitet zu haben. Da sitzt man dann, die weniger Begabte, denkt an den herrlichen Sex der anderen, der einem selbst leider versagt bleibt, und fragt sich schließlich: »Was mache ich eigentlich falsch? Warum muss ich mich mit einem mickrigen Höhepunkt bescheiden, der nicht immer und nie ohne ausgiebige Ouvertüre zustande kommt?« Und überhaupt: »Komme ich irgendwie zu leise, zu langsam? Sollte ich heftiger stöhnen, lauter stammeln? Bin ich für meinen Liebsten leidenschaftlich genug? Wie lange brauchen eigentlich die anderen, wenn sie sich's selbst machen?«

Hier ein paar Antworten: Tatsache ist zunächst einmal, es ist vollkommen normal, nicht jedesmal einen Höhepunkt zu haben. Und schon gar nicht so einen, der die Welt aus den Angeln hebt. Ein Orgasmus muss auch nicht unbedingt beim Koitus zustande kommen. Eine Frau kann ihn vorher haben, dabei oder auch nachher. Das große Beben kennt keinen genauen Zeitplan. Und für alle, bei denen es bis jetzt noch nicht so recht klappt: Der Orgasmus ist kein Talent, das man hat oder bedauerlicherweise nicht hat. Man kann ihn lernen. Wie, das steht unter »Selbstbefriedigung – der Start ins Glück« (Seite 107) und »Wenn der Orgasmus streikt« (Seite 212).

Klitoral, vaginal – welcher Orgasmus ist der beste?

Um es kurz zu machen: keiner davon. Es gibt kein richtig und falsch, gut oder weniger gut, wenn es um den Orgasmus geht. Vielleicht ist der eine Höhepunkt intensiver als der andere. Oder wird aus irgendeinem Grund als einmalig erlebt. Das liegt vermutlich an der Tagesform. Oder daran, dass es die Hochzeitsnacht ist oder man unsterblich verliebt ist in seinen Partner. Aber hatten Sie schon mal einen Orgasmus, der Ihnen nicht gefallen hat? Na also ...

Der Orgasmus wird sowohl durch direkte als auch durch indirekte Stimulation der Klitoris ausgelöst. Freuds Theorie vom klitoralen als unreifem, minderwertigem, und dem vaginalen als eigentlichem Orgasmus ist längst zum Mythos erklärt worden. Zunächst einmal ist es vollkommen gleichgültig, welche Art Orgasmus eine Frau hat. Wie sie zu ihrem Glück kommt, spielt keine Rolle. Hauptsache, sie kommt, wenn sie das will. Schon die Sex-Pioniere William H. Masters und Virginia E. Johnson haben festgestellt, dass jeder Höhepunkt von der Klitoris ausgelöst wird. Und zwar auch dann, wenn sie nicht direkt berührt wird. Der Grund ist ein Netz von Nerven und Blutgefäßen, das den gesamten klitoralen Bereich durchzieht und das bei sexueller Erregung involviert ist, egal, welche Stelle des vaginalen Bereichs gerade stimuliert wird. Das schließt auch den berühmten G-Punkt mit ein (siehe Seite 120). Also noch mal: Zum Orgasmus kommt es durch direkte oder indirekte Stimulierung der Klitoris. Beide Orgasmusformen, sprich durch direkte Stimulierung der Klitoris oder durch Penetration, sind vollkommen normal und gleichwertig. Wahrscheinlich haben Frauen eine Art Mischorgasmus, bei dem mal die klitorale und mal die vaginale Komponente überwiegt. Tatsache ist, dass die meisten Frauen die stärkste sexuelle Stimulierung an der Klitoris erleben und oft eine direkte Stimulierung der Liebesperle brauchen, um zum Höhepunkt zu kommen. Selbst dann, wenn sie ihren Orgasmus als vaginal beschreiben.

Frauen, die behaupten, sie könnten bei sich einen Unterschied zwischen vaginalem und klitoralem Orgasmus feststellen, machen das an sexuellen Empfindungen fest. *»Wenn* *ich einen vaginalen Orgasmus habe, fließt er wie Strom durch meinen ganzen Körper. Ein klitoraler bleibt unten im Becken.« »Sie sind unterschiedlich, aber ich kann nicht sagen, welcher der bessere ist. Sie sind beide fantastisch.« »Der klitorale Orgasmus konzentriert sich ganz klar auf meine Klitoris. Sie ist das Epizentrum der Explosion. Der vaginale Orgasmus ist diffuser, er lässt sich eher als Flächenbrand beschreiben.« »Die besten Orgasmen habe ich, wenn mein Freund meine Klitoris oral verwöhnt. Meine Wahrnehmung ist beim Oralsex total auf diese Stelle meines Körpers konzentriert. Vielleicht sind die Höhepunkte deshalb so unglaublich intensiv.« »Manchmal habe ich einen klitoralen, manchmal einen vaginalen Orgasmus. Ich mag beide.«* Wenn Sie zu denjenigen gehören, die beide Orgasmusformen kennen, dann freuen Sie sich. Wenn Sie keinen Unterschied erkennen können, machen Sie sich nichts draus. Hauptsache ist, Sie genießen das Erlebnis.

Ein Irrtum der Natur?

Warum haben Frauen eigentlich einen Orgasmus? Im Grunde kann uns das natürlich vollkommen egal sein. Hauptsache, wir haben einen. Andererseits ist die Frage äußerst spannend, ob der Gipfel der Lust einzig dem Vergnügen der Frau dient, oder ob er auch noch etwas anderes ist als ein reiner Luxusartikel. Zur Erhaltung der Art brauchen Frauen ihn, anders als die Männer, jedenfalls nicht. Wozu also soll er dann gut sein, fragen sich Anthropologen, Biologen, Evolutionspsychologen und Sexualwissenschaftler.

Die Erklärungsversuche der verschiedenen Fachleute widersprechen sich zum Teil erheblich. Die eine Fraktion behauptet, der weibliche Orgasmus sei in der Tat ähnlich nutz- und funktionslos wie die Brustwarzen des Mannes. Und die

Klitoris, das weibliche Pendant zum Penis, erklärt sie zu einem für die Frau zugegebenermaßen angenehmen und kostbaren Irrtum der Schöpfung.

Andere Wissenschaftler sind hingegen überzeugt, dass die Existenz des weiblichen Höhepunkts durchaus einen höheren Zweck als den eines besonderen sexuellen Kicks erfüllt. Eine Theorie besagt zum Beispiel, der Orgasmus sei eine Art Belohnung für die Frau, die besonderen Einsatz in Sachen Fortpflanzung an den Tag legt. Wer sich fleißig um die Erhaltung der Art bemüht, dem schenkt die Natur dafür körperliche Wonnen. Der Orgasmus als Anreiz für die Familiengründung ist allerdings eine Theorie, die sich bislang nicht beweisen ließ. Und die in der Tat ein bisschen weit hergeholt scheint. Eher plausibel klingt folgende These: Die Befruchtung eines weiblichen Eis ist, wie bereits erwähnt, nicht abhängig vom Orgasmus der Frau. Ein Höhepunkt scheint sie allerdings zu begünstigen. Forschungen von Biologen haben ergeben, dass durch die rhythmischen Kontraktionen der Vagina während des Orgasmus die Spermien, die der Mann bei seiner Ejakulation auf die Reise geschickt hat, regelrecht in den Uterus gesaugt werden. Dadurch steigt nach Meinung der Experten die Chance einer Befruchtung. Seriöses Zahlenmaterial, das belegen würde, dass regelmäßig kommende Frauen schneller schwanger werden, konnte bislang jedoch kein Wissenschaftler vorlegen.

Auch die Ergebnisse einer weiteren Studie legen nahe, dass die These vom Orgasmus als Befruchtungspuscher Gültigkeit haben könnte. Wissenschaftler haben festgestellt, dass nach dem Sex wesentlich mehr Spermien in der Vagina der Frau bleiben, wenn sie eine Minute vor oder bis zu 45 Minuten nach der Ejakulation ihres Partners einen Orgasmus hatte. Kommt sie dagegen mehr als eine Minute vor ihm zum Höhepunkt oder gar nicht, behält sie nur wenige

Spermien in ihrer Vagina. (200 bis 400 Millionen Spermatozoen verschießt ein Mann übrigens bei jeder Ejakulation. Interessanterweise produzieren Männer, die besonders eifersüchtig sind, dreimal so viel Spermien wie der Durchschnitt. Vermutlich eine Einrichtung der Natur, die seine Chancen verbessern soll, seine Gene weiterzugeben und tatsächlich der biologische Vater seines Kindes zu werden und nicht ein Kuckuckskind aufzuziehen.)

Evolutionspsychologen folgern aus diesen Forschungsergebnissen, dass eine Frau durch das Timing ihres Orgasmus mitbestimmen kann, wer der Vater ihres Kindes wird. Das muss man sich schlimmstenfalls folgendermaßen vorstellen: Eine verheiratete Frau mit Liebhaber wünscht sich ein Kind. Schön soll es sein und kerngesund. Nach Möglichkeit sollte sein Gesicht das fein modellierte Näschen des Geliebten zieren und nicht der Zinken des Ehemannes. Auch sonst scheinen die Gene des von der Natur verwöhnten Geliebten vielversprechender. Also sieht die künftige Mutter zu, dass sie fortan beim ungeschützten Sex mit dem Liebhaber kurz nach ihm zum Höhepunkt kommt, beim festen Partner hingegen immer als Erste am Ziel ist. Die Chancen, dass die Spermien des Geliebten ein Ei befruchten und nicht die des Gatten, wären nach der Theorie der Evolutionspsychologen damit erheblich gestiegen.

Ebenfalls für die These von der orgasmusgesteuerten Wahl des Vaters für potenziellen Nachwuchs spricht eine evolutionsbiologische Studie. Danach erleben Frauen, deren Partner symmetrische Körperformen haben, angeblich wesentlich häufiger einen Orgasmus beim Geschlechtsverkehr als Frauen, deren Partner weniger symmetrische Maße vorweisen können. Symmetrische Körperformen sind laut medizinischen Studien ein Zeichen für seelische und körperliche Gesundheit und lassen damit auf ein gesundes Erbgut schließen. Will heißen, Frauen »symmetrischer« Männer erhöhen durch einen Orgasmus die Chance, von ihrem Partner schwanger zu werden. Frauen »unsymmetrischer« Männer dagegen vermeiden es, durch einen Höhepunkt eine Befruchtung zu unterstützen. Bei sexuellen Spielarten, die in der Regel nicht zu einer Schwangerschaft führen, also zum Beispiel bei oralem Sex oder beim Vorspiel, unterscheidet sich die Orgasmushäufigkeit bei den beiden Frauengruppen nicht wesentlich. Besteht die Gefahr einer Schwangerschaft nicht, spielen die Gene des Partners schließlich keine Rolle.

Eine weitere Untersuchung stellt einen gewissen Zusammenhang zwischen Orgasmus und Fruchtbarkeit her. Die Befragung von Frauen, die an unerklärlicher Unfruchtbarkeit litten, ergab, dass diese Frauen auffallend häufiger unorgasmisch waren als fruchtbare Frauen.

Inwieweit solche Forschungsergebnisse wirklich zutreffen, sei dahingestellt. Vor allem scheint es ein reichlich zweifelhaftes Unterfangen, alles sexuelle Verhalten des Menschen auf evolutionsbiologische Faktoren zu reduzieren. Oder sollte Sex etwa wirklich nur mit dem Fortpflanzungsinstinkt unserer Urahnen zu tun haben?

Die vier Phasen der Lust

Der Orgasmus läuft bei Frauen und Männern in vier Phasen ab, der Erregungs-, Plateau-, Orgasmus- und Rückbildungsphase. Diese Erkenntnis haben wir dem berühmten amerikanischen Sexforscher-Gespann William H. Masters und Virginia E. Johnson zu verdanken.

Erregungsphase

Die Erregung der Frau zeigt sich zuerst daran, dass ihre Scheide feucht wird und sich ausdehnt. Der gesamte Genitalbereich wird stärker durchblutet. Dadurch schwellen die großen und kleinen Schamlippen an und öffnen sich. Die Klitoris wird doppelt so groß wie im unerregten Zustand und richtet sich, genauso wie die Gebärmutter, durch die gesteigerte Blutzufuhr auf. Bei vielen Frauen schwellen die Brüste an, die Brustwarzen werden hart.

Die Muskeln, besonders in der Bauchregion, beginnen sich anzuspannen. Eine Rötung der Haut an Hals, Brustbein und Unterleib kann bei Frauen und Männern auftreten. Atem- und Herzfrequenz steigen an. Die Erregungsphase dauert bei der Frau zwischen ein paar Minuten und mehreren Stunden, das heißt länger als die Plateau- und die Orgasmusphase.

Beim Mann kommt es in dieser Phase durch die erhöhte Blutzufuhr in den Schwellkörpern zur Erektion, die bei einem Herauszögern der Erregungsphase teilweise verloren geht und dann wieder aufgebaut werden kann. Der Hodensack wird enger an den Körper gezogen, die Hodensackhaut runzelt und verdickt sich, die Hoden nehmen an Umfang zu. Wie bei vielen Frauen werden auch bei Männern die Brustwarzen hart und richten sich auf.

Plateauphase

In der zweiten Phase erreicht die sexuelle Spannung eine Intensität, durch die der Orgasmus ermöglicht wird. Die Dauer der Plateauphase hängt größtenteils davon ab, wie wirksam die Stimulierung der erogenen Zonen ist.

Brüste und Brustwarzen können weiter anschwellen, der ganze Körper der Frau kann heiß und gerötet sein. Herzfrequenz und Blutdruck steigen weiterhin, die Atmung wird schneller, manchmal unregelmäßiger, keuchender. Die Klitoris zieht sich unter die Vorhaut zurück, die Scheide verengt sich. Die Genitalien sind maximal blutgefüllt. Die Muskelspannung baut sich im ganzen Körper weiter auf. Die Frau macht manchmal unwillkürliche ruckartige Bewegungen. Die kleinen Schamlippen schwellen weiter an. Desgleichen der Scheideneingang, der damit die sogenannte »orgastische Manschette« bildet. Die Gebärmutter wird durch Zunahme der Blutfüllung größer und richtet sich vollständig auf. Am Ende der Plateauphase färben sich die kleinen Schamlippen von Rosa zu Hellrot (»Sex Skin Phänomen«).

Beim Mann kommt es zur maximalen Erektion, die Eichel ist bläulich verfärbt.

Ab jetzt konzentrieren sich Frauen nur noch auf ihre sexuellen Empfindungen. *»Wenn ich überhaupt etwas denke, dann nur eines: Bitte nicht aufhören, bitte weitermachen!« »In dieser Phase stelle ich mir oft vor, wie meine Vagina aussieht. Auch wenn ich masturbiere, sehe ich dann vor meinem inneren Auge, wie der Schwanz von meinem Freund rein und raus geht.« »Ich sehe einen Film. Sehe meinen Freund, wie er mich leckt oder sich in mir bewegt.«* Alle Wahrnehmung der Frau ist auf den vaginalen Bereich fokussiert, die Welt um sie herum ist nicht mehr existent. Auch der Partner nicht. Nur die Wirkung dessen, was er tut, zählt in diesen Sekunden. *»Ich kriege hinterher fast ein schlechtes Gewissen. Mir ist in dem Moment alles total egal.«*

Wichtig ist, dass die Stimulierung in den letzten Sekunden vor dem Orgasmus gleich bleibt. Wenn der Partner aus dem Rhythmus kommt, die Stärke des Drucks von Zunge, Finger oder Penis ändert oder kurz unterbricht, verpufft die sexuelle Spannung, und die Erregung muss ein zweites Mal aufgebaut werden. So ein Absturz kurz vorm Gipfel ist eine

Riesenenttäuschung. Genauso nimmt kein Mann es locker, wenn seine Geliebte ihn kurz vor der Explosion einfach stehenlässt. Eine Frau muss sich zwar nicht unbedingt wie ihr Partner durch eine Ejakulation entladen, doch das jähe Insichzusammenfallen der sexuellen Spannung ist ähnlich frustrierend. *»Wenn ich kurz vor dem Orgasmus bin, und mein Freund will plötzlich die Stellung wechseln oder muss niesen oder so etwas, und die ganze Ekstase ist mit einem Schlag weg, dann ist das wie eine kalte Dusche. Das ist, als würde einem der Urlaubsflieger direkt vor der Nase davonfliegen.«* Deshalb ist es wichtig, dem Partner zu signalisieren, wenn man die Zielgerade erreicht hat und er den Rhythmus nicht mehr variieren darf, oder, wenn man es braucht, leicht steigern muss.

Unmittelbar vor dem Höhepunkt spannen die meisten Frauen bewusst oder unbewusst ihren ganzen Körper an, vor allem Bein-, Hüft-, Po- und Vaginalmuskulatur. Manche klammern sich am Bettpfosten oder am Partner fest, andere beißen die Zähne zusammen, ballen die Fäuste oder werden von den Hüften abwärts starr. Sie bauen dadurch eine Spannung auf, die sich im Orgasmus entlädt.

Orgasmusphase

Auf dem Gipfel der Erregung löst die Klitoris den Orgasmus aus. Die Scheide zieht sich drei- bis fünfzehnmal rhythmisch zusammen. Jede dieser Kontraktionen dauert exakt eine Achtelsekunde. In der Gebärmutter finden Kontraktionen in Intervallen von vier Fünftelsekunden statt. Die Muskeln im Unterbauch ziehen sich ebenfalls zusammen. Reflexhafte Kontraktionen können auch an anderen Stellen des Körpers erfolgen. Es kommt zu Muskelzuckungen in den Armen, Beinen und im Gesicht. Außerdem zur Erhöhung des Blutdrucks und der Atemfrequenz und zu einer Pulsbeschleunigung.

Ein Orgasmus dauert normalerweise etwa drei bis zwanzig Sekunden. Manche Frauen erleben auch Orgasmen, die eine Minute oder sogar noch länger dauern. Einige wenige spüren Kontraktionen des Uterus noch bis zu 24 Stunden später.

Der männliche Orgasmus spielt sich in zwei Phasen ab: Zuerst wird der Samen im Samenleiter gesammelt, dann wird er ausgestoßen. Während er ejakuliert, hat der Mann das Orgasmusgefühl. Die Orgasmusphase ist beim Mann auf wenige Sekunden beschränkt.

Unmittelbar nach dem Höhepunkt schwitzen viele Frauen und Männer.

Rückbildungsphase

Die Ruhe nach dem Sturm. Rötungen und Schwellungen gehen zurück. Die Rückbildungsphase dauert bei Männern wesentlich kürzer als bei Frauen. Ihr schließt sich beim Mann allerdings im Gegensatz zur Frau eine individuell unterschiedlich lange Refraktärzeit ein. Das ist eine Erholungsphase, in der ihm eine erneute sexuelle Erregung noch nicht wieder möglich ist. Bei jungen Männern dauert diese Phase nur wenige Minuten. Mit zunehmendem Alter wird diese Phase dann immer länger. Bei Männern über 80 kann sie sich eine Woche oder länger hinziehen. Frauen haben es da besser: Sie sind sofort nach dem Höhepunkt wieder erregbar und können mehrere Höhepunkte direkt hintereinander erleben.

Falls Sie die einzelnen Phasen dieses Reaktionszyklus noch nie bewusst erlebt haben oder Ihnen eine der genannten Veränderungen des Körpers abgeht, zum Beispiel Ihre Brustwarzen nicht hart werden, dann machen Sie sich keine Sorgen. Der Körper reagiert nicht berechenbar und eindeutig wie eine Maschine. Dieser Zyklus ist lediglich ein Modell, das im Labor ausgetüftelt wurde. Es berücksichtigt zum Beispiel nicht Faktoren wie die persönliche Lebenssituation oder die psychische Verfassung. Sprich alles, was das sexuelle Empfinden beinflusst, aber nicht messbar ist.

Vor Lust zerfließen – die weibliche Ejakulation

»Nachdem ich einen Orgasmus gehabt hatte, war plötzlich ein ziemlich großer nasser Fleck auf dem Laken. Mein Freund war noch nicht gekommen, also musste ja wohl ich den Fleck produziert haben. Ich hatte keine Ahnung, was passiert war. Mir war das total peinlich.«

Wenn es ihnen das erste Mal passiert, denken viele Frauen voller Schrecken, sie hätten ins Bett gemacht. Beim Orgasmus fließt oder tropft plötzlich eine wässrige Flüssigkeit aus ihrer Scheide, oder das Bettlaken ist unerklärlicherweise feucht, obwohl der Mann ein Kondom benutzt hat. Darauf, dass sie ejakuliert haben könnten, kommen die wenigsten.

Männer hören es gar nicht gern, aber die Ejakulation ist mitnichten ein männliches Privileg. Auch Frauen können sich beim Orgasmus verströmen. Allerdings bleibt diese Erfahrung nur einem Bruchteil der Frauen vorbehalten. Und im Gegensatz zum Mann ejakuliert eine Frau auch nicht bei jedem Höhepunkt. Im Gegenteil, für viele bleibt die Ejakulation ein einmaliges Erlebnis. Dafür sorgen sie oft selbst. Ihnen ist der irrtümliche Gedanke, die Kontrolle verloren und beim

Sex uriniert zu haben, so peinlich, dass sie von diesem Erlebnis an den Orgasmus zurückhalten, um nur ja nie wieder in eine derart unangenehme Situation zu geraten.

Was sehr bedauerlich ist. Denn die Ejakulation ist nach Meinung von Experten ein Zeichen höchster Erregung. Wodurch genau sie hervorgerufen wird, konnte bisher allerdings noch nicht geklärt werden.

Erforscht ist hingegen ihr Ablauf. Das Ejakulat ist eine farblose bis weißliche, wässrige Flüssigkeit, die in den paraurethralen Drüsen produziert wird. Mediziner bezeichnen diese Drüsen auch als weibliche Prostata. Die Flüssigkeit wird beim Höhepunkt durch zwei winzige Ausgänge ausgeschieden, die direkt neben der Harnröhrenöffnung liegen. Vielleicht stammt daher der Irrglaube, es handle sich bei ihr um Urin. Die Ejakulation fällt unterschiedlich stark aus. Bei manchen Frauen fließt es richtig, bei anderen tröpfelt es nur ein bisschen. Meistens liegt die Menge des Ejakulats zwischen einem und drei Teelöffeln voll Flüssigkeit.

In jedem Fall scheint die Ejakulation ein lustvolles Element beim Höhepunkt zu sein. Frauen beschreiben ihren Orgasmus als besonders intensiv, wenn sie dabei ejakuliert haben. *»Es ist ein Gefühl des totalen Loslassens, des sich Verströmens.«* Dieses Phänomen lässt sich nicht gezielt hervorrufen. Manche Frauen erleben es nur mit einem bestimmten Partner und danach mit keinem anderen mehr. Die Gründe dafür wurden bislang nicht entdeckt.

Sicher ist nur eines: Die weibliche Ejakulation ist kein Merkmal einer besonderen sexuellen Leistungsfähigkeit. Also keine Panik oder Enttäuschung, wenn Sie noch nie ejakuliert haben.

Der Weg zum Gipfel

Laut wissenschaftlichen Studien kommen nur 25 bis 33 Prozent aller orgasmischen Frauen allein durch die Reibung des Penis beim Herein und Heraus während des Geschlechtsverkehrs regelmäßig zum Orgasmus. Die anderen, sprich über die Hälfte dieser Frauen, brauchen, um ausreichend erregt zu sein, die besondere Stimulierung der Klitoris, egal ob mit den Fingern, der Zunge, Sexspielzeug oder dem Penis. 29 Prozent aller Frauen sind beim Koitus noch nie zum Höhepunkt gekommen, wohl aber durch Selbstbefriedigung.

Es gibt ganz verschiedene Arten, zum Orgasmus zu gelangen. Jede für sich ist eine Möglichkeit, keine ist ein Muss. Alles ist erlaubt – selbst Hand anlegen, im Kopf eine Pornoszene inszenieren, eine Kombination von beidem, jede Frau entdeckt und bevorzugt ihren eigenen Weg zur Lusterfüllung. Wenn sich auch, wie bereits erwähnt, bei den meisten ohne eine besondere Stimulierung der Klitoris gar nichts tut. Wie die Klitoris einer Frau behandelt werden will, damit sie die Explosion auslöst und sich nicht beleidigt zurückzieht, ist individuell verschieden. Auf welche Art der Stimulierung die einzelne Frau am stärksten reagiert, muss sie durch Ausprobieren herausfinden. Gemeinsam mit dem Partner gilt es zu erforschen, ob er sich speziell auf die Klitoris konzentrieren soll, oder ob Streicheln, Lecken und Saugen an den Schamlippen am meisten erregt. Am besten lassen sich die sensibelsten Zonen beim Masturbieren herausfinden.

Selbstbefriedigung

Überhaupt ist der sicherste Weg zum Orgasmus die Selbstbefriedigung. Deswegen animieren Sexualtherapeuten gerade

Frauen, die noch nie einen Orgasmus hatten oder nur selten einen haben, den eigenen Körper beim Solosex erst einmal zu erforschen und so irgendwann zum Gipfel zu kommen (siehe auch »Selbstbefriedigung – der Start ins Glück«, Seite 107).

Viele Frauen haben beim Masturbieren einen weit intensiveren Höhepunkt als beim Sex mit dem Partner. Der Grund ist, dass sie beim Solosex ganz auf sich selbst konzentriert sind, anstatt sich darum zu sorgen, wie sie aussehen, riechen oder schmecken. Oder ängstlich darüber nachdenken, ob der Partner wohl genervt ist, weil sie zu lange brauchen, um zu kommen. Oder sich, anstatt sich ganz dem Genuss hinzugeben, ausdenken, wie sie sich für den wunderschönen Cunnilingus revanchieren können, wenn der Liebhaber damit fertig ist. Fazit: Frauen machen sich beim Sex oft zu viele ablenkende, störende Gedanken. Interessant ist auch die Tatsache, dass Frauen beim Masturbieren genauso schnell zum Orgasmus kommen wie Männer. Beim Geschlechtsverkehr dauert es dagegen wesentlich länger als beim Mann. Frauen erreichen einen Orgasmus bei gezielter Stimulierung durch Masturbieren im Schnitt innerhalb von acht Minuten. Mit einem Partner dauert es dagegen durchschnittlich zwischen zehn und 30 Minuten. Einige Wissenschaftler werten das als Beleg für die Vermutung, dass Frauen nichtkoitale sexuelle Aktivitäten, also Sex ohne Penetration, mehr schätzen und genießen als den Geschlechtsverkehr. Deshalb auch die Vorliebe für ein ausgiebiges Vorspiel.

Cunnilingus

Die Mehrzahl der Frauen, die Erfahrungen damit haben, kommt durch Cunnilingus zum Orgasmus. Nicht wenige finden ihn erregender und lustvoller als den Koitus. Viele Frauen bezeichnen den oralen Verkehr als die sicherste Möglichkeit, zum Orgasmus zu kommen. Und erklären, sie würden eher auf den Koitus verzichten wollen als auf die Zungenzauberei ihres Liebsten.

Die Lust am Penis

Andere Frauen ziehen das Gefühl des »Gefülltseins« vor. Sie wollen den Penis des Mannes in sich spüren und finden den Gedanken, dass sich sein Sperma in ihre Vagina ergießt, ungemein erregend. Selbst dann, wenn sie selbst keinen Orgasmus haben. Das mag an der Vorstellung vom miteinander Verschmelzen liegen oder an der besonderen körperlichen Nähe.

Extragenitaler Orgasmus

Einige wenige Frauen können einen Orgasmus erreichen, ohne dass ihre Genitalien berührt werden. Ihnen genügt die ausgiebige Stimulierung der Brustwarzen oder intensives Saugen und Küssen an den Ohrläppchen oder den Zehen. Das beweist, dass Sex vor allem im Kopf passiert. Das Geheimnis dieser Frauen sind nämlich ihre besonders lebendigen erotischen Phantasien und Gedanken, während ihr Partner sie liebkost. Auch im Schlaf können Frauen einen Orgasmus haben – ausgelöst durch einen erotischen Traum. So eine nächtliche Lustexplosion kann derart heftig ausfallen, dass man davon aufwacht. Zwischen zehn und 20 Prozent aller Frauen hatten angeblich mindestens einmal so ein Erlebnis.

So atmen Sie sich in Ekstase

Kurz vor dem Orgasmus sind Frauen vollkommen auf das konzentriert, was sich in ihrem Unterleib abspielt. Sie sind so angespannt in Erwartung des großen Bebens, dass sie alles vergessen, was sich oberhalb des Venushügels abspielt. Ihr Atem wird in dieser Phase flach und beschränkt sich auf den Brustkorb. Oder sie halten ihn immer wieder an, weil sie glauben, so ihre Erregung intensiver zu spüren. Was die meisten nicht wissen: durch dieses falsche Atmen verschenken sie sexuelle Energie und Lust.

Die Meister des Tantra predigen: Beim Orgasmus spielt die Atmung eine wichtige Rolle. Bis zu dreimal intensiver kann ein Höhepunkt ausfallen, wenn man tief in den unteren Bauchbereich atmet, anstatt im oberen Brustbereich hängenzubleiben. Das Geheimnis liegt darin, in der Erregung entspannt zu bleiben, erklären Tantriker. Ist eine Frau beim Orgasmus verkrampft, und das ist sie, wenn sie nicht tief atmet, dann bleibt der Höhepunkt im Becken stecken. Ein durch richtiges Atmen entspannter Orgasmus dagegen fließt durch den ganzen Körper. Die Tantriker stellen sich vor, daß im Körper, direkt hinter der Wirbelsäule, ein Bambusrohr verläuft, das vom Beckenboden bis zum Scheitel führt. Diese »innere Flöte« verbindet zentrale Energiefelder miteinander und muss zum Klingen gebracht werden. Das funktioniert über die Imaginationskraft. Man muss sich einfach vorstellen, mit jedem Atemzug den Sauerstoff unten im Becken zu sammeln und ihn dann langsam nach oben zu befördern. Auf diese Weise transportiert man die Empfindungen und Gefühle nach oben, macht den Orgasmus zum ganzheitlichen Erlebnis. Wir lieben so intensiv, wie wir atmen. Klingt doch plausibel. Und wer seinen Atem eine Zeitlang trainiert hat, wird feststellen, dass der Sex sich wirklich verändert.

Hier eine kleine Einstiegsübung: auf den Rücken legen, die Füße etwa schulterbreit auseinander. Beide Hände, die rechte über die linke, direkt unter den Bauchnabel legen. Tief ein- und ausatmen, beim Einatmen den Bauch gegen die Hände drücken und beim Ausatmen zurückziehen. Das braucht anfangs schon einige Konzentration. Irgendwann einmal läuft es dann automatisch. Dann kommt der nächste Schritt. Richtig atmen plus Spiel auf der »inneren Flöte«, wenn man sich selbst befriedigt. Beim Masturbieren ist man ganz auf den eigenen Körper konzentriert, eine ideale Situation, um Neues zu lernen. Also tief ein- und ausatmen. Wenn der Orgasmus anrollt, nicht die Luft anhalten und verkrampfen, sondern ihn mit Hilfe der Flöte emporziehen. Üben Sie so lange und so oft, wie Sie es brauchen. Irgendwann werden Sie Ihren Höhepunkt garantiert neu erleben. Das soll nicht heißen, dass der Orgasmus nur so schön und gut ist. Nein, er ist einfach nur anders. Eine Variante, die Sie ausprobieren und, wenn sie Ihnen gefällt, in das Liebesspiel mit dem Partner integrieren können.

Und wie lange brauchen Sie?

Wenn man Filmen und einschlägigen Romanen Glauben schenkt, kommen Frauen innerhalb von Sekunden zu einem erdbebengleichen Orgasmus. Der Mann stößt ein paarmal leidenschaftlich zu, und schon explodiert seine Geliebte unter lautem Stöhnen, Jauchzen und ekstatischen Verrenkungen. Und nun zur Realität: Um beim Koitus zum Orgasmus zu kommen, braucht eine Frau wie bereits erwähnt im Durchschnitt zwischen zehn und 30 Minuten. Nicht selten dauert es sogar länger als eine halbe Stunde, bis sie abhebt. Eine Frau springt auf eine sexuelle Situation mal schneller und mal weniger schnell an, je nachdem, in welcher Stimmung sie sich befindet. Wer gekränkt, deprimiert oder ängstlich ist, den lässt das sinnlichste Vorspiel kalt. Ein echter Krach mit dem Liebsten kann allerdings auch stimulieren. Wut und Kampfeslust bewirken ähnliche physische

Reaktionen wie sexuelle Erregung und können regelrecht aphrodisierend wirken. Die sexuelle Erregbarkeit hängt aber auch von der körperlichen Verfassung ab. Wer sich gerade einen Finger in der Haustür eingeklemmt hat oder von Magenkrämpfen geplagt wird, der ist zu sehr mit seinen Schmerzen beschäftigt, um auf sexuelle Reize zu reagieren.

Auf dem Höhepunkt und danach

Das subjektive Erleben des Orgasmus teilen Masters und Johnson in drei Stadien ein: Zunächst entwickelt sich bei den meisten Frauen aus der starken sexuellen Erregung heraus ein nur kurz anhaltendes Gefühl des Stehenbleibens, begleitet von intensiven Empfindungen im Unterleib. Dann durchflutet ein starkes Wärmegefühl zunächst das Becken und breitet sich danach im ganzen Körper aus. Im dritten Stadium zieht sich der Vaginalbereich zusammen, man spürt ein Pulsieren, Pochen in der Scheide und im Becken. Wenn die Spannung sich auf dem Gipfel der Lust löst, dann ist das ein einmaliges, eigentlich unvergleichliches Gefühl. Es fällt schwer, passende Worte zu finden, die dieses Erlebnis beschreiben.

»Wenn ich einen Orgasmus habe, laufen heiße Wellen durch meinen ganzen Körper. Von den Zehenspitzen bis zur Kopfhaut.«

»Es fühlt sich an wie pulsierende Stromstöße im Bauch.«

»Ich verliere die Kontrolle, ich explodiere regelrecht. Ich bin nicht mehr ich.«

»Kurz vorher ist es fast wie ein Schmerz, dann wie Abheben, ein sich Loslösen. Die Welt um mich herum verschwindet. Da-

nach geht dieses Mitgerissenwerden in ein weiches Pulsieren über, das von meiner Vagina ausgeht und sich in Wellen durch meinen ganzen Körper fortsetzt. Meine Vagina ist für diese paar Sekunden das Zentrum des Universums.«

»Von meinem Unterleib aus breitet sich ein Feuer in meinem Körper aus.«

»In meinem Unterleib explodiert eine gigantische Feuerwerksrakete. Die Sterne schießen durch meinen ganzen Körper und aus mir heraus. Um mich herum ist alles schwarz, und die Sterne leuchten weiß vor dem Dunkel.«

»Was soll ich sagen, es ist eben ein gutes Gefühl. Man kann nicht drüber reden, man muss es einfach erleben.«

Der Orgasmus endet schießlich mit einem angenehmen Gefühl der Entspannung.

Orgasmen sind nicht nur von Frau zu Frau verschieden, sie sind auch bei jeder Frau jedesmal anders. Sie hängen ab von der Art der Stimulation, von der Stimmungslage der Frau, von den äußeren Umständen. Das Einzige, was bei fast allen Frauen gleich abläuft, sind die physischen Reaktionen, die von Sexualwissenschaftlern mit bestimmten Apparaten gemessen werden können.

Manche Frauen erwarten sich vom Höhepunkt Überwältigendes. Da die Welt um sie herum jedoch nicht versinkt, wenn sie den Gipfel erreichen, zweifeln sie, ob sie jemals wirklich einen Orgasmus hatten. Einige sind enttäuscht von dem Erlebnis oder zweifeln an ihren Fähigkeiten im Bett. Ein Orgasmus ist mehr als das schöne, warme Gefühl, das man beim Sex mit einem geliebten Menschen hat. Das Pulsieren, Zucken, Wogen im Unterleib, die intensiven Empfindungen sind ein einmaliges Körpererlebnis und auf jeden Fall so stark, dass man sie eindeutig als Orgasmus identifizieren kann. Aber zu viel darf man sich von dem Gipfel körperlicher Lust eben auch nicht erwarten.

Kälte-, Hitzeschauer, Zucken, Zittern, Lachen oder Weinen, die Reaktionen beim Orgasmus sind vielfältig. Genauso ist es das Verhalten. Manchmal stößt man wie von allein das Becken vor und zurück, manchmal will man einfach nur still liegen und genießen. Manche Frauen wollen ihrem Geliebten in die Augen sehen, wenn sie auf den Orgasmus zusteuern. Der Blickkontakt beim Höhepunkt, dem Moment der absoluten Selbstvergessenheit, lässt eine große Intimität entstehen. Andere Frauen erleben den Gipfel der Lust ganz allein. Sind nur noch Körper, Empfinden, Auflösung, nur bei sich und dem Partner ganz fern. Manche Frauen erschreckt dieses Sich-Entfernen von dem Mann, den sie lieben. *»Ich denke manchmal, ich liebe ihn nicht genug. Sonst könnte ich ihm doch beim Sex nicht so fern sein.«* Auch die Geräuschkulisse beim Höhepunkt variiert. Stöhnen, Schreien, Keuchen, Schluchzen, Stammeln, alles ist möglich und in allen Lautstärken von piano bis fortissimo.

Dass ein Orgasmus Kopfschmerzen ebenso lindert wie menstruelle Krämpfe, ist hinlänglich bekannt. Die Schmerzempfindlichkeit sinkt während des Orgasmus allerdings generell. Wenn man einer Frau während des Höhepunkts mit einer Nadel in den Finger stechen würde, würde sie zwar den Einstich spüren, aber keinen echten Schmerz wahrnehmen.

Angekommen – und nun?

Die Verfassung nach einem Orgasmus ist individuell verschieden. Die einen Frauen fühlen sich weich und entspannt, die anderen würden am liebsten sofort aus dem Bett springen und an dem Projekt weiterarbeiten, das im Nebenzimmer auf dem Schreibtisch wartet. Einige Wissenschaftler behaupten ja, dass Frauen nach einem Orgasmus erstaunliche kreative Schübe haben können. Plötzlich ist zum Beispiel die Lösung für ein Problem da, mit dem man schon seit Tagen schwanger geht, oder mit einem Mal hat man eine brillante Strategie für eine Kampagne im Kopf, die einen vorher schier zur Verzweiflung brachte. Der biologische Grund für die erhöhte Schaffenskraft nach dem Liebesspiel liegt in der Ausschüttung des Hormons Oxytocin während des weiblichen Orgasmus, das angeblich Intuition und Kreativität unterstützt. Oxytocin wird in der Hypophyse produziert und ist ein äußerst vielseitiges Hormon. Beim Orgasmus und bei der Geburt bewirkt es zum Beispiel auch, dass die Gebärmutter sich zusammenzieht. Außerdem sorgt es dafür, dass die Nervenzellen im Gehirn sich stärker miteinander vernetzen. Damit wächst, wie Experten vermuten, unter anderem die emotionale Bindung der Partner.

Wenn die Erregung nach dem Höhepunkt nachlässt, müssen manche Frauen plötzlich heftig und unkontrolliert lachen. Einen konkreten Anlass für diesen Heiterkeitsausbruch gibt es eigentlich nicht, und die Frau gerät in Erklärungsnot. Der Partner ist entsprechend verwirrt, beleidigt oder stinksauer. Die Frau ist ratlos. Experten können sich dieses Phänomen noch nicht recht erklären. Sie wissen nur so viel: Das Lachen ist eine ganz normale Reaktion, die manchmal beim Abflauen der sexuellen Erregung auftritt. Was man dagegen tun kann? Nichts. Aber sagen Sie Ihrem Partner, dass Sie sich mit dem Lachen nicht über ihn lustig machen wollen. Vielleicht lässt er sich so überzeugen, mit dem Liebesspiel weiterzumachen.

Wenn sie mal nicht kommt

Sexuelle Befriedigung empfindet man normalerweise nach einem Orgasmus, wenn auch nicht zwangsläufig. Es gibt Tage, an denen fühlt man sich nach einem Höhepunkt leer und unzufrieden. Das ganz große Wohlgefühl bleibt einfach aus.

Genauso gibt es Befriedigung ohne Orgasmus. Frauen können Sex als wundervolles Erlebnis empfinden, ohne den letzten Kick erfahren zu haben. Die Befriedigung entsteht in solchen Momenten nicht aus dem sinnlichen Feuerwerk, sondern vielmehr aus dem Gefühl von Nähe und Intimität. Manchmal macht es auch Spaß, den Partner zum Orgasmus zu bringen, ohne dabei auf einen eigenen Höhepunkt aus zu sein. Man nimmt sich Zeit für den anderen, verführt, reizt, fordert und beobachtet genau seine Reaktionen. Voyeurismus im eigenen Bett kann sehr reizvoll sein. Zu sehen, wie der andere sich in der Lust, die man ihm schenkt, verliert, sich ganz hingibt. Bei diesem Spiel kommt es nicht auf den eigenen Höhepunkt an. Ein Gedanke, den Männer nicht nachvollziehen können. Der Orgasmus ist und bleibt für sie das Höchste. Der Urinstinkt der Ahnen, zum Zwecke der Arterhaltung möglichst viele Frauen mit seinem Erbgut zu beglücken, bestimmt das sexuelle Erleben des Mannes nach wie vor. Und um eine Frau befruchten zu können, muss er unbedingt einen Orgasmus zustande bringen. Dieses Verständnis von Sexualität übertragen Männer eins zu eins auf die Frauen. Da helfen all deren Beteuerungen nichts, dass es wirklich, wirklich, wirklich auch ohne schön sein kann. Bleibt das große Beben aus, fühlt der Liebhaber sich als Versager. Oder er zweifelt bei entsprechendem Selbstbewusstsein an der sexuellen Leistungsfähigkeit seiner Partnerin.

Mit diesem Anspruchsdenken tun Männer sich keinen Gefallen. Ihre Vorstellung, ein guter Liebhaber müsse eine Frau innerhalb kürzester Zeit in rasende Leidenschaft versetzen und ihr mindestens einen Höhepunkt besorgen, läuft notgedrungen auf Stress und Frust statt Lust im Bett hinaus. Natürlich verpassen auch Frauen, die beim Sex nur den Orgasmus als Ziel vor dem inneren Auge haben und konsequent auf dieses Ziel hinarbeiten, eine ganze Menge Angenehmes. Denn die Umwege zum Gipfel können höchste Lust bereiten.

Wie viel sinnliches Vergnügen geben die Nähe und das wunderbare Gefühl, die Haut des Partners auf der eigenen zu spüren; Zärtlichkeit, sich einfach unter seinen liebevollen Berührungen zu entspannen, ganz ohne Leistungsdruck zu lieben. In Gesprächen bestätigen Frauen immer wieder, dass sie auch ohne Orgasmus lustvollen, wunderbaren Sex haben. *»Wieso soll denn der Sex schlecht gewesen sein, wenn ich mal keinen Orgasmus habe? Er entspannt und befriedigt mich manchmal auch so.« »Es törnt mich total ab, wenn ich unbedingt einen Orgasmus vorweisen soll. Das macht mir einfach keinen Spaß. Wenn ich keinen habe, kann der Sex trotzdem geil gewesen sein.« »Für mich ist ein Orgasmus schon das Höchste beim Sex. Aber ich bin nicht immer in Stimmung dafür. Dann will ich vor allem kuscheln. Mein Freund soll aber ruhig seinen Orgasmus haben. Ich bringe ihn gerne so weit. Das macht mich an, ihn dabei zu beobachten.« »Manchmal reicht mir das Gefühl, meinem Mann körperlich ganz nah zu sein, dieses Verschmelzen eben. Dazu brauche ich nicht unbedingt einen Orgasmus. Ich genieße das weiche, warme Gefühl, das ich dabei habe. Ein andermal erlebe ich den Sex dann mehr als Rausch. Man könnte das eine als ›Liebe machen‹ und das andere als ›vögeln‹ bezeichnen.«*

Klar ist ein Orgasmus toll. Er ist im wahrsten Sinne des Wortes ein Höhepunkt. Einige Frauen fühlen sich auch um das Eigentliche gebracht, wenn sie keinen Orgasmus haben.

Für sie ist Sex ohne großes Finale tatsächlich eine halbe Sache und unbefriedigend.

Jedoch nur höchstens die Hälfte aller Frauen erreicht regelmäßig beim Geschlechtsverkehr den Gipfel. Zehn bis 26 Prozent hatten sogar noch nie einen Höhepunkt, weder beim Masturbieren noch beim Sex mit einem Partner.

Studien zeigen immer wieder, dass ein One-Night-Stand meist nicht zum Gipfel der Lust führt. Auch in der ersten Nacht mit einem neuen Liebhaber heben die wenigsten Frauen zum Höhenflug ab. Sie liegen die ganze Zeit da und denken krampfhaft: »Ich will, ich will, ich muss ...«. Ohne mich, antwortet der Körper und reagiert – na eben gar nicht. Wenn der Liebhaber dann auch noch nachfragt, ob sie schon gekommen ist, kommt sie garantiert nicht mehr.

Andere Orgasmusblocker sind zu viel Alkohol, zu wenig Konzentration, mangelndes Vertrauen, Alltagsprobleme im Kopf, Krach mit dem Partner, ein ungeschickter oder unangenehm riechender Liebhaber, ein zu kurzes Vorspiel, Unwohlsein oder eine Krankheit, Hemmungen, die Entdeckung, dass der Typ neben einem ein Kotzbrocken ist, Müdigkeit. Der weibliche Orgasmus ist extrem störanfällig und stark von der Stimmung abhängig. Gelegentliche Ausfälle sind demnach wirklich kein Grund, sich Sorgen zu machen.

Bleibt der Orgasmus immer aus, dann ist das allerdings schon ein Thema. Kein Problem wie gesagt, wenn er sich nicht jedesmal einstellt. Wirklich nicht. Aber eine Frau sollte wenigstens wissen, wie sie ihn erreichen kann. Und sie sollte grundsätzlich in der Lage sein, sich immer mal wieder einen zu holen oder selbst zu schenken, wenn sie einen will.

Noch ein kurioses Forschungsergebnis: Interessanterweise wird der Orgasmus offensichtlich auch heute noch von der Religiosität beeinflusst. Eine Studie ergab, dass strenggläubige Katholikinnen wesentlich seltener einen Höhepunkt erleben als weniger strenggläubige. Diese Differenz ließ sich dagegen zwischen strenggläubigen und indifferenten Protestantinnen nur gering feststellen. Der Glaube vom Sex als Sünde scheint erstens also weiterhin zu bestehen – den Papst und seine Tugendwächter wird's freuen – und zweitens tatsächlich das Lustempfinden von Frauen zu beeinträchtigen.

Gipfelstürmerinnen – Frauen, die immer kommen

Nicht jede Frau, die behauptet, sie käme beim Geschlechtsverkehr immer oder fast immer zum Orgasmus, ist eine notorische Angeberin. Es gibt wirklich Frauen, die orgasmischer sind als der Durchschnitt. Dass diese Glücklichen regelmäßig von den Wogen der Lust zum Höhepunkt getragen werden, liegt keineswegs daran, dass sie ein geheimnisvolles Pulver einnehmen oder eine akrobatische Zaubernummer turnen. Einige dieser Orgasmusverwöhnten tragen zu ihrem Glück selbst gar nichts bei. Ihnen hat die Natur den Weg zum Gipfel der Erregung geebnet. Denn eine ungewöhnlich hohe Orgasmushäufigkeit kann rein anatomische Gründe haben: Die Klitoris ist bei manchen Frauen größer als gewöhnlich oder liegt in so günstiger Position, dass der Schaft des Penis beim Koitus automatisch an ihr reibt. Diese Dauerstimulierung beim Geschlechtsverkehr führt beinahe zwangsläufig zum Orgasmus. Andere ungewöhnlich orgasmische Frauen, die über keine Anatomie mit »Orgasmusgarantie« verfügen, haben eine eigene Technik entwickelt, die Hüften beim Geschlechtsverkehr so zu bewegen, dass der Penis die Klitoris trotzdem ausreichend stimuliert.

Ausschlaggebend für eine hohe Orgasmushäufigkeit ist allerdings die Psyche, genauer die Einstellung zur Sexualität.

Ein paar Dinge sind allen Frauen, die keine Probleme mit dem Erreichen des Höhepunkts haben, gemeinsam: Eine positive Einstellung zur Selbstbefriedigung. Diese Frauen sehen in der Masturbation nichts Negatives, sondern genießen das Spiel mit der eigenen Lust, sooft sie das Bedürfnis danach verspüren. Keine Hemmungen beim Cunnilingus. Von ihrem Partner lassen sie sich ausgiebig mit der Zunge liebkosen und verwöhnen, ganz ohne falsche Scham oder unangebrachtes schlechtes Gewissen. Die Kunst des Träumens. Sie lassen ihren sexuellen Phantasien freien Raum, blockieren ihre Vorstellungskraft nicht mit selbst auferlegten Verboten, kennen keine Schuldgefühle für das, was sie beim Sex träumen. Sprich, diese Frauen tun ganz einfach das, wovon andere nur träumen: Sie leben die Sexualität aus, die sie sich wünschen.

Dies mussten sie natürlich erst durch Erfahrung lernen. Jede von ihnen wird von genügend Flops und Frust im Bett berichten können. Und noch etwas haben die Frauen gelernt: Es reicht nicht aus, in einer glücklichen, liebevollen Partnerschaft zu leben, um befriedigenden Sex zu haben. Liebesglück unterstützt natürlich die sexuelle Entfaltung der Frau. Mehrere Studien haben ergeben, dass Frauen in festen Beziehungen weit häufiger zum Höhepunkt kommen als Singles. Doch das Geheimnis der Frauen, die oft und leicht den Gipfel erreichen, ist ein anderes: Sie haben die traditionelle weibliche, sprich passive Rolle im Bett abgelegt. Sorgen selbst dafür, dass sie das bekommen, was sie brauchen und wollen, anstatt einfach dazuliegen und zu hoffen, dass der Mann es schon recht machen wird. Genau das ist nämlich einer der größten Fehler, die Frauen beim Sex immer noch machen. Zuletzt spielen auch die Erfahrungen, die eine Frau mit Sex gemacht hat, eine wichtige Rolle. Wer immer liebevolle und einfühlsame Sexpartner hatte, der hat zwangsläufig bessere Chancen, den Sex lustvoll zu erleben, als jemand, dessen Erlebnisse bislang enttäuschend oder schmerzhaft waren.

Orgasmen der besonderen Art

Der simultane Orgasmus

Gemeinsam kommen, doppelte Lust? Der simultane Orgasmus galt eine Zeitlang als das Nonplusultra beim Sex. Alle wollten ihn erleben, so mancher wollte ihn regelmäßig gehabt haben, doch kaum einer hat es je wirklich geschafft. Da haben sie geübt und gemacht und versucht. Vergebens. Inzwischen hat sich herausgestellt, dass der simultane Gipfel ein Mythos ist. Der Grund ist eigentlich klar: Die meisten Frauen brauchen, wie bereits beschrieben, um zum Orgasmus zu kommen, die direkte Stimulierung der Klitoris mit den Fingern oder der Zunge. Frauen, die beim Sex zu zweit einen Orgasmus erreichen, haben meistens Partner, die das wissen und sich besonders um dieses Lustzentrum kümmern. Während ein Mann nun damit beschäftigt ist, seine Geliebte oral oder manuell zum Gipfel zu liebkosen, kommt er selbst höchst selten zum Orgasmus. In der Regel erreichen Frauen beim Liebesspiel deshalb vor ihrem Partner den Höhepunkt. Dass der sich erst um die Befriedigung seiner Partnerin kümmert, bevor er sich ganz auf seine eigene Lust konzentriert, hat einen einfachen Grund. Die Mehrzahl der Männer hat nach dem eigenen Orgasmus keine Lust oder Energie mehr, das Liebesspiel fortzusetzen. Auch Frauen fühlen sich oftmals wohler, wenn sie vor dem Partner kommen. Anderenfalls haben sie das Gefühl, sie bräuchten zu lang oder er stimulierte sie weiter, obwohl er eigentlich keine Lust mehr dazu hat.

Der multiple Orgasmus

Sexualwissenschaftler behaupten, dass grundsätzlich jede Frau in der Lage ist, einen multiplen Orgasmus zu erleben. Tatsächlich machen knapp 60 Prozent Bekannschaft mit dem legendären Multikick.

Bei einem multiplen Höhepunkt reihen sich mehrere einzelne Orgasmen in einem Abstand von Sekunden bis hin zu wenigen Minuten aneinander. Während der gesamten Zeit lässt die sexuelle Erregung kaum oder gar nicht nach. Manche Frauen erleben dieses Phänomen deshalb als einen einzigen langen Orgasmus mit Kontraktionen unterschiedlicher Intensität. Kommt es zwischen den Orgasmen jeweils zu einem kurzen Abfallen der Erregung, handelt es sich um keinen multiplen Orgasmus im eigentlichen Sinne, sondern um mehrere Einzelorgasmen.

Wie kommt ein multipler Orgasmus zustande? Bei Frauen läuft der Orgasmus nicht immer nach dem gleichen Schema ab. Auf einen Höhepunkt folgt nicht automatisch die Rückbildungsphase. Wenn ihr Partner oder sie selbst mit der Stimulierung der Klitoris weitermachen, gehen sie nur zur Plateauphase zurück. Bei Männern folgt auf einen Orgasmus dagegen immer die sogenannte Refraktärphase, in der die sexuelle Erregbarkeit und Spannung stark eingeschränkt sind. Sie brauchen eine Erholungspause, erst danach können sie wieder eine Erektion aufbauen. Frauen können nach einem Höhepunkt sofort zum nächsten stimuliert werden.

Der Schlüssel zum multiplen Gipfel liegt in der Variation

der Stimulierung. Meistens hat die Frau beim multiplen Orgasmus innerhalb weniger Minuten oder Sekunden erst einen oder zwei Höhepunkte durch Cunnilingus oder manuelle Stimulierung der Klitoris, und dann noch mal einen oder zwei beim Koitus, selten andersherum. Manche Frauen sagen, dass der zweite oder dritte Orgasmus mit der größten Befriedigung verbunden ist, bei anderen nimmt die Intensität ab. Von zwei bis 20 Orgasmen hintereinander berichten Frauen in Befragungen. Wobei die Vorstellung von zwanzig Höhepunkten am Stück irgendwie wenig erstrebenswert scheint.

Orale Stimulierung scheint eine wichtige Rolle zu spielen, wenn man einen multiplen Orgasmus erleben will. Das lässt sich ebenfalls aus Befragungen schließen.

Ein Patentrezept, wie man zu einem multiplen Orgasmus kommt, gibt es nicht. Viele Frauen erzählen, sie würden beim ersten Orgasmus einfach die Spannung halten, die Vaginalmuskeln anspannen, das würde die Erregung erhalten. Und die meisten haben eine Lieblingsstellung. Oft liegen oder sitzen sie auf dem Mann, wobei sie die Stimulierung am besten kontrollieren und sich selbst die nötige Erregung schaffen können. Natürlich muss der Partner mitspielen. Er muss sich dem Rhythmus der Frau anpassen, der die Erregung auf dem notwendig hohen Level hält.

Dass ein multipler Orgasmus grundsätzlich möglich ist, soll Sie nicht zu sportlichen Höchstleistungen anstacheln. Auch hier gilt wieder: Was möglich ist, muss nicht zwingend und muss schon gar nicht immer sein. Nicht jede Frau ist wild darauf, gleich mehrmals hintereinander innerhalb kurzer Zeit bis zum Gipfel geliebt zu werden. Vielen reicht einmal. Sie sind nach einem Höhepunkt satt, oder die Klitoris ist bereits so gereizt, dass eine weitere Stimulation schmerzhaft ist. Oder aber es ist ihnen oder dem Partner schlicht zu anstrengend weiterzumachen.

Der vorgetäuschte Orgasmus

Seien wir doch mal ehrlich, die folgende Szene kommt Ihnen irgendwie bekannt vor: Er stimuliert ausgiebigst ihre bevorzugten erogenen Zonen, mit vollendetem Fingerspitzengefühl und hingebungsvoller Zungenarbeit, in der richtigen Reihenfolge, im richtigen Rhythmus, ganz wie sie es liebt. Kleine Stromstöße der Erregung jagen durch ihren Körper. Sie windet sich vor Lust unter seinen Berührungen. Und plötzlich fällt ihr ein, dass sie keine Milch für den Morgenkaffee im Kühlschrank hat. – Das darf nicht wahr sein. Wie kann sich in einem Augenblick der totalen Selbstvergessenheit, der vollkommenen Hingabe, so eine Banalität ins Liebesspiel einmischen, alles kaputtmachen? Aber da ist er nun mal, der Störenfried, und die Erregung ist weg. Unwiederbringlich davongeflogen. Und jetzt? Soll sie den Liebesakt kurz vor dem Finale abbrechen, mit einem lapidaren: »Du, ich glaube das wird bei mir heute nichts mehr.« Soll sie etwa zugeben, was gerade in ihrem Kopf vorgegangen ist? Oder lahm auf dem Laken liegen und ihn einfach zum Höhepunkt kommen lassen, ganz ohne selbst Reaktion zu zeigen? Nein, das hat so ein wundervoller Liebhaber nicht verdient, denkt sie sich und spielt vor, was eben wirklich kurz bevorstand: einen herrlichen, heftigen Höhepunkt.

Solche Situationen kennt jede Frau. Fast jede. Bis zu 90 Prozent aller Frauen haben ihrem Partner schon mindestens einmal einen Orgasmus vorgetäuscht. Und das aus den unterschiedlichsten Gründen.

Viele Worte machen Frauen nicht um ihre Flunkerei in den Federn. Offen bekennen mag sich kaum eine dazu. Ist das kleine Täuschungsmanöver doch, obwohl überall praktiziert, bei Männern als Betrug verpönt und unter Frauen höchst umstritten. Viele Gegnerinnen des vorgespielten Höhepunkts sehen im Fake eine Gefahr für die sexuelle Selbstbestimmtheit der Frau: Hauptsache, er bekommt, was er braucht, ich bin nicht so wichtig. Mit ihren Befürchtungen liegen die Kritikerinnen der Schauspielerei im Bett jedoch nur selten richtig. Sicher mag es immer noch ein paar Frauen geben, die beim Sex ausschließlich an das sinnliche Wohl des Mannes denken und jedesmal in die Trickkiste greifen, ohne je wirklich einen Orgasmus zu erleben. Die nicht wagen, dem Partner ihre sexuellen Wünsche und Sehnsüchte mitzuteilen. Doch generell ist das kleine Täuschungsmanöver keinesfalls als Rückfall in die Prähistorie sexueller Gleichberechtigung zu werten. Die Mehrzahl der Männer hat heute begriffen, dass Kompromissbereitschaft und Einfühlungsvermögen im Bett Priorität haben. Und dass die Lust der Frau ebenso wichtig und wertvoll ist wie ihre eigene.

Es dürfte also kein Thema mehr sein, dem Partner ab und zu im Bett einen Gefallen zu tun. Schließlich kann eine Frau auch ihrem Liebsten eine CD von Garth Brooks schenken und zu seiner Freude mit ihm gemeinsam anhören, weil er dieses Gejaule so liebt. Ihre Rechte als Frau nehmen auch keinen Schaden, wenn sie mit ihm in den neuesten Actionfilm geht, obwohl ihr dabei mehr als die Füße einschlafen. Warum dem geliebten Mann also nicht ab und zu Gipfelglück vortäuschen, wenn ihm so viel daran gelegen ist und er sich wirklich darum bemüht hat? Wirklich emanzipierte Frauen können sich so viel Großmut leisten. Vorausgesetzt natürlich, der gespielte Gipfel der Lust bleibt die Ausnahme.

Warum faken Frauen?

Fragt man nach Gründen, haben Frauen verschiedene plausible Argumente, die für eine gelegentliche Theatereinlage im Bett sprechen.

»Manchmal machen wir Sex, und plötzlich ist meine Erregung weg. Einfach futsch, obwohl ich gerade noch total scharf war. Ich mag dann nicht einfach mittendrin aufhören. Das wäre ihm gegenüber gemein. Also spiele ich bis zum Schluss mit. Das kann sogar Spaß machen. Ich beobachte dann genau, wie er kommt.«

»Unser Sexleben läuft sehr gut. Und weil ich sehe, wie viel meinem Mann an meiner Befriedigung liegt, tue ich manchmal so, als ob ich einen Orgasmus hätte, obwohl er ausbleibt. Ich glaube, mein Mann ist ziemlich stolz darauf, ein guter Liebhaber zu sein. Und ich liebe den Sex mit ihm. Aber ich komme nun mal nicht immer. Ich bin halt nicht jedes Mal in der richtigen Stimmung oder irgendetwas lenkt mich ab. Das liegt dann aber meistens nicht an ihm. Warum soll ich ihn also um seinen ›Triumph‹ bringen?«

»Warum soll ich meinem Freund nicht einen Orgasmus vorspielen, wenn ich mal keinen habe? Ich habe einfach keine Lust, hinterher zu erklären, warum ich nicht gekommen bin. Und ich mag ihm nicht immer wieder vorbeten, dass es mir ohne auch Spaß gemacht hat. Das ist mir zu mühsam.«

»Neulich hat mein Mann mich mit einer romantischen Badewannenorgie überrascht. Mit Kerzen, Champagner, einfach traumhaft. Das Dumme war nur, ich war total kaputt vom Tag im Büro. Ich habe das alles wirklich genossen, aber für einen Orgasmus war ich wohl zu fertig. Da habe ich ihm einen vorgespielt. Er hatte sich doch so viel Mühe gemacht.«

Frauen faken nicht nur aus Rücksichtnahme auf einen liebevollen und engagierten Liebhaber, sondern auch aus nüchternem Kalkül. Sie wollen sich die Chance auf eine nächste opulente Liebesnacht nicht selbst nehmen. Stünde doch zu befürchten, dass ihr Partner sich in Zukunft den Aufwand eines ausgiebigen Vorspiels spart, wenn all die intensive Zuwendung nicht zum gewünschten Finale führt. Und das ist nach Männermeinung eben ein Orgasmus.

Frauen haben außerdem wenig Lust, sich jedesmal stundenlang zu rechtfertigen, warum sie heute nicht gekommen sind. Oder ihm wortreich zu versichern, dass der Sex mit ihm wirklich ganz großartig ist, auch wenn er für sie heute ohne Höhepunkt über die Bühne ging. Da gereicht eine kleine, gelegentliche Schwindelei, wie im Leben überhaupt, auch beim Sex allen Beteiligten zum Vorteil. Sie erspart überflüssige Diskussionen zwischen den Partnern, vermeidet Verletzungen, Verunsicherung, Streit und damit Stress. Lieber zwei Minuten stöhnen als zwei Wochen Krampf – manchmal sei dieser Weg des geringsten Widerstandes auch emanzipierten Frauen gestattet. Und so richtig gelogen ist es schließlich nicht einmal, wenn sie einen Orgasmus vortäuschen. Auch wenn Männer es nie begreifen werden, Frauen macht der Sex manchmal auch ohne spektakuläres Finale Spaß. Nähe und Zärtlichkeit sind ihnen viel wichtiger als ein Orgasmus, wie gerade erst wieder eine Studie bestätigte.

Für Frauen, die Schwierigkeiten damit haben, beim Sex mit ihrem Liebsten zum Höhepunkt zu kommen, kann die Mogelei übrigens der erste Schritt zum richtigen Orgasmus sein. Wenn sie heucheln, geraten sie erstens nicht unter Leistungsdruck. Und sie haben zweitens, ohne dass der Partner etwas merkt, Gelegenheit ihren Orgasmus zu trainieren. Sie können sich alle Zeit der Welt für ihr Lernprogramm (siehe Seite 107) lassen, sich in aller Ruhe auf ihren Körper konzentrieren. Sie können ihre Fortschritte genießen, ohne Etappensiege melden zu müssen, und sparen sich lästiges

Nachfragen (»Und, klappt's schon besser?«). Diese Strategie kann auch hilfreich sein, wenn man mit einem neuen Partner Anlaufschwierigkeiten hat. Die Frau kann sich in Ruhe auf den neuen Mann einstellen, ohne ihn oder sich selbst irgendeinem Druck auszusetzen. Sollte das Orgasmus-Training allerdings auf lange Sicht nicht zum gewünschten Ziel, nämlich einem echten Orgasmus, führen, ist es ratsam, den Partner in das Problem einzuweihen und gemeinsam nach neuen Wegen in Richtung Gipfel zu suchen.

Wann Sie es keinesfalls tun sollten

Natürlich sollte eine Frau sich ihr schauspielerisches Können für den Mann, der sie liebt und der sich wirklich um ihre Lust bemüht, aufheben. Hat ein Mann grundsätzlich nur seinen eigenen Kick im Kopf und wird jedesmal zum Temposünder, dann verdient er nichts anderes als die schonungslose Wahrheit über seine defizitären Qualitäten als Liebhaber. Wenn er jedesmal zielstrebig dem Gipfel zueilt und sie unterwegs auf der Strecke bleibt, dann sind Höflichkeit und Rücksichtnahme reine Verschwendung. Ein unsensibler Mann, der sich nicht an die Liebesspielregeln hält, muss lernen, dass die Leistung, die er im Bett bietet, leider nicht den nötigen Hitzegrad erreicht. Für ihn mag das Kurzprogramm ausreichend sein, aber für seine Partnerin muss er an Ausdauer zulegen.

Ist ein Mann unerfahren oder weiß nicht automatisch, wie seine neue Geliebte stimuliert werden will, dann hilft ein vorgetäuschter Orgasmus ebenfalls keinem von beiden. In dieser Situation sollte die Frau ihrem Partner liebevoll zeigen, wie er sie richtig erregt und was ihr Lust bereitet. Viele Frauen haben Angst davor zu sagen, was sie wirklich wollen.

Fürchten Unverständnis oder Zurückweisung und täuschen Befriedigung vor, wo keine ist. So geben sie ihm aber keine Chance, sie kennenzulernen und ein wirklich guter Liebhaber zu werden. Dabei gibt es tausendundeine Möglichkeit, dem Mann liebevoll beizubringen, wie es einem selbst gefällt. Zum Beispiel durch Vorschläge wie »Hast du Lust, etwas auszuprobieren?« oder mit Hinweisen wie »Ich mag unheimlich gern, wenn du mich so anfasst«.

Problematisch ist ein vorgespielter Orgasmus auch, wenn er wesentlich öfter will als sie. In diesem Fall sollte sie nicht jedesmal Ekstase vortäuschen, die sie nicht empfindet. Wie sonst soll der Mann erkennen, wie oft sie wirklich Lust hat?

Ist die Theatereinlage ein Element in Ihrem Repertoire, nutzen Sie es. Erlebt eine Frau jedoch trotz aller Bemühungen und Gespräche mit dem Partner nie einen echten Orgasmus, hat sie ein tiefgreifendes sexuelles Problem, das therapeutischer Hilfe bedarf (siehe Seite 212).

Merkt er's oder merkt er's nicht?

Kein Mann ist in der Lage zu erkennen, ob ein Orgasmus echt ist oder vorgespielt, es sei denn, die Theatereinlage ist miserabel inszeniert. Rund 80 Prozent der Männer glauben zwar, die Fälschung vom Original unterscheiden zu können, aber da irren sie. Solange die Frau ihr Spiel nicht übertreibt, kommt ihr Liebster nie dahinter. Es sei denn, er ist Sexualwissenschaftler und schließt seine Partnerin beim Sex an spezielle technische Messgeräte an, mit denen er ihre Körperreaktionen kontrollieren kann.

Wenn Sie im Bett glaubwürdig bluffen wollen, sollten Sie folgende Punkte beachten:

– Atmen Sie weder zu flach noch gleichbleibend heftig.

Steigern Sie auf dem Weg zum Gipfel langsam die Intensität des Atems und variieren Sie von Zeit zu Zeit den Atemrhythmus.

– Spannen Sie die Bauchmuskeln immer stärker an, je näher Sie dem Höhepunkt kommen.

– Ziehen Sie wie beim Orgasmus die Vagina drei- bis viermal kurz hintereinander zusammen.

– Ob die Brustwarzen stehen oder nicht, spielt keine Rolle. Sie werden nicht bei jeder Frau automatisch fest, wenn sie einen Orgasmus hat.

– Spielen Sie nicht jedesmal gleich. Jeder Orgasmus fällt ein bisschen anders aus.

Zwei Faustregeln gelten beim Fake in den Federn: Erstens: bei der Geräuschkulisse und mit ekstatischen Verrenkungen nicht übertreiben. Lieber etwas Zurückhaltung üben. Das gilt vor allem für Frauen, die noch nicht so häufig einen echten Orgasmus hatten. Wäre doch peinlich, wenn der echte viel dezenter ausfiele als der gespielte. Zweitens: Starten Sie Ihre Inszenierung nicht zu früh, sonst kommt Ihr Partner und Sie verpassen die Chance, doch noch einen echten Höhepunkt zu bekommen. Außerdem wirkt sich der verfrühte Höhepunkt negativ auf seinen künftigen Einsatz beim Vorspiel aus.

Können Männer einen Orgasmus vortäuschen?

Ja, sie können. Und wie Umfragen zeigen, tut es der eine oder andere Mann auch ganz gerne mal. Wenn er zu viel Stress hat, um einen echten Höhepunkt zu erreichen, oder wenn er aus einem Bett flüchten will, von dem er nicht weiß, wie er drin gelandet ist.

So einfach wie Frauen haben es männliche Mimen mit der

Mogelei allerdings nicht. Denn eine echte Erektion müssen sie schon zustande bringen. Die lässt sich selbst bei größtem schauspielerischem Talent nicht vorgaukeln. Die Heuchelei beschränkt sich auf den Lustgipfel als solchen. Scheint aber ohne großen Aufwand machbar, wie mogelerfahrene Männer behaupten. Ein Aufbäumen des Oberkörpers, ein finales Stöhnen, ein kurzes Anspannen der Muskeln um den Penis herum und danach ein Insichzusammensacken, fertig. Männer sollten sich aber lieber nicht zu sicher sein, dass ihr Schwindel nicht auffliegt. Denn natürlich kann jede Frau, die es darauf anlegt, beweisen, wenn ihr Liebhaber nicht wirklich gekommen ist. Die Konsistenz von Sperma unterscheidet sich schließlich vom Scheidensekret. Andererseits, welche Frau achtet schon darauf, woher die Flüssigkeit stammt, die für die feuchten Flecken auf dem Betttuch sorgt? Oder wie viel da geflossen ist. Hat der Mann ein Kondom benutzt, lässt sich die Täuschung problemlos vertuschen. Er entsorgt schnell und diskret, wie Frauen es schätzen, die leere Hülle, und nichts lässt sich mehr nachweisen.

Ein bisschen schade ist es schon, dass auch Frauen sich nicht auf die Echtheit des Orgasmus beim anderen verlassen können. Aber mal ehrlich, was macht es für einen Unterschied, ob er ejakuliert hat oder nicht, wenn der Sex Spaß gemacht hat. Hauptsache, sie hat das Spiel mit der Lust genossen. Und er muss schließlich selbst entscheiden, ob ihm nach einem furiosen Finale ist oder nicht. Wenn er nicht in der richtigen Verfassung für einen Orgasmus ist, dann darf er ruhig so tun als ob. Dieses Recht beanspruchen Frauen schließlich auch für sich.

Selbstbefriedigung – der Start ins Glück

»Ich befriedige mich selbst, weil ich beim Sex mit meinem Mann oft nicht zum Orgasmus komme. Das geht mir immer viel zu schnell. Da tut sich manchmal bei mir gar nichts. Also mache ich es mir selbst richtig schön.«

»Die intensivsten Orgasmen habe ich, wenn ich mich selbst befriedige. Das liegt ganz einfach daran, dass ich das Timing komplett selbst steuere. Ich kann den Höhepunkt herauszögern, mit der Atmung spielen, bestimme den Rhythmus selbst. Außerdem kann ich mich ganz gehen lassen und mich vollkommen auf mich selbst konzentrieren. Ich würde nie aufs Masturbieren verzichten. Ich tue es allerdings nur, wenn mein Freund nicht zu Hause ist.«

»Wenn mein Mann auf Geschäftsreise ist, steigen wir auf Telefonsex kombiniert mit Selbstbefriedigung um. Wir geben uns gegenseitig Anweisungen, was der andere machen soll, oder erzählen uns, was wir gerade tun, und befriedigen uns dabei selbst. So haben wir tollen Sex, obwohl wir gerade getrennt sind.«

»Ich bin Single. Ich lebe gern allein, aber auf Sex will ich nicht verzichten. Und auf One-Night-Stands stehe ich nicht. Deshalb schenke ich mir selbst meine Orgasmen. Meistens mit den Fingern, aber manchmal benutze ich auch einen Vibrator.«

»Ich mache es mir selbst, weil es Spaß macht. So ein Solo-Quickie zwischendurch, ich meine so ganz spontan, der macht mir richtig gute Laune.«

Es gibt tausend Gründe, sich selbst zu befriedigen. Selbstbefriedigung entspannt, beruhigt, fühlt sich gut an, tröstet, baut Wut ab, ist gleichzeitig Kopfschmerzmittel und Einschlafhilfe, und manchmal ist sie das schönste Vorspiel für den Sex zu zweit. Sie spendet Genuss, und durch sie lernen die meisten Frauen überhaupt erst, was körperliche Lust ist. Denn nur wer seinen Körper genau kennt, ist in der Lage, Sex wirklich zu genießen, und findet einen sicheren Weg zum Orgasmus. Um sich mit seinem Körper und dessen sexuellen Reaktionen vertraut zu machen, ist Selbstbefriedigung das ideale Mittel. Man kann unbeobachtet und mit aller Zeit der Welt herumexperimentieren. Kann sich hemmungslos an die Erfoschung der eigenen Lust machen. Außerdem werden jeder Sextherapeut und jede erfahrene Frau bestätigen: Wer das Solo beherrscht, hat auch beim Duo mehr Spaß im Bett. Eine Frau kann ihrem Partner schließlich kaum mitteilen, was sie sich beim Liebesspiel wünscht und für welche Reize ihr Körper empfänglich ist, wenn sie gar nicht weiß, worauf ihr Körper an welchen Stellen und mit welcher Intensität reagiert.

Die autoerotische Biografie

Fast jeder erwachsene Mann hat sich, das ergeben verschiedene Studien aus Europa und den USA übereinstimmend, in seinem Leben bereits mindestens einmal selbst bis zum Orgasmus stimuliert. Auch Frauen beschenken sich gern selbst mit einem Höhepunkt. In einer Untersuchung der Berliner Charité über weibliche Sexualität gaben 77,8 Prozent der Befragten an, sich selbst zu befriedigen. Bei den Frauen sind die Zahlen im Laufe der letzten zehn Jahre damit deutlich angestiegen. In einer Gesellschaft, in der immer mehr Singles leben, kommt der Selbstbefriedigung eine neue, wichtige Rolle zu. One-Night-Stands haben als Lustvariante für Partnerlose meist ausgedient – Aids und die Sehnsucht nach einer festen Bindung machen die Einwegnummer für viele uninteressant. Bei Befragungen registrieren Wissenschaftler, dass Männer und auch immer mehr Frauen inzwischen im Durchschnitt auffallend häufiger masturbieren, als sie Sex mit einem Partner haben. Das gilt für Europa genauso wie für Amerika. Auch wer in einer festen Partnerschaft lebt, verzichtet heute nicht mehr automatisch auf Solosex. Vor allem junge Erwachsene praktizieren ihn als eigenständige, lustvolle und stressfreie Variante des Liebesspiels weiter. Ab wann und wie oft Frauen sich selbst befriedigen, variiert. Manche onanieren vom Teenageralter an bis ins hohe Alter. Andere fangen irgendwann damit an, tun es dann lange nicht und entdecken es später wieder für sich.

Frauen, die als Teenager gelernt haben, wie sie durch Selbstbefriedigung zum Orgasmus kommen, haben übrigens beim Geschlechtsverkehr mit einem Partner mit größerer Wahrscheinlichkeit einen Höhepunkt als masturbationsunerfahrene Frauen.

Auch dass Frauen beim Sex oft eine passive Rolle einnehmen, hängt unter anderem mit der Selbstbefriedigung zusammen. Denn die meisten weiblichen Teenager machen ihre ersten sexuellen Erfahrungen beim Liebesspiel mit einem Partner und fangen dann erst an zu masturbieren. Das bedeutet, sie wissen bei den ersten Begegnungen mit einem Mann noch nicht, wie ihr eigener Körper auf sexuelle Reize reagiert und welche Art der Stimulierung sie besonders erregt. Also lassen sie die Männer nach dem Trial-and-error-Prinzip erst mal machen. Ihre Lust liegt ganz in den mehr oder weniger geschickten Händen des Liebhabers. Anders männliche Jugendliche: Für sie ist Selbstbefriedigung in der

Regel die erste und am häufigsten ausgeübte sexuelle Aktivität. Männer lernen also schon sehr früh, dass und wie sie ihre Lust selbst erzeugen können. Frauen erleben dagegen erst mal, dass ihre sexuelle Lust von Männern erzeugt wird. Sie erhoffen es zumindest. Hat nicht jede unerfahrene Frau den Traum (manche unverbesserliche Idealistin hat ihn sogar ein Leben lang), dass sie dem Mann begegnet, der sie vollkommen, und eben auch im Bett, glücklich macht? Die meisten werden bekanntlich enttäuscht. Und entdecken dann die Selbstbefriedigung für sich, wenn sie in einer Beziehungskrise stecken, in der im Bett gar nichts mehr geht, oder wenn sie den Partner verlieren.

Viele Frauen (vor allem der älteren Generation) erkennen erst nach einer Trennung, meistens gleichzeitig mit der Entdeckung der Masturbation, dass sie selbst für das eigene Glück und die eigene Befriedigung verantwortlich sind. Diese Frauen nehmen ihr Leben in dieser Phase vielleicht zum ersten Mal selbst in die Hand. Das betrifft auch ihre Sexualität. Sie stellen zum Beispiel fest, dass sie ganz andere sexuelle Bedürfnisse haben als bislang angenommen, oder fangen überhaupt erst an, sich wirklich mit ihrem Körper auseinanderzusetzen. Das überträgt sich schließlich, wie oben schon beschrieben, auf den partnerschaftlichen Sex. Vielen dieser Frauen gelingt es später nämlich, ihr neues Selbstbewusstsein auch in einer neuen Partnerschaft auszuleben. Jetzt können sie von ihrem Partner einfordern, was sie an Befriedigung für sich entdeckt haben, die Verantwortung für ihr Glück selbst übernehmen, anstatt darauf zu warten, dass er es schon richtig machen wird.

So was tut man nicht – Vorurteile gegen Selbstbefriedigung

Frauen können von Männern noch einiges lernen, was sexuelles Selbstbewusstsein anbelangt. Viele, vor allem ältere, haben immer noch Hemmungen, sich selbst zu berühren, oder ein schlechtes Gewissen, wenn sie es tun.

Dass man vom Masturbieren nicht blind, wahnsinnig oder zur Epileptikerin wird, hat sich glücklicherweise herumgesprochen. Doch obwohl sich kein vernünftiges Argument dagegen finden lässt, gilt Selbstbefriedigung vielen Frauen noch immer als Tabu. Eine ganze Reihe von Vor- und Fehlurteilen sitzen trotz aller Aufklärung durch Bücher und Medien in den Köpfen fest.

Ist Selbstbefriedigung normal?

Das große Irren beginnt mit der unsinnigen Behauptung, Masturbation sei unnatürlich und schmutzig. Selbstbefriedigung ist im Gegenteil ganz und gar natürlich und wird nicht nur von Menschen, sondern auch von Tieren, zum Beispiel Bonobos oder Meerkatzen, mit Lust betrieben. In anderen Kulturen, etwa in Asien und bei einigen afrikanischen Völkern, wird die Masturbation als ganz normale Form von Sexualität angesehen. Dort setzen Frauen zu diesem Zweck von jeher verschiedenes Sexspielzeug ein, zum Beispiel Dildos aus Holz, Elfenbein, Kupfer oder Kautschuk oder metallene Liebeskugeln.

In unserer Kultur wird so manchem kleinen Mädchen heute noch ein sittenstrenges, lustfeindliches »Da fasst man sich nicht an« eingeredet. Oder gar ein »Wer das tut, ist unanständig«. Und so leiden sie, wenn sie sich über dieses Gebot hinwegsetzen, noch als Erwachsene beim Masturbieren unter Scham und Schuldgefühlen. Wer diese Schuldgefühle aus eigener Erfahrung kennt, sollte einfach einmal die Sichtweise umdrehen und das ganze folgendermaßen betrachten: Fast jeder Mann masturbiert vom Teenageralter an. Das gilt heute als vollkommen normal. Heißt das also, dass alle Männer, die nicht masturbieren, auch nicht normal sind? Natürlich nicht. Masturbieren oder nicht masturbieren – keines von beidem lässt sich als mehr oder weniger normal oder natürlich bewerten. Und das weder bei Männern noch bei Frauen. Wer auf Solosex verzichtet, weil es ihm keinen Spaß macht, der soll das so halten. Und wer nicht darauf verzichten will, weil es ihm Lust bereitet, der soll damit auch weitermachen.

Der merkwürdige Vorwurf, Masturbation sei unnatürlich und verwerflich, weil sie nur der Erzeugung von Lust und nicht der Erzeugung von Leben diene, ist geradezu absurd. Wer tut »es« heute schon ausschließlich zu dem Zweck, Nachwuchs zu zeugen? Selbstbefriedigung fördert das Wohlbefinden, und das sollte Grund genug sein, sich selbst zu verwöhnen.

Selbstbefriedigung – Sex oder Sexersatz?

»Ich habe das nicht nötig«, lautet ein immer wieder vorgebrachter Einwand gegen das Masturbieren. Was heißt hier nötig haben oder nicht? Wer diese These vertritt, der betrachtet seine Sexualität aus einer reichlich eingeengten Sichtweise. Selbstbefriedigung gehört mit zum Gesamtrepertoire weiblicher wie männlicher Sexualität. Sie ist kein minderwertiger Ersatz für »richtigen« Sex, sprich Sex mit einem Partner, sondern eine Bereicherung des Sexlebens. Natürlich gibt es Frauen, die nicht aus Lust und Spaß masturbieren, sondern weil sie zu bequem sind, sich mit einem Partner so lange auseinanderzusetzen, bis es im Bett für beide stimmt.

Oder weil sie Angst haben, ihre Bedürfnisse beim Partner einzufordern und es sich stattdessen lieber selbst schön machen. In diesen Fällen ist Selbstbefriedigung tatsächlich Ersatzbefriedigung. Sonst gilt: Masturbation gehört zum Sex wie küssen, streicheln, verschiedene Stellungen oder Rollenspiele. Sie ist eine von vielen Möglichkeiten, Sexualität auszuleben. Ihr Vorteil gegenüber anderen Spielarten ist nur, dass man nicht auf einen Partner angewiesen ist.

Wie oft ist eigentlich zu oft?

Es gibt tatsächlich Menschen, die von der Angst besessen sind, vom Masturbieren abhängig zu werden. Diese Befürchtung ist vollkommen unbegründet. Sagen wir mal so: Wer es mit der Selbstbefriedigung derart übertreibt, dass er keine Zeit mehr für seine Freunde hat und das Haus nur noch für Job und Wochenendeinkäufe verlässt, der hat zugegebenermaßen ein Problem. Wenn hingegen Selbstbefriedigung einer Frau so viel Genuss bereitet, dass sie regelmäßig masturbiert, dann kann von einer bedrohlichen Abhängigkeit nicht die Rede sein. Es sei denn, man bezeichnet auch diejenigen als abhängig, die regelmäßig Tennis spielen oder Inlineskaten, jeden Abend ein Buch lesen oder mehrmals die Woche ins Kino gehen. Sprich, es gibt beim Masturbieren kein Zuviel. Höchstens die Klitoris signalisiert, dass sie eine kleine Pause braucht. Sie kann sich dann taub anfühlen oder ist zu überreizt für einen weiteren Orgasmus. Wann dieser Punkt eintritt, ist von Frau zu Frau verschieden. Und von der Masturbationstechnik, sprich, wie stark die Klitoris massiert und gerieben wird.

Nimmt das Einzel die Lust aufs Doppel?

Wenn eine Frau Angst bekommt, die Lust auf ihren Partner zu verlieren, weil sie sich so wunderbar selbst verwöhnt, sollte sie das Risiko eingehen und den Ernstfall austesten. Sie wird wahrscheinlich feststellen, dass es zwar äußerst einfach und befriedigend ist, sich selbst einen Orgasmus zu schenken. Andererseits aber wird sie bei der Solonummer auf Dauer die Nähe und Zuwendung eines Gegenübers vermissen. Das Liebessolo kann ein einsames Vergnügen sein. Sich selbst ein »Ich liebe dich« oder »Du machst mich scharf« zuzuraunen, ist vielleicht ein gutes Training für das Selbstbewusstsein. Den richtigen Kick fürs Ego jedoch bringt so ein Satz nur aus dem Mund des Mannes oder der Frau, die man selbst begehrt. Außerdem lässt sich Sex zu zweit oftmals mehr genießen als der Alleingang, wie auch ein gutes Essen zu zweit meistens besser schmeckt als ein Solo-Diner. Viele Frauen erklären darüber hinaus, dass der Orgasmus, den sie durch Masturbieren erreichen, eine rein körperliche Angelegenheit sei. Der Orgasmus mit dem Partner dagegen schließe den Kopf mit ein. Und um auch die letzten Bedenken auszuräumen: Die sexuelle Energie einer Frau ist unbegrenzt. Frauen können immer, wenn sie wollen, und sie können so lange sie wollen. Allein, zu zweit oder beides nacheinander. So mancher macht das Spiel mit sich selbst geradezu Lust auf Sex mit dem Partner, anstatt ihn überflüssig zu machen.

Anleitung zum lustvollen Solo

Haben Sie sich selbst schon mal verführt? Und so richtig verwöhnt? Nehmen Sie sich mindestens eine Stunde Zeit für sich. Sorgen Sie dafür, dass Sie allein sind und niemand Sie stört. Machen Sie Ihren Kopf frei von Alltagsärger, Wäschebergen und liegengebliebenen Abrechnungen. Wenn Sie wollen, können Sie sich mit einem erotischen Bildband einstimmen. Oder Sie lassen sich durch eine sinnliche Filmszene inspirieren. Versetzen Sie sich in gute Stimmung mit Musik, die Ihnen gefällt, zünden Sie eine Duftlampe mit Ihrem Lieblingsduftöl an, wenn Sie mögen, beziehen Sie Ihr Bett mit frischer, duftender Bettwäsche. Lassen Sie die Jalousien herunter und beleuchten Sie Ihr Schlafzimmer mit weichem, schmeichelndem Licht. Sex und Sinnlichkeit haben nicht nur mit Berührungen zu tun. Wahre Lust umfasst alle Sinne. Sehen, hören, schmecken, riechen, all das nimmt Einfluß auf das sinnliche Erleben der Sexualität. Wie wichtig die Einbeziehung aller Sinne ins Liebesspiel ist, bestätigen Sextherapeuten. Sie trainieren mit ihren Klienten regelrecht deren Sinneswahrnehmung, um sie für Reize sensibler zu machen. Die gesteigerte Wahrnehmungsfähigkeit überträgt sich auf die Wahrnehmung sexueller Reize und vergrößert den Lustgewinn.

Wenn Sie es sich so richtig schön gemacht haben und Sie entspannt sind, ziehen Sie sich langsam aus. Halt, nicht schnell und lieblos wie beim Arzt oder abends vor dem Schlafengehen, sondern langsam, bewusst. Beobachten Sie sich in einem großen Spiegel. Wenn Sie nackt sind, beginnen Sie mit einer ausgiebigen Selbstmassage. Reiben Sie sich mit Körperlotion ein oder einem Körperöl, das schnell in die Haut einzieht. Erschließen Sie Ihren Körper ganz langsam wie eine Lustlandschaft. Durch Streicheln, Kneten, Drücken, Kitzeln und Massieren entdecken Sie vom Kopf bis zu den Zehen erogene Zonen. Berühren Sie aber noch nicht Ihre Genitalien. Testen Sie aus, welche Körperstellen ganz besonders empfindlich sind, welche Art der Berührung Sie wo und wann als angenehm oder erregend empfinden. Entwickeln Sie eine eigene Dramaturgie des Steigerns von Erregung und des Wiederabflauenlassens. Spielen Sie mit ihrer Lust. Viele Frauen sind an den Brustwarzen höchst sensibel für Berührungen. Man kann sie streicheln, zwischen zwei eingeölten oder feuchten Fingern kneten, daran zupfen, leicht in sie kneifen. Streichen Sie den Bauch herunter, kratzen Sie die weiche Haut ganz sanft mit den Fingernägeln, ertasten Sie die sensibelsten Stellen der Innenschenkel. Lassen Sie sich auf jeden Fall Zeit, es geht hier nicht um Rekorde oder Leistungsnachweise. Es geht um Ihre Empfindungen, Entspannung, Wohlgefühl. Betrachten Sie sich wieder im Spiegel. Sehen Sie sich genau an und verlieben Sie sich in sich. Auch in die Körperpartien, die Sie bisher nicht an sich mochten und die Sie am liebsten austauschen würden. Welche Form hat Ihr Busen? Sieht er eher aus wie ein runder Apfel? Oder wie eine längliche Aubergine? Vielleicht ist er ziemlich groß, aber fühlen Sie, wie weich und zart das Fleisch ist? Wie wundervoll es ist, ihn mit den Händen zu umfassen? Probieren Sie Posen aus. In welcher finden Sie sich am schönsten? Sehen Sie sich die Wölbung Ihres Bauches an. Zu viel Speck? Aber würden Sie nicht auch gerne einmal Ihren Kopf auf dieses warme, weiche Kissen legen? Wie wunderbar muss sich das anfühlen. Es kann dauern, bis Sie den Blick auf Ihr Spiegelbild genießen. Eigentlich sollten Sie sich jeden Tag ein paar Minuten im Spiegel anschauen. Nackt, ganz nackt. Dem eigenen kritischen Blick preisgegeben, der sich mit der Zeit in einen liebevollen Blick verwandeln wird. Liebe macht schön, heißt es, und tatsächlich hat ein geliebter Körper auf andere Menschen eine starke erotische Ausstrahlung. Es gibt Frauen, die man niemals als schön bezeichnen würde, und die doch begehrt und als anziehend empfunden werden. Diese Frauen haben, bewusst oder unbewusst, eines der Geheimnisse der Erotik entdeckt: die Liebe zum eigenen Körper.

Das Zentrum der Lust

Frauen machen sich heute Gedanken über Intimpiercings, Intimrasur oder Brasilian waxing. Wie sie »da unten« genau aussehen, wissen gerade junge Frauen allerdings häufig nicht. Selbst wenn sie sich regelmäßig selbst befriedigen, sind sie mit ihrem Unterleib nicht wirklich vertraut. Haben Sie jemals genau Ihre Genitalien betrachtet? Bei jeder Frau sehen sie anders aus. Sie sind so unterschiedlich und einzigartig wie ihre Gesichter. Die Formen von lang und schmal bis üppig, die Farben in allen Rosé- und Brauntönen, unterschiedlichste Größen. Wer genau hinsieht, entdeckt ihre Schönheit. Nicht umsonst beschreiben Dichter die Vulva als Liebesgrotte, Blüte oder rosige Muschel. Die Vulva verändert übrigens durch Masturbation nicht ihr Aussehen, wie von manchen Frauen befürchtet wird. Sie wird weder größer noch wandelt sich ihre Form. Wenn Sie sich zwischen den Beinen noch nie richtig angesehen haben, nehmen Sie einen kleinen Handspiegel zu Hilfe und studieren Sie Ihre geheimste Stelle.

Die Vulva

Um die Vulva und ihre nähere Umgebung genau kennenzulernen, erkundet man sie am besten von vorne nach hinten.

Hinter dem Venushügel, wie das behaarte Dreieck über dem Schritt poetisch genannt wird, lässt sich das Schambein ertasten. Es fühlt sich an wie eine harte Kante. Darunter beginnen die behaarten äußeren Schamlippen, in der Fachsprache Labien genannt. Ihre Haut ist dunkler gefärbt als die der Innenschenkel, sie sind unregelmäßig geformt und erinnern an dicke, fleischige Blütenblätter. Die Außenseite kann ebenmäßig sein oder runzlig wie der Hodensack, das männliche Gegenstück zu den Schamlippen, aussehen. Die Innenseite ist glatt und glänzend, da sie dicht mit Öl- und Schweißdrüsen besetzt ist. Die Labien umschließen die kleinen Schamlippen. Diese empfindlichen Hautläppchen sind dünn, faltig, seidenweich und leicht feucht. Bei einigen Frauen ragen sie über die äußeren Schamlippen hinaus, bei anderen liegen sie dazwischen verborgen. Die Farben der kleinen, helleren Schamlippen spielen in verschiedenen Schattierungen, von violett, altrosa, tiefbraun und gelblich bis rötlich. Bei jeder Frau variiert die Färbung.

Die Haut des Venushügels und der großen Schamlippen ist mit vielen Nervenenden bestückt, was sie empfänglich für sexuelle Stimulation macht. Probieren Sie es mit dem Spiegel in der Hand aus – streicheln, reiben, drücken, kitzeln Sie diese erogenen Zonen mit der ganzen Hand, den Fingernägeln oder einem befeuchteten Finger und spüren Sie Ihren Empfindungen bewusst nach. Finden Sie heraus, auf welche Art Berührung die einzelnen Partien der Vulva am intensivsten reagieren.

Die Klitoris

Am vorderen Ende der Vulva, dort, wo die kleinen Schamlippen zusammentreffen, sitzt die Klitoris. Oft ist sie nur zu entdecken, wenn man vorsichtig eine kleine Hautfalte nach oben schiebt. Die Klitoris ist ein regelrechtes Luxus-Organ, nämlich das einzige des menschlichen Körpers, das ausschließlich dazu da ist, sexuelle Reize zu empfangen und weiterzuleiten. Ihre exklusive Aufgabe besteht genau gesagt darin, sexuelle Lustgefühle bis hin zum Orgasmus zu erzeugen.

Wie der Penis des Mannes hat die Klitoris eine Vorhaut, eine rosafarbene Eichel, auch Glans genannt, und einen Schaft. Der größte Teil des Klitoris-Schaftes, der sich in zwei gut neun Zentimeter lange Schenkel teilt, erstreckt sich im Inneren des Körpers bis hin zum Schambein. Die erbsengroße Klitoris ist wie der Penis ein sogenannter Schwellkörper, durchzogen von Blutgefäßen und von einer Ansammlung hochsensibler Nervenenden. Bei sexueller Erregung füllt sich das Gewebe mit Blut und schwillt an, was nach außen nur sichtbar ist, wenn man genau hinsieht. Gleichzeitig zieht sich die Klitoris in Richtung Schambein zurück.

Die Liebesperle ist ein hochsensibles Organ. Viele Frauen mögen es deshalb lieber, wenn ihre Klitoris indirekt stimuliert wird. Das heißt oberhalb oder seitlich der Glans. Manche Frauen bevorzugen einen leichten Druck durch kreisende Bewegungen mit dem Handteller. Andere massieren mit einem oder zwei Fingern sanft die Hautkappe über der Klitoris. Viele Frauen wollen zuerst indirekt stimuliert werden und erst später direkt, mit steigender Geschwindigkeit und immer stärkerem Druck.

Finden Sie heraus, wie Sie es am liebsten mögen: Streichen Sie mit einem feuchten oder eingeölten Finger sanft darüber. Spüren Sie, wie empfindlich die Klitoris ist? Probieren Sie aus, was Sie am meisten erregt. Reiben Sie erst sanft und ganz langsam. Dann steigern Sie die Stimulierung. Variieren Sie Druck und Geschwindigkeit der Berührung. Benutzen Sie erst einen, dann mehrere Finger. Halt, nicht zu weit gehen. Die Entdeckungsreise ist noch nicht beendet.

Die Harnröhre

Wenn Sie von der Klitoris abwärts wandern, kommen Sie zur Öffnung der Harnröhre. Der Bereich um das kleine Loch birgt unzählige Nervenenden und gehört bei vielen Frauen zu den besonders sensiblen erogenen Zonen. Anderen ist die Stimulierung dieser Region allerdings unangenehm. Jede Frau muss selbst herausfinden, zu welcher Gruppe sie gehört. Reiben und massieren Sie mit einem Finger die Zone rund um den Eingang der Harnröhre und achten Sie darauf, wie Ihr Körper auf diese Stimulierung reagiert. Wenn es Ihnen gefällt, bauen Sie es in Ihre Masturbationsdramaturgie ein. Wenn nicht, lassen Sie diesen Bereich einfach aus.

Die Vagina

Ein weiteres Stück abwärts liegt der Eingang der Vagina. Kreisen Sie mit einem Finger sanft um die Öffnung. Sind Sie an dieser Stelle empfindlich, oder spüren Sie nur wenig? Wenn ja, fühlen Sie, wie die zarte Haut langsam feucht wird? Kosten Sie Ihren Nektar. Meistens schmeckt er ein wenig salzig. Dieser Geschmack ändert sich leicht mit den einzelnen Phasen des Zyklus und während des Geschlechtsverkehrs. Führen Sie jetzt vorsichtig einen Finger in die Öffnung ein. Die Vagina ist ungefähr siebeneinhalb bis zehn Zentimeter lang und extrem flexibel. Ihre Wände sind beinahe gefühllos. Bis auf einen Punkt: In der Vagina liegt der berühmte G-Punkt, benannt nach seinem Entdecker, dem deutschen Gynäkologen Ernst Gräfenberg.

Der G-Punkt

Über die Existenz des G-Punkts streiten Frauen und Experten sich seit Jahrzehnten. Ob es ihn tatsächlich gibt oder nicht, konnten bisher weder die einen noch die anderen eindeutig klären. Dennoch gehen die meisten Sexualwissenschaftler heute davon aus, dass diese innerliche erogene Zone existiert. Sie haben sich auf folgende Angaben geeinigt:

Der G-Punkt liegt etwa drei bis fünf Zentimeter vom Scheideneingang entfernt unmittelbar hinter dem Schambein, also an der Vorderwand der Vagina. Er ist eine etwa fünfcentstückgroße sensible Zone mit zwei kleinen Wülsten, die oft nur angedeutet sind. Am G-Punkt sitzen, wie an der Klitoris, viele Nervenenden. Er ist in nicht erregtem Zustand nur auszumachen, indem man mit einem oder zwei Fingern fest gegen die vordere Wand der Vagina drückt. Am besten funktioniert das, wenn Sie in die Hocke gehen und dann die Finger in die Vagina einführen. Haben Sie den G-Punkt ertastet, können Sie ihn stimulieren. Dazu eignet sich ein Vibrator ausgezeichnet. Der G-Punkt schwillt bei Stimulierung fühlbar an. Allerdings ist er nicht bei allen Frauen sensibel. Um es gleich zu sagen, die meisten finden ihn trotz intensiver Suche nie. Andere empfinden die Stimulierung des G-Punkts als angenehm, kommen dadurch aber nicht zum Orgasmus. Wieder andere reagieren erst, wenn sie schon stark erregt sind. Auf keinen Fall ist der G-Punkt, wie auch die Klitoris, ein Knopf, der auf Druck sofort einen gigantischen Orgasmus auslöst. Wenn Sie ihn nicht finden, vergessen Sie einfach wieder, dass es ihn überhaupt gibt.

Der Damm

Zwischen Vaginalöffnung und After liegt der Damm. Bei manchen Frauen ist er eine sehr sensible Zone. Streicheln und sanftes Massieren wirken bei ihnen sehr stimulierend. Der After selbst ist ebenfalls eine empfindliche Zone, die gut ins Liebesspiel allein oder zu zweit miteinbezogen werden kann (siehe Seite 147).

Erotische Variationen

Haben Sie erkannt, was für ein herrliches Lustinstrument Ihr Körper ist? Lernen Sie, auf diesem Instrument zu spielen. Nutzen Sie, was Sie darüber erfahren haben, und experimentieren Sie mit allen Möglichkeiten, die sich Ihnen bieten. Das beginnt bei den Stellungen.

Stellungen

Jede Stellung hat auch beim Masturbieren ihren eigenen zusätzlichen Reiz. Sie können sich auf dem Rücken liegend, die Beine angewinkelt, liebkosen. Das ist der Klassiker, gleich der Missionarsstellung. Sie können es in der Hocke oder auf den Knien tun. Sich dabei im Spiegel betrachten, von vorn, hinten oder von unten. Sie können sich auf einen Stuhl vor dem Fenster hocken und andere Leute beobachten, während Sie die Lust an sich selbst genießen. Legen Sie sich auf den Bauch – im Bett, auf einem weichen Teppich oder auf ein großes Kissen.

Die schönsten Spiel-Plätze

Spielen Sie an allen Orten, die Ihnen einfallen: Tun Sie es heimlich im Stehen bei einer Party, am helllichten Sonntagnachmittag auf einer Parkbank, in der Umkleidekabine des Schwimmbads oder in der Toilette einer Szenebar. Bei der Selbstbefriedigung lässt sich wunderbar variieren – mal eine aufwendig-sinnliche Inszenierung zu Hause, mal ein Quickie mit dem zusätzlichen Kick, jeden Moment erwischt werden zu können. Wagen Sie etwas Verrücktes! Was ist aufregend, was noch aufregender?

Techniken

Jede Frau hat, wie vorhin schon angedeutet, eine eigene Methode, sich selbst zu erregen. Es gibt keine »richtige« Art zu masturbieren, es gibt nur Lieblingstechniken. Man kann den Venushügel streicheln und massieren; auf verschiedene Art die Schamlippen, die Spitze oder den Schaft der Klitoris (kann man erspüren, wenn man vorsichtig auf die sichtbare Spitze der Klitoris drückt) oder den gesamten klitoralen Bereich stimulieren. Manche berühren die Klitoris selbst gar nicht. Andere kneten mit einer Hand den Busen, und mit der anderen bespielen sie ganz sanft die Klitoris. Manche Frauen finden es erregend, ihren Körper an verschiedenen Stoffen zu reiben. Seide, Satin, Samt. Manche führen an einem bestimmten Grad der Erregung einen Finger oder einen Dildo in die Vagina ein (siehe Seite 157) und stimulieren ihre Klitoris mit einem anderen Finger oder einem Vibrator weiter. Einige benutzen Kerzen, geschälte Bananen oder eine Zucchini (unbedingt ein Kondom drüberziehen!). Sie streicheln sich mit Massagehandschuhen, Gummihandschuhen, weichen Bürsten. Das Gefühl ist jedesmal anders. Manche Frauen benutzen als Spielzeug auch ein Kissen. Sie reiben mit einem Zipfel ihre Klitoris. Je nach Material des Bezugs kann das ein sehr erregender Reiz sein. Einige Frauen simulieren mit einer Frucht oralen Sex.

Sie können beim Masturbieren einen Vibrator mit einsetzen (siehe Seite 153). Haben Sie schon mal eine Duschmassage ausprobiert? Setzen Sie sich in die Badewanne, achten Sie darauf, dass das Wasser eine angenehme Temperatur hat. Duftende Badezusätze erhöhen den Genuss beim Wannenspiel. Streicheln Sie Ihre glatte, nasse Haut. Die meisten Frauen beginnen mit ihren Brüsten und wandern dann am Körper herunter bis zum Venushügel. Dann stellen Sie den Duschstrahl auf die richtige Stärke ein (bei Duschkopf mit einstellbarer Düse) und massieren die Klitoris mit dem Wasserstrahl. Achtung: Leiten Sie keinen starken Wasserstrahl direkt in die Vagina. Dies kann zu einer gefährlichen Luftembolie führen.

Gedankenspiele

Das beste Sexspielzeug ist unser Kopf. Mit Phantasien kann man sich wundervolle Stunden machen. Stellen Sie sich einen Mann vor, mit dem Sie gerne schlafen würden. Einen Kollegen, einen fernen Bekannten, den Mann Ihrer Freundin. Beim Sex im Kopf gibt es keine Tabus. Hier können Sie alle Träume und heimlichen Wünsche ausleben. In Ihrer Phantasie dürfen Sie es mit jedem Mann tun, auf den Sie Lust haben. Stellen Sie sich vor, der Kopf von Brad Pitt, John Bon Jovi oder Til Schweiger liegt zwischen Ihren Beinen.

Schreiben Sie im Kopf das Drehbuch für einen erotischen Film. Stellen Sie sich jede Szene genau vor. Vielleicht haben Sie Lust, die eine oder andere zu Hause nachzuspielen. Oder Sie stellen sich vor, dass Ihnen beim Masturbieren ein Mann zusieht. Dass er später all das tun wird, was Sie ihm jetzt vormachen.

Der Gipfel

Wenn Sie bei den ersten Malen keinen Orgasmus haben, keine Sorge. Lassen Sie sich Zeit. Sie sollen schließlich keine Leistung erbringen, sondern Lust und Genuss entdecken. Es ist auch ganz normal, wenn Sie am Anfang eine Stunde oder länger brauchen, bis Sie für einen Orgasmus erregt genug sind. Wenn Sie stark erregt sind, der Orgasmus aber trotzdem nicht kommen will, verringern Sie die Intensität der Stimulierung und bauen Sie sie langsam wieder auf. Oder brechen Sie kurz ab, entspannen Sie Ihren Körper, konzentrieren Sie sich auf Ihre Genitalien und steigern Sie die Stimulierung wieder. Experimentieren Sie mit Ihrer Atmung (siehe Seite 84). Wenn Ihr erster »selbstgemachter« Orgasmus nicht sehr intensiv ist, seien Sie nicht enttäuscht. Je größer die Erfahrung beim Masturbieren, desto intensiver werden die Orgasmen.

Der Orgasmus ist besonders intensiv und befriedigend, wenn er ein paarmal verzögert wird. Man stimuliert sich, bis man kurz vor dem Höhepunkt steht, dann nimmt man die

Intensität der Stimulierung zurück, bis die Erregung etwas abflaut, um sie dann wieder zu steigern. Die Erregung schraubt sich so immer weiter nach oben. Die Verzögerungstechnik lässt sich auch ins Liebesspiel mit einem Partner integrieren. Sie signalisiert ihm, wann sie kurz vor dem Höhepunkt ist, und er kann, wenn er will, weitermachen oder noch eine Stufe einbauen. Er verlegt seine Aufmerksamkeit für einen Moment einfach auf andere Partien des Körpers, lässt der Klitoris einen Moment Zeit, sich zu beruhigen.

Denken Sie immer daran, wer bei der Selbstbefriedigung ohne falsche Scham neugierig alles erforscht und ausprobiert, was Lust bereitet, der kann auch den Sex mit dem Partner mehr auskosten.

Zum Schluss dieser sinnlichen Vergnügungsreise sei nochmals gesagt: Eine Hauptvoraussetzung für lustvolles Masturbieren wie für lustvollen Sex überhaupt ist: Nehmen Sie sich genügend Zeit. Experimentieren Sie mit Phantasien, mit Hilfsmitteln, mit Stimulierungstechniken, aber nicht alles beim ersten oder zweiten Mal. Lernen Sie Ihre Reaktionen langsam kennen, finden Sie in Ruhe heraus, was Sie wirklich erregt. Jeder Körper spricht auf Stimulierung anders an. Was die eine Frau heiß macht, lässt die nächste vielleicht kalt.

Solo für zwei

Sehen Sie Ihrem Partner manchmal beim Masturbieren zu? Oder er Ihnen? Abgesehen davon, dass das sehr erregend sein kann, erfahren Sie eine Menge übereinander. Gucken Sie sich voneinander die Techniken ab. Auf diese Weise lernen Sie sich gegenseitig am besten kennen. Sie müssen Ihren Partner nicht gleich bei den ersten Malen im Bett mit dieser Idee überfallen. Mag sein, dass ihn diese Vorstellung zu Anfang überfordert. Und auch Ihnen ist vermutlich nicht ganz wohl dabei. Wenn Sie sich jedoch näher kennen, Vertrauen zueinander entwickelt haben, dann kann diese Variante des Sex eine große Bereicherung sein. Am besten, Sie tasten sich ganz langsam an dieses Spiel heran. Bei den ersten Malen schalten Sie einfach das Licht aus. Sie hören den anderen atmen, stöhnen, kommen, und er hört Sie. Den Augen bleibt aber noch verborgen, was geschieht. Sie werden merken, allein das Zuhören ist schon erregend und setzt die Phantasie in Gang. Beleuchtet dann eine Kerze oder eine Lampe den Raum, befriedigen Sie sich erst noch mit geschlossenen Augen. Ihr Partner sieht Ihnen jetzt zwar zu, Sie können sich aber ganz auf sich selbst konzentrieren. Im letzten Akt dann blicken Sie Ihrem Partner in die Augen, während Sie sich beide selbst verwöhnen.

Eine andere Variante ist, einige lustbringende Handgriffe ins Liebesspiel zu integrieren. Es ist sehr erregend, sich während des Sex mit dem Partner selbst zu berühren. An den Brüsten oder mit den Fingern seiner Zunge zwischen den Beinen folgen, beim Verkehr die Klitoris stimulieren, die Innenseite der Schenkel liebkosen. Das alles verschafft zusätzliche Erregung und so manche Frau kommt ohne diese Stimulanz nicht zum Orgasmus. Viele schrecken allerdings davor zurück. Sie befürchten, ihr Partner würde denken, er mache seine Sache nicht gut oder sie seien zu sehr auf sich selbst fixiert. Wäre es nicht jammerschade, wenn es ihn in Wirklichkeit total antörnt, Sie das aber nie erfahren werden, nur weil Sie nicht gewagt haben, ihn danach zu fragen? Sprechen Sie also mit Ihrem Partner über Ihre kleinen Fingerübungen, sonst verzichten Sie möglicherweise ganz umsonst auf diesen Genuss.

Stellungen – von vorne bis hinten

In bester Position

Können Sie sich zu einem Schmetterling biegen, sich zur Lotusblüte formen, mit dem Liebsten einen lustvollen Körper-Knoten binden, oder beherrschen Sie gar den berühmten Dreifuß?

Sie meinen, ein besonders gutes Liebespaar müsste verschiedene Stellungen beherrschen und zwar je exotischer, desto besser? Falsch. Es gibt wahrscheinlich nicht allzu viele Leute, die in der körperlich-gymnastischen Lage sind, die unzähligen Stellungen fernöstlicher Liebestechniken, wie zum Beispiel des Kamasutra oder des Tao der Liebe, auszuprobieren – ist auch nicht nötig. Das viele Experimentieren mit exotischen Varianten kann in Liebesbeziehungen geradezu zwanghaft werden – und darüber vergessen die meisten ganz und gar die Lust am Einfachen. Lassen Sie sich nicht von dem Überangebot irritieren, die meisten Stellungen sind sowieso nur minimale Abwandlungen der vier Grundpositionen – und die sollten Sie beherrschen, denn was nützt die ganze asiatische Akrobatik, wenn man damit nicht zum Höhepunkt kommt? Unter den simplen vier Basisstellungen findet sicher jede Frau ihren Favoriten. Dann erst lohnt sich der Ausflug bespielsweise ins Land der kamasutrischen Genüsse. Es gibt Frauen, die haben (fast) alles schon getestet und kommen immer wieder zurück zur guten alten Missionarsstellung. Dazu noch eine kleine Variante zum Einstimmen, eine andere, um die Ekstase hinauszuzögern, eine, die besonders der Partner liebt, und fertig. Es geht hier, wie so oft, um die Qualität der Stellung, nicht um die Quantität!

Bei den meisten Frauen ist der Vaginaleingang nicht besonders empfindlich, daher bringt die »normale« Rein-Raus-Bewegung des Mannes nicht genügend Stimulierung: zu wenig Druck auf die vaginalen Muskelpartien und zu wenig Reiz für die Klitoris. Gerade aber dieser Druck auf Vagina und Klitoris wird von den Frauen als die alles umfassende, alles beherrschende, den Orgasmus auslösende Empfindung erlebt und beschrieben. Die verschiedenen Stellungen befriedigen die verschiedenen Wünsche in Bezug auf Penetrationsstil, -winkel und -tiefe. Die eine mag lange, gemächliche, die andere kurze, rhythmische oder tiefe, schnelle Stöße. Die eine braucht seinen Körper nah und reibend an ihrem, die andere braucht Reibung am hinteren Abschnitt der Vaginalwand.

Zu wissen, was guttut, braucht Übung. Und Absprache mit dem Partner. Abgestimmt auf die eventuell unterschiedlichen Köpergrößen, auf die Beweglichkeit und vor allem natürlich auf die sexuellen Vorlieben. Ihre Lieblingsstellung muss nicht die seine sein; seine Technik, zum Höhepunkt zu gelangen, kann sie nahezu unberührt lassen. Jeder soll zu seinem Genuss kommen, abwechselnd mal oben, mal unten liegend, mal egoistisch, mal ganz auf den Partner konzentriert – begleitet von einer Weisheit aus dem Kamasutra, die für manche Frauen doch immer noch ungewöhnlich klingt: Die Lust der Frau hat immer Vorrang, erst dann kommt er!

Eine weitverbreitete Erwartung beim Sex mit Penetration ist der gleichzeitige Orgasmus. Gepriesen als Gipfel partnerschaftlicher Glückseligkeit, als Zeichen völliger Übereinstimmung. So verheißungsvoll der Wunsch auch sein mag, die Verwirklichung wird für die meisten Paare zur Qual, denn: Die Erregungsmuster sind von Mensch zu Mensch und von Mal zu Mal verschieden. Sich auf den gemeinsamen Orgasmus zu konzentrieren heißt, vom eigenen abgelenkt zu sein –

und das wird besonders für Frauen kurz vor dem Abheben zur enttäuschenden Bruchlandung. Schön, wenn die Erregung einmal gleichzeitig explodiert, aber sehen Sie es als herrlichen Zufallstreffer, machen Sie es nicht zum Dogma.

Noch eine fatale Erwartung: Nicht jede Frau verfügt über eine große Menge natürlicher Gleitfüssigkeit, was oft nichts mit fehlender Erregung zu tun hat. Scheuen Sie sich deshalb nicht, Gleitmittel aus der Flasche (Öl oder spezielle Cremes aus der Apotheke oder dem Sexshop) zu benützen, um schmerzhafte Reibung gleich zu Beginn zu vermeiden oder um währenddessen, falls das Liebesspiel Überstunden macht, immer schlüpfrig zu bleiben.

Seien Sie also mutig im Ausprobieren verschiedener Stellungen, liegen Sie nicht in einer mal eingenommenen steif da, nach dem Motto »Mach mit mir, was du willst ...«. Warten Sie nicht ab, was passiert. Es wird nichts passieren, solange Sie nicht aktiv werden. Bereits kleine Veränderungen in der Beinhaltung oder Beckenlage können große Wirkung zeigen! Und setzen Sie alle Stimulanzien ein, die Sie extra brauchen. Die richtige Stellung ist zwar schon mal ein guter Einstieg, aber wenn Sie manuelle Unterstützung brauchen, um beispielsweise Busen oder Klitoris zu erregen, dann tun Sie das! (Im Kapitel über Selbstbefriedigung [Seite 107] und dem über Toys [Seite 153] finden Sie die besten Tipps!!)

Das Wichtigste bei all den Stellungsspielen ist, daß Sie kurz vor dem Orgasmus die für Sie persönlich beste Position einnehmen und dem Partner deuten, dass Sie jetzt keine Veränderung mehr wollen. Die meisten Frauen brauchen in dieser letzten Erregungsphase gleichbleibenden Rhythmus und eine gleichbleibende Stellung. Wählen Sie zudem immer eine Position, die Ihnen auch emotional angenehm ist. Stimmungen, Rollenspiele oder Phantasien von beispielsweise Dominanz oder Unterwerfung erfordern entsprechende Stellungen.

Die vier Grundpositionen

Missionarsstellung

Wie sie aussieht: (Gibt es noch jemanden, der es nicht weiß? Na, also der Vollständigkeit halber ...): Sie liegt auf dem Rücken, während er auf ihr liegt.

Wie Frauen sie empfinden: *»Ich genieße die Missionarsstellung, dabei kann ich leichter entspannen. Außerdem kann ich ihn in dieser Position besser bewegen, so, wie ich es für meine Stimulation brauche.« »Ich will beim Bumsen auf dem Rücken liegen, die Beine auf seinen Schultern. Dabei spüre ich sein ganzes Gewicht und seine ›fremde‹ Haut auf meiner. Mein ganzer Körper wird dadurch stimuliert.« »Ich erlebe den Sex viel intensiver, wenn er auf mir liegt. Es ist leichter, in dieser Stellung die Vaginalmuskeln anzuspannen, dabei kann ich ihn an mich drücken oder wegschieben, und vor allem habe ich beide Hände frei, um mich zusätzlich an der Klitoris zu stimulieren.« »Kurz vor dem Orgasmus brauche ich die Missionarsstellung. Ich will den Druck seines Penis tief nach hinten oben spüren.« »Meine Freundin behauptet, unter ihm liegen sei unterwürfig. Ich finde: Ganz im Gegenteil, denn in dieser Lage nehme ich mir, was ich brauche.«*

Was sie bewirkt: Viele Frauen wünschen sich, vor allem kurz vor dem Orgasmus, einen spürbar tiefen vaginalen Druck. Der ist am intensivsten in der Rückenlage. Dabei können sie die Beine spreizen, die Knie anziehen und die Füße aufstellen, um das Becken anzuheben und frei zu bewegen. In der Missionarsstellung bekommen Frauen normalerweise durch das Schambein des Partners zusätzliche Reibung an der Klitoris. Manche drücken die Beine gegen die Brust des Partners oder legen sie auf seine Schultern (Respekt, ganz schön beweglich!), um seinen Nacken oder umklammern seine Hüften und pressen ihn fest mit den Fersen gegen die Vulva, um noch tiefer gestoßen zu werden. Wenn Sie, kurz vor dem Orgasmus etwa, mehr Druck spüren wollen, strecken Sie die Beine aus und spannen die Vaginalmuskulatur kräftig an.

Die Frau-oben-Position

Wie sie aussieht: Der »Reitersitz« ist die umgekehrte Missionarsstellung: Sie sitzt auf ihm, mit Blick entweder zu seinem Kopf oder zu seinen Füßen. Bei einer Variation dieser Position liegt sie mit dem Rücken auf seiner Brust.

Wie Frauen sie empfinden: *»Wenn ich oben sitze, dann ist das eine 100% sichere Sache. So kann ich mich am besten an ihn pressen und mich an ihm reiben.« »Ich bin am liebsten aufrecht auf meinen Knien über ihm. Dabei kann ich wunderbar steuern, wie und wo er in meiner Vagina reiben soll.« »Ich brauche es sehr rhythmisch und das gelingt – uns beiden – am besten im Reitersitz.« »Ich liege nicht so gerne unten, weil er sich dann zu wenig um meinen Busen kümmert. Wenn ich direkt vor ihm sitze und er die Brüste schaukeln sieht, dann küsst und knetet er sie ganz ohne Aufforderung.« »Am besten ist es oben, die Beine angezogen, die Füße unter seinem Po. Genug Stabilität, auf und nieder zu wippen. Mit meinen Händen stütze ich mich auf seine Lenden, ich spüre sie pulsieren. Vor meinem Höhepunkt presse ich mich mit weit auseinandergespreizten Schamlippen ganz fest an ihn, und spüre ihn tief in mir.« »Ich mag das Gefühl, dass ich es bin, die den Penis einführt!«*

Was sie bewirkt: Normalerweise können Frauen ihre Stimulation besser steuern, wenn sie oben sitzen. Manch eine mag kein extrem tiefes Eindringen des Penis, sie kann den Penetrationswinkel mit ihrer Sitzstellung optimal einstellen und die Reibung auf die Klitoris variieren. Entweder ganz auf ihm liegen, auf ihm knien, sitzen, mit einem angewinkelten und einem knieenden Bein. Oft ist diese Position die beste während der Schwangerschaft, nach einer Geburt oder auch für Frauen, die erheblich kleiner sind als ihr Mann. Außerdem genießen viele es, von den Händen des Partners an den Brüsten und an der Klitoris stimuliert zu werden, fest am Po oder an den Hüften gehalten zu werden. Von dieser Position aus ist ein Rollen in die Missionarsstellung, ohne dabei auseinandergehen zu müssen, ganz einfach.

Die Von-hinten-Position

Wie sie aussieht: Die Frau liegt flach auf dem Bauch oder kniet (beispielsweise vor einem Sofa), wobei die Brust (auf der Sofasitzfläche) aufgelegt ist. Besser noch, wenn sie sich auf Knie und Ellbogen stützt oder die Arme ausstreckt. Der Mann kniet oder steht hinter ihr – deshalb wird die Stellung auch »a tergo« oder »Hundestellung« genannt.

Wie Frauen sie empfinden: *»Ich mag das Klatschen seiner Lenden an meinem Po.« »Wenn ich ganz intensive Stimulierung brauche, dann mag ich es am liebsten von hinten.« »Bei jedem Stoß lasse ich meine Brustwarzen über die Kissen gleiten und streichle mich mit einer Hand ganz sanft an der Klitoris.« »Irgendwie gefällt mir der Gedanke, dass wir uns dabei nicht ansehen und es wild treiben, wie die Tiere.« »In dieser Stellung kriege ich alles, was ich brauche: Sein Penis ist tief in mir, an einer Stelle, die er anders nie erreicht, er knetet meinen Po oder streichelt mich am Anus, meine großen Brüste schwingen frei – das ist ein herrliches Gefühl – und ich kann mich selbst an der Klitoris streicheln.« »In dieser Stellung halte ich es vor Spannung nie lange aus, irgendwie trifft er in meiner Vagina einen Punkt, der hochexplosiv ist.«*

Was sie bewirkt: Bei dieser Stellung hat die Frau am wenigsten Kontrolle über das Geschehen, deshalb ist es umso wichtiger, dass sie dem Partner ihre Vorlieben zeigt. Ob sie und wo sie gehalten, gestreichelt werden will, wie tief er stoßen darf und ob sie Extra-Stimulation an der Klitoris braucht. Viele Schwangere bevorzugen diese Position, weil der Rücken entlastet wird und der Bauch nicht »im Weg ist«, aber auch Frauen, die kleiner sind als ihre Partner. Die »a-tergo-Stellung« hat viele Vorteile: Die Krümmung der Vagina entspricht genau der Krümmung eines erigierten Penis, so dass tiefe Stöße angenehmer sind als bei den meisten anderen Stellungen; sie lässt den Partnern viel Bewegungsfreiheit im Becken, der G-Punkt, die Klitoris und die Brustwarzen lassen sich leicht stimulieren – außerdem mögen es viele Frauen (abgesehen davon, dass auch Männer das sehr gerne machen), in der Hüfte gehalten und geführt zu werden.

Die Seite-an-Seite-Stellung

Wie sie aussieht: Bei der berühmten »Löffelchenstellung« liegen die Partner auf der Seite hintereinander, oder sie liegen sich gegenüber, schauen einander an, die Oberschenkel sind (bei beiden Positionen) ineinander verschlungen. Noch eine Variante: Die Frau liegt auf dem Rücken (er seitlich neben ihr), legt beide Beine über seine Oberschenkel, so dass er quasi von hinten in sie eindringen kann.

Wie Frauen sie empfinden: *»Das ist für mich die zärtlichste Umarmung beim Sex.« »Wir beginnen meistens mit dem ›Löffelchen‹, die beste Einstiegsstimulierung. Er streichelt meinen Busen und Bauch und ich reibe mich an seinem Oberschenkel, den er gegen meine Vulva presst.« »Ich brauche ganz intensive Reize an der Klitoris und das geht am besten mit der Hand. Wenn er hinter mir liegt, spüre ich seinen Penis in mir und ich kann mich dabei ganz leicht streicheln, oft führe ich auch seine Hand dorthin und wir machen es gemeinsam.« »Ich mag es, wenn er sich mit seinem Körper ganz meinem anpasst – das ist sehr innig!« »Ich bevorzuge eine Art ›halbes Löffelchen‹: Dabei* *sind nur unsere Beine ineinander verschlungen und ich beuge meinen Oberkörper ganz nach vorne – so kann er leichter in mich eindringen und mein Becken ist frei beweglich.«*

Was sie bewirkt: Die Seite-an-Seite-Stellung ist ausgezeichnet für eine langsame Stimulierung geeignet, für eine ruhige Penetration – sie wirkt weniger direkt als alle anderen Stellungen. Die Tiefe der Stöße ist leicht zu kontrollieren, keiner muss das Gewicht des anderen Körpers tragen, deshalb ist diese Stellung auch für Schwangere eine ideale Variante.

Und dann geht's auch noch ...

... im Stehen

Diese Stellung hat den Ruf, sehr leidenschaftlich zu sein – immerhin müssen all diejenigen auf sie zurückgreifen, die es so eilig haben, dass sie kein geeignetes Plätzchen zum Liegen finden und sich dann heftig aneinanderklammern. Dieser Gedanke ist doch zweifellos anziehend! Frei stehen erfordert akrobatisches Können. Der Mann muss zumindest so standfest und kräftig sein, seine Partnerin halten zu können, sei es, sie legt nur ein Bein um seine Hüfte oder gar alle beide. Eine Wand als Rückenlehne ist dabei äußerst hilfreich! Bequemer ist es auf jeden Fall, wenn die Frau auf einem Tisch, einer Theke, auf dem Flügel oder auf der Waschmaschine sitzt, während er vor ihr steht.

... und im Sitzen

Sie sitzt auf ihm (praktischerweise) und auch er sitzt aufrecht. Viele Frauen beschreiben diese Position als sehr intim und lustvoll. Sie besticht zwar nicht unbedingt durch intensive genitale Stimulierung, dafür aber umso mehr durch den engen Oberkörperkontakt, freie Hände zum Umschlingen und Streicheln (er kann dabei bequem ihren Rücken und Po erreichen), die Nähe von Lippen und Augen. Sitzend sich lieben kann man auf dem Bett, auf der Bettkante, auf dem Boden, auf dem Sofa, auf einem Stuhl – dabei zueinandergekehrt; ihre Beine locker angezogen oder um seine Taille gelegt, oder die Frau kehrt ihm dabei (in bester Absicht!) den Rücken zu.

Eine Variante: Sie sitzt nicht auf ihm, sondern beide mit angezogenen Knien voreinander, dann legt sie ihre Beine über seine Oberschenkel und beide rutschen ganz eng zueinander. Sein Penis braucht zwar eine gewisse Länge, um sie zu erreichen, der Vorteil dieser Position ist aber, dass auch die Frau endlich einmal genau beobachten kann, wie schön es aussieht, wenn er in sie eindringt.

... oder fernöstlich inspiriert

Und nun einige (der 64) Liebesstellungen aus dem Kamasutra, solche, die auch weniger gelenkige Liebeskünstler jenseits Asiens genießen können (und Sie werden merken, dass es hier manchmal nur um kleine, aber bedeutende Abwandlungen der vier Grundpositionen geht). Noch ein Tipp: Besorgen Sie sich ein schön illustriertes Kamasutra-Buch, es ist auf jeden Fall inspirierend ... was es nicht alles gibt!

* Nagara (»nach Art der Städter«):
Sie liegt auf dem Rücken, die Beine hochgestreckt wie bei einer »Kerze«, er steht oder kniet vor ihr. Ist er drin? Dann schlägt sie die erhobenen Beine übereinander, presst sie stark zusammen und legt sie dann abgewinkelt über einer seiner Schultern ab. Durch ihr Muskelspiel in der Vagina wird sein Penis massiert und in dieser Stellung kann er tief in sie eindringen.

* Dolita (»die Schaukel«):
Das Paar sitzt ganz eng voreinander, die Beine jeweils um die Taille des Partners verschränkt. Dann lehnt sich jeder ein bisschen zurück und hält sich am Handgelenk des anderen fest. Jetzt sanft die Schaukel in Bewegung setzten.
* Yugmapada (»das Fußjoch«):
Stellung wie bei Dolita, nur aufrecht sitzen bleiben und die Füße von seiner Taille lösen, das eine Bein anwinkeln, das andere ausstrecken – er versucht das Ganze spiegelbildlich.
* Tripidam (»der Dreifuß«):
Eine Stellung im Stehen. Dabei zieht sie ein Knie, das er festhalten muss, nach vorne hoch. Wenn die Balance stimmt, hat sie beide Hände frei, um ihn zu streicheln und zu liebkosen.
* Ekabandha (»der Knoten«):
Er sitzt auf seinen Unterschenkeln, sie kehrt ihm den Rücken zu, sitzt auf seinem Schoß und beugt ihren Körper vor, bis ihre Brüste die Schenkel berühren.
* Garuda (»das Reittier Gottes«):
Er liegt flach auf dem Rücken, sie sitzt auf ihm, das Gesicht seinen Füßen zugewandt. Ein Bein auf seinen Unterschenkel gesetzt, das andere auf seinen Oberschenkel. Männer lieben diese Stellung, weil sie den entzückenden Rücken sehen und mächtig Reibung abkriegen.

Oralsex

Wenn Frauen von einem begnadeten Liebhaber schwärmen, dann meinen sie meist damit, daß er ein Meister des Cunnilingus ist. So einer weiß wohl genau, wie er seine Partnerin nur mit Mund und Zunge am schönsten befriedigen kann. Und außerdem spricht diese Art des Liebemachens für eine große Intimität zwischen den beiden, eine Vertrautheit, in der die Frau alle Hemmungen ablegen kann, ihre Scham, im wahrsten Sinne des Wortes, öffnet. Oralsex wird von vielen sogar als höchste Stufe der Intimität bezeichnet.

Eine amerikanische Umfrage ergab, dass 84% der Frauen durch Cunnilingus sogar zum Orgasmus kommen können. Für sie sind diese Küsse die optimale, die sicherste körperliche Stimulierung – vor allem, wenn sie grundsätzlich nur schwer zum Orgasmus kommen.

Wahrscheinlich der häufigste Grund, weshalb Menschen sich davor scheuen, Experimente mit oralem Sex zu wagen, ist die Furcht, dass die eigenen oder die Genitalien des Partners »schlecht« riechen oder schmecken. Wenn das alles sein sollte: Dem kann man vorbeugen! Vor dem Sex duschen oder baden, am besten gemeinsam, wie es im Kapitel »Zärtliche Ouvertüre« als sinnliches Vorspiel beschrieben ist. Aber grundsätzlich ist an den Düften und Säften der Vagina oder auch des Penis nichts Unangenehmes, ganz im Gegenteil. Die Genitalien produzieren in Erregung von Natur aus Lockstoffe, die stimulieren und zum Sex verführen sollen – sie sind für viele bei weitem erregender als der Geruch von Intimdeos und Seifen. Dazu sollen Männer einmal zu Wort kommen: *»Ich habe mich an den weiblichen Düften immer erfreut, besonders wenn eine Frau erregt ist.« »Ich liebe es, mein Gesicht in ihre Möse zu graben und ihren Geruch in der Nase zu haben.«*

Um seine Lust auch nachempfinden zu können: Haben Sie denn selbst schon einmal gekostet, wie gut Sie schmecken? Nehmen Sie sich Zeit, wenn Sie sich das nächste Mal selbst befriedigen, riechen und schmecken Sie an ihren Fingern. Frauen können auf diese Weise sogar beobachten, wie sich ihre vaginalen Säfte in den einzelnen Zyklusphasen oder während der verschiedenen Stufen ihrer Erregung geschmacklich verändern. Wenn der Geschmack oder Geruch tatsächlich unangenehm ist, dann sollten Sie einen Arzt aufsuchen, um feststellen zu lassen, ob Sie nicht eventuell eine vaginale Entzündung haben, die diesen Geruch auslöst.

Eine kleine Anmerkung soll noch vorausgeschickt werden, bevor es zur Praxis geht: Gerade die Intimität und Verwundbarkeit, die oraler Sex für die einen zum Hochgenuss macht, ist für andere ein Grund, ihn zu meiden. Wenn Sie dabei nicht entspannen können, sich unbehaglich und irritiert fühlen und somit auch weit entfernt sind, dabei Lust zu empfinden, dann lassen Sie sich nicht dazu zwingen. Es gibt so viele Möglichkeiten und Techniken, ein ausgefülltes Liebesleben zu haben, dass Sie die orale Spielart getrost außer Acht lassen können. Falls Sie sich nicht doch von Folgendem überzeugen lassen:

Der Cunnilingus

Es gehört schon großes Einfühlungsvermögen des Partners dazu, Klitoris und Vagina oral zu stimulieren. Der Mann, von dem Frauen wie eingangs erwähnt schwärmen, ist vielleicht ein Naturtalent, aber mit größerer Wahrscheinlichkeit hatte er vorher Geliebte, die ihre Wünsche äußerten, wie er es machen soll. Er hat viel gelernt, hat also beste Voraussetzungen, ein guter Liebhaber zu sein. Warten Sie dennoch nicht auf männliche Zufallstreffer, geben Sie ihm deutliche Signale. Zum einen empfindet jede Frau individuell ganz unterschiedlich, und zum anderen ist der zentrale Punkt des Lustempfindens bei einer Frau nicht gleichbleibend, sondern ein bewegliches »Ziel«, das sich in seinen Bedürfnissen von einem Moment zum anderen verändern kann. Die einen bevorzugen eher die indirekte klitorale Stimulierung, das heißt die seitliche Berührung oder auch oben an der von der Hautkappe bedeckten Klitoris und dem Bereich über ihr in Richtung Schambein: »*Am liebsten mag ich es, wenn er ganz leicht mit der Zunge den Rand des kleinen Häubchens berührt. Direkt an der Spitze ist mir die Berührung zu stark, zumindest zu Beginn, so dass die bis dahin aufgebaute Erregung wie mit einem Schlag vorbei sein kann. Wenn ich aber schon scharf bin, vertrage ich es auch, wenn er zart an meiner Klitoris saugt.*«

Andere wollen lieber direkt stimuliert werden, das heißt, an der Spitze der Klitoris, dort, wo sie aus der Haube herauslugt: »*Nachdem er mich mit den Fingern gestreichelt hat, will ich alles auf einmal: Lecken und vibrierende Auf- und Abbewegungen mit der Zunge direkt an der Klitoris, sogar dass er fest an ihr saugt.*«

Der Bereich am oberen Teil der Haube, dort, wo die Klitoris in den Schamhügel mündet, ist bei vielen Frauen extrem empfindlich. Einige finden, dass eine Stimulierung dort kaum auszuhalten ist, andere wollen gerade hier kurz vor dem Orgasmus besonders liebkost werden.

Fast alle Frauen mögen am Anfang leichte, indirekte, kreisende oder umhüllende Berührungsreize, meist auch die Stimulierung der gesamten Vulva, und allmählich erst mehr und mehr Druck, Intensität und direkte Klitorisstimulierung. Der richtige Augenblick und die richtige Art der Berührung sind entscheidend. Wenn der Liebhaber zu lange immer nur eine Stelle bearbeitet oder zu früh mit großer Intensität loslegt, wenn er »*als Allererstes auf den Kitzler zusteuert, als ob es nur ihn gäbe, und dann nur daran saugt*« oder »*auch dann noch weiterleckt, wenn ich bereits gekommen bin und ich nichts weiter als in Ruhe das Ausklingen genießen will*«, dann wird die gute Absicht nur noch zum Ärgernis.

Aber, jetzt mal ernsthaft, das sollen Männer aus dem Stand heraus alles wissen? Liegen Sie nicht nur da und lassen Sie nicht alles über sich ergehen: Stöhnen Sie, wenn's etwas zu stöhnen gibt; hat er einen guten Punkt erwischt, gehen Sie ihm mit dem Becken entgegen oder halten Sie sanft seinen Kopf fest; geben Sie ihm Bestätigung: *»Ja, so ist es gut, noch ein bisschen fester saugen«* oder *»Lass deine ganze Zunge kreisen«* oder *»Vorsicht, da bin ich empfindlich, versuch es ein bisschen weiter oben«*. Oder zeigen Sie ihm mit Ihren Fingern, wo er weiterforschen soll – und geben Sie ihm zu verstehen, dass Sie kurz vor dem Orgasmus Ihre ganz persönliche, gleichbleibende Stimulierung brauchen, damit er Sie sicher über den Höhepunkt begleiten kann.

Mundgerechte Stellungen

Männer wollen alles sehen, sich mit den Augen stimulieren lassen. Schon der Anblick einer aufgefächerten Vulva macht sie ganz wild. Seien Sie sich dessen bewusst und stolz darauf, konzentrieren Sie sich auf die Schönheit und Attraktivität Ihrer intimsten Stelle und genießen Sie seine oralen Liebkosungen. Experimentieren Sie mit Stellungen, die Ihnen am bequemsten sind. Am einfachsten ist es, auf dem Rücken zu liegen, eventuell ein Kissen unter dem Po, die Beine aufgestellt, er kann nun von der Seite kommen oder zwischen Ihren Beinen liegen, mit seinem Gesicht direkt vor der Vagina. Angenehm ist es auch, wenn der Oral-Künstler vor Ihnen kniet, während Sie es sich auf einem Stuhl oder auf dem Sofa bequem gemacht haben. Oder er liegt auf dem Rücken und Sie knien mit gespreizten Beinen über seinem Gesicht. In dieser Position können Sie am besten Druck, Intensität und Rhythmus bestimmen, indem Sie Ihr Becken entsprechend bewegen. Für viele Frauen ist es zusätzlich erregend, ihren Partner »bei der Arbeit« zu beobachten, die einzige Stellung übrigens, in der das möglich ist. Männer lieben diese Position, weil *»ich in ihrer Vulva direkt versinke«*.

Was es sonst noch zu tun gibt: Wenn er küsst, hat er beide Hände frei! Und die können, wenn Sie wollen, voll zu tun bekommen. Ihren Po dabei kräftig kneten. Sie fest in der Taille halten. Ihren Busen zärtlich streicheln. Mit den Fingern über Ihre Lippen streichen. Beide Hände sanft auf den Venushügel legen. Ein oder zwei Finger in die Vagina gleiten lassen, die Schamlippen und das Perineum massieren oder den Anus umkreisen. Und wie könnte er den Vibrator einsetzen? Vielleicht kommt er selber auf die besten Ideen, vielleicht ist er auch ganz mit seiner oralen Beschäftigung ausgelastet – dann tun Sie sich selbst Gutes. Einige Frauen berühren und streicheln ihren Körper ganz frei und ungehemmt während des Liebesaktes. Keine Scheu und Scham, es tut Ihrer sinnlichen Ausstrahlung keinen Abbruch. Es ist (meist) auch kein Zeichen dafür, dass Sie zu wenig stimuliert werden, Ihr Partner wird auch nicht denken, Sie seien pervers. Falls ja, sollte er schleunigst vom Gegenteil überzeugt werden: Wenn Frauen beginnen, sich selbst am ganzen Körper oder nur am Busen zu streicheln, dann ist dies eher ein Ausdruck von Leidenschaft und völliger Hingabe.

Fellatio

Für die überwiegende Mehrheit der Frauen ist Fellatio, also wenn sie ihn oral stimuliert, der Gipfel der Intimität, und sie wollen es nicht mit jedem x-beliebigen Lover tun. Deshalb ist es auch selbstverständlich, dass dies ein Spiel ist, das auf liebevoller und leidenschaftlicher Gegenseitigkeit beruht. Sie finden es erregend, so unvermittelt zu beobachten, wie sein Verlangen durch ihre oralen Liebkosungen mehr und mehr steigt. Sie sind Dienerin seiner Lust und zugleich Herrin. Sie können ihn reizen und locker lassen, herausfordern und in Hochspannung warten lassen. *»Je öfter ich es mache, desto geiler werde ich selbst dabei. Das Schönste daran ist, dass eine kaum auszuhaltende, nervöse Stimmung aufkommt.«* Und genauso wie Männer von den femininen Säften gelockt werden, stimmen auch die männlichen aphrodisisch. Warum also nicht ihm Gutes tun, um sich selbst zu stimulieren?

Männer lieben es. Aber auch sie haben unterschiedliche Vorlieben. Nicht jeder reagiert gleich auf Druck und Zunge, auf Saugen und Küssen, auf Lutschen, Lecken, Schütteln. Nur vor einem scheinen alle Angst zu haben: vor Zähnen. Also wenn, dann vorsichtig knabbern... Auch »Schwanzlutschen« will gekonnt sein. Finden Sie heraus, ob Ihr Partner festen oder sanften Druck bevorzugt, ob er lieber an der Peniswurzel, am unteren Schaft oder an der Eichel liebkost wird. Öffnen Sie Ihren Mund nicht nur als »Empfangsorgan«, lassen Sie Ihre Zunge spielen, Ihrer Kreativität freien Lauf.

Bei Fellatio gilt das Gleiche wie beim Cunnilingus: Wechseln Sie Technik und Stellen. Dazu ein beglückter Mann: *»Sie bewegte sich sehr langsam, nahm mich in den Mund und berührte meine Eichel ganz zart mit den Lippen und ihrer Zunge. Was ich besonders an ihrer Art mochte, war, dass sie währenddessen immer eine Hand an meinem Körper hielt und den unteren Teil meines Penis streichelte. Sie bewegte ihren Kopf in wechselndem Rhythmus, das war schön anzusehen, und sie spürte genau, ab wann ich die melkenden Bewegungen kurz vor dem Orgasmus brauchte.«*

Auch Sie haben bei der Fellatio beide Hände frei, benützen Sie sie! Zum Massieren der Hoden, zum Umfassen der Peniswurzel, zum Kneten des Pos, zum Streicheln der

Schenkelinnenseiten oder des Anus. Und was die Stellungen betrifft: Er kann auf dem Rücken liegen und Sie knien neben ihm oder sitzen dabei rücklings auf seinem Bauch, er kann auf einem Stuhl sitzen, aufrecht stehen, über Ihnen knien – alles ist möglich. Ausprobieren und herausfinden, was für beide die geilste Stellung ist!

Zwei Extras gehören noch zur Fellatio:

Deep Throat: Eine Technik, bei der der Penis tief, wenn nicht sogar ganz in den Mund genommen wird. Das funktioniert nur, wenn Sie den Hals nach hinten biegen, so dass Mund und Kehle eine Linie bilden. Dieser Technik mangelt es erheblich an Feinheit: Es kann weder geleckt noch gelutscht werden, nur die Lippen kommen als fester Ring zum Einsatz – das Einzige, was beeindrucken könnte, ist, dass Sie es können, der Würgereflex ist dabei nämlich kaum zu unterdrücken. Was für ein Einsatz, was für ein Gewinn?

Samen schlucken: Okay, es macht nicht dick – aber es schmeckt (vielen Frauen) auch nicht! Die beste Lösung: Stimulieren Sie Ihren Partner oral bis kurz vor seinem Orgasmus und machen Sie dann mit der Hand weiter. Falls er wirklich so erpicht darauf ist, sich in Ihrem Mund zu ergießen, und Sie ihm den Gefallen tun wollen, benützen Sie ein Kondom (mit Erdbeergeschmack?).

Die berühmt-berüchtigte Nummer 69

Neunundsechzig ist die Bezeichnung für gleichzeitigen und gegenseitigen oralen Sex. Die 69 zeigt durch die umgekehrten Zahlen bildlich die Position zweier Körper. Das heißt: Das Paar liegt entweder seitlich zueinander (sein Gesicht an ihrer Vagina und ihr Gesicht an seinem Penis) oder einer der beiden liegt auf dem Rücken, der andere kniet umgekehrt über ihm. Für viele von ausgesprochenem Reiz: *»Die 69 ist mein absoluter Favorit: in den Mund genommen werden und* *diese Lust zu erwidern. Es ist ein wundervoller narzisstischer Kreis, ein gleichzeitiges Geben und Nehmen und unglaublich intim«* – für die anderen eine völlig überbewertete Technik. Es ist schwierig, sagt diese Fraktion, sich auf orales Küssen, Lecken und Saugen zu konzentrieren, wenn man selbst von Reizen überflutet wird. *»Zur Abwechslung ab und zu ›69‹ ist ganz nett. Aber grundsätzlich finde ich es besser, wenn man einander ablöst, ich kann mich dann einfach besser konzentrieren und auch genießen.«*

Als Vorspiel ist dieses Doppel wirklich zu empfehlen, aber für viele ist es nicht gerade der leichteste Weg, zum Orgasmus zu kommen. Ein Tipp, wenn Sie sich dabei überhaupt nicht orientieren können: Ahmen Sie rhythmisch genau die Bewegungen an seinem Penis nach, die Sie als Stimulierung an der Klitoris brauchen.

Spielchen

Süßer Dip: Um sich das Lutschen und Lecken beim Oralsex zu versüßen, gibt es Schlagsahne, Schokosahne, Honig und Johannisbeergelee. Und? Ein schweifender Blick in die Supermarktregale genügt. Auswahlkriterien: Alles, was schmeckt und diesen empfindlichen Zonen schmeichelt. Da gäbe es dann auch noch Joghurt, Apfelmus, natürlich auch Himbeergelee und Eis. Und, und, und ...

Eis & Heiß: Auch das Spiel mit verschiedenen Temperaturen ist ein erprobtes Mittel, um Spaß und Spannung am oralen Sex zu steigern. Nehmen Sie einen kalten Eiswürfel in den Mund, während die Zunge am Penis auf und ab gleitet – oder nehmen Sie ihn zum Eiswürfel ganz in den Mund. Das Eisstückchen an der Klitoris ist eine erschreckend angenehme Erfrischung – wenn er Sie danach wieder warmleckt... Die von einem heißen Getränk aufgewärmte Zunge an der Klitoris ist auch nicht ohne Wirkung –

manchmal bewirkt auch einfach nur ein feuchtes, nahes Hauchen oder kühles Blasen aus einigen Zentimetern Entfernung wahre Naturwunder.

Safer Oral Sex

Bei oral-genitalem Kontakt ohne Schutzmaßnahmen kann man Pilzinfektionen, Hepatitis B und Herpes übertragen. Deshalb der dringende Rat: Am besten auf Sex verzichten, solange Sie selbst oder der Partner infiziert sind. Wenn Sie ohne nicht leben können: Es gibt außer Kondomen auch hauchdünne Latextücher im Sexshop, ganz speziell für den Oralverkehr entwickelt, dadurch wird ein direkter Kontakt der Mundschleimhäute mit den genitalen Schleimhäuten des weiblichen Partners oder umgekehrt mit den Liebessäften des männlichen Partners vermieden – zu empfehlen auch, falls Sie sich mit einem neuen Lover noch nicht so sicher fühlen.

Das Risiko einer HIV-Übertragung bei Oralsex wird nach heutigem Stand der Wissenschaft geringer eingeschätzt als zu Beginn der Aids-Forschung. Aber: Wirklich sicheren Sex gibt es nicht! HIV-Viren befinden sich im Samen, im Blut (selbstverständlich auch im Menstruationsblut) der infizierten Personen und bergen damit hohes Infektionsrisiko; in kleinen Mengen befinden sich die Viren aber auch in der Scheidenflüssigkeit, in den vaginalen Schleimhäuten und in den sogenannten Lusttropfen (die Gleitflüssigkeit, die bei Erregung aus dem Penis dringt). Es gibt nach wie vor wissenschaftlichen Streit darüber, ob sich eine Frau jemals über Fellatio bei einem infizierten Mann angesteckt hat, denn man weiß, dass die Enzyme der Mundschleimhäute das HIV-Virus abtöten können. Aber wenn Sie durch kraftvol les Zähneputzen oder Zahnseide Risse im Zahnfleisch haben, könnte das Virus auf diesem Weg in Ihr Blut gelangen.

Also: Selbst eine noch so geringe Konzentration ist übertragbar, und wer weiß, ob die Schleimhäute auch ihren schützenden Dienst tun – benützen Sie beim Oralsex mit einem Fremden unbedingt Kondome oder die dünnen Latextücher.

Analsex

»Ich liebe es, wenn er mich sanft um den Anus massiert, dieser Bereich ist höchst empfindlich. Und wenn ich so richtig gierig bin, bringt ein Finger oder sein Penis im After den richtigen Auslöser zum Orgasmus.«

Ein heiß diskutiertes Thema.

Analer Geschlechtsverkehr ist wahrlich etwas Besonderes. Die einen beschreiben ihn als Akt des höchsten Vertrauens in den Partner und als Zeichen äußerster Hingabe. Sie stillen beim Liebkosen, Berühren und Eindringen in den Anus eine geheime Lust und erfüllen sich dabei erotische Phantasien von Macht und Unterwerfung. Die anderen, nicht minder abenteuerlustigen Frauen verabscheuen analen Sex: *»Ich ekle mich davor. Es ist das Einzige, was ich mit meinem Mann nicht mache.«* Sie halten es für unappetitlich, unhygienisch oder befürchten damit verbundene Schmerzen: *»Ich habe es schon mal probiert – und fand es sehr unangenehm. Nie wieder!«*

Auch einige Männer mögen Analverkehr nicht, sie empfinden ihn als eine typische Sexualpraktik der Homosexuellen, mit der sie nichts zu tun haben wollen – obwohl, und das sei an dieser Stelle erwähnt, viele Homosexuelle Analsex gar nicht praktizieren. Ein dummes Vorurteil also, das manch einen schon um den Lustgewinn gebracht hat.

Und es gibt, nicht ganz zu Unrecht, die Angst vor Infektionen wie Aids. Muss hier nochmals betont werden, wie wichtig Kondome sind?

Da es also für viele noch eine heikle Angelegenheit ist, sollten beide Partner deutlich signalisieren, ob sie und wie weit sie anal stimuliert werden möchten. Nichts kann die Lust so schnell verderben wie unerwünschte Berührung an dieser besonderen Stelle!

In allen Fällen, in denen Frauen sich für analen Sex begeistern können, geschieht es in Kombination mit anderen Praktiken und meistens als letzter Kick an der Schwelle zum Orgasmus. Anale Liebkosung und Penetration sind dann nur ein Teil einer Liebessequenz, kein Spiel, womit man den Sex beginnt und das bis zum Schluss durchgezogen wird. *»Ich mag es als Abwechslung und in verschiedenen Stellungen. Am besten geht es, wenn ich auf dem Rücken liege, die Beine sehr weit nach oben gezogen. Dazu brauche ich aber intensives Streicheln der Klitoris – nur so erlebe ich diesen phantastischen Orgasmus.«*

»Anale Liebkosungen gehören für mich zum Liebesakt dazu wie Oralsex oder das Spiel mit Dildos. Aber ich mag es auch nicht jedesmal. Manchmal macht es mich gar nicht scharf, und dann brauche ich zum Höhepunkt andere Reize.« Mal regt es die Frau an, mal ist das Berühren des Afters allein der Auslöser zum Orgasmus, mal lenkt es ab, mal ist diese Zone so heikel, dass nur die kleinste Berührung abstoßend wirkt. Ob eine Frau daran Spaß hat, hängt sehr von ihrer Stimmung, von der Situation und dem Stadium ihrer Erregung ab, und auch von ihrem Partner – die Entscheidung liegt einzig und allein bei der Frau, das sollte der Partner respektieren und genügend Einfühlsamkeit haben.

Fest steht: Der Anusbereich ist durch seine zahlreichen

Nervenenden ein höchst sensibler, erregbarer Bereich. Schließlich liegt er nur wenige Zentimeter von den Genitalien entfernt. Die Stimulierung der Muskeln des Afterrings überträgt Reize auch auf die angrenzenden Bereiche. Die vordere Rektalwand grenzt an die Vagina, und beim Orgasmus kontraktiert die anale Muskulatur normalerweise mit. Nun kommt es nur darauf an, diese erogene Zone richtig zu stimulieren.

Bevor Sie in den Genuss mit dem Partner kommen, probieren Sie erst einmal mit sich selbst, wie stimulierend das Berühren und Streicheln und sogar das Eindringen in Ihr geheimes Inneres sein kann. Benützen Sie auf jeden Fall eine Gleitcreme (auch mit dem Partner!). Schmieren Sie damit Finger und Anus gut ein und legen Sie die Finger an die Analöffnung. Sie schließt sich instinktiv, wenn Sie versuchen, von außen einzudringen. Das ist es auch, was beim zu eiligen, erzwungenen Versuch so schmerzhaft ist. Aber man kann lernen, diese Muskulatur zu kontrollieren. Konzentrieren Sie sich auf Ihre Atmung: Beim Einatmen die Beckenmuskulatur anspannen, beim Ausatmen entspannen. Versuchen Sie während der Entspannung die Fingerspitze ganz leicht in den Anus gleiten zu lassen. Lassen Sie den Finger dort und atmen Sie gleichmäßig weiter. Dann erkunden Sie verschiedene Bewegungen mit dem Finger: Lassen Sie ihn kreisen, erspüren Sie die Kontraktion der Muskulatur, krümmen Sie den Finger ein wenig vor oder zurück, geben Sie sanften Druck auf die Rektalwand. Versuchen Sie es in verschiedenen Stellungen: auf der Seite liegend, auf dem Rücken, die Beine weit nach oben gezogen. Möglicherweise sind Sie mit dem kleinen Finger vollends glücklich, möglich ist aber auch ein Spezial-Dildo, um in den vollendeten Genuss zu kommen, er ist kleiner und schmaler als die »normalen«. Alles, was Sie in den Anus einführen, muss eine glatte Oberfläche haben (Vorsicht deshalb auch mit Fingernägeln) und – was immer es auch sein mag – so gestaltet sein, dass es nicht vollständig in den Anus rutschen kann. Finger sind wohl die besten Instrumente, weil sie sensibel genug sind, den Anus so zu umschmeicheln, dass er sich ohne Schmerzen öffnet.

Eine praktische Vorsichtsmaßnahme sollte hier noch erläutert werden: Im Anus befinden sich zahlreiche, nicht immer harmlose Bakterien und Keime. Um zu vermeiden, dass diese in die Scheide eindringen und unangenehme Infektionen hervorrufen, sollten Sie entweder Kondome benützen oder aber nie direkt nach der analen Stimulierung die Schleimhäute der Genitalien berühren. Selbst wenn die Berührung nur äußerlich war und die Frau sich zuvor sorgfältig gewaschen hat. Sie sollten also immer danach die Hände bzw. den Penis waschen. Und noch etwas zum Thema: Der wahrscheinlich häufigste Grund, der Paare davon abhält, Analverkehr auszuprobieren, ist die Befürchtung, dabei auf Kot zu stoßen. Zur Aufklärung ein bisschen Anatomie gefällig? Der sogenannte Analkanal (die ersten zwei Zentimeter, von außen betrachtet) mündet in das Rektum (ungefähr 13 bis 23 Zentimeter lang), und dieses wiederum mündet im Dickdarm, wo der Kot gesammelt wird, bis er ausgeschieden wird. Das Rektum ist also nur Durchgangsstelle, kein Ablagerungsplatz. Es ist daher sehr unwahrscheinlich, dass Sie bei Ihren erotischen Forschungen, wenn überhaupt, mehr als nur ein paar kleine Spuren entdecken. Bedenken beseitigt? Wenn nicht, ziehen Sie ein Kondom oder den Gummihandschuh über.

Anales Petting ist ein guter Einstieg für das Spiel zu zweit. Baden Sie vorher gemeinsam, das ist nicht nur entspannend, sondern auch säubernd... Es muss nicht weiter gehen als bis zum gegenseitigen Streicheln, Massieren der Pobacken, Lecken und Küssen der besonders intimen Stelle, des Afters. Viele erfahrene Liebespaare belassen es dabei!

Und so geht's, wenn Sie sich dem vollendeten Vergnügen hingeben wollen:

Sie sind bereit, fühlen sich sicher, sind höchst erregt und vor allem gleitcremefeucht. Das Eindringen muss sehr vorsichtig geschehen. Auch mit dem Partner sollte das »erste Mal« mit dem Finger sein. So kann er genau spüren, wie Ihr Anus auf Berührung, auf Druck und auf die Penetration reagiert. Lassen Sie sich Zeit. Frauen brauchen Zeit, um sich zu entspannen. Fixieren Sie sich nicht auf ein Ziel, den Orgasmus zum Beispiel – lassen Sie Ihren Erregungsgrad ansteigen und sinken, erkunden Sie die Empfindungsvielfalt. Sanft und zögernd, ein langsames Hineingleiten, bei dem der Druck immer wieder unterbrochen wird, sogar das Herausziehen des Penis kann der Frau helfen, sich daran zu gewöhnen. Alle Formen des Stoßens sind beim Analverkehr (zumindest bei den ersten Versuchen) nicht ratsam. Und auch zu tiefes Eindringen ist für die ersten Erfahrungen zu zweit nicht zu empfehlen. Im Normalzustand sind die analen Muskeln so angespannt, dass sie auf jegliche Art der Gewaltanwendung sehr schmerzhaft reagieren, die zarte Rektumwand reißt leicht und erzeugt dann unangenehme Schmerzen.

Klingt ganz schön schwierig, denken Sie jetzt? Mag sein. Dem Anus muss man sich eben vorsichtiger und besonnener nähern als vergleichsweise der Vagina. Aber die anale Penetration birgt auch überraschende Gefühle und Erlebnisse, die es lohnt zu erfahren. Das körperliche Vergnügen beschreiben Frauen als *»ungewöhnlichen inneren Massagedruck«* und mit dem Gefühl *»ausgefüllt zu sein«*. Das mentale Erlebnis dabei ist, sich ganz dem Partner anzuvertrauen, etwas zu tun, bei dem größte Intimität und Rücksicht geboten sind, und außerdem hat der Analsex noch immer ein bisschen etwas erregend Verbotenes an sich.

Doch nur wenige Frauen kommen allein dadurch zum Orgasmus. Analverkehr ist ein exklusiver Höhepunkt, der durch andere Formen der Stimulierung unterstützt wird: die streichelnden Finger um die Klitoris, die Hand an seinem Penis oder an den Brüsten, der Dildo, der massierend über die Körper gleitet.

Nun stellt sich noch die Frage, welche Stellung die optimale ist. Trotz der weitverbreiteten Annahme, es sei ad definitionem die von hinten, können beim Vaginalverkehr angewendete Stellungen auch beim Analverkehr ausprobiert werden. Die goldene Regel dabei ist, dass der passive Partner, also die Frau, bei jeder Position die Kontrolle darüber behalten muss, wann, wie stark und wie tief die Penetrationsbewegung sein darf.

Spielarten

In diesem Kapitel geht es um extravagante Spiele und Toys, die den Sex um lustvolle Dimensionen erweitern. Vor allem – aber selbstverständlich nicht nur – für Paare, die gut aufeinander eingespielt sind, die ihr »Basisrepertoire« beherrschen, sich vertrauen – und hin und wieder Akzente setzen wollen. Die Betonung liegt auf »hin und wieder«! und heißt nicht, dass diese Spiele jedes Mal stattfinden sollten. Das wäre wie mit dem Lieblingsessen oder dem besonderen Kick in der Achterbahn – jeden Tag rasende Berg- und Talfahrten werden sehr schnell langweilig. Sich ständig Außergewöhnliches zum Ziel zu setzen, jedes Mal in den allerhöchsten Sphären schweben zu wollen, das macht Stress und bringt einen um den Genuss. Und dazu sind diese erotischen Highlights wirklich zu schade! Also, sparsam einsetzen. Den Liebsten damit überraschen. Besondere Anlässe mit besonderem Sex feiern. Hier ein paar Vorschläge, die Sie zu weiteren Taten inspirieren sollen.

Vibratoren

In den Sexshops gehören sie zu den bestverkauften Toys! Seltsam, dass Vibratoren so einen schlechten Ruf haben – und Frauen selten zugeben, dass sie einen in ihrer Schublade haben. Geradezu verteufelt als bloßer Penisersatz und verlacht als bester Freund einsamer Frauen. (Und wenn schon, sagt sich die Lady von Welt, es gibt eben nichts Angenehmeres, wenn gerade kein Mann zur Hand ist!) Der Verdacht liegt also nahe, dass Männer die vibrierenden Teile verunglimpfen. Wer hat schon gerne Nebenbuhler? Dabei hätten sie mehr davon, wenn sie sich mal mit diesen Konkurrenten vertraut machten! Vibratoren sind keine Notlösungen, die überflüssig werden, wenn ein lebendiger Mann mit ins Liebesnest hüpft. Sie können ein aufregendes Beiwerk sein, den Sex mit dem Partner zu variieren. Selbst wenn sie mit ihrem Orgasmus vollends zufrieden sind, schwören viele Frauen, mit einem Vibrator sei er garantiert intensiver und biete zudem eine Menge neuartiger Empfindungen.

Vibratoren gibt es in unzählig vielen verschiedenen Formen und Größen, batteriebetrieben oder mit Saft aus der Steckdose. Diese sind meist teurer, dafür langlebiger, leistungsstärker und versehen mit allerlei Raffinessen, wie Geschwindigkeitsregler und verschiedenen Aufsätzen. Die bekannteste strombetriebene Variante ist der Stabvibrator: ein circa 30 Zentimeter langer, schlanker Stab, an dessen Ende ein weicher, tennisballgroßer Kopf sitzt.

Beliebter, vor allem bei Einsteigern, sind die batteriebetriebenen Vibratoren. Sie sind preiswert, leicht und kompakt; sie haben sanftere Schwingungen als die Geräte mit Netzanschluss. Ihr Reiz liegt darin, stromunabhängig und deshalb auch ortsungebunden und reisetauglich zu sein. Denken Sie nur an das andersartige Steckdosensystem in Italien, an die schier unauffindbaren Netzanschlüsse bei einem Picknick im Wald ... Echter Nachteil: Sie versagen ihre Batterie-Dienste schon mal ausgerechnet dann, wenn sie dringend gebraucht werden, und gehen schnell kaputt, aus unerfindlichen Gründen. Die zwei bekanntesten Modelle haben eine zylindrische Form: Bei dem einen sind die Hersteller redlich bemüht, einen Penis nachzuahmen, der andere ist glatt und gerade geformt. Es gibt sie in Längen zwischen zehn und 20 Zentimetern, mit einem Durchmesser von circa drei Zentimetern.

Schauen Sie sich in einem Frauensexshop (dort sind Sie ungestört) alle Modelle an, oder schmökern Sie in Ruhe im Katalog und entscheiden Sie sich für den sympathischsten. Umtausch ist zwar nicht möglich, aber wenn Sie mit dem einen Exemplar mal ausprobiert haben, was alles geht, fällt Ihnen dann bei der weiteren Suche die Entscheidung leichter, welcher zu Ihnen passt. Eine kleine, bunte Sammlung ist gar nicht schlecht, Sie haben ja auch nicht nur eine Bluse im Kleiderschrank!

Und dann sollten Sie erst mal alleine mit ihm spielen; für sich probieren, wie das mit diesem Ding funktioniert. Massieren Sie Ihren ganzen Körper damit (zweifelsohne tut hier der Stabvibrator beste Dienste), legen Sie sich auf ihn oder ihn auf sich, zum Beispiel auf den Bauch. Klemmen Sie ihn zwischen Ihre Beine oder halten Sie ihn fest in den Händen. Erspüren Sie seine Vibrationen. Wechseln Sie sanften mit starkem Druck. Testen Sie auch einmal eine feste Massage. Unterbrechen Sie für einen Moment, legen Sie ihn weg, um das Nachvibrieren an den verschiedenen Körperstellen zu erforschen. Ist Ihnen der Druck zu stark, bewegen Sie den Vibrator leichter über die erogenen Stellen, ein weiches Tuch dazwischen oder die freie Hand dämpft die Schwingungen. Erst dann sollten Sie sich an Ihre Genitalien herantasten: über den Bauch und den Schamhügel zur Klitoris, entlang der Schamlippen zur Vagina. Massieren Sie mit dem Vibrator den Damm und den Anus – immer mit wechselndem Druck und variationsreichen Streicheleinheiten. Trotz des Rufs (und unmissverständlicher Gestalt) der Vibratoren, »Penisersatz« zu sein, haben die meisten Frauen keinen Orgasmus, wenn sie das surrende Ding einführen. Es ist viel effektiver, die äußeren Genitalien, vor allem die Klitoris damit zu stimulieren.

Ein Modell ist ganz speziell zum Einführen in die Vagina

gedacht: der G-Punkt-Vibrator. Er ist zylindrisch geformt und am Ende genau so gekrümmt, dass er den G-Punkt erreicht. Vielleicht finden Sie diesen Lust-Punkt ja auf diese Weise ...

Wie sag ich's meinem Liebsten?

Setzen Sie nicht voraus, dass Ihr Partner so ungezwungen mit dem neuen Spielzeug umgeht wie Sie. Schließlich haben Sie jetzt Wissensvorsprung. Erzwingen Sie sein Mitmachen nicht und verurteilen Sie ihn nicht, wenn er zögert. Äußerungen wie »Du bist ja ein Spießer!« werden seine Einstellung zu Vibratoren nicht positiv fördern. Sprechen Sie darüber, welchen Spaß Sie dabei haben, welche vielfältigen Spiele und Erlebnisse mit dem Sextoy möglich sind – und versichern Sie Ihrem Partner, dass Sie den Vibrator nicht einsetzen, weil Sie unbefriedigt sind. Dass der Vibrator kein Ersatz ist, sondern ein Spielzeug auch für zwei. Gehen Sie mit all Ihrem im Selbsttest gewonnenen Wissen daran, um ihn sanft davon zu überzeugen. Zeigen Sie ihm, wie Sie damit umgehen, übergeben Sie ihm das Gerät, damit er bekanntes Terrain neu erobern lernt. Oder, wenn er Überraschungen liebt, verbinden Sie ihm die Augen und lassen Sie den Vibrator auf seinem Körper tanzen. Hat er erst mal gespürt, wie aufregend es ist, kann das gemeinsame Spiel losgehen.

Die schönste Stellung: Sie sitzt mit dem Rücken zu ihm, er ganz eng an ihr; die eine Hand streichelt oder hält sie, die andere streicht mit dem Vibrator sanft über ihren Busen, langsam hinab zum Schamhügel und weiter... Sie kann genüsslich zusehen und auch selbst noch Hand anlegen.

All die Ausführungen haben Sie nicht neugierig gemacht? Oder er ist nicht von seinem Glück zu überzeugen? Bloß kein Zwang, wechseln Sie einfach auf einen anderen Spielplatz!

Übrigens: Selbst durch ständigen Gebrauch eines Vibrators werden die Nervenenden an der empfindlichen Klitoris nicht geschädigt. Möglich ist eine kurzzeitige Taubheit, das Empfindungsvermögen wird aber immer zurückkehren. Und, keine Angst, einmal Vibrator heißt nicht, nur noch Vibrator. Sie werden auch weiterhin sensibel genug sein, sich manuell zu stimulieren.

Und noch etwas zu Ihrer Sicherheit: Wenn Sie bereits mit einem brandneuen Lover Vibratoren, Dildos und andere Toys zum (vaginalen oder analen) Einführen benützen, vergessen Sie nicht, dass auch auf diesem Weg HIV-Viren übertragen werden können. Tauschen Sie in diesem Fall die Toys zunächst nicht untereinander aus. Am besten hat jeder seinen eigenen oder ziehen Sie vor dem Wechselspiel ein frisches Kondom drüber.

Dildos

Gurken, Kerzen, Karotten, Eis am Stiel oder die langhalsige Flasche – jeder Gegenstand, den Sie in die Vagina einführen (können), ist ein Dildo. Ihrem Einfallsreichtum sind keine Grenzen gesetzt. Vorsicht aber bei Hölzernem, das splittern, Gläsernem, das zerbrechen, Kunststoff, der messerscharf aufgeraut sein kann. Und wenn Sie ein Freund von Naturkost sind, schälen Sie das Gemüse vorher oder ziehen Sie wegen der schädlichen Pestizide Kondome darüber. Natürlich gibt es auch aufregende Dildos im Sexshop.

Dildos sind vorzügliche Spielkameraden, um beim Solo die ganz persönlichen Vorlieben und Grenzen kennenzulernen. Keine Verhandlung mit dem Partner, keine Erklärungen sind nötig, kein Leistungsdruck im Nacken. Sie allein bestimmen, wie und wo es langgeht. Welche Bewegungen, welche Punkte in der Vagina erregen Sie? Führen Sie den Dildo vorsichtig ein, mit genügend Gleitmittel natürlich, lassen Sie ihn dort ruhig stecken, spannen Sie die vaginale Muskulatur um ihn herum an. Dann bewegen Sie den Dildo ein bisschen hin und her, raus und rein, kreisen, rühren – na, alles, was an Bewegung erdenklich ist... Wo sitzt der G-Punkt? Mögen Sie mehr Druck auf den Damm? Soll die gekrümmte Spitze eher nach vorne oder nach hinten gerichtet sein? Wo ist der Anus empfindlich? Reicht es bereits, wenn nur die Spitze des Dildos die Vaginaöffnung massiert?

Frauen, die das Gefühl brauchen, ausgefüllt zu sein – ob vaginal oder anal – sind von Dildos begeistert. Und warum sollten sie sich dabei auf die Ausmaße des Penis und der Finger ihres Partners beschränken?

Mit dem geheimen Wissen über die Vorteile des neuen Sexspielzeugs können Sie nun auf den Partner losgehen. Zeigen Sie ihm, in welchem Winkel, welche Stöße und Geschwindigkeiten Ihnen gefallen. Männer lieben es, genau zuzusehen, wie ihr Penis in der Vagina der Partnerin »arbeitet«. Kaum einer wird sich deshalb der Faszination entziehen können, mit Hilfe des Dildos das Ganze aus der Nähe zu betrachten. Und vor allem Frauen sehen im Dildo (mehr als im Vibrator) den Schlüssel zu ihren erotischen Phantasien. Der Traum vom Sex zu dritt, der eine dringt von vorne, der andere von hinten in sie ein, kann (zumindest in der wichtigen Vorstufe »Wie ist das überhaupt?«) realisiert werden.

Natürlich ist der Dildo kein Penisersatz, weder bei der Masturbation noch beim Sex mit dem Partner. Er ist ein Spielzeug, mit dem ein Paar die verschiedenen Methoden der Penetration ausprobieren kann. Ein sehr intimes Spiel, die Partner müssen einander vertrauen können. Führen Sie Ihren Lover in die Kunst der Dildospiele ein. Es ist anfangs nicht so leicht, den Dildo richtig einzusetzen, mit dem Finger zum Beispiel, der direkten Hautkontakt hat, ist es einfacher, die Form der Vagina zu erspüren. Auch Sie sollten die Reaktionen Ihres Partners sehr aufmerksam verfolgen, um ihm nicht wehzutun.

Dildos bewegen sich nicht von allein, wie ihre Arbeitskollegen, die Vibratoren, und sind im Gegensatz zu ihnen einzig und allein fürs Einführen geschaffen. Sie haben aber genauso viele Farb- und Formvariationen. Die Dildos aus dem Sexshop gibt es zwischen 15 und 30 Zentimeter Länge und drei bis sechs Zentimeter Durchmesser; aus Gummi (meistens schwer, porös und schwer sauber zu halten), Vinyl (leicht und glatt), Latex (für Ökofreaks, umweltfreundlich, leicht zu reinigen, aber leider nicht billig) oder Silikon (teuer, samtartige Oberfläche, wärmt sich schnell auf Körpertemperatur, kochfest [Hygiene] und sehr langlebig). Egal aus welchem Stoff, sie sind entweder naturgetreu einem Penis nachempfunden oder spielerisch geformt mit Noppen, Ringen, Wellen oder Kugeln, als Elefantenrüssel, Gurke, Delphin oder in der Gestalt einer tauchenden Frau. Oder können Sie sich eher für die Luxusteile begeistern? Dildos aus Messing oder edlem Material wie Silber und der bei Frauen sehr beliebte, aus Holz gedrechselte Dildo sehen wie kleine Kunstobjekte aus. Kein uneingeweihter Mensch kommt je auf den Gedanken, dass diese wohlgeformten Stäbe aus dem Sexshop kommen.

Wer die Wahl hat, hat die Qual! Entscheiden Sie sich beim Kauf für den Dildo, der Ihnen ästhetisch am angenehmsten ist und von dem Sie sich vorstellen können, dass er in der Größe dem entspricht, was Ihre Vagina (oder Ihr Anus) verträgt.

Dildo-Accessoire: Es gibt für alle erdenklichen Körperteile besondere Dildo-Gurte. Hüftgürtel, Oberschenkelgurte, ja sogar Gurtgeschirr für den Kopf. In dieses Geschirr wird der Dildo eingesetzt, so dass Sie (oder Ihr Partner) ihn nicht mehr halten, sondern spielend mit sich herumtragen können. Für die erste Entdeckungsreise empfiehlt sich der Oberschenkelgurt: Wenn Sie genug gestaunt und sich über die Vorrichtung amüsiert haben, dann schnallt er ihn an, Sie setzen sich drauf und reiten. Jetzt wird doch langsam klar, dass der Dildo ein Spielzeug, kein Penisersatz ist, oder?

Sanfte Fesselungen

Hatten Sie nicht schon einmal den erregenden Gedanken, Ihren Partner mit einem Tuch sanft an den Bettpfosten zu binden – ganz die Macht über ihn und seine Lust zu haben, ihn ganz ohne sein Zutun zum Orgasmus zu bringen? Oder träumen Sie davon, dass er es mit Ihnen tut? Dass Sie ganz die Kontrolle abgeben und sich hingeben wollen. Fesseln ist ein sehr beliebtes Sexspiel, Sie sind also nicht allein mit Ihren Phantasien! »Wollen wir das nicht einmal ausprobieren« ist sicher der beste Einstieg, den Partner dafür zu gewinnen. Denn überrumpeln sollte man ihn nicht, schließlich wird er seiner Freiheit beraubt – und das wirkt im ersten Moment bedrohlich. Ist er einverstanden? Dann kann's losgehen, aber lassen Sie sich Zeit! Zeigen Sie ihm, welche Fesseln Sie benützen, führen Sie seine Arme über seinen Kopf, legen Sie die Handgelenke übereinander und binden Sie sie zusammen. Vielleicht tun Sie sich leichter, wenn Sie ihn dabei unterhalten. Erzählen Sie ihm, als Vorgeschmack, was ihn erwartet, oder kommentieren Sie jeden Handgriff bis hin zum Festbinden an den Pfosten. Ist er so weit? Dann küssen, streicheln Sie ihn überall, lassen Sie Ihre Haare oder Ihren Busen über seinen Körper gleiten, lassen Sie ihn riechen, schmecken, zusehen – machen Sie ihn wild, ohne seinen Penis zu berühren. Den können Sie sich für das rauschende Finale aufheben. Sei es mit der Hand oder indem Sie sich auf seiner stehenden Pracht niederlassen.

Eine sehr aufregende Variante ist, wenn Sie Ihren Geliebten fesseln und ihn zusehen lassen, wie Sie langsam und gefühlvoll sich selbst befriedigen.

Die Wahl der Fessel: Benützen Sie keine dünnen Tücher, Bänder oder Ihre Nylons (selbst wenn Sie das in Filmen so erotisch finden), die Knoten zurren sich in der Hitze des Gefechts so eng zusammen, dass sie dann kaum mehr zu lösen sind oder sogar die Gelenke unangenehm schnüren. Der Gürtel des Frottee-Bademantels, weiche Schals oder Stricke leisten beste Dienste.

Der Knoten soll nicht zu eng um das Gelenk gelegt sein, ein Finger breit Spielraum muss bleiben, und es darf kein Laufknoten sein, das heißt, sich nicht durch Zug zusammenziehen. Lassen Sie Ihren gefesselten Partner nie allein. Vergewissern Sie sich, dass die Atmung nicht eingeschränkt, die Blutzirkulation gesichert ist und dass die über dem Kopf gefesselten Arme immer angewinkelt bleiben, besonders dann, wenn der Partner steht. Sie wollen ja nicht, dass er plötzlich umkippt, oder?

Fesselvariationen: Für den Anfang ist das Fesseln der Hände am leichtesten. Dann die gespreizten Beine, dann Arme und Beine, gespreizt oder jeweils zusammengebunden. Entweder sitzend (da bieten sich Rückenlehne und Stuhlbeine an), stehend (am Garderobehaken?) oder auf dem Rücken liegend.

Und von welcher Variante träumen Sie? Lassen Sie sich nur von dem Mann fesseln, dem Sie ganz vertrauen, dass er Ihre Wünsche und Grenzen respektiert. Definieren Sie also vorher genau, wie er Sie am besten an die Leine kriegt.

Schöne Verwirrung der Sinne

Wenn einer der Sinne eingeschränkt ist, verstärken sich die anderen und werden sehr aufnahmebereit. Probieren Sie es mit einer Augenbinde. Ist die Sicht genommen, wird jedes Geräusch, jeder Geruch, jede Berührung intensiver. Nicht zu sehen, was einen als Nächstes erwartet, ist ein sehr erotisches Stimulans beim Sex. So auch die Verwirrung des Gehörs: Setzen Sie sich (oder Ihrem Partner) einen kleinen Kopfhörer auf und lassen Sie sich von den direkten Klängen am Ohr (natürlich Lieblingsmusik!) verzaubern, während er Ihren Körper verführt.

Überraschungen

Eiskalt und heiß

Wilder Sex auf dem Esstisch. Den Partner bei verbundenen Augen füttern mit allem, was der Kühlschrank hergibt. Und heiße Szenen mit Eiswürfeln (sie zum Beispiel über die Schultern gleiten, über Brustwarzen tröpfeln lassen und langsam ihre Bahn über den Bauch zur Vagina ablenken). Ein schockierend erotischer Kontrast für einen aufgeheizten Körper. Erotische Spielchen haben es wirklich in sich!

Madonna zeigte in ihrem Film ›Unter Verdacht‹ die heiße Variante mit Wachs: Wachs auf die Haut des Partners tröpfeln zu lassen, ist ungefährlich, vorausgesetzt, Sie benützen schlichte Paraffinkerzen. Parfümierte, farbige oder Bienenwachskerzen schmelzen bei zu hoher Temperatur und verbrennen daher die Haut.

Halten Sie die (Paraffin-)Kerze zu Beginn hoch, um sicherzugehen, dass der Tropfen auf der Haut nur noch lauwarm ist.

Eiswürfel und Wachs im schnellen Wechsel versprechen außergewöhnliche Gefühle.

Körpermalerei

Im Bett lesen soll hier nicht Thema sein, es sei denn, Sie schreiben Ihrem Liebsten erotische Botschaften auf den Körper. Wie die Dame in ›Die Bettlektüre‹, ein Film von Peter Greenaway. Sie nahm sich die Zeit, ihre Liebhaber von Kopf bis Fuß zu verzieren, und die Herren fanden diese Prozedur unwiderstehlich. Malen Sie sich Zeichen, Muster oder ganze Gemälde auf die Haut – erlaubt ist, wo Farbe Platz hat. Danach gibt es gemeinsame Reinigung unter der Dusche.

Würfelspiel

Nehmen Sie zwei kleine Eiswürfel in den Mund – und seinen Penis mit dazu.

Gut Kirschen essen

Nackt, nur mit einer prall-reifen, dunkelroten Kirsche im Nabel bedeckt, liegen Sie vor ihm. Wird er diese hocherotische Aufforderung verstehen? Wenn nicht, geben Sie der Kirsche einen leichten Kick, und Sie wird ihm mit feiner roter Spur den richtigen Weg weisen.

Champagner-Laune

Schlürfen Sie einen Schluck Champagner (für Antialkoholiker tut's auch Mineralwasser), und lassen Sie das sprudelnde Nass um seinen Penis prickeln. Jetzt ist er an der Reihe: Erst die Klitoris beträufeln, dann schlückchenweise die Vagina verwöhnen. Eine Erfrischung der besonderen Art.

Spieglein, Spieglein

Nein, dies ist kein Plädoyer für den Spiegel überm oder neben dem Bett. Eher für den im Flur (Motto: raus aus dem Bett und neue Spielwiesen suchen). Darin kann man sich beim Liebesspiel nicht nur beobachten und bewundern, sondern auch sein heißes Hinterteil kühlen.

Süßigkeiten

Tun Sie's wie die alten Römerinnen: Tröpfeln Sie Honig auf die Brustwarzen und die Klitoris – lassen Sie Ihren Liebsten lecken und lecken und lecken. (Geht übrigens auch mit Eiscreme, Sahne, Nutella.)

Im Reich der Sinne – sexuelle Phantasien

Phantasie ist die schönste Liebesgabe Ihres Kopfes an Ihren Körper. Wenn er nicht auf Reize reagieren würde, könnte er auch keine Botschaften an die verschiedenen Stellen des Körpers schicken – vermutlich wären wir alle dann so wenig sensibel wie Kühlschränke. Manche Experten behaupten sogar, das Gehirn sei unser größtes Sexorgan. Der Kopf kann eine Fülle erotischer Bilder speichern und gibt sie frei, wann immer danach verlangt wird. Einziges Ziel dabei ist, das sexuelle Vergnügen bis aufs Äußerste zu reizen. Und Frauen sind wahre Meisterinnen in der Inszenierung von Lust im Kopf.

Mit erotischen Phantasien aktivieren, vertiefen und konzentrieren sie ihre Gedanken auf das Eine, um ganz mit dem Körper zu verschmelzen. Und sie tun noch mehr: Sie bereiten den Körper auf das bevorstehende Liebespiel vor (das funktioniert fürs Solo genauso wie für den Spaß zu zweit). Alle Sinne werden eingesetzt, alle Störfaktoren beseitigt – das ganze erotische Wahrnehmungssystem arbeitet auf Hochtouren.

»Ich phantasiere gerne, wenn ich ins Bett gehe, das verspricht so angenehme Träume ...« So einfach kann es sein!

Sich stimulieren, egal wo und wann, und ganz gleich mit welchem Ziel. Bei manchen kommen sinnliche Bilder wie aus heiterem Himmel: beim Spazierengehen, beim Anblick eines rauschenden Baches, beim Nachhauseweg in der U-Bahn, ganz spontan beim Vorübergehen eines attraktiven Mannes. Immer dann, wenn in der Alltagshektik ein paar Minuten Ruhe herrschen – und oft auch ohne die Absicht, gleich mit jemandem ins Bett zu springen. Andere spielen mit schönen Phantasien, um die Lust zu wecken. Phantasien wirken wie Aphrodisiaka. Was wäre Sex ohne die gierige Vorfreude darauf? Stellen Sie sich vor, Sie sitzen mit Ihrem Partner beim Abendessen, in Ihrer Vorstellung wird er zum russischen Spion, ständig in Gefahr, immer auf der Flucht, und Sie beide haben nur noch wenig Zeit, bevor er wieder im Dunkel verschwindet – könnten Sie da nicht zur leidenschaftlichen Liebhaberin werden? Die Phantasie schreibt in Ihrem Kopf das erotische Drehbuch, lange bevor oder während Sie mit Ihrem Partner schlafen, aber natürlich auch, wenn Sie sich selbst befriedigen.

Inhalt, Bedeutung und Wirkung dieser sinnlichen Vorstellungen sind von Mensch zu Mensch verschieden. Die Sequenzen können bis ins kleinste Detail inszeniert oder ganz verschwommen sein, können üppig koloriert oder in einfachem Schwarzweiß sein, sie können Sekunden oder Minuten dauern, in Zeitlupe oder Schnelldurchlauf geschehen, völlig normale Begebenheiten erzählen, in sinnlicher Atmosphäre schwelgen, ganz pur auf den Sex konzentriert oder total überspannt sein – wenn es Sie anmacht, ist es eine erotische Phantasie.

Die einen können wie auf Befehl bestimmte Bilder bei sich abrufen, andere haben nur wenig Kontrolle darüber, die Phantasien kommen und gehen unbeeinflussbar. Viele Frauen denken sich immer wieder neue, spannende Filme aus, manche zelebrieren über lange Zeit nur einen Lieblingstraum, wieder andere phantasieren überhaupt nicht.

Dabei gibt es aber immer noch Frauen, die nicht gerne bekennen, dass sie erotische Phantasien haben. Sie befürchten insgeheim, dass dies einen gefährlichen »Rückzug« vom eigenen Partner bedeutet (obwohl die meisten es in ihren Träumen immer nur mit dem eigenen Partner tun); sie denken, es sei ein »Betrug« oder etwas, wofür sie sich schämen müssten, weil ihre Vorstellungen so wild und unanständig sind. Natürlich ist Phantasieren, wie Masturbieren, eine Form der Eigenliebe, aber auch ein Zeichen von sexueller Freiheit und Selbstvertrauen. Sie ganz allein sind für Ihre Phantasien verantwortlich. Für nichts müssen Sie sich schämen, im Gegenteil, seien Sie stolz darauf, Ihr Liebesleben mit Phantasien bereichern zu können.

Wie Frauen sich beflügeln

»Immer, wenn ich besonders erregt bin, tauche ich in ein Meer von Violett – in dieser Farbe erlebe ich mich dann noch sinnlicher« – Empfindungen, die sich in Farbe auflösen, Stimmungen, die über Bilder verstärkt werden, Situationen, die von einem ganzen Film im Kopf begleitet werden: Es gibt so unterschiedliche Phantasien wie es Menschen gibt, aber in ihren Grundtendenzen ähneln sie sich.

Hier werden nun die »Standard-Themen« vorgestellt. Lassen Sie sich von Frauen erzählen:

* Sehr oft rufen Frauen in ihrer Phantasie Erinnerungen zurück. Besonders schöne, außergewöhnliche Momente, die sie irgendwann einmal real erlebt haben. Sie lassen dieses Erlebnis wie einen Film noch einmal vor ihrem inneren Auge Revue passieren oder inspirieren sich mit dem »damals« erlebten Gefühl der Lust. *»Wenn ich so richtig in Fahrt bin, kommen mir verschiedene Sexszenen aus der Anfangszeit mit meinem Mann in den Sinn. Wir waren so verrückt nacheinan-*

der, so unverschämt und wild, haben uns im Park geliebt und im Auto. In meiner Phantasie sehe ich uns beide dort wieder und spüre ganz deutlich, wie leidenschaftlich wir beide uns damals liebten.«

* Sex ausschließlich mit dem eigenen Mann oder Szenen, in denen er zumindest mitspielt, ist eine häufige Frauenphantasie. Eine kleine delikate Variante ist der Sex mit dem Ex (er kann ja durchaus ein begabter Liebhaber gewesen sein!) oder mit einem Bekannten aus dem Freundeskreis, aus dem Berufsleben, aus dem Tennisclub. *»Ich würde gerne einmal nur eine Viertelstunde mit meinem Englischprofessor alleine sein. Ich habe mir schon einmal vorgestellt, wie ich mich in seinem Büro auf den Schreibtisch setze, direkt vor seine Nase, mit nichts unter dem kurzen Rock. Während ich meine Beine langsam spreize, knöpfe ich meine Bluse auf, er fährt mit seinen Händen die Innenseiten meiner Oberschenkel hinauf, ich massiere meine Brüste – und dann taucht er ab zwischen meine Schenkel und ich flehe ihn auf Englisch an ›Deeper, deeper!‹«*

Oder denken Sie auch manchmal, wie es mit einem Prominenten wäre? Mit einem bekannten Musiker, Politiker (ja, auch so was soll es geben!) oder Filmstar – nur im Kopf, versteht sich. *»Mein absoluter Liebling ist Brad Pitt. Ich träume oft von ihm, ein großes Plakat hängt in meinem Zimmer – meistens spiele ich dann neben ihm in einer Szene aus einem seiner Filme. Die geilen Sexszenen hat er natürlich nur mit mir. Ich spüre seine schönen Lippen überall auf meinem Körper, rieche ihn, fahre mit beiden Händen durch sein verstrubbeltes Haar und fühle seinen gut gebauten Körper auf mir.«* Hauptfiguren aus Romanen oder Filmen eignen sich hervorragend als Traumliebhaber. Oft dient eine sinnliche Szene nur als Einstieg, danach entwickelt sich eine ganz eigene Geschichte. Eine ähnlich anregende Wirkung haben auch Aktfotos. Ein kurzes Einblenden von sinnlicher oder pornographischer Fotografie reicht oft, um eine ganze Story zu inszenieren.

* Ein Liebhaber – schön und gut. Von zweien oder mehreren verwöhnt zu werden, ist für viele im wahrsten Sinne ein Traum. *»Ich habe mich in einem marokkanischen Gassenlabyrinth verlaufen, ich habe Angst und weiß nicht, wohin. Plötzlich steht eine Gruppe Männer vor mir, ihre Gesichter sind von Turbantüchern verdeckt, nur die Augen funkeln mich an. Sie drängen mich in eine Ecke, plötzlich öffnet sich eine Tür hinter mir und wir kommen in einen nur von Kerzenlicht beleuchteten Saal. Die Männer nehmen ihre Tücher ab und tragen mich sanft und wortlos auf eine große Spielwiese. Dort beginnen sie mich auszuziehen, sie ölen mich ein mit stark duftenden Essenzen, sie massieren und streicheln mich – alle sind irgendwie an mir beschäftigt und einer nach dem anderen dringt in mich ein – es ist unglaublich, wie warme Wellen durch meinen ganzen Körper fließen. Aber sie gehen immer weg, kurz bevor ich komme. Erst der Letzte bringt mich endlich zum Orgasmus …«*

Natürlich beflügelt das Gefühl, von vielen bewundert und begehrt zu werden, wer hat das nicht gerne. *»Meine Lieblingskombination ist: ich und zwei Männer. Mein Mann – den sehe ich immer ganz deutlich – saugt an meinen Brustwarzen und dringt von vorne in mich ein, der andere, den denke ich mir einfach dazu, der nimmt mich gleichzeitig von hinten«*, Sexszenen mit Triolen oder Szenen mit Gruppenorgien tauchen in weiblichen Phantasien oft auf. Häufig sind auch Frauen mit von der Partie, manchmal werden ausschließlich die Frauen aktiv. *»Bei einer Lieblingsphantasie bin ich gerade dabei, mich selbst zu befriedigen, während eine Gruppe junger Leute an mir vorbeigeht. Die Männer schauen mich interessiert an, und die Frauen aus dieser Gruppe kommen auf mich zu.*

Sie gehen vor mir auf die Knie, eine massiert meine Brüste, eine andere sitzt nackt über meinem Gesicht und ich knete ihre Pobacken und plötzlich spüre ich, wie eine mich sanft an der Klitoris leckt ...«

* In vielen ihrer Träume werden die Frauen nicht aktiv, sondern übernehmen die Rolle des Beobachters: »*Früher fühlte ich mich wie ein kleiner, fieser Voyeur, mittlerweile habe ich mich daran gewöhnt: Ich erlebe in meinen Phantasien Lust nämlich nur dann, wenn ich anderen dabei zusehe, wie sie miteinander bumsen. Ich sehe sie durch eine offen gelassene Hoteltür, in einem Zugabteil, auf den hinteren Kinositzen ...«*

Diesen Voyeurismus haben Frauen nur selten auch im realen Leben. Im Allgemeinen ist es (in den erotischen Träumen) auch aufregender, beobachtet zu werden, als selbst »nur« Zuschauer zu sein: *»Fünf Männer sitzen im Kreis um mich herum, ich habe unzählige fließende, transparente Hüllen an und animiere jeden einzelnen mit aufreizenden Blicken, streichle dem einen über die Hose, einen anderen küsse ich, dann öffne ich ein wenig meine Beine, um sie noch heißer zu machen. Die Männer begehren mich, können mich aber nicht anfassen, weil sie gefesselt sind. Ich suche mir dann einen bestimmten aus, von dem ich weiß, dass er der beste ist, löse seine Fessel und erlaube ihm, mich zu lieben, während die anderen zuschauen.«* Häufige Varianten sind zum Beispiel auch, dass der Partner zuschaut, während sie sich mit einem Freund vergnügt; oder fremde Männer sehen zu, wie sie es mit dem eigenen Mann tut; oder sie sieht zu – angestachelt, aber nicht vor Eifersucht – wie ihr Mann mit fremden Frauen schläft.

**»Ich sehe erst all das, was wir miteinander tun, und je näher ich meinem Höhepunkt bin, desto deutlicher sehe ich nur noch* *meinen Körper. Ich sehe, wie sich meine Scheide bewegt, sehe all ihre Falten und Spalten, sehe, wie sie nass wird und die Schamlippen dicker werden und sie sich langsam wie eine Blüte öffnen...«* Viele Frauen erleben solche Nahaufnahmen, solche exakten Bilder ihres Körpers oder die ihres Partners, doch die meisten sind sich dessen gar nicht bewusst, so natürlich gehören diese flüchtigen Impressionen zu ihrem Liebesspiel. Auslöser sind meistens Berührungen an besonders erogenen Stellen oder eine reizdurchflutete Stimmung. *»Ich sehe, wie sein Penis in meiner Scheide pulsiert und wie es elfenbeinfarben aus ihm herausspritzt und sich in mir ergießt.«* Viele Frauen beherrschen die Kunst, sich – lange bevor sie berührt werden – die Körperteile des Mannes, die sie sexy findet, in Großaufnahme vorzustellen. *»Wenn ich an meinen Mann denke, sehe ich immer seinen Rücken, er ist breit und stark, er macht mich unheimlich an.«* Welche Vorteile doch solche Bilder haben! *»In meiner Vorstellung sehe ich seine Hände zu meinen Brüsten wandern, und die sind so groß und prall, wie ich sie mir schon immer gewünscht habe.«*

* Phantasien können auch ganz deutlich erotische Wünsche der Frau offenbaren. Sie sieht sich in Stellungen, in denen sie leicht zum Orgasmus kommt, sie stellt sich zärtliche Verführungen vor oder agiert selbst in der Rolle der leidenschaftlichen Verführerin. *»Ich habe eine sehr erregende Vorstellung: Er ist mir völlig hilflos ausgeliefert, und ich mache mit ihm, was ich will. Das werde ich irgendwann einmal in die Tat umsetzen!«* Rollenspiele in der Phantasie sind im Übrigen eine Lieblingsdisziplin der Frauen. Sie verfügen über ein großes Repertoire: es reicht vom Unschuldsengel, der seine Sexlektionen lernen muss, über die freche Lolita, die die Männer zum Sieden bringt, bis hin zur schamlosen Hure, die ihm zeigt, wo's langgeht.

* Sich unterwerfen ist verpönt? In vielen Phantasien spielen Frauen aber sehr gerne diese Variante. Sie werden dabei zur Dienerin der Männer und müssen tun, was von ihnen verlangt wird. Vielleicht liegt der Reiz darin, am Ende doch die Siegerin zu sein, die Herrin über die Lust: *»Ich bediene eine feine Herrenrunde bei Tisch. Fast nackt. Sie dürfen meine Brüste kneten, wenn ich mich vorbeuge, sie berühren mich zwischen meinen Beinen, sie nehmen mich auf den Schoß und reiben sich an mir, einige von ihnen befriedige ich mit der Hand oder mache Fellatio. Und dann ist die Stimmung so aufgeheizt, dass sie mich nehmen, einer nach dem anderen.«*

* *»Wenn ich mit einem Mann schlafe, mache ich mir ständig Komplimente: ›Du bist so leidenschaftlich und gut‹, sage, was mir guttut: ›Ja, halt dich fest an meinem Hintern‹, rufe ›schneller, schneller‹ oder ›gib mir mehr‹ oder sage ihm ›wunderbar, ich bin gleich so weit‹ – aber das alles nur in meiner Phantasie. Ich weiß genau, dass mich diese positiven, emotionalen Gedanken total stimulieren.«* Innere Gespräche, besonders vor dem Höhepunkt, sind ein probates Mittel, um sich anzuheizen. Wahrscheinlich wirkt es so hundertprozentig, weil sich Frauen dabei ganz stark auf ihre Gefühle konzentrieren. Sie unterstreichen bestimmte Phantasievorstellungen oder auch Rollenspiele. Oft wirkt diese Beschwörung angenehmer Gefühle wie ein Befehl an den Körper: *»Spürst du nicht, wie warm sein Körper ist? Nimm ihn dir, nimm dir, was du brauchst!«* oder auch als Verzögerung kurz vor dem Orgasmus: *»Nein, du willst jetzt noch nicht, nein, jetzt noch nicht!«* Es gibt Frauen, die diese innere Stimme als wichtigsten Aspekt ihrer mentalen Stimulierung bezeichnen, wichtiger als jeder visuelle Reiz. Hier eine ganz außergewöhnliche Variante: *»Ein Moderator, wie etwa beim Fußballspiel, flüstert mir direkt ins Ohr, was auf dem ›Spielfeld‹ gerade passiert. Etwa so:*

›Er umfasst mit beiden Händen ihr Gesicht, küsst sie auf die Wange, jetzt leicht auf das rechte Auge, seine Hände gleiten über ihre Schultern, er greift ihre Hände, umschließt sie fest …‹ Ich habe doppelten Genuss: Er beschreibt, was ich spüre, und noch dazu fühle ich mich beobachtet.«

* Beinahe jede Frau sah sich in ihren erotischen Träumen schon mal auf einem Pferd reiten. Da gibt es aufreizende Verfolgungsjagden durch die Steppe oder romantische Szenen auf einem weißen Hengst. Auch nicht ungewöhnlich sind Unterwasserphantasien. Die Frauen beschreiben ihre Gefühle dann als »fließend und schwerelos«. Oft tauchen dabei Delphine auf, die um sie herumschwimmen, durch ihre Beine gleiten oder sie sanft an den Brustwarzen berühren.

War Ihre Traum-Variante dabei? Oder haben Sie eine gefunden, die Ihnen gut gefällt? Dann nehmen Sie sie auf in Ihr phantastisches Repertoire!

Überraschendes aus der Welt der Phantasie

Wovon träumen eigentlich Männer?

In ihren Sexträumen sind Männer die Überlegenen *»am liebsten spritze ich einer Frau in den Mund«*, die Eroberer *»ich tu nicht lange rum, ich pack sie mir einfach«*, die Begehrenden *»ich höre mich immer nur sagen: Ich will sie, ich will sie«*. Bei Männern geht es gleich richtig zur Sache, ihre »Sexfilme im Kopf« sind meist konkret auf den Akt orientiert und haben oft weit aggressivere Züge als die von Frauen. Übrigens:

Männer phantasieren öfter, wenn sie entweder keinen oder unerfüllten Sex haben – umgekehrt ist es bei den Frauen! Für Männer haben sexuelle Phantasien eine reine Ersatzfunktion, sie sind ein probates Mittel gegen Frust, Einsamkeit und Langeweile. In ihrer Pubertät erleben sie eine Fülle schönster Phantasien, aber kaum haben sie das »reale« erste Mal ausprobiert, scheint sie nur noch die Echtnummer zu interessieren. Erst nach dem 30. Lebensjahr, so eine Untersuchung, bekommt der Sex auch im Kopf wieder Aufschwung: der Höhepunkt ihrer sexuellen Potenz ist dann überschritten, sie holen sich nun auch zusätzliche Stimulation, und oft kompensieren sie mit Phantasien ihre unerfüllten sexuellen Wünsche.

Träumen lesbische Frauen anders?

Untersuchungen haben ergeben, dass es kaum Unterschiede gibt zwischen den Phantasien lesbischer und heterosexueller Frauen. Am liebsten träumen beide von zärtlichen Szenen, bei beiden gibt es aber auch harte Szenen. Lesbische Frauen haben dabei meistens neue Partnerinnen und tun es gerne in der freien Natur, Heteras bevorzugen im Allgemeinen Gruppensex und wollen als unwiderstehliche Liebhaberin den Männern imponieren, wogegen lesbische Frauen, wenn sie Träume mit Männern haben, sie am liebsten dominieren.

Was passiert, wenn die Träume ausgelebt werden?

Das Schönste an Phantasien ist, die Freiheit zu haben, so sein zu können, das tun zu können, wonach einem ist. Phantasien ermöglichen den Menschen, sexuelle Aktivitäten durchzuspielen, wann und wo und wie sie es lieben; sie können genießen, was sie normalerweise nicht erleben (eventuell auch nicht erleben wollen), sei es absurd, bombastisch oder überhaupt nicht durchführbar; sie können ausprobieren, was sie sich im echten Leben nicht trauen, Sado-Maso-Spiele zum Beispiel oder Sex mit einem lesbischen Callgirl. Man kann experimentieren und damit Neues über sich erfahren. Phantasien können auch als Probelauf dienen: Im Kopf werden Spiele getestet, die später in die Praxis umgesetzt werden. Haben Sie nicht schon mal, als Sie einen attraktiven Mann kennengelernt haben, darüber nachgedacht, wie es mit ihm wohl wäre – ist er der Typ für eine romantische Verführung oder eher gut für einen leidenschaftlichen Quickie im Auto …? Leben Sie Ihre Phantasien aus, sicherlich bringt das Abwechslung ins Liebesleben, aber bedenken Sie: In der Phantasie ist alles phantastisch. Alle störenden Einflüsse sind ausgeblendet, der Mann funktioniert genau so, wie Sie es wollen, Gerüche sind immer angenehm, die Körper immer perfekt, kein Schwanz zu klein, kein Busen hängt, Fesselungen sind nichts als erregend, und die Atmosphäre ist immer wunderbar. In der Realität aber gibt es nicht mehr die totale Kontrolle. Deshalb die Regel: Je simpler der Traum (beispielsweise möchten Sie in Ihrer kühnsten Vorstellung von oben bis unten geleckt werden), desto größer die Wahrscheinlichkeit, dass der Partner ihn erfüllen kann. Je ungewöhnlicher (beispielsweise wollen Sie dringend einmal mit einem ganzen Fußballteam in der Umkleidekabine eingesperrt sein), desto wahrscheinlicher (und manchmal auch wünschenswert), dass es ein Traum bleibt.

Soll man über Phantasien sprechen?

Viele Paare sagen, dass sie über die Phantasien des anderen erfahren haben, wovon er – im wahrsten Sinne – träumt. Solche Erzählungen machen richtig an, sie wirken wie erotische Geschichten aus 1001 Nacht, gemeinsam kann man dann eventuell sogar die Realität ausprobieren. Stellen Sie sich doch nur einmal vor, Sie wüssten, dass er immer wieder von einer aufreizenden Dreierbegegnung träumt. Verwickeln Sie ihn in ein spielerisches Gespräch, etwa: »Hast du die schöne Kellnerin dort drüben schon gesehen? Sie blinzelt uns immer so aufreizend zu? Meinst du, sie würde ...« ... und dann kann das Spiel der Phantasien zwischen Ihnen beiden beginnen. Doch Vorsicht: Nicht alle Ihrer Vorstellungen werden ihm gefallen. Genauso gut wie ihn eine Sequenz Ihrer Erzählung völlig willenlos machen kann, so kann eine andere jegliche Lust im Keim ersticken. Männer haben ganz eigene Empfindsamkeiten. Sie sollten ihn wirklich gut kennen: Behalten Sie die erotischen Phantasien besser für sich, wenn der Partner ein eifersüchtiges Exemplar ist. Er wird (vielleicht) nicht ausflippen, wenn Sie von Robbie Williams, Joschka Fischer oder Henry Maske träumen. Männer, die entfernt genug sind, stellen keine Gefahr für ihn dar, handelt Ihr Lieblingstraum allerdings von Sex mit seinem Bruder oder ihrem netten Kollegen – er könnte glatt auf falsche Gedanken kommen. Ganz zu schweigen davon, dass er sich womöglich nicht begehrenswert genug fühlt. Da ist Schweigen Gold wert.

Wenn Sie das Bedürfnis haben, Ihre Phantasien mit dem Partner zu teilen, hier ein paar Tipps:

Fangen Sie zahm an: Ist Ihre Lieblingsphantasie eine Orgie mit Kollegen im Büro? Dann erzählen Sie ihm, Sie träumten davon, nach Dienstschluss von ihm im Büro überrascht zu werden.

Überdenken Sie seine Rolle: Sie träumen von einem durchtrainierten Kerl à la Brad Pitt, und er hat eine Figur wie Mr. Bean. Wenn Sie ehrlich sind: Er wird sich bei dieser Vorstellung elend fühlen!

Seien Sie gewappnet: Ihre Erzählungen können ihn dazu

animieren, auch seine Phantasien zu beschreiben. Ihre Eifersuchtsszenen sind dann natürlich fehl am Platze!

Und wenn Sie feststellen, dass Ihre erotischen Träume nur dann wirken, wenn sie geheim bleiben, dann schweigen Sie besser.

Gibt es bedenkliche Phantasien?

Für Phantasien gibt es keine Tabus, keine Perversion, nichts, für das Sie sich schämen oder was Sie zwanghaft aus Ihrem Kopf verbannen müssten – Phantasien sind Gedankenspiele, kein Richter dieser Welt kann Sie dafür belangen. Wenn Sie von Ihren noch so speziellen Phantasien stimuliert werden und niemandem damit Schmerzen zufügen, dann ist alles erlaubt. Haben Sie Schuldgefühle, dass Ihr Partner in den Bildern nie vorkommt? Sie fühlen sich ihm verpflichtet, beschwören die Treue, und dann das? Aber nur weil Sie, mal angenommen, Ärztin sind, müssen Ihre Tagträume doch nicht von Spritzen und Bandagen handeln. Phantasien mit anderen bedeuten doch nicht, dass der Partner ungeliebt und austauschbar ist. Benutzen Sie Phantasien einfach als Aphrodisiaka, wie ein wunderbares Öl, Pornos oder Sexspielzeug. Versuchen Sie nicht, die Phantasien einzuschränken, das behindert den realen Sex. Wenn Sie sich aber nur dann gut fühlen, wenn der geliebte Partner im Traum dabei ist, dann versuchen Sie ihm eine Rolle, z.B. die des Voyeurs, in Ihrem Film zu geben, und testen Sie, ob er sich bewährt. Wenn nicht, quartieren Sie ihn wieder aus.

Oder haben Sie vielleicht Angst, dass eine bestimmte Phantasie eine verdeckte Perversion zu Tage bringt? Phantasien müssen, wenn sie nicht ganz deutliche Bilder zeigen, gedeutet werden, so wie Träume. Das heißt, wenn Sie von wilden Ritten auf einem Hengst träumen, dann sind Sie noch lang keine Sodomistin, sondern wollen vielleicht härteren Sex. Sie träumen von Delphinen, die Sie im Wasser sanft umspielen? Dann brauchen Sie beim Sex eventuell mehr Atmosphäre. Wenn Sie sich immer einer Frau lustvoll hingeben, sehnen Sie sich vielleicht nach mehr klitoraler Stimulierung. Oder werden Sie in Ihren Phantasien geradezu gerne vergewaltigt? Es gibt keine Beweise dafür, dass Menschen mit »politisch nicht korrekten« Phantasien diese auch ausleben wollen. Eine Erklärung für diese »ungewöhnlichen« Träume ist vielleicht: je größer das Tabu, desto größer die erotische Stimulation. Wie verführerisch ist das Verbotene, Geheimnisvolle, Gefährliche?

Wohin mit den unerwünschten Phantasien?

Phantasien, die man nicht haben möchte, weil sie mit einem bedrückenden Erlebnis oder einem unangenehmen Exlover verbunden sind, kann man wieder loswerden: Sie sind Herrin über Ihre Phantasie, allein in Ihrem Kopf entstehen die Bilder. Versuchen Sie erst mal beim Masturbieren, wenn Sie ganz allein sind, sich von diesen Bildern zu trennen. Konzentrieren Sie sich auf die Gefühle, die Ihr Körper sendet: Wie streicht meine Hand über die Brüste, werden die Brustwarzen hart, wird die Vagina heiß ... Versuchen Sie die Körperpartien in Großaufnahme zu visualisieren, um damit den unerwünschten Bildern keinen Platz einzuräumen. Lassen Sie sich durch erotische Bilder oder Filme zu neuen Phantasien inspirieren, die die alten Schritt für Schritt ersetzen.

Woher kommen die erotischen Phantasien?

Es gibt Menschen, die eine so reiche Vorstellungskraft besitzen, dass sie keine Phantasiehilfen brauchen, es plätschert einfach so aus ihnen heraus. *»Je größer die Lust, umso intensiver werden meine Phantasien.«* Oft sind es ganz spezielle sexuelle Empfindungen – in den Brüsten, an der Klitoris oder

Vagina –, die erotische Phantasien auslösen. Viele Frauen helfen nach mit einer »Extra-Stimulation«. Sie erinnern sich dann ganz bewusst an schöne, sehr erregende Erlebnisse. Sie beschwören eine Stimmung herauf, die sie dann kunstvoll ausbauen: ein Detail hier, eins dort, die Mitwirkenden werden von Zeit zu Zeit ausgetauscht, die Farben verändert. Manchmal ist der Auslöser für eine schöne Phantasie auch ein Déjà-vu-Erlebnis: Bei einer ganz bestimmten Bewegung, einem Blick, einem Geräusch hat man blitzartig das Gefühl, es schon mal erlebt zu haben, und schon fließen Gefühle der Lust oder ganze Liebesszenen von ganz alleine.

Manche benützen als Inspiration erotische Geschichten, in die sie dann einsteigen und eine Rolle übernehmen, andere lassen sich von erotischer Fotografie oder Pornos anregen.

Kann man zu viel phantasieren?

Anders gefragt: Kann man zu viel Glück haben? Die Antwort lautet natürlich: Nein! Wie wunderbar und beneidenswert ist es, eine vielseitige, bunte, ausgefallene Phantasie zu haben. Hegen und pflegen und fördern Sie diese Kreativität. Vorausgesetzt, Sie tun damit niemandem weh und können Ihre Träume ohne Schuldbewusstsein genießen. Falls Sie aber wirklich nichts anderes mehr in Ihrem Alltag auf die Reihe kriegen, weil Sie nur noch in Ihren erotischen Phantasien spazieren gehen, dann sollten Sie vielleicht doch einen Therapeuten aufsuchen.

Kann man phantasieren lernen?

Sie sind begeistert von den oben beschriebenen Gedankenspielen, nicht wahr? Es ist leider nicht so einfach, diese ausgeklügelten, detaillierten Filme im Kopf zu kreieren, dafür braucht man schon gewisse angeborene Talente, oder man hat die Phantasieschule bereits von klein auf gelernt. Aber für die (nicht minder) anregenden Kurzfilme oder scharfen Bilder gibt es ein Training. Jede kann es lernen: Üben Sie am besten, wenn Sie allein sind, zum Beispiel wenn Sie sich selbst befriedigen. Lesen Sie erotische Literatur und versetzen Sie sich in eine Ihnen angenehme Figur. Oder rufen Sie sich eine erotische Situation in die Erinnerung zurück und konzentrieren Sie sich darauf, diese Stück für Stück neu zu erleben: Wie sah er aus? Wo haben Sie es miteinander getrieben, im Bett oder in der Sauna? War es dunkel? Was hat Sie dabei so richtig angemacht, seine Berührung oder sein Schwanz? Wo hat er Sie berührt? Und noch ein Tipp: Lesen Sie die Privatanzeigen aus den Stadtzeitungen, Rubrik »Lust und Spiele«, oder Ähnliches. Da wird alles Mögliche im Detail angepriesen, vom Sex für romantische Girls, dem Lehrer, der unartige Schülerinnen sucht, von Lesben, die gegenseitige Masturbationszeremonien vorschlagen usw. Versuchen Sie sich vorzustellen, bei einem Angebot Ihrer Wahl anzurufen, und lassen Sie Ihr Kopfkino laufen.

Wer nicht phantasiert, ist langweilig?

Es gibt keine Regeln im Land der Phantasie, und es gibt keine Regel, dass Frauen phantasieren müssen, um vollkommen befriedigt zu sein – oder gar, um eine attraktive Liebhaberin zu sein. Wenn Sie erotische Träumereien für Ihren Sex nicht brauchen – auch okay! Sie sind deshalb nicht weniger lustvoll oder kreativ. Es gibt unermesslich viele Möglichkeiten, das erotische System in Schwung zu bringen. Sie haben Ihren ganz persönlichen Weg gefunden, und der muss nicht die Odyssee in die Phantasiewelt sein!

Männer ticken anders

Sex ist keine Angelegenheit, bei der man es nur mit den eigenen Bedürfnissen zu tun hat. Es sei denn, man hat sich auf Selbstbefriedigung als einzige sexuelle Aktivität festgelegt. Zum Liebesspiel gehören in den meisten Fällen ein Mann und eine Frau. Und die haben, das stellt jede Frau irgendwann einmal fest, reichlich verschiedene Vorstellungen von dem, was im Bett passieren soll. Vor allem davon, was guten Sex ausmacht. Diese unterschiedlichen Standpunkte können das Liebesleben zu einer belastenden, unbefriedigenden Sache machen, und zwar für Frau und Mann. Wobei es leider meist sie ist, die nicht auf ihre Kosten kommt. Wie schnell zwischen den Geschlechtern Missverständnisse und Frust entstehen können, lässt sich an einigen Themen besonders deutlich festmachen.

Immer nur das eine

Männer denken öfter an Sex als Frauen. Sie fangen früher an zu masturbieren und tun es häufiger, und sie wollen in der Regel auch öfter mit ihren Partnerinnen schlafen als umgekehrt. Die Ursache dafür könnte sein, lautet eine Expertenmeinung, dass Männer zehn- bis zwanzigmal so viel an Testosteron im Körper haben wie Frauen. Wissenschaftler machen das männliche Sexualhormon für den Sexualtrieb verantwortlich. Der Mann wäre demnach hormonbedingt triebhafter. Eine andere Erklärung für die Einstellung »je öfter, desto besser« liefert die Evolutionsbiologie: An möglichst viele Frauen sein Erbgut verteilen, so lautete der biologische Auftrag zur Arterhaltung an unsere männlichen Urahnen. Vielleicht hallt das Echo dieser Order bis heute in den Männern nach und beeinflusst ihr sexuelles Verhalten.

Sex und Gefühle

Von Gefühlsduselei halten Männer wenig, wenn es um Sex geht. Liebe ist weiß Gott kein Hindernis, aber anders als die Mehrzahl der Frauen finden sie Sex auch außerhalb einer Partnerschaft großartig. *»Warum denn nicht. Beim Sex geht es um Körperlichkeit, Geilheit, Lust, um den Kick ...« »Wenn ich einen One-Night-Stand habe, will ich einzig meine erotischen Bedürfnisse stillen. Die Frau muss mir sympathisch sein, okay, aber vor allem muss sie mich anmachen. Gefühle spielen da keine Rolle. Im Bett geht es für mich um den Kick, nicht nur um romantische Gefühle.« »Ich muss eine Frau nicht lieben, um guten Sex mit ihr zu haben.« »One-Night-Stands sind für mich nicht gerade die Erfüllung. Aber so eine spontane Nummer kann durchaus ein tolles Erlebnis sein.«* Für die meisten Frauen spielt die Art der Beziehung, die sie zu einem Mann haben, dagegen eine wichtige Rolle, um den Sex mit ihm genießen zu können. Viele haben bei One-Night-Stands nie einen Orgasmus. Sie brauchen emotionale Nähe und Vertrauen, um sich entspannen und hingeben zu können. Und ohne das kein Höhepunkt. Auf Dauerkrach mit dem Partner reagieren Frauen häufig mit Orgasmusstörungen. Männer dagegen setzen Sex gerne ein, um einen Streit beizulegen. *»Ich glaube beinahe, mein Freund denkt, er müsse mich nur ins Bett kriegen, dann ist wieder alles im Lot.« »Ich brauche das richtig, dass wir nach einem Streit miteinander schlafen. Das ist für mich die beste Art, sich zu versöhnen. Wenn wir mitein-*

ander schlafen, weiß ich, dass alle Unstimmigkeiten aus der Welt sind.«

Einerseits betrachten viele Männer Sex als Triebhandlung, die mit Liebe nicht unbedingt zu tun haben muss. Auf der anderen Seite ist Sex für sie ein wichtiger Zugang zu ihren Gefühlen – einige Psychologen und Sexualwissenschaftler behaupten sogar: die einzige Möglichkeit. Und nicht nur das: Emotionen in Worte zu kleiden, ist bekanntlich keine männliche Stärke. Auch Zuneigung formulieren sie ungern verbal, sondern zeigen sie lieber direkt, durch eine zärtliche Geste etwa oder einen Anruf aus dem Büro. Im Liebesspiel haben Männer eine Möglichkeit, ihre Empfindungen mit dem Körper zu vermitteln. Über den Sex stellen sie Nähe zur Partnerin her. Sex ist somit, abgesehen von der Heirat, bei der er offiziell seine heilige Freiheit opfert, der höchste Liebesbeweis eines Mannes. Deshalb spielt die körperliche Liebe in der Beziehung eine so bedeutende Rolle für ihn und lässt ihn auf eine Zurückweisung so empfindlich reagieren.

Sein bestes Stück

Sex ohne eine stramme Erektion? Für Männer, und zugegebenermaßen auch für viele Frauen, undenkbar. Richtiger Sex ist Geschlechtsverkehr – dieser Irrtum bestimmt vor allem das sexuelle Bewusstsein des Mannes. Und macht den Penis für ihn zum höchst kostbaren Anhängsel. Durch ihn erfährt und bereitet er Lust und beweist, dass er ein echter Mann ist. Mit dem Penis steht und fällt alles, die Nummer, die Befriedigung, das Selbstbewusstsein.

Die Erwartungen, die Männer in ihren besten Freund setzen, grenzen manchmal ans Groteske. Dabei spielen die Maße des Penis eine zentrale Rolle. Für Männer existiert nur eine Größe zwischen L und XXL, also irgendetwas zwischen

Salatgurke und Laternenpfahl. Nun misst ein erigierter Penis im Durchschnitt aber »nur« 13 bis 15 Zentimeter. Klar, dass so manchen Liebhaber die Courage verlässt, wenn er seinen, wie er meint, Bonsai-Pimmel vorführen soll. Was, wenn sie ihn zu klein findet ... Da können Frauen die »Die Größe ist mir ganz egal, was zählt, ist die Kunst, ihn zu benutzen«-Litanei bis übermorgen herunterbeten und Experten tausendmal versichern, dass ein besonders großer Penis mitnichten für Potenz und überragende Leistungen beim Liebesspiel steht. Die wenigsten Männer werden sich davon in ihrem tiefsten Inneren überzeugen lassen. Frauen glauben ja auch nicht, dass Orangenhaut oder ein zu großer, zu kleiner, zu irgendwas Busen ihrer Attraktivität keinen Abbruch tun.

Ach ja, selbstverständlich ist so ein gigantischer Phantasie-Ständer, abgesehen von seinen beeindruckenden Ausmaßen, hart wie Stahl, jederzeit einsatzbereit und ausdauernd wie ein Langstreckenflieger. Wundern Sie sich immer noch, dass Ihr Liebster Sie jedes Mal ansieht wie ein waidwundes Reh, wenn Sie von seinem niedlichen kleinen Schnuller oder dem süßen Pimmelchen sprechen?

Nun gibt es tatsächlich Frauen, die einen großen, sprich langen Penis bevorzugen. Die einen, weil bei ihnen das Auge mitliebt und sie der bloße Anblick eines langen Penis anmacht. Und die anderen, weil der Mann dadurch tief in die Vagina eindringen kann. Frauen mit einer kürzeren Vagina dagegen bereitet ein überlanger Penis Schmerzen. Frauen, die eine weitere Scheide haben, fühlen bei einem dicken Penis vielleicht mehr. Aber das lässt sich zur Not auch durch Technik ausgleichen.

Übrigens: Ob ein Penis beschnitten ist oder nicht, spielt weder eine Rolle für seine Sensibilität oder die Orgasmusfähigkeit des Mannes noch für das Empfinden der Frau.

Vorspiel, Nachspiel

Wenig Sinn für sinnliche Aufwärmübungen

Die meisten Frauen wollen und brauchen ein mehr oder weniger langes Vorspiel, um so erregt zu sein, dass sie einen Orgasmus bekommen. Leider fallen bei vielen Paaren die sinnlichen Aufwärmübungen, die bei entsprechender Liebeskunst sogar den eigentlichen Höhepunkt der Inszenierung ausmachen können, oft oder sogar immer zu kurz aus beziehungsweise lassen an Intensität einiges zu wünschen übrig. Und dann wird es eben nichts mit dem Orgasmus. Dem Orgasmus der Frau versteht sich. Männer sind da weniger anspruchsvoll, sie kommen auch ohne langes Warm-up. Deshalb ist das Vorspiel, also manuelle oder orale Stimulation, Küsse und Zärtlichkeiten, in ihren Augen meist überflüssiges Beiwerk, eine lästige Pflichtübung, die den Sex unnötig in die Länge zieht.

Richtiger Sex führt nach Meinung vieler Männer schnurstracks zum Ziel, dem Orgasmus. Sie wollen sexuelle Spannung abbauen, und zwar so schnell wie möglich. Ein Mann will deshalb kein langes Drumherum, er will sofort an den Genitalien berührt werden. Er sucht die schnelle Befriedigung. Der Koitus selbst darf sich natürlich gerne etwas hinziehen – »Ich kann oft und lange« will schließlich fast jeder Mann von sich sagen können. Frauen dagegen brauchen und genießen das langsame Aufbauen dieser Spannung. Sie möchten am ganzen Körper berührt und liebkost werden, wohldosiert die Wollust steigern und dann erst an den für sexuelle Erregung sensibelsten Stellen stimuliert werden. Der Orgasmus ist zwar auch für Frauen der Gipfel der Lust, aber nicht das alleinige Ziel weiblicher Sexualität.

Leider sind Frauen in der schwächeren Position. Ohne guten Willen des Mannes bleibt ihre Befriedigung immer auf der Strecke. Denn er will ja genau das loswerden, was sie erst langsam herstellen möchte.

Wie kriegt sie also, was sie braucht? Die Antwort haben Sie in diesem Buch schon häufiger gelesen: Sagen Sie Ihrem Partner klar, was Sie wollen. Erklären Sie ihm, wie wichtig das Vorspiel für Sie ist. Wenn Ihnen die passenden Worte nicht über die Lippen kommen wollen, schreiben Sie Ihrem Liebsten kleine erotische Botschaften. Geben Sie ihm Ihr »erotisches Tagebuch« zu lesen, in dem Sie neben besonders schönen, gemeinsamen Lust-Erlebnissen Ihre heimlichen Wünsche und Sehnsüchte speziell für ihn notieren. Inspirieren Sie ihn mit Fotos aus einem Bildband, lesen Sie ihm reizvolle Passagen aus einem Roman vor oder laden Sie ihn in einen Kinofilm ein, der entsprechende Szenen zeigt. Wenn ihm wirklich an Ihnen liegt, wird er auf Ihre Bedürfnisse eingehen und irgendwann damit anfangen, mit der verlängerten Version im Bett Ernst zu machen. Ist er absolut nicht bereit, sich auf Ihre Wünsche einzulassen, sollten Sie sich ein paar kritische Gedanken über die Qualität ihrer Beziehung machen.

Natürlich sind auch Frauen nicht immer in der Stimmung für ein opulentes Liebesspiel. Gegen einen gelegentlichen Quickie haben sie absolut nichts einzuwenden. Auch wenn sie dabei nicht unbedingt zum Höhepunkt kommen. Wenn beide Lust auf eine schnelle Nummer haben, dann ist sie eine echte Bereicherung des erotischen Repertoires. Außerdem kann ein Quickie Phasen gut überbrücken, in denen für ausgiebige Bettorgien keine Zeit ist. Etwa weil die Kinder ständig vor der Schlafzimmertür lauern, der Job alle Freizeit frisst, die Energie für mehr fehlt. Eine schnelle Nummer am Morgen, bevor beide ins Büro hetzen, kann so manchen tristen Tag retten. Und ein Quickie, bevor die Partygäste auf der Matte stehen, gibt den richtigen Kick für einen langen, anstrengenden Abend. Fast Sex hat seine Reize. Wer immer auf ein langes Vorspiel pocht, der bringt sich um manch vergnügliche, aufregende Minute.

Nickerchen statt Nachspiel

Ganz anders sieht es mit dem Nachspiel aus. Wenn er nach einem lustvollen Akt erschöpft ins Kissen sinkt und selig einnickt, dann sollten Sie das nicht als persönliche Beleidigung oder Vernachlässigung Ihrer Person auffassen. Ihr Liebster will Sie keineswegs mit Missachtung strafen. Er ist auch kein stumpfer Ego-Klotz. Das Einschlafen hat rein biologische Gründe, die der Mann nicht unbedingt beeinflussen kann. Nach dem Höhepunkt baut sich die sexuelle Erregung abrupt ab. Das Blut, das zuvor in den Unterleib geströmt war, verteilt sich nun wieder im Körper. Das entspannt die Muskeln und macht den Körper so richtig schön schlaff. Als ob das nicht schon reichen würde, schüttet das männliche Gehirn in diesem Stadium auch noch einen einschläfernden Hormoncocktail aus, bestehend unter anderem aus beruhigenden Ingredienzien wie Oxytozin, Vasopressin oder dem Glückshormon Serotonin, einem natürlichen Beruhigungsmittel, das wie eine Schlaftablette wirkt. Kann man dem Mann da noch einen Vorwurf machen? Ziehen Sie sich also beim nächsten Mal nicht in den Schmollwinkel zurück, sondern genießen Sie das Nachglühen noch eine Weile oder lesen Sie, wenn Sie partout nicht einschlafen können, ein paar Seiten in Ihrer Bettlektüre.

Das Nein im Bett

Wenn es um eine sexuelle Abfuhr geht, wird jeder Mann zum Sensibelchen. Die Reaktionen von Männern auf ein »Heute nicht, Liebling« reichen von Aggression bis Depression. Die einen treten beleidigt und tief deprimiert den Rückzug an den Computer oder vor den Fernseher an, die anderen betrinken sich in der nächsten Bar oder veranstalten Autorennen auf der Autobahn. Wieder andere wenden sich, bekommen sie ihrer Meinung nach allzu oft ein »Nein« zu hören, von der Partnerin ab. Sie suchen sich eine Geliebte oder finden sich mit einem sexlosen Dasein ab. Bloß nicht noch mal bei der eigenen Frau abblitzen.

Nach einer sexuellen Abfuhr ist bei vielen Männern Endzeitstimmung angesagt. Die ganze Beziehung wird in ihren Augen durch dieses »Nein« in Frage gestellt. »Wenn sie nicht mit mir schlafen will, dann liebt sie mich nicht mehr.« Zudem gerät ihr Selbstbewusstsein aus der Balance. »Bin ich ihr nicht gut genug im Bett? Ist mein Penis zu klein? Kriegt sie bei mir keinen Orgasmus?« Es ist schon erstaunlich, auf was für Ideen Männer kommen, wenn ihre Liebste mal keine Lust hat. Sie werfen ihren Partnerinnen eine Affäre vor. Oder interpretieren die Abfuhr als Angriff gegen ihre Person, als eine Art Kriegserklärung. »Sag doch, was dir an mir nicht passt. Du hast doch was ...«

Sex – die Achillesferse des Mannes

Warum reagieren Männer bloß wie die Mimosen, wenn ihre Partnerin mal keine Lust hat? Das liegt zum einen daran, dass Sex für Männer eine größere Rolle spielt als für Frauen. Sex ist, wie schon beschrieben, für sie unter anderem eine

Art Kommunikationsmittel, mit dessen Hilfe sie Gefühle ausdrücken. Und: Schlafen sie regelmäßig mit ihrer Partnerin, ist ihrer Meinung nach die Beziehung in Ordnung. Das sexuelle Begehren der Geliebten ist für einen Mann die Bestätigung, dass sie ihn wirklich liebt.

Wie sollen Frauen reagieren?

Viele Männer beobachten ihre Partnerin ganz genau, nachdem sie einige Male »Nein« gesagt hat. Wie reagiert sie die nächsten Male auf seine Avancen? Wehe, sie weist ihn wieder zurück. Für Frauen ist das eine äußerst belastende Situation. Wie sollen sie sich verhalten, wenn sie tatsächlich zu müde oder gestresst sind, um sich auf ihn einzulassen? Sollen sie etwa, nur um des lieben Friedens und um seines zarten Seelchens willen, mitspielen? Viele Frauen reagieren auf die Übersensibilität ihrer Partner tatsächlich mit einem Akt der Barmherzigkeit. Jede hat ein anderes Motiv: *»Er ist so gekränkt und verunsichert, wenn ich mal nicht will. Also mache ich öfter mit, als ich eigentlich will.« »Ich habe keine Lust, tagelang in dieses Beleidigte-Leberwurst-Gesicht gucken zu müssen.« »Ehrlich gesagt habe ich Angst, dass er wieder zu seiner Ex zurückgeht. Wir sind ja noch nicht so lange zusammen.«*

Gegen Kompromisse ist nichts einzuwenden. Ein kleiner Quickie, bei dem für Sie eben mal kein Feuerwerk der Leidenschaft abbrennt, darf schon drin sein. Wenn's ihn glücklich macht ... Außerdem erwacht, hat man sich einmal auf die Zärtlichkeiten des Partners eingelassen, nicht selten die eigene Lust auf mehr. Einige Therapeuten raten deshalb Frauen, deren Libido sich öfter eine Auszeit nimmt, ruhig hin und wieder mitzuspielen, wenn der Liebste sich anschickt, sie zu verführen. Übertreiben sollten Sie es mit dem Entgegenkommen allerdings nicht. Es ist vollkommen legitim, wenn Sie nicht jedes Mal, wenn er will, Lust haben. Sex ist keine Dienstleistung! Versucht Ihr Partner, Druck auszuüben, sollten Sie ihm unmissverständlich klarmachen, dass auf diese Weise ganz bestimmt nichts mehr läuft. Sie sitzen am längeren Hebel – er will schließlich etwas von Ihnen. Wenn Sie wirklich nicht wollen, dann bleiben Sie bei Ihrem »Nein«. Und erklären Sie ihm, wenn er seinen ersten Frust heruntergeschluckt hat, dass ein gelegentliches »Heute nicht« keine Bedeutung für die Beziehung hat. Dass Sie ihn lieben, auch wenn Sie mal nicht mit ihm schlafen möchten. Dass Sie ihn scharf finden und sonst den Sex mit ihm genießen. Eine nett verpackte Absage tut weniger weh. Und mit der Zeit lernt Ihr Partner, dass er solche Situationen nicht überbewerten darf. Ausreden sind übrigens keine gute Alternative zu einem klaren »Nein«. Schon gar nicht so uninspirierte wie »Ich muss jetzt aber bügeln«. Das ist wahrlich kein Kompliment für das gemeinsame Liebesleben. Sie hören es schließlich auch nicht gern, dass er lieber Nachrichten oder ein Formel-I-Rennen guckt, wenn Sie ihn gerade verführen wollen. Und noch ein Tipp: *»Wenn ich Lust auf Sex habe, dann locke ich meinen Mann ins Bett. Will er nicht, habe ich eben Pech gehabt. Wenn ich nicht die Gekränkte spiele, ist auch er nicht beleidigt, wenn ich mal keine Lust habe.«*

Das Nein als Druckmittel

Lassen Sie Ihren Liebsten niemals abblitzen, um sich für eine Gemeinheit seinerseits zu revanchieren. Es sei denn, Sie sind sowieso nicht mehr an einem glücklichen Sex- und Beziehungsleben mit diesem Mann interessiert. Wer seine Partnerschaftsscharmützel im Bett austrägt, vergiftet die Atmosphäre mit Misstrauen und negativer Spannung. Da ist nichts mehr mit Fallenlassen und Hingabe. Gerade die weibliche Sexualität ist ein zu empfindliches Pflänzchen, um sie für Machtspiele zu missbrauchen.

Wenn's mal nicht klappt – Sexprobleme bei Frauen

Wie bei allem, was wir tun, geht auch beim Sex manchmal etwas schief. Nur wird eine Panne im Bett weit schmerzlicher empfunden als etwa eine Bauchlandung beim Skifahren, und sie hinterlässt gelegentlich sogar mehr Unsicherheit und Beklemmung als ein Flop im Job. Funktionieren Kopf und Körper beim Sex mal nicht nach Wunsch, dann sitzt den meisten sofort die Angst im Nacken, der Aussetzer könne zum Dauerzustand geraten. Bei der Mehrzahl der Männer ist das Selbstbewusstsein von jeher direkt mit dem Penis verkabelt. Das ist hinlänglich bekannt. Doch auch Frauen tendieren mittlerweile stark zu übertriebenem Ehrgeiz und Anspruchsdenken im Bett. Perfekt sein in allen Lebensbereichen, im Beruf, als Mutter, als Partnerin – und als Liebhaberin. Das heißt immer einen Orgasmus hinkriegen, und das möglichst flott, immer Lust haben und sich im Bett das Attribut »Sexgöttin« erarbeiten. Frauen setzen sich damit einem ungeheuren Leistungsdruck aus.

Es sei an dieser Stelle nochmals gesagt: Sex hat nichts mit Leistung zu tun, sondern ausschließlich mit Lust, Rausch und Genuss. Und dazu ist man weder immer in der richtigen Stimmung noch in der richtigen Verfassung. Manchmal muss eine kleine, nette Standard-Performance genügen, und manchmal geht vor lauter Stress, Zorn oder Müdigkeit eben gar nichts mehr. Na und?

So viel zu sporadischen Aussetzern. Ernster ist die Situation, wenn ein sexueller Störfall häufiger vorkommt. Dann sollte die Betroffene unbedingt etwas unternehmen, um das Problem zu lösen. Ein erster Schritt könnte sein, sich darüber Gedanken zu machen, wann die Schwierigkeiten beim Sex das erste Mal auftraten. So lässt sich unter Umständen die Ursache für das Problem im Bett ausmachen. Der Sex-Saboteur kann zum Beispiel eine Krankheit sein, Stress oder ein Beziehungsproblem. Manchmal hilft es schon, sich über die Ursache im Klaren zu sein, um eine sexuelle Störung zu beheben. Von einer sexuellen Störung sollte man übrigens erst dann sprechen, wenn seit vielen Monaten ohne Unterbrechung ein massiver Leidensdruck besteht. Führt die Recherche nach der Lustbremse nicht zum erwünschten Ziel, empfiehlt sich ein Gespräch mit dem Haus- oder dem Frauenarzt. Sie können sich auch je nach Problemstellung direkt an einen Paar- oder Sexualtherapeuten wenden.

Anmerkungen zum Thema »Frigidität«

Frigidität bedeutet Gefühlskälte der Frau und hat eine lange Tradition als bevorzugte Schmähung für unwillige Lustobjekte. Auch heute noch wird eine Frau, die im Bett oder auch bei plumper Anmache nicht so reagiert, wie der Mann es sich wünscht oder vorstellt, gerne mal als frigide beschimpft. Zum Glück wissen Frauen mittlerweile, was von diesem Vorwurf zu halten ist, nämlich gar nichts.

Eine tatsächliche sexuelle Störung der Frau als Frigidität zu bezeichnen, ist nach Meinung von Experten nicht exakt. Die meisten sexuellen Störungen schließen eine generelle Gefühlskälte nämlich fast immer aus. Sie tauchen nur unter bestimmten Umständen auf und beschränken sich auf einzelne Situationen. Ansonsten zeigen die Betroffenen ganz normale sexuelle Reaktionen. Eine Frau kann zum Beispiel beim Sex mit ihrem Partner Orgasmusprobleme haben, beim Masturbieren dagegen jedes Mal zum Höhepunkt kommen. Bei der Behandlung sexueller Störungen verzichten Experten inzwischen deshalb auf diesen Ausdruck.

Die Last mit der Lust – wenn sie nicht will

Lustlosigkeit oder geringes sexuelles Verlangen, HSDD oder »Hypoactive Sexual Desire Disorder« (verminderter sexueller Antrieb), wie es in der englisch-amerikanischen Fachsprache neuerdings heißt, hat sich zum führenden sexuellen Problem bei Frauen und damit zu einer typischen »Zeitkrankheit« entwickelt. Therapeuten berichten, dass teilweise über 50 Prozent ihrer Klientinnen wegen Lustmangels ihren Rat suchen.

Wie viel Lustlosigkeit ist normal?

Nicht jede Frau, die kein sonderlich ausgeprägtes Interesse an Sex hat, leidet an einer Störung des sexuellen Verlangens. Wie viel Sex eine Frau braucht und will, ist individuell verschieden. Es hängt von ihrer Persönlichkeit ab, von ihrer speziellen Lebenssituation, dem Alter, den Erfahrungen und der Erziehung. Wenn eine Frau Sex vor allem mit Lust, Befriedigung, Zuneigung und Geborgenheit verbindet, dann wird ihr sexuelles Interesse natürlich stärker sein als das einer Frau, die bislang nur lieblose Partner erlebt hat. Auch wer sich gerade mitten im Juraexamen oder in den Abschlussprüfungen zur medizinisch-technischen Assistentin befindet, hat möglicherweise wochenlang keinen Nerv für neckische Spielereien zwischen den Laken.

Sexualität spielt für Frauen keine gleichbleibend wichtige Rolle im Leben. Es gibt Phasen, in denen sie oft Lust haben, und Phasen, in denen sie Sex regelrecht vergessen. Manchmal ist der Job wichtiger als Spaß im Bett, manchmal gilt alle Aufmerksamkeit den Kindern, ein andermal fließt jeder

Funken Energie in den Lieblingssport oder in ein spannendes Projekt. Das Lustbarometer steigt und fällt mit jeder neuen Lebenssituation.

Von einer regelrechten Luststörung kann man nur dann sprechen, wenn eine Frau dauerhaft kein Interesse an Sex in irgendeiner Form zeigt, weder an Phantasien noch an Masturbation oder an Sex mit einem Mann oder mit einer Frau.

Lustlosigkeit ist eine Störung, die fast immer im Laufe des Sexuallebens entsteht und nicht von vorneherein präsent ist. Die Betroffenen klagen über eine Lustverminderung oder einen Libidoverlust. *»Sex hat mir bis vor zwei Jahren immer Spaß gemacht. Ich habe wirklich gerne mit meinem Mann geschlafen. Aber das wurde immer weniger. Jetzt bin ich deswegen sogar zu einem Therapeuten gegangen. Ich weiß nicht, was los ist, warum ich nicht mag.«*

Die Orgasmusfähigkeit ist theoretisch trotz der Lustlosigkeit nicht eingeschränkt. Nur kommt es tatsächlich durch mangelndes sexuelles Verlangen nicht zu sexueller Erregung und dadurch auch nicht zum Orgasmus.

Obwohl sie oftmals keine negativen Erfahrungen mit Sex gemacht haben und in einer anscheinend intakten Beziehung leben, gehen Frauen mit einer Luststörung jeder sexuellen Situation aus dem Weg. Bloß den Partner nicht auf falsche Gedanken bringen, ihn immer schön auf Distanz halten. Die Frauen entwickeln Ekelgefühle beim Geschlechtsverkehr und empfinden schließlich Ekel vor allem Sexuellen. *»Je länger das letzte Mal zurücklag, desto ängstlicher ging ich jeder körperlichen Annäherung aus dem Weg. Ich habe es nicht einmal mehr ertragen, dass mein Freund mich in den Arm nimmt. Wenn er mich berührt hat, hat sich alles in mir verkrampft.«* Im Extremfall vermeiden betroffene Frauen jegliche Berührung und Zärtlichkeit und entwickeln Angstgefühle, depressive Verstimmungen und die verschiedensten psychosomatischen Beschwerden. Versucht ihr Partner, sie zu verführen, bekommen sie zum Beispiel Migräne oder Unterleibsschmerzen. Was den Mann, und das ist ganz im Sinne der Partnerin, meistens davon abhält, seinen Annäherungsversuch weiterzuführen.

Hat eine Frau nur wenig Interesse an Sex, dann muss das in einer Beziehung nicht zwangsläufig zur Krise führen. Es gibt durchaus Paare, die nie oder sehr selten Sex haben und die damit angeblich glücklich und zufrieden sind. *»Für uns war Sex nie so wichtig. Ich weiß nicht, warum. Das war von Anfang an so. Vielleicht sind wir beide keine körperbetonten Menschen. Nähe entsteht bei uns mehr durch Gespräche. Ab und zu schlafen wir schon miteinander, und das ist dann auch schön.«* Ob bei diesen Paaren eine sexuelle Störung im Spiel ist oder nicht und demnach eine Paar- oder Sexualtherapie anzuraten ist oder nicht, das spielt nur dann eine Rolle, wenn Leidensdruck entsteht. Hat der Mann mit dem sexuellen Desinteresse seiner Partnerin Probleme oder leidet die Frau unter ihrer Lustlosigkeit, sollte das Paar etwas unternehmen – das gilt natürlich auch im umgekehrten Fall. Manchmal genügen schon wenige intensive, offene Gespräche, um einen Kompromiss zu finden. Vielleicht hat sie ja nur keine Lust auf den üblichen Geschlechtsakt, ist dagegen oralem Sex nicht abgeneigt. Möglicherweise macht etwas Abwechslung wieder Lust aufs Liebesspiel. Kommt ein Paar mit solchen Gesprächen nicht weiter, empfiehlt sich unbedingt ein Termin beim Therapeuten. Welche Art von Therapie die richtige für die Betroffenen ist, hängt von der individuellen Problemstellung ab. Am besten, Sie informieren sich bei Pro Familia oder einer anderen Beratungsstelle (Adressen kann der Frauenarzt nennen, oder Sie schlagen einfach im Telefonbuch nach). Dort erfahren Sie auch, welche Kosten die Krankenkasse übernimmt.

Seit geraumer Zeit forscht die Pharmaindustrie fieberhaft nach Medikamenten, die der Lust der Frau Flügel verleihen sollen. Rund 20 entsprechende Substanzen werden angeblich derzeit in den Labors der Konzerne getestet, vom Nasenspray über Testosteron-Pflaster bis hin zum Libido-Gel. Damit diese Mittel nach Markteinführung zahlreiche Käuferinnen finden, erkläre man neuerdings jede Frau, die nach eigenen Angaben seit acht Wochen keine Lust auf Sex verspürt, für krank, kritisieren Gegner der Lustbringer in Medikamentenform. Aus reiner Profitgier würde so eine Krankheit geschaffen, die eigentlich gar nicht existiere. In der Tat ist es mehr als bedenklich, wenn Frauen, die ein ganz normales Sexleben mit ganz normalen Lustschwankungen haben und sich damit wohlfühlen, plötzlich eingeredet wird, sie seien krank. Bevor Frauen, denen die Lust auf Sex aus irgendwelchen Gründen vergangen ist, zu Medikamenten greifen, sollten sie in jedem Fall versuchen, die Ursache für den Libidoverlust ausfindig zu machen.

Das legt die Lust lahm

Alltagssorgen

Kommt Ihnen die folgende Szene bekannt vor? Ein Paar liegt eng aneinandergeschmiegt im Bett. Er küsst sie zärtlich aufs Ohr, knabbert zart an ihrem Ohrläppchen. Seine Zunge erforscht ihren Hals, das Dekolleté, umkreist die Brust. Langsam tastet sich seine Hand zu ihrem Schoß vor. Und sie ist, anstatt die Zärtlichkeiten zu genießen, schlicht und einfach genervt. Denn die ganze Zeit über mischen bösartige Störenfriede beim Liebesspiel mit: »Mist, das Konto ist schon wieder in den Miesen. Und ich habe die Spülmaschinenreparatur noch nicht bezahlt.« »Morgen muss ich endlich den

Mantel aus der Schneiderei holen. Die denken am Ende, ich will den nicht mehr haben.« »Habe ich Anna die 50 Euro eigentlich zurückgegeben oder nicht?« Mit solchen lästigen Gedanken im Kopf kann sich niemand auf Sex konzentrieren. Sie lassen Lust gar nicht erst aufkommen. Und je stressiger der Alltag, desto schwieriger ist das Abtauchen in sinnliche Empfindungen. Ihr Liebster kann in solchen Phasen alle Register seiner Liebeskunst ziehen, einen Cunnilingus hinzaubern, der Ihren Verstand normalerweise lahmlegt, und Sie sind trotzdem in Gedanken in der Autowerkstatt, beim Tamponkaufen oder beim Hals-Nasen-Ohren-Arzt.

Das einfachste und beste Mittel gegen den Lustblocker Alltag ist: selbst aktiv werden. Denken Sie sich eine neue Stellung aus oder verführen Sie Ihren Liebsten ausnahmsweise einmal im Waschkeller. Auf unbekanntem Terrain müssen Sie sich automatisch aufs Hier und Jetzt, also den Sex konzentrieren. Im Kopf bleibt in so einem Moment bestimmt kein Platz für Alltagsplunder.

Ein anderer Trick ist, sich voll auf eine Empfindung oder ein Körperteil zu konzentrieren. Wie berührt er mich? Kitzelt das? Was spüre ich in meinem Schenkel? Kribbelt es im Bauch? Sie werden sehen, auf diese Weise sind Sie ganz schnell bei der Sache.

Sie können aber auch alle Aufmerksamkeit auf Ihren Partner fokussieren. Massieren und bearbeiten Sie ihn mit Fingern, Lippen, der Zunge. Beobachten Sie ganz bewusst seine Reaktionen. Was erregt ihn besonders, wann zuckt er, wann entspannt er? Wie lässt sich seine Explosion herauszögern?

Manchmal hilft es, sich von seinem Liebsten eine sexuelle Phantasie erzählen zu lassen. Wenn er ein guter Erzähler ist, wird er Sie schnell in den Bann seiner kleinen erotischen Geschichte ziehen, und Sie kehren mit Ihren Gedanken augenblicklich von Ihrem imaginären Wocheneinkauf im Supermarkt ins Bett zurück.

Stress

Wer zu viel um die Ohren hat, dem kann Sex nur ein müdes Lächeln entlocken. Haushalt, Kinder, ein anstrengender Partner, ein riesiges Arbeitspensum im Büro, kranke Eltern oder ein Berg Schulden – fast jede Frau hat mit mindestens einem dieser Stressfaktoren zu tun, meistens mit mehreren gleichzeitig. Das zehrt an den Nerven und verbraucht alle Energie. *»Wo soll ich denn noch Lust auf Sex herzaubern? Ich brauche den Abend, um abzuschalten. Meistens bin ich zu müde, um mit meinem Mann zu schlafen.« »Ich stecke gerade in einem sehr wichtigen Projekt. Dadurch stehe ich dermaßen unter Hochspannung, dass ich für Sex einfach keinen Nerv habe. Ich mache jeden Tag Überstunden, und wenn ich abends ins Bett falle, will ich nur noch schlafen.« »Seit mein Sohn da ist, habe ich das Gefühl, nichts mehr auf die Reihe zu kriegen. Der Schlafmangel, immer bleibt etwas liegen, was ich erledigen wollte, ich bin so angespannt und ausgelaugt, dass ich auf die Annäherungsversuche meines Mannes regelrecht allergisch reagiere. Ich denke jeden Abend, hoffentlich will er nichts von mir.«* Zur Erschöpfung kommt hinzu, dass chronisch gestresste Frauen einen erhöhten Oxytocin-Level haben. Das sogenannte Kuschel- oder Bindungshormon stärkt zwar die Beziehung zum Partner, dämpft aber den Sexualtrieb. Schlechte Chancen für prickelnden Sex …

Wenn die täglichen Pflichten und Anforderungen ihnen über den Kopf zu wachsen drohen, reagieren Frauen im Extremfall mit einem totalen Verlust der Libido. Parallel entwickelt sich häufig eine Erschöpfungsdepression. In dieser Krisensituation sollten Frauen unbedingt die Hilfe eines Therapeuten in Anspruch nehmen. Gemeinsam mit dem Experten können sie überlegen, mit welchen Strategien sich das überfüllte Pflichtprogramm reduzieren lässt. Das Ziel muss sein, sich Zeit zu nehmen, trotz Stress. Das gilt grundsätzlich für jede Frau. Und könnte damit beginnen, kleine, genussvolle Auszeiten in den Alltag einzubauen – die Lieblingsserie gucken, ein Bad nehmen, eine halbe Stunde Yoga machen, in Ruhe eine Tasse Tee trinken und ein Magazin lesen. Wer sich solche Inseln der Muße schafft, findet zu innerer Ruhe zurück, spürt sich wieder mehr – und kann dann dazu übergehen, auszuprobieren, was auch im Bett Wohlgefühl und sinnlichen Genuss verschafft. Dazu muss man nicht unbedingt Lust verspüren, sprich scharf auf den Partner sein. Einige Experten gehen sogar davon aus, dass weibliches Verlangen häufig überhaupt erst durch die Verführungsversuche des Partners geweckt wird. Es muss auch nicht sofort wunderschön und prickelnd sein. Aber langsam findet man bei diesen erotischen Selbstversuchen heraus, was einem guttut. Und irgendwann kommt so die Lust auf Sex zurück. Noch etwas: Sex ist nicht gleichbedeutend mit Koitus. In besonders hektischen Zeiten reicht eine intensive Kuscheleinheit vollkommen aus, um physische Nähe zum Partner herzustellen. Es muss nicht immer zum Äußersten kommen, um von sich behaupten zu können, ein intaktes Sexleben zu haben! Oder Sie lassen sich, wenn Ihnen danach ist, von Ihrem Liebsten verwöhnen. Einfach so, ohne sofortige erotische Gegenleistung. Ein andermal ist dann er derjenige, der in den Genuss so einer herrlich entspannenden Anti-Stress-Behandlung kommt.

Unterdrückter Ärger

Die doppelte (Lust)Bremskraft entwickelt Stress, wenn sich zu ihm noch unterdrückte Aggressionen hinzugesellen. Viele Frauen sind durch ihre Doppel- oder sogar Dreifachbelastung, sprich zu Job und eigener Familie kommt noch der Haushalt der Eltern oder Schwiegereltern, überfordert. Um die anfallenden Aufgaben bewältigen zu können, müssen sie ihre eigenen Bedürfnisse vollkommen vernachlässigen. Das zehrt nicht nur an den Kräften, darüber staut sich mit der Zeit auch immer mehr unterdrückter Ärger an. Und der erstickt die Lust auf Sex. Hinzu kommt, dass gerade Frauen, die sich ständig um das Wohl anderer kümmern, unbewusst eine schützende Distanz in jenem Bereich schaffen, der die stärkste Erfahrung von Nähe bedeutet.

Liegt ein Paar im Rosenkrieg, ist die Lust erst recht außen vor. Wie sollen die Partner im Bett zusammenkommen und zärtlich aufeinander eingehen, wenn außerhalb des Schlafzimmers die Fetzen fliegen? Gegen einen gelegentlichen Krach ist dagegen nichts einzuwenden. Im Gegenteil: Viel Spaß bei der Versöhnung!

Lust ja, aber nicht mit ihm

»Sex mag ich schon, aber nicht mit ihm.« Wer vom Partner genug hat, der will schon gar nicht mehr mit ihm ins Bett. Gründe für den Liebesfrust gibt es viele: Seine Welt dreht sich nur noch um beruflichen Erfolg und den Golfclub oder den Fußballverein, er trinkt zu viel oder schlägt sogar zu. Die Lust geht k.o. Mit intensiven Gesprächen kann ein Paar der Liebe wieder auf die Beine helfen. Ziel muss sein, die größten Streitpunkte auszudiskutieren und zu bereinigen.

Weniger Aussicht auf Besserung besteht, wenn die sexuelle Chemie zwischen den Partnern nicht stimmt. *»Es hört sich vielleicht blöd an, aber mein letzter Freund hat mich einfach nicht angemacht. Wie soll ich sagen, ich fand ihn eben unerotisch.«* Natürlich kann man eine Menge dafür tun, um in Stimmung für eine sinnliche Nacht zu kommen. Wenn ein Mann Sie erotisch allerdings vollkommen kalt lässt und schon immer ließ, dann sieht es für die Zukunft der Beziehung schlecht aus. Sex ist nicht alles, aber Experten sind sich dennoch einig, dass er in Partnerschaften eine wichtige Rolle spielt. Klappt es im Bett nicht, dann wirkt sich das, möglicherweise erst zu einem späteren Zeitpunkt, meistens negativ auf die Beziehung aus. Der Frust und Verdruss über die fehlende sexuelle Befriedigung können dann Streitereien über ganz andere Themen extrem verstärken. Wenn der Mann es Ihnen wert ist, können Sie es mit einer gemeinsamen Sexualtherapie versuchen. Ansonsten hilft wohl nur eine schnelle Trennung.

»Früher konnte ich die Finger nicht von ihm lassen. Ich habe mich oft den ganzen Tag im Büro darauf gefreut, abends nach Hause zu kommen und mit ihm zu schlafen.« Und dann? Dann wird der Sex seltener, Stress und Alltagsroutine übernehmen das Kommando, und irgendwann spielt die Lust aufeinander nur noch eine kleine Nebenrolle in der Beziehung. *»Dieses Prickeln im Unterleib, andauernd an Sex denken, ich wusste gar nicht, dass es so etwas überhaupt noch für mich gibt. Ich bin tatsächlich noch ein sexuelles Wesen.«* Das stellen Frauen manchmal erst fest, wenn sie sich in den Armen eines Liebhabers wiederfinden. Plötzlich ist es wieder da, dieses brennende Verlangen, das sie in ihrer Beziehung schon lange nicht mehr erlebt haben und schon fast vergessen hatten. Eine eingeschlafene erotische Beziehung wiederzubeleben, ist ein schwieriges Unterfangen, mit dem sich zahllose Langzeitpaare herumschlagen müssen. Deshalb haben wir dem »Sex in langen Partnerschaften« ab Seite 307 auch ein eigenes Kapitel gewidmet.

Lusthemmend wirken sich natürlich schlechte Liebhaberqualitäten aus. Wenn es ihm nur um seine eigene Befriedigung geht und sie nie zum Orgasmus kommt – klar, dass eine Frau bei dieser Ego-Nummer die Lust verliert. Sie sollte versuchen, ihrem Liebsten klarzumachen, was sie braucht, um beim Gipfelsturm dabei zu sein. Dazu bedarf es vielleicht gar nicht mal vieler Worte. Manchmal genügt es, einer Männerhand den rechten Weg zu weisen, um zum Ziel zu gelangen. Zeigt der Partner sich widerborstig und kein Interesse, seine Liebeskünste zu verbessern, bleibt eigentlich nur, ihn möglichst schnell aus Bett und Leben zu verbannen.

Viele Frauen bringen ihr vermindertes sexuelles Verlangen zunächst gar nicht in Verbindung mit ihrem Partner. *»Ich fand es regelrecht unverschämt von meinem Therapeuten, andauernd kritische Fragen nach meiner Beziehung zu stellen. Ich hätte das Ganze beinahe geschmissen. ›Quatsch, ich liebe ihn. Unsere Beziehung ist sehr gut‹, habe ich ihm immer wieder an den Kopf geworfen.«* Viele Frauen kämpfen zäh um ihre Illusion von der funktionierenden Partnerschaft. Bis ihnen irgendwann bewusst wird, wie morsch ihre Liebe ist. Dass nicht der Sex das Problem ist, sondern dass sie zum Beispiel die ewige Besserwisserei ihres Mannes nicht ertragen, der ihr Selbstbewusstsein mit seinen guten Ratschlägen aushöhlt. Oder dass sie sich von ihm im Stich gelassen fühlen, weil er ihnen trotz Berufstätigkeit die ganze Verantwortung für die Kinder überlässt. So wird aus der Sexualtherapie oft eine Paartherapie. Das sexuelle Problem löst sich dann häufig, wenn die Beziehung einen Neubeginn genommen hat.

Die Harmoniefalle

»Wir streiten uns nie.« Wie schön für die beiden. Einerseits. Andererseits hört sich das nach schlappgekuscheltem Sex an. Zu viel Harmonie schnürt der Lust die Luft ab. Wenn der Gleichklang in einer Beziehung darauf beruht, dass beide Partner ihre eigenen Wünsche nach Ungebundenheit, Freiheit und etwas Eigenständigkeit bewusst oder unbewusst unterdrücken, dann kann mit dem Streitpotenzial auch die

Lust einschlafen. Wo Aggressionen und Konflikte dauerhaft unterdrückt werden, landet die erotische Spannung schnell mit unter dem Teppich. Vielleicht schmusen die beiden gerne, aber mehr passiert nicht. Probieren Sie es mal mit einem ordentlichen Krach (natürlich nach fairen Streit-Regeln wie: dem anderen wirklich zuhören, ihn aussprechen lassen, keine verbalen Schläge unter die Gürtellinie etc.). Bei der Versöhnung können Sie dann im Bett ein Feuerwerk abbrennen.

Routine statt Raserei

Immer der gleiche Ablauf, immer am gleichen Ort, das wird mit der Zeit ganz schön fad. Tun Sie was dagegen. Auch wenn es natürlich nicht leichtfällt, plötzlich den Mund aufzumachen und zuzugeben, dass die Lust der Gewohnheit zum Opfer gefallen ist. Nehmen Sie sich trotzdem ein Herz und erzählen Sie Ihrem Partner, was Sie sich wünschen. Es könnte doch sein, Sie rennen bei ihm offene Türen ein ...

Lustlosigkeit als Protest

Mal geht es um die persönliche Lebenssituation, mal um die Situation der Frau in der Gesellschaft. Sexuelles Desinteresse kann Ausdruck des Protestes gegen das ungleiche Machtverhältnis zwischen den Geschlechtern sein.

Frauen etwa, die finanziell von ihrem Partner abhängig sind, reagieren teilweise mit Lustlosigkeit auf ihr Gefühl der Machtlosigkeit. *»Ohne sein Geld könnten wir uns diesen Lebensstandard nicht leisten. Also trifft er auch alle wichtigen Entscheidungen. Ich habe deshalb unglaubliche Aggressionen gegen ihn. Ich fühle mich erdrückt. Schlafen mag ich überhaupt nicht mehr mit ihm.« »Mein Leben ist weitgehend auf die Bedürfnisse meines Mannes ausgerichtet. Ich halte ihm den Rücken frei, er macht Karriere. Das hat meine Lust auf Sex mit* *ihm regelrecht erstickt. Immer geht es nur um ihn. Es ist, als würde sich mein Körper verweigern. Ich spiele mit, und mein Körper rebelliert.«*

Einige Experten werten Lustlosigkeit außerdem als Widerstand der Frau gegen die sexuellen Erwartungen des Partners. Noch immer gilt ja die männliche Sexualität als Maßstab dessen, was im Bett passiert. Gegen Ohnmachtsgefühle und sexuelle Fremdbestimmung hilft nur eines: Übernehmen Sie die Initiative im Bett. Überreden Sie Ihren Partner zu Experimenten. Es muss ja nicht jedesmal sein, und Sie sollen auch nicht in die Rolle der Domina schlüpfen. Versuchen Sie nur herauszufinden, was Ihnen Spaß macht, welche Spielereien Sie erregen. In diesem Buch finden Sie jede Menge Ideen für neue Varianten und Tipps, wie Sie die an den Mann bringen.

Ausgereizt

Schneller, lauter, bunter, greller, die Reize, die täglich auf uns einströmen, werden immer intensiver. Der menschliche Körper passt sich dem Ansturm auf die Sinne an: Forschungen ergaben, dass unser Gehirn Reizen gegenüber immer unsensibler reagiert. Unsere Lärmempfindlichkeit ist im Verhältnis zu früheren Jahrzehnten auffallend gesunken – wahrscheinlich hätte es ein Mensch aus dem vorletzten Jahrhundert keine zwei Minuten in einem modernen Club ausgehalten. Ebenso nehmen wir Geschmacksnuancen wesentlich schwächer wahr als vor 30 Jahren – Bonbons müssen heute wesentlich mehr künstlichen oder natürlichen Süßstoff enthalten, um bei den Konsumenten als richtig süß durchzugehen. Auch beim Sex braucht das Gehirn immer stärkere Reize, um zu reagieren. Die traurige Tendenz in vielen Betten: fernsehen und schlafen statt erotischer Begegnungen.

Und dann auch noch dieses: Sex, wohin das Auge blickt. Kein Film ohne Nacktszene, wohlgeformte Körper in erotischen Posen in jedem Mode- oder Wochenmagazin, verführerische Verheißungen auf Werbeplakaten. Da soll der Anblick unseres nackten Liebhabers noch eine erotisierende Wirkung haben?

Trauer

Wer einen Menschen verloren, eine herbe Enttäuschung erlebt oder gerade eine schwere Krankheit überstanden hat, macht anschließend eine mehr oder weniger lange Trauerphase durch. In dieser Zeit ist vielen Frauen die Lust auf Sex fürs Erste vergangen. Sobald die Trauer seelisch verarbeitet ist, kehren die Lebenfreude und der Spaß an der Liebe jedoch in der Regel wieder zurück.

Sexueller Missbrauch

80 bis 90 Prozent der Opfer von sexuellem Missbrauch sind Mädchen, die Täter, zu 98 Prozent Männer, stammen meist aus dem näheren Umfeld der Kinder. Die missbrauchten Mädchen empfinden nach den traumatischen Erlebnissen Ekel, Angst und Wut. Dazu kommen starke Scham- und Schuldgefühle. Vor allem Inzesterfahrungen mit dem Vater haben bei Kindern langanhaltende psychische Störungen zur Folge. Sie führen unter anderem zu Selbstverletzung und Selbstmordversuchen. Als erwachsene Frauen leiden die Opfer von Kindesmissbrauch unter psychosomatischen Reaktionen, Angstzuständen, Depressionen und Spaltungsempfinden. Eine gestörte Persönlichkeitsentwicklung zeigt sich unter anderem an der Unfähigkeit, Beziehungen mit anderen Menschen herzustellen, sowie an geringem Selbstwertgefühl. Beides macht ein glückliches Sexualleben natürlich fast unmöglich.

Organische Ursachen

Organische Ursachen für einen Libidoverlust sind die Ausnahme. Wenn eine Frau chronische Schmerzen beim Koitus hat (mehr dazu siehe Seite 208), schwindet natürlich die Lust auf Geschlechtsverkehr. Andere Ursachen können zum Beispiel Hormonstörungen sein oder Schwächezustände.

Erregungsstörungen

Küssen, streicheln, sein Atem wird schwerer, seine Bewegungen fordernder, doch bei ihr bleiben die typischen Anzeichen für sexuelle Erregung aus. Die Scheide wird nicht oder nur ungenügend feucht, und die Schamlippen schwellen kaum oder gar nicht an. Der Geschlechtsverkehr kann in diesem Fall unangenehm oder schmerzhaft sein, weil das natürliche Gleitmittel fehlt. Lustgefühle oder gar ein Orgasmus haben da keine Chance. Expertinnen sind sich heute einig, dass viel weniger Frauen von einer Erregungsstörung betroffen sind, als bislang angenommen. Zum einen wird die natürliche Lubrikation (Feuchtsein) von unserem Zyklus, Stress, Müdigkeit oder dem Alter beeinflusst. Mangelndes Feuchtsein ist in diesem Fall ein vollkommen undramatisches Problem, das sich mit Hilfe eines auf Wasser basierenden Gleitmittels ganz einfach beheben lässt. Andererseits täuschen sich viele Frauen, die glauben, ihr Körper reagiere nicht auf sexuelle Stimulation. Sie spüren nur einfach nicht die Veränderungen in ihrer Scheide. Sexualwissenschaftlerinnen führen diese fehlende Selbstwahrnehmung auf die alte Vorstellung zurück, weibliche Lust sei sündig oder gar krankhaft. Eine Norm, die leider auch in unseren aufgeklärten Zeiten immer noch tief verborgen in vielen Köpfen sitzt.

Manchmal allerdings steht tatsächlich ein gravierenderes Problem im Raum, wenn eine Frau nicht auf sexuelle Stimuli reagiert.

Warum die Erregung ausbleibt

Zu kurzes Vorspiel

Quickies bringen es automatisch mit sich, und schlechte Liebhaber erkennt man vor allem daran: Das Vorspiel fällt so gut wie aus. Beide Varianten lösen bei Frauen deshalb nicht eben Ekstase aus. Denn werden sie nicht ausreichend stimuliert, tut sich bei ihnen nicht viel. Die Scheide bleibt trocken, die Erregung stagniert knapp über null. Was den Quickie angeht, sollten Frauen sich nur darauf einlassen, wenn sie wirklich Lust haben. Eine kurze Spontan-Nummer verliert ihren besonderen Reiz, wenn man sie nur über sich ergehen lässt. Und sie soll doch schließlich eine aufregende Variante im Sex-Repertoire bleiben, oder? Wer einem ungeschickten Liebhaber in die Hände gefallen ist, sollte das Problem mit der mangelnden Erregung keinesfalls bei sich selbst suchen, sondern diesem ein paar Nachhilfestunden erteilen. Erklären Sie Ihrem Liebsten, was Sie im Bett brauchen, um das Liebesspiel genießen zu können. Wenn Sie sich trauen, befriedigen Sie sich selbst und lassen ihn dabei zusehen. Für ihn die reizvollste Art, etwas über Ihre Bedürfnisse zu lernen und sein technisches Know-how zu verbessern. Und für Sie zudem ein erotischer Kick.

Angst

Jede Form von Angst blockiert den Erregungsprozess und macht das spannendste Liebesspiel kaputt. Unter Ängsten haben viele Frauen zu leiden. Die Angst vor einer ungewollten Schwangerschaft betrifft vor allem Teenager und Twens. Genauso die Furcht, von den Eltern erwischt zu werden. Mütter lieben in ständiger Sorge, die Kinder könnten ins Schlafzimmer hereinplatzen oder etwas hören. Viele Frauen haben Hemmungen aufgrund einer lustfeindlichen Erziehung. Frauen machen sich heute viel mehr Gedanken über ihren Orgasmus als früher. »Habe ich den richtigen?« »Komme ich zu spät?« Die Angst, zu versagen, führt erst recht zu Erregungs- und damit auch zu Orgasmusstörungen.

Erregung kann unter Zwang nicht entstehen. Wenn unter diesem Druck nicht sowieso schon die Lust auf Sex vergangen ist, dann ist spätestens in der Erregungsphase Schluss mit Spaß im Bett. Mehr zu diesem Thema finden Sie im nachfolgenden Unterkapitel.

Schmerzen beim Verkehr

Körperliche Ursachen

Wenn das Eindringen des Penis oder der Geschlechtsverkehr selbst Schmerzen verursacht, dann sollten Sie unbedingt herausfinden, woran das liegt. In etwa der Hälfte aller Fälle haben Schmerzen beim Koitus organische Ursachen. Vernarbungen, Entzündungen, kleine Risse am Scheideneingang oder eine Verlagerung der Gebärmutter können den Akt zur

Qual machen. Andere Schmerzquellen sind Pilzerkrankungen, Herpes genitalis und Eileiterentzündungen. Je nach Ursache spürt man zum Beispiel ein Brennen beim Einführen des Penis, während der Rein-Raus-Bewegung oder einen dumpfen Schmerz im kleinen Becken. Die Probleme können gleich zu Beginn oder erst am Ende des Akts auftreten.

Nicht immer muss eine Krankheit oder eine kleine Verletzung die Quelle des unangenehmen Gefühls sein. Manchmal rührt der Schmerz ganz einfach daher, dass die Frau nicht genügend erregt wurde und die Vagina nicht ausreichend feucht ist. Klar, dass das Einführen des Penis dann wehtut. Da hilft nur eins: Der Mann muss lernen, seine Partnerin besser zu stimulieren. Bei einigen Frauen wird die Scheide allerdings selbst im Zustand größter Erregung nicht richtig feucht. In diesem Fall kann ein Gleitmittel aus der Apotheke dem Schmerz ein Ende bereiten.

Seelische Ursachen

Mangelnde Feuchtigkeit der Scheide kann psychische Ursachen haben, etwa Erwartungsangst. Frauen, die ein organisches Problem hatten, das inzwischen geheilt wurde, können den früheren Schmerz noch so intensiv in Erinnerung haben, dass sie beim Sex immer darauf warten, dass es wieder losgeht. Das verhindert die sexuelle Erregung, die Scheide wird nicht feucht, und schon haben sie tatsächlich Schmerzen beim Koitus. Die häufigste psychische Ursache von Schmerzen beim Sex ist jedoch Lustlosigkeit, die ebenfalls zu mangelnder Feuchtigkeit der Scheide und den damit verbundenen Folgen führt.

In jedem Fall gilt: Bei Schmerzen unbedingt den Frauenarzt aufsuchen.

Vaginismus

Das Liebesspiel ist in vollem Gange. Küssen, Streicheln, Lecken, Reiben, das Vorspiel erreicht seinen Höhepunkt. Der Mann kann sich nicht mehr zurückhalten und versucht, in die Vagina der Frau einzudringen. Erst sanft, dann mit sanfter Gewalt. Nichts. Er kommt nicht hinein. Der Eintritt in die warme Höhle bleibt versperrt, alles Stoßen und Pressen ist vergeblich. Vaginismus nennt man dieses Phänomen, oder einfacher: Scheidenkrampf.

Der Vaginismus ist eine unwillkürliche und reflexartige Verkrampfung der Beckenbodenmuskulatur und des äußeren Drittels der Scheide, die genau in dem Augenblick auftritt, wenn der Mann versucht, in die Scheide einzudringen. Damit ist das Liebesspiel abrupt beendet. Sowohl der Mann als auch die Frau verlieren augenblicklich jede Lust weiterzumachen. Die Botschaft der Frau ist schließlich eindeutig: draußen bleiben!

Diese sexuelle Störung trifft meistens Frauen zwischen 15 und 24 Jahren und verhindert das Eindringen des Mannes. Während des Geschlechtsverkehrs tritt Vaginismus so gut wie nie auf. Die weitverbreitete Meinung, der Penis könne bei einem Scheidenkrampf eingeklemmt werden, ist ein Ammenmärchen.

Die Orgasmusfähigkeit ist bei Frauen mit dieser Störung nicht eingeschränkt. Sie sind in der Lage, sich jederzeit selbst durch Masturbieren zum Höhepunkt zu bringen. Und auch der Partner kann ihnen durch manuelle oder orale Stimulierung dieses Erlebnis verschaffen. Ein Orgasmus kann nur nicht durch Geschlechtsverkehr erreicht werden.

Es gibt Paare, die sich mit dem Vaginismus der Frau arrangiert haben und beim Sex ohne Koitus auskommen. Sie haben erkannt, dass Sex nicht unbedingt Penetration bedeutet, und andere Spielarten entdeckt, mit denen sie sich Lust bereiten.

Wie kommt es zum Vaginismus?

Ein Scheidenkrampf hat fast immer seelische Ursachen. Bei einigen Frauen führt eine sexualfeindliche Erziehung zu diesem Penetrationsstopp, andere reagieren mit der Blockade auf eine traumatische Erfahrung wie Inzest oder eine Vergewaltigung. Der Scheidenkrampf ist also ein psychisch verursachter Abwehrreflex. Der Körper ersetzt damit ein ausgesprochenes »Nein« oder bringt unbewusste Angst vor dem Koitus zum Ausdruck.

Was kann man tun?

Vaginismus ist therapierbar. Er gilt als anerkannte Krankheit, und die Behandlung wird von den Krankenkassen bezahlt. Bei der Behandlung dieser Störung hat sich die Verhaltenstherapie als besonders effektiv erwiesen. In der Therapie lernen die Frauen langsam und behutsam, die Blockade zu überwinden. Zum Beispiel üben sie, den Eingang der Vagina mit einem feuchten Finger zu liebkosen. Irgendwann gehen sie einen Schritt weiter, führen die Fingerspitze ein und versuchen, die Vaginalmuskulatur dabei bewusst zu entspannen. Der nächste Lernschritt ist, einen Finger ganz einzuführen, dann zwei. Nach einiger Zeit kann die Frau zu Hause mit ihrem Partner üben. Dieses Training dauert an, bis sie bereit für einen Koitus ist. Informationen über gängige Therapien und Anlaufstellen finden Sie unter www.vaginismus-forum.com.

Wenn der Orgasmus streikt

Sie haben nur selten einen Orgasmus oder hatten noch nie einen? Und Sie wissen eigentlich gar nicht, warum es bei Ihnen nicht so richtig klappt? Mit dieser Situation sind Sie, das können Sie glauben, nicht allein. Die meisten der zahllosen Frauen, die Probleme mit dem Höhepunkt haben, blicken weder auf eine traumatische Vergangenheit zurück noch hassen sie ihren Partner oder ekeln sich vor Sex. Vermutlich haben sie einfach nur noch nicht die Stimulierung bekommen, die sie brauchen. Wie in dem Kapitel »Der Gipfel der Lust« (Seite 68) beschrieben, kommen die meisten Frauen ohne besondere Behandlung der Klitoris nicht zum Orgasmus. Der Kitzler beansprucht mehr Zuwendung und damit mehr Zeit, als viele Liebhaber aufzubringen gewillt sind. Vielleicht genügt es also, wenn Sie künftig das Vorspiel ausdehnen oder neue Spielarten ausprobieren. In vielen Fällen hilft auch ein einfaches (Sex-)Training, um den Gipfel der Lust für sich zu erobern. Wer sich darauf einlässt, wird feststellen, dass das Lernen eines Orgasmus keine Schwerstarbeit ist, sondern Spaß macht. Dazu an späterer Stelle mehr.

Mit dem Orgasmus stehen mehr Frauen auf dem Kriegsfuß, als man für möglich hält. Die genaue Zahl kennt niemand, aber zwischen zehn und 26 Prozent aller sexuell aktiven Frauen erleben laut deutschen und amerikanischen Studien nie einen Orgasmus. Und nur rund 25 bis 33 Prozent erreichen allein durch Penetration einen Höhepunkt.

Nicht jede Frau, die Probleme mit dem Orgasmus hat, leidet an einer Orgasmusstörung. Von einer Orgasmusstörung sollte man nur sprechen, wenn der Höhepunkt immer oder fast immer bei sexuellen Aktivitäten ausbleibt. Die Experten unterscheiden verschiedene Arten von Orgasmusstörungen: Hatte eine Frau noch nie einen Höhepunkt, spricht man von primärer Anorgasmie. Erlebte eine Frau früher Orgasmen, hat aber zum Beispiel nach der Geburt eines Kindes Probleme damit, nennt man das sekundäre Anorgasmie. Kommen Frauen nur in vollkommen stressfreien Situationen zum Höhepunkt, heißt es situative Anorgasmie. Vor allem weibliche Therapeuten und Sexualwissenschaftler betonen neuerdings immer wieder, dass die meisten Frauen, die nie oder nur selten zum Orgasmus kommen, nicht wirklich unter einer Störung leiden, sondern schlicht und einfach zu wenig über ihren Körper wissen. Beziehungsweise darüber, welche Art von Stimulation sie brauchen, um in den Genuss eines Höhepunkts zu kommen. Und diesem Missstand lässt sich auf sehr angenehme Weise abhelfen, wie Sie noch erfahren werden.

Die Rolle der Männer

Woran liegt es also, dass so viele Frauen nicht kommen? Dass alle Männer einfallslose Rammler sind, die außer reinraus-fertig sexuell nichts draufhaben, darf bezweifelt werden. Ihnen wurden in den letzten Jahren in sexueller Hinsicht von allen Seiten Beine gemacht. Sie mussten sich ganz schnell etwas einfallen lassen, um nicht von den Medien und – o Graus – ihren Partnerinnen Schimpf, Spott und

Schande zu ernten. Es gibt mittlerweile daher genug Männer, die sich engagiert um die Lust ihrer Liebsten bemühen. Sollte eine Frau doch an einen dieser Sex-Stümper geraten sein, die sich allen Animationsversuchen zum Trotz nicht zu einer Erweiterung ihres beschränkten sexuellen Repertoires ermuntern lassen, dann ist der erste Schritt zum Orgasmus die Beendigung dieser Beziehung.

Und alle anderen? Anscheinend ist das, was Männer für ihre Partnerinnen tun, bei allem guten Willen noch immer nicht genug. Vielleicht müssen Frauen aber auch selbst mehr dazu beitragen, um ein erfüllteres Sexleben zu bekommen. Denn zuallererst einmal sind sie selbst für ihren Orgasmus und ihren Spaß im Bett verantwortlich.

Hindernisse auf dem Weg zum Gipfel

Kein Orgasmus ohne richtige Stimulierung

Kaum ist ein Mann im Spiel, ist es für viele Frauen aus mit der Befriedigung. Beim Koitus geht alles viel zu schnell, die richtige Stimulierung fehlt. Und selbst wenn die Männer sich bemühen, reiben sie oft im falschen Rhythmus, an der falschen Stelle, mit dem falschen Druck an der Klitoris herum. Das tut irgendwann nur noch weh, anstatt die Frau zum Gipfel der Lust zu tragen. Nicht alle Männer sind ungeschickt oder unaufmerksam, sie brauchen nur etwas Anleitung. Zeigen Sie Ihrem Partner, wie es besser geht. Demonstrieren Sie ihm, wie er Ihre Klitoris stimulieren muss, wo er Sie wie anfassen soll. Das ist keine Sache von ein paar Minuten. Guter Sex braucht Zeit, um sich zu entwickeln, er will erarbeitet sein. Und natürlich müssen beide Partner mitmachen, bereit sein, auf den anderen einzugehen, darüber zu sprechen, was guttut und was die Lust stört.

Körperliche Ursachen

Körperliche Ursachen für das Ausbleiben des Orgasmus können die bereits besprochenen Phänomene sein: Scheidenkrampf, mangelnde Erregung oder Schmerzen beim Sex. Auch einige Krankheiten wie Eierstockkrebs haben Einfluss auf die Orgasmusfähigkeit. Eine weitere Möglichkeit ist eine schwache oder durch eine Geburt geschädigte Beckenbodenmuskulatur und/oder eine durch eine oder mehrere Geburten geweitete Vagina (Training zur Stärkung der Beckenbodenmuskulatur siehe Seite 225). Dadurch kann es kurz vor dem Orgasmus zum sogenannten »Lost-Penis-Syndrom« kommen, durch das möglicherweise weder die Frau noch der Mann einen Höhepunkt erleben. Beide spüren den Penis nicht mehr, wodurch die Erregung verloren geht. In den meisten Fällen sind die Ursachen, warum eine Frau keinen Orgasmus bekommt, jedoch psychischer Natur.

Die verhängnisvolle Jagd nach dem Big Bang

Kommt er? Jetzt? Jetzt? Nein jetzt – o nein ... Das bange Warten auf das große Feuerwerk im Unterleib bewirkt meistens nur eines: Dass die Raketen am Boden bleiben. Beobachten Sie sich nicht während des Liebesspiels, sondern versuchen Sie, sich ganz Ihren Empfindungen hinzugeben. Genießen Sie das Kribbeln im Bauch, das leise Ziehen in der Klitoris, die streichelnden Berührungen Ihres Liebsten, seine Zunge auf Ihrer Haut, an Ihrer Liebesperle. Nehmen Sie sich bewusst vor, nicht auf einen Orgasmus hinzuarbeiten, sondern einfach alle Gedanken auszublenden und das Liebesspiel mit allen Sinnen zu genießen. Je weniger Sie nachdenken und sich bemühen, desto eher heben Sie zum finalen Höhenflug ab.

Angst vor Kontrollverlust

Viele Frauen befürchten, beim Sex die Kontrolle über den eigenen Körper und die eigenen Emotionen zu verlieren. Deshalb haben sie Scheu davor, sich einem Partner ganz hinzugeben. Nun ist aber dieses berühmte »Loslassen-Können« eine Grundvoraussetzung für erfüllende erotische Erlebnisse – und das Erreichen eines Höhepunkts. Der Grat zwischen dem als lustvoll wahrgenommenen sich Ausliefern und verstörenden Ohnmachtsgefühlen, dem Gefühl Opfer oder Objekt zu sein, ist jedoch hauchdünn. Das macht vielen Frauen Angst.

Das Mittel gegen einen als negativ erlebten Kontrollverlust im Bett heißt Selbstbewusstsein. Das erfahren Frauen in der Regel spätestens, wenn sie die 30 überschritten haben. Dann hat sich ihr sexuelles Selbstbewusstsein stabilisiert und sie kennen ihren Körper so gut, dass sie nicht befürchten müssen, dass ihnen beim Sex etwas entgleitet. Sie sind besser in der Lage, das Liebesspiel ihren Bedürfnissen entsprechend zu gestalten, und können rückhaltlos genießen. *»Es hat viele Jahre gedauert, bis ich nicht mehr verzweifelt versucht habe, meinen Liebhabern alles recht zu machen. Dadurch hatte ich selbst früher nicht viel vom Sex, ich musste ja immer aufpassen, dass ich in jedem Moment das Richtige tue. Heute tue ich im Bett nur noch das, was mir gefällt. Dadurch macht der Sex erst richtig Spaß, und einen Orgasmus kenne ich seither auch nicht mehr nur vom Masturbieren.«* Vorbei die Zeit, in der sie sich passiv hinlegten und hofften, dass alles gutgeht. Auch das Selbstbewusstsein bezüglich des eigenen Aussehens hat Einfluss auf die Sicherheit beim Sex. Wer seine Attraktivität ausschließlich über die Reaktionen von Männern definiert, gibt damit die Kontrolle ab. Frauen jenseits der 30 sind sich ihrer optischen Reize meist bewusst und wissen sie bei der Verführung gekonnt einzusetzen. Sie haben sich mit ihrem Aussehen im Großen und Ganzen arrangiert und gehen gelassener als zuvor mit kleinen Schönheitsfehlern um. Was ihnen nicht nur beim Sex eine neue Sicherheit verleiht. Wie selbstbewusst eine Frau im Bett agiert, hängt auch von der Rolle ab, die sie innerhalb der Beziehung spielt. Wenn das Machtverhältnis einigermaßen ausgewogen ist, wenn beide Partner gleiches Mitspracherecht haben, was im Zusammenleben und damit auch im Bett passiert, dann braucht keiner von beiden zu befürchten, dass etwas gegen seinen Willen geschieht. Frauen, die von ihrem Partner finanziell abhängig sind, leiden deshalb vermutlich stärker als berufstätige Frauen unter der Angst vor totaler Selbstaufgabe und übermäßiger Abhängigkeit. Beruflich erfolgreiche Frauen tun sich häufig aus anderem Grund schwer mit dem Loslassen. Im Job auf alles ein Auge und jederzeit alles voll im Griff haben und sich abends im Bett plötzlich unkontrollierbaren Gefühlen und einem anderen Menschen hingeben, das fällt schwer. Sitzen dann auch noch vermeintlich anspornende Sätze à la »Das muss jetzt aber klappen« im Kopf, bedeutet das das endgültige Aus für den Orgasmus.

Partnerschaftskrisen

Schwere Beziehungskrisen blockieren meist jede Lust auf Sex. Ein Orgasmus kommt da natürlich erst recht nicht zustande. Wer kann sich schon in den Armen des Mannes entspannen, der einen verletzt oder bitter enttäuscht hat? Neben Unglücksgefühlen ist kein Platz für sinnliche Empfindungen. Manchmal setzt sich ein regelrechter Teufelskreis in Gang: Ständiger Streit macht den Sex kaputt und das wiederum gibt neuen Stoff für harte Worte. *»Am Ende der schlimmsten Phase hatten wir total den Überblick verloren. Was war nun Ursache, was Folge? Es hat einfach gar nichts* *mehr funktioniert, das Reden nicht, das Zusammenleben nicht, und der Sex schon mal gar nicht.«*

Einige Frauen benutzen Orgasmusstörungen als Druckmittel gegen den Partner, um sich für seine Überlegenheit auf anderen Gebieten zu rächen. »Du bist zwar intelligenter und verdienst mehr Geld, aber du kannst mich nicht richtig befriedigen.« Das ist keine besonders clevere Idee. Wer Sex als Waffe einsetzt, um Dominanzkonflikte auszutragen, bringt sich selbst um jeden Spaß im Bett. Denn Ungezwungenheit und Spontaneität gehen auf diesem Wege garantiert verloren.

Was sie nicht weiß, macht sie nicht heiß – wenn Frauen ihren Körper nicht kennen

Es ist in diesem Buch schon häufig angeklungen: Wer seinen Körper nicht kennt, der braucht sich nicht zu wundern, wenn der Orgasmus ausbleibt. Die Erforschung der eigenen sexuellen Reaktionen ist der erste Schritt zum Höhepunkt. *»Für mich war es ein Schlüsselerlebnis, als ich mich zum ersten Mal selbst berührt habe und merkte, was für wunderbare Gefühle ich dadurch hervorrufen kann. Ab dann habe ich immer mehr über mich selbst gelernt, bis ich meinen ersten Orgasmus hatte.«* Nur wer durch Selbstbefriedigung die eigene Lust entdeckt, kann hinterher sein Wissen über die erotischen Geheimnisse des eigenen Körpers an den Partner weitergeben und so auch beim Sex zu zweit einen Höhepunkt erleben. Für das erste Mal mit sich selbst ist es übrigens nie zu spät. Wie das Verlieben gibt es auch für die Selbstbefriedigung und den ersten handgemachten Orgasmus keine Altersgrenze. Es fühlt sich immer gleich gut an.

Schwanger oder nicht?

Die einen haben Angst, ungewollt schwanger zu werden, die anderen wünschen sich unbedingt ein Kind. Beides kann fatale Folgen für das Lustempfinden haben. Ist der Sex angstbesetzt oder mit dauernder Frustration verbunden, weil er seinen Zweck nicht erfüllt, reagiert die Frau auf Stimulierung nicht mehr mit Erregung. Und wo die ausbleibt, hat der Orgasmus keine Chance.

Brave Mädchen tun das nicht

In Beruf und Gesellschaft hat sie sich halbwegs durchgesetzt, doch im Bett sucht man sie manchmal vergeblich: die Gleichberechtigung von Mann und Frau. Immer noch steht das Bild vom sexuell aggressiven, fordernden, aktiven Mann und der duldsamen, passiven Frau. Um gegen diese Norm nicht zu verstoßen, versagen sich viele Frauen, ihre wahren Bedürfnisse zu äußern. Und müssen ein Leben lang auf befriedigenden Sex und den Orgasmus verzichten. Übernehmen Sie die Verantwortung für Ihren Höhepunkt. Finden Sie beim Solo-Sex heraus, was Sie erregt, und weihen Sie dann Ihren Partner in Ihre Lustgeheimnisse ein. Er wird es Ihnen danken – und Sie kommen öfter in den Genuss eines rauschhaften Finales.

Wenn Sie scharf auf einen Mann sind, würden Sie das nie offen zugeben, geschweige denn signalisieren? Warum eigentlich nicht? Frauen sollten endlich lernen, die alte Rollenverteilung zu ignorieren. Eine Frau darf selbstverständlich zeigen, wenn sie Lust auf einen Mann hat. Sie muss ja nicht auf einen Wildfremden losgehen und ihm ohne Umschweife erklären: »Ich will mit dir schlafen.« Es gibt subtilere Wege, einen Mann anzumachen oder den eigenen Partner zu verführen. Wenn es die Situation zulässt, können Sie allerdings auch mal zur harten Nummer greifen und eine deutliche

Sprache sprechen. Trauen Sie sich ruhig, ab und an Wörter in den Mund zu nehmen, die Ihnen bislang vielleicht noch nie über die Lippen kamen. Ein forderndes »Fick mich!« im rechten Moment kann wahre Wunder der Leidenschaft bei ihm bewirken. Männer wünschen sich laut Umfragen schließlich mehr Initiative vonseiten der Frauen. Wenn sie auch mit der Rolle des Gejagten noch nicht souverän umgehen können (siehe Seite 234, »Die Last mit der Lust«). Aber neue Spielregeln wollen eben trainiert sein. Bringen Sie Ihren Liebsten auf den Geschmack!

Alles eine Sache der Konzentration

Von Robbie Williams stammt der wunderbare Satz: »Gott gab uns Penis und Hirn. Leider nur so viel, dass wir immer nur eins von beiden gebrauchen können.« Mit Orgasmusproblemen aufgrund störender Grübeleien hat Mr. Williams demnach wie die meisten seiner Geschlechtsgenossen noch keine Bekanntschaft gemacht. Viele Frauen hingegen lenken sich während des Liebesspiels mit unsinnigen Gedanken ab: »Wie sehe ich aus?« »Wirkt das jetzt albern?« »Ist das peinlich?« Und dann das ewige Hadern: »Ist er nun der Richtige oder ist er es nicht?« Im Hinterkopf beinahe jeder Frau spukt das Gespenst vom perfekten Partner herum. Kommt sie zu der Erkenntnis, dass es der Mann in ihrem Bett sein könnte, müht sie sich ab, es ihm möglichst schön zu machen, damit er bei ihr bleibt. Ist er nicht der Mann fürs Leben, ist es eh vorbei mit der Lust. Die Trennung von Liebe und Sex, oder sagen wir besser Partnerschaft und Sex, funktioniert bei den wenigsten Frauen. Und das wirkt sich unvorteilhaft auf die Orgasmusfähigkeit aus.

Der falsche Zeitpunkt

Wer nach einem anstrengenden Tag und den Spätnachrichten ins Bett fällt, dem steht der Sinn vermutlich nur noch nach schlafen. Zum Sex fehlt die nötige Energie. Orgasmus? Vergessen Sie's. Lustvoller Sex braucht Zeit und Muße.

Sexuelle Gewalt

Vergewaltigte Frauen haben große Probleme, ein positives Verhältnis zur Sexualität zurückzugewinnen. Die Folgen einer Vergewaltigung sind dramatisch: Die Opfer einer sexuellen Gewalttat empfinden Ekel vor dem Geschlechtsverkehr, Abneigung gegenüber dem Penis, leiden unter Schmerzen beim Verkehr oder kommen nie zum Orgasmus. Manche Frauen werden beim Sex von Übelkeit, Schwindel, Würgereiz oder Beklemmungen befallen. Am schlimmsten leiden die Frauen meist unter ständigen Angstzuständen und Alpträumen. Junge, sexuell unerfahrene Frauen haben, zusätzlich Angst vor den Schmerzen, die sie erlitten haben, und können die körperliche Nähe eines Mannes deshalb nicht ertragen.

Frauen, die vom eigenen Partner vergewaltigt wurden, entwickeln ebenfalls körperliche Beschwerden wie unregelmäßige Blutungen, Schmerzen im Unterleib. Sie haben sexuelle Probleme wie Lustlosigkeit und Orgasmusschwierigkeiten.

Das Thema sexuelle Gewalt und ihre Folgen für die Sexualität der Frau ist zu komplex, um hier ausführlich behandelt zu werden. Betroffene Frauen sollten sich unbedingt an eine Beratungsstelle, ein Frauenhaus oder ein Nottelefon wenden. Adressen oder Telefonnummern finden Sie in jedem Telefonbuch oder über Ihren Frauenarzt.

Hilfe bei Orgasmusstörungen

Wer Probleme hat, einen Orgasmus zu erreichen, kann versuchen, ohne Hilfe eines Therapeuten den Weg zum Gipfel zu finden. Zunächst allein, ganz auf die eigene Lust konzentriert, und dann zusammen mit einem verständnisvollen Partner.

Selbstbefriedigung

Haben Sie sich schon mal selbst verführt? Nein? Dann wird es höchste Zeit. Nur wer seinen Körper kennt, kann dem Partner die nötigen Regieanweisungen geben. Wie sonst soll er erfahren, was Sie brauchen? Eine detaillierte Anleitung zum lustvollen Solo finden Sie im Kapitel »Selbstbefriedigung – der Start ins Glück« (Seite 114).

Sprechen Sie über Sex

Es klingt vielleicht lapidar, aber der Schlüssel zu gutem Sex ist reden, reden, reden. Erstaunlich viele Paare leben und lieben Jahre und Jahrzehnte nebeneinanderher und haben vollkommen falsche Vorstellungen von den sexuellen Vorlieben des anderen. Sie denkt, er will immer oben liegen, dabei träumt er schon lange von einer dominanten Reiterin. Er verzichtet auf Fellatio, dabei hätte sie gegen wechselseitige Zungenspiele nichts einzuwenden. Die Partner haben möglicherweise beinahe identische Wünsche. Doch erfüllt werden sie nie, denn keiner weiß von den Träumen des anderen. Jeder denkt, der andere würde das nie mitmachen. Kommunikation ist, und das kann man gar nicht oft genug sagen, die Zauberformel für ein befriedigendes Sexleben. Gerade Frauen, die beim Koitus nie oder nur sehr selten zum Orgasmus kommen, obwohl sie beim Masturbieren keine Probleme damit haben, können Gespräche sehr helfen.

Sprechen Sie mit Ihrem Partner offen über Ihre Bedürfnisse und Vorlieben beim Sex. Sagen Sie ihm auf jeden Fall, wenn er etwas falsch macht. Wenn er zum Beispiel Ihre Klitoris vor lauter Eifer regelrecht wundscheuert. Aber packen Sie die Kritik in nette Formulierungen. Sagen Sie nicht »Verdammt, das tut weh«, sondern »Ich mag es lieber, wenn du mich hier zart anfasst«. Vorteilhafter Nebeneffekt: Durch Gespräche kommen Frauen aus ihrer passiven Rolle heraus. Sie entwickeln eine positive Einstellung zu sexueller Offensivität und Initiative. Durch Gespräche entdecken Sie wahrscheinlich auch neue Varianten des Liebesspiels, probieren neue Positionen aus (zur Inspiration siehe »Stellungen – von vorne bis hinten«, Seite 128).

Phantasien

Viele Frauen schämen sich für ihre Phantasien, fühlen sich schuldig und lehnen sie deshalb ab. Dabei sind Phantasien ein wichtiger Bestandteil des Sex. Denken Sie daran: Der Orgasmus entsteht auch im Kopf. Mehr zu diesem Thema im Kapitel »Im Reich der Sinne – sexuelle Phantasien«, Seite 165).

Erotika und Pornographie

Erotika und Pornos sind als Hilfsmittel bei sexuellen Störungen nur bedingt zu empfehlen. Während erotische Bücher oder Zeichnungen im Normalfall durchaus anregend wirken, Hemmungen nehmen und Informationen vermitteln können (Vorschläge siehe Seite 39), sind vor allem Pornos für Menschen mit sexuellen Störungen schädlich. Sie können Leistungsangst, Hemmungen und falsche Erwartungen noch verstärken.

Vibrator

Wenn Sie noch nie einen Orgasmus hatten, kann ein Vibrator bzw. ein Dildo als Trainingspartner gute Dienste leisten. Welches Spielzeug das richtige für Sie ist und wie Sie es benutzen, lesen Sie unter »Spielarten« (Seite 153).

Wie man sich bettet, so liebt man

Fühlen Sie sich in Ihrem Schlafzimmer eigentlich wohl? Falls nicht, dann ändern Sie etwas. Kaufen Sie Bettwäsche, die Ihnen gefällt. Nicht die, von der Sie gehört haben, sie sei edel oder erotisch, nein, die, in der Sie sich wohlfühlen. Schaffen Sie sich ein Bett an, in dem Sie gut liegen. Hängen Sie schöne Bilder an die Wand, dekorieren Sie den Raum mit Kerzen, Pflanzen oder irgendwelchem Kleinkram, der Sie erfreut. Die Umgebung ist für den Sex wichtiger, als man glaubt. Denn sie trägt dazu bei, sich zu entspannen und eine positive Grundstimmung herzustellen. Wichtig ist vor allem das Licht. Vielleicht macht ein mit Halogenlampen grell-kalt ausgeleuchteter Raum Sie an. Schmeichelhafter für die Haut ist jedenfalls gedämpftes gelbes Licht oder der Schein mehrerer Kerzen. Mit einem neuen Partner ist es angenehmer, bei sich zu Hause zu sein. Hier fühlen Frauen sich sicherer, kennen sich aus, finden alles, was sie brauchen.

Training für den Gipfelsturm

Wenn Sie durch Masturbieren einen Orgasmus erreichen, aber nie oder nur selten mit Ihrem Partner zum Höhepunkt kommen, dann können Sie das lernen. Das Training macht Spaß und lässt sich ganz leicht als neue Variante ins Liebesspiel einbauen. Sie müssen außerdem nicht jede Nummer mit Ihrem Liebsten für Ihr Orgasmus-Training nutzen. Beginnen Sie damit, in Gegenwart Ihres Partners zu masturbieren. Keine Angst vor seiner Reaktion. Viele Männer finden es höchst erregend, wenn ihre Partnerin sich vor ihren Augen selbst befriedigt (Tipps siehe »Selbstbefriedigung – der Start ins Glück«, Seite 107). Dann kommt der nächste Schritt: Setzen Sie sich im Laufe des Vorspiels rittlings auf das Becken Ihres Partners und stimulieren Sie Ihre Klitoris mit seinem Penis. Feuchten Sie den Kitzler mit Spucke oder einem Gleitmittel an, damit er nicht überreizt wird. Danach bringen Sie sich durch Masturbieren zum Orgasmus. Wenn Sie das ein paar Wochen geübt haben, masturbieren Sie in der gleichen Stellung, während der Penis in Ihnen ist. Am Anfang soll Ihr Partner sich nicht bewegen. Sie können ihm, um das Ganze als Spiel zu gestalten, mit einem weichen Tuch die Hände fesseln. Wenn Sie das ein paarmal ausprobiert haben und Sie so zum Orgasmus kommen, dann masturbieren Sie, während er sich in Ihnen bewegt. Wiederholen Sie diesen Übungsschritt so oft, bis Sie dabei ganz selbstverständlich zum Orgasmus kommen. Jetzt erreicht das Programm die letzte Stufe, den Koitus. Nutzen Sie beim Geschlechtsverkehr, was Sie beim Masturbieren über Ihre sexuellen Reaktionen gelernt haben, über Intensität und Rhythmus der Reibung, die Sie brauchen. Nach einiger Zeit des Übens, das können vier Wochen sein oder vier Monate, kommen Sie vielleicht beim Koitus zum Höhepunkt, ohne dass Sie manuell nachhelfen. Wichtig beim Lust-Training: Setzen Sie sich nicht unter Zeitdruck. Wer konkrete Termine festlegt, wann welcher Schritt funktionieren muss, produziert unnötig Stress – und bremst seinen Orgasmus damit garantiert aus, anstatt ihm näher zu kommen.

Fit for Sex – Training der Beckenbodenmuskulatur

Die Beckenbodenmuskulatur ist ein komplexes Muskelsystem, das den Darm und die inneren Geschlechtsorgane an ihrem Platz hält und für die sexuelle Erlebnisfähigkeit besonders wichtig ist. Der Grund: Die Muskeln durchziehen viele Nervenenden, so dass Zusammenziehen und Entspannen sexuelle Erregung erzeugen kann. Die Beckenbodenmuskulatur formt sich wie eine Acht um Vagina, Harnröhre und After. Vor allem der größte dieser Muskeln, der PC-Muskel (Pubococcygeus-Muskel), der vom Schambein zum Steißbein verläuft und die Vagina umgibt, spielt beim Sex eine wichtige Rolle. Er steuert das Lustempfinden und die Orgasmusfähigkeit. Wer seine Vaginalmuskeln spielen lassen kann, erhöht die eigene Lust und nebenbei auch die des Mannes. Kräftige Muskeln sind entscheidend für die vaginale Empfindungsfähigkeit der Frau und spielen für die Erregbarkeit der Klitoris eine wichtige Rolle. Je besser der PC-Muskel reagiert, desto größer ist der Lustgewinn. Das gilt übrigens auch für Männer. Viele Frauen, die beim Vaginalverkehr keine Lust empfinden und nicht zum Orgasmus kommen, haben einfach einen untrainierten PC-Muskel.

So erkennen Sie, wo Ihr PC-Muskel sitzt und ob er fit ist: Versuchen Sie ganz einfach, auf der Toilette den Urinfluss zu unterbrechen. Ist der Muskel in Form, können Sie den Strahl jederzeit stoppen. Klappt es nicht, dann können Sie ihn mit einem einfachen Training innerhalb weniger Wochen aufbauen. Generell ist das PC-Muskeltraining jedem zu empfehlen, weil das sexuelle Empfinden dadurch gesteigert wird. Auch Frauen mit einem starken PC-Muskel kann das Training Vorteile beim Sex bringen, weil sie so lernen, ihn bewusst einzusetzen.

Trainieren lässt sich der PC-Muskel ganz einfach mit den sogenannten Kegel-Übungen (benannt nach dem Gynäkologen Arnold Kegel). Das Gute daran: Für Ihr kleines Sex-Training brauchen Sie sich nicht umzuziehen und in kein Fitnessstudio zu gehen. Sie können es am Schreibtisch machen, auf der Toilette, beim Bügeln oder in der U-Bahn. Damit die Übungen Erfolg haben, sollten Sie drei- bis viermal täglich trainieren.

So funktioniert's: Ziehen Sie den Muskel fünf bis zehn Sekunden lang zusammen und entspannen Sie anschließend zehn Sekunden. Mindestens zehn Mal am Stück und am Tag mehrmals wiederholen.

Am Anfang ist diese Übung schwierig, aber mit jedem Tag wird die Ausdauer sich steigern. Nach etwa sechs Wochen sind Ihre Vaginalmuskeln in Topform. Lassen Sie sich nicht entmutigen, wenn es am Anfang schwerfällt oder nicht klappt. Und: Übertreiben Sie nicht. Wie beim Joggen heißt es auch beim PC-Muskeltraining langsam anfangen und die Intensität langsam steigern. Dieses Training ist besonders nach einer Geburt zu empfehlen, bei der die Beckenbodenmuskulatur besonders strapaziert wird.

Therapie

Wenn alle Versuche, den Weg zum Orgasmus ohne Hilfe eines Experten zu finden, fehlschlagen, sollten Sie sich an einen Therapeuten werden. Vor allem bei Partnerschaftsproblemen kann ein unbeteiligter Dritter viel zur Klärung der Situation beitragen. Generell sollte ein Experte um Rat gefragt werden, wenn eine Störung über einen längeren Zeitraum hinweg anhält.

Sex und der Faktor Krankheit

Aids

Das Thema Aids betrifft jede Frau. Zumal das Risiko, sich zu infizieren, beim Geschlechtsverkehr für die Frau höher ist als für den Mann. Vor allem, wenn sie gerade ihre Tage hat. Der Grund: Wenn der Samen der Mannes oder sein sogenannter »Glückstropfen« das Virus in sich tragen, kann es durch winzige Risse in der Vagina in den Blutkreislauf der Frau gelangen. Und beim Koitus kommt es leicht zu solchen Minimalverletzungen. Frauen sollten sich deshalb beim Sex mit einem neuen Partner immer mit einem Kondom schützen. Um ganz sicherzugehen, dass beide Partner gesund sind, können sie gemeinsam einen Aids-Test machen. Sinn hat das allerdings nur, wenn beide monogam sind und schon mindestens ein halbes Jahr zusammen. Denn das Virus lässt sich im Blut oft erst sechs Monate nach der Infizierung nachweisen.

Die große Aids-Panik ist trotz intensiver Berichterstattung durch die Medien in Deutschland nicht ausgebrochen. Auch die Zunahme der sexuellen Lustlosigkeit beider Geschlechter hat, wie Statistiken zeigen, nur wenig mit der Bedrohung durch das Virus zu tun. Im Gegenteil herrscht in vielen Betten der Leichtsinn. Jeder weiß um die Gefahr einer Infizierung und dass Kondome sicheren Schutz bieten. Trotzdem lassen viele Frauen und Männer das Gummi in der Tasche oder im Nachttisch, wenn es drauf ankommt. Frauen ist das Thema oft peinlich. Sie haben Angst, dass der Mann sie abblitzen lässt, wenn sie nach einem Kondom fragen. Als verdiene ein Liebhaber, dem die Gesundheit seiner Geliebten weniger wert ist als sein Vergnügen, etwas anderes als eine Abfuhr …

Vaginalinfektionen

Pilzkrankheiten, Herpes oder Trichomonaden beeinträchtigen den Sex. Wenn Sie Juckreiz, ein Brennen oder schlechten Geruch bei sich feststellen, gehen Sie unbedingt zum Arzt und verzichten Sie bis dahin auf Sex. Die meisten dieser Krankheiten sind leicht und in kurzer Zeit zu behandeln. Auch Blasenentzündungen machen nicht gerade scharf auf eine wilde Nummer. Wer schon mal eine Blasenentzündung hatte, weiß, wie schmerzhaft das ist.

Operationen

Nach einem chirurgischen Eingriff sind Frauen oft für längere Zeit in der Narbengegend berührungsempfindlich und beim Sex entsprechend vorsichtig. Der Partner muss sich beim Liebesspiel darauf einstellen und um die betroffene Körperregion herumstreicheln und -liebkosen.

Weitreichendere Folgen für die Sexualität einer Frau haben Brustamputationen. Etwa 50 Prozent der Betroffenen werden durch diesen Eingriff stark in ihrem weiblichen Körperempfinden beeinträchtigt. Dazu kommt die Angst vor einer negativen Reaktion des Partners. Die plastische Chirurgie hat mittlerweile Verfahren zum Brustaufbau entwickelt, die diesen Frauen sehr helfen können. Außerdem ist eine spezielle Sexualberatung nach der Operation sinnvoll. Denn nach einer Brustamputation müssen Frauen ihre sexuellen Praktiken möglicherweise ändern. Manche Techniken sind nicht mehr möglich, weil man sich zum Beispiel in der ersten Zeit nach dem Eingriff nicht richtig auf dem Arm der betroffenen Seite aufstützen kann. Frauen, die es besonders geliebt haben, an der Brust stimuliert zu werden, müssen ihr Empfinden auf andere Körperstellen umlenken. All diese Punkte sollten mit einem Experten besprochen werden, damit das Liebesleben keinen allzu großen Bruch erfährt.

Auch die Entfernung der Gebärmutter beeinflusst die Sexualität einer Frau stark. Viele Frauen klagen über Schmerzen beim Koitus oder ein Taubheitsgefühl im Unterleib. Die Vagina verlagert sich unter Umständen und ist plötzlich kürzer als vor dem Eingriff. Außerdem vermissen viele Betroffene die Kontraktionen der Gebärmutter beim Orgasmus sehr. Der Höhepunkt hat für sie dadurch an Intensität verloren. Hier sind die Frauenärzte gefordert. Viele bringen nicht genügend Verständnis für die Probleme und Ängste der Frauen auf. Wichtig sind ausführliche Informationsgespräche vor und nach diesem schwierigen Eingriff.

Essstörungen

Magersucht und Bulimie haben starke Auswirkungen auf die Sexualität der betroffenen Frauen. Magersüchtige akzeptieren ihre Rolle als Frau nicht oder zumindest nicht vollständig. Sie versuchen, sowohl die biologischen Vorgänge als auch typisch weibliche Körpermerkmale zu leugnen. Sie haben deshalb kein oder nur ein geringes Interesse an Sex, leiden auch nicht unter einem sexlosen Leben. Probleme treten erst in dem Augenblick auf, wenn der Partner mit dem ewigen »Nein« seiner Freundin nicht klarkommt. Viele Magersüchtige verbindet nur eine platonische Zuneigung mit ihrem Partner. Auch etliche Bulimikerinnen lehnen ihre Rolle als Frau ab und können ein gestörtes Verhältnis zur Sexualität haben. Meistens lässt sich durch eine psychotherapeutische Behandlung, sofern die Patientin dies will, ein weitgehend normales Sexleben erreichen.

Depressionen

Depressionen sind eine häufige Ursache für eine Störung der Libido. Mit der Lebensunlust und Antriebslosigkeit depressiver Frauen geht sexuelle Unlust einher. Sie haben, einfach ausgedrückt, Lust auf gar nichts, also auch nicht auf Sex. Wie Anorektikerinnen leiden sie, wenn auch aus anderen Gründen, nicht unter dem Verlust ihrer Libido. Im Laufe der Behandlung ihrer Depressionen entdecken die betroffenen Frauen oft den Spaß am Sex wieder.

Übrigens: Auch Medikamente, zum Beispiel blutdrucksenkende Mittel, Beruhigungsmittel, Schmerzmittel, die Pille oder Antidepressiva können sich negativ auf die Sexualität auswirken.

Wenn's mal nicht klappt – Sexprobleme bei Männern

Für Männer sind sexuelle Probleme sehr beängstigend. Am liebsten würden sie kein Wort darüber verlieren, wenn etwas im Bett nicht nach ihrer Vorstellung läuft. Männer definieren ihre Männlichkeit vornehmlich über Sexualität. Und die Regel sagt, wer im Bett nicht funktioniert, ist kein richtiger Mann. Alles würden Liebhaber mit Ladehemmung deshalb zugeben, nur nicht, dass sie Probleme mit ihrer Erektion oder dem Orgasmus haben. Diese Politik des Schweigens betreiben betroffene Männer nicht nur nach außen. Auch der eigenen Partnerin gegenüber verleugnen sie häufig ihre Störung. *»Mein Mann hatte immer öfter Probleme mit seiner Erektion. Als ich ihn darauf ansprach, hat er total abgeblockt. Ich wusste nicht, was ich machen soll. Er wollte irgendwann einfach nicht mehr mit mir schlafen.«* Die Angst davor, sich als vermeintlicher sexueller Loser zu outen, hat zum Teil absurde Konsequenzen: Lieber beenden manche Männer eine Beziehung, als sich selbst und ihre Partnerin offen mit dem Problem zu konfrontieren. Die nächsten haben ständig Affären und behaupten, dass es mit den anderen Frauen bestens funktioniere. Ältere Männer ziehen sich mit halbherzigen Erklärungen aus dem aktiven Sexleben zurück.

Frauen, deren Partner unter einer sexuellen Störung leiden, haben folglich so manchen Kampf auszutragen, um ihren Liebsten dahin zu bringen, sich dem Problem zu stellen und etwas dagegen zu unternehmen. Denn nicht nur, dass die Trotzköpfe abstreiten, dass etwas mit ihnen nicht stimmt. Viele Männer schieben den Schwarzen Peter obendrein ihrer Partnerin zu: Sie sitzen die Sache einfach so lange aus, bis die zwangsläufig entstehende sexuelle Frustration der Frau plötzlich im Mittelpunkt der ständigen Sex-Debatten steht. Raffen sie sich doch zum Besuch eines Experten auf, gehen Männer in der Mehrzahl der Fälle zu einem Arzt, um die körperliche Funktion wiederherstellen zu lassen. An der Suche nach seelischen Ursachen zeigen sie wenig Interesse, obwohl bei Männern unter 40 in den meisten Fällen die Psyche für die sexuelle Störung verantwortlich ist.

Viele Frauen stehen, da Männer sich über ihre Probleme ausschweigen, einer sexuellen Störung des Partners hilflos gegenüber. *»Mein Sexleben stand still, ohne dass ich etwas tun konnte. Er hat mir keine Chance gegeben einzugreifen. Ich wusste überhaupt nicht, was mit ihm los ist. Ich dachte am Schluss, er habe eine Geliebte.« »Ich habe nicht verstanden, warum er mich nicht mehr anfasst. Das Schlimmste für mich war, dass ich dachte, es liegt an mir. Dass er mich nicht mehr attraktiv findet. Ich wusste nicht, wie ich mit der Situation umgehen soll. Wie ich darüber mit ihm reden soll.«* Weit besser ist die Position einer Frau, wenn sie erkannt hat, wo die mögliche Ursache für die sexuellen Probleme ihres Partners liegt (Informationen und Tipps – auch für Ihn – gibt's unter www.impodoc.de). Sie kann versuchen, ihm und damit gleichzeitig sich selbst gezielt zu helfen. Deshalb sollen an dieser Stelle die männlichen sexuellen Störungen beschrieben werden, obwohl es sich eigentlich um ein Buch über weibliche Sexualität handelt.

Die Last mit der Lust – wenn er nicht will

Mangelndes sexuelles Verlangen galt lange als ein typisch weibliches Problem. Doch heute bekommen es Therapeuten genauso mit Männern zu tun, die keine Lust auf Sex haben. 16 Prozent der deutschen Männer schlagen sich angeblich mit dauernder Lustlosigkeit herum. Und laut einer Umfrage der Weltgesundheitsorganisation (WHO) verliert jeder zweite Mann über 30 sporadisch das Interesse an heißen Spielen im Bett.

Das legt die Lust lahm

Abgesehen von den klassischen Ursachen wie Stress, Krankheit oder Streit mag ein Grund für die drastisch gestiegene Zahl lustloser Männer sein, dass Frauen heute vermehrt die Initiative im Bett übernehmen, wodurch ein sexuelles Desinteresse des Mannes überhaupt erst auffällt. Zudem hat, wie Wissenschaftler in Deutschland und den USA feststellten, die Neudefinition der Geschlechterrollen in unserer Gesellschaft eine hemmende Wirkung auf die männliche Libido.

Die neue Stärke der Frauen

Wohin sie auch kommen, überall haben Männer es heute mit selbstbewussten Frauen zu tun. Im Job sitzen sie ihnen als Chefin oder scharfe Konkurrentin im Nacken, und zu Hause erklärt ihnen die Partnerin klipp und klar, dass sie als Lebensgefährte zwar willkommen, aber weiß Gott nicht existenznotwendig seien. Das Sagen haben Männer immer seltener allein. Harte Zeiten für das männliche Selbstbewusstsein. Wie soll man sich noch als ganzer Kerl beweisen, wenn einem überall die Vormachtstellung streitig gemacht wird? Diese Unsicherheit der Männer wirkt sich natürlich auf die Beziehung aus. Eine gleichberechtigte, ebenbürtige Partnerin bedeutet für die meisten Männer Leistungsdruck. Und auf den reagieren sie immer öfter mit sexueller Lustlosigkeit. (Was Frauen nicht davon abhalten sollte, auf Gleichberechtigung im Bett zu bestehen. Denn nur in einer wirklich gleichberechtigten Beziehung werden die sexuellen Bedürfnisse beider Partner befriedigt.) Einige Experten interpretieren die sexuelle Verweigerung der Männer sogar als subtile Form einer regelrechten Rache für die Erfolge der Frau. Auch beim Sex hat sich zum Vorteil der Frau einiges verändert. Frauen sagen immer häufiger, was sie im Bett wollen, wenn auch noch viel zu zurückhaltend. Doch das reicht schon aus, um ihre Partner aus dem seelischen Gleichgewicht zu kippen. Das ergaben auch aktuelle wissenschaftliche Studien in Deutschland und den USA. Es verunsichert die einstigen Jäger, dass Frauen sie neuerdings herausfordern, anmachen, verführen und im Bett die Kontrolle haben wollen. Auch wenn sie in Umfragen standhaft das Gegenteil behaupten. Viele Männer beklagen sich bei solchen Gelegenheiten sogar regelrecht, dass die Frauen zu passiv seien. Wunsch und Wirklichkeit scheinen da noch nicht ganz zusammenzupassen. Denn plötzlich sind es die Männer, die Kopfschmerzen vortäuschen, wenn Sex gefragt ist.

Viele Männer fühlen sich zusätzlich überfordert von den Ansprüchen, die heute an einen »Klasse«-Mann gestellt werden: gut aussehen, wirtschaftlich erfolgreich und sozial kompetent sein, über Gefühle sprechen, rücksichtsvoll und einfühlsam sein, und ein guter Vater dazu.

Aber bloß kein falsches Mitleid: Männer müssen eben lernen umzudenken. Heute wird nach neuen Regeln gespielt.

Regeln, die auch von Frauen aufgestellt werden. Im Job, und im Bett. Auf lange Sicht können sich Männer diesem Wandel nicht entziehen. Wer jedoch einen sexuellen Verweigerer an seiner Seite hat, sollte behutsam mit ihm umgehen. Benutzen Sie Ihr Einfühlungsvermögen und lenken Sie Ihren Partner in Gesprächen sanft auf die neue Bahn. Wenn Sie sich allzu massiv über seine mangelnde Lust beklagen, setzen Sie ihn unnötig unter Druck: Im Gegensatz zur Frau können Männer schließlich keine Lust vortäuschen. Haben sie keine, dann wird ihr Penis nicht steif. Sie können also nicht mal eben »mitmachen«, weil die Geliebte darauf drängt. Dieser Leistungsdruck wiederum kann die Lustlosigkeit dann noch weiter verstärken.

Sex als Verhandlungssache

Ein Punkt, der Männern häufig zu schaffen macht, ist die Konsenspflicht beim Sex. Heute gilt es als selbstverständlich, die Bedürfnisse der Frauen ernst zu nehmen und zu berücksichtigen, wenn man mit ihnen ins Bett geht. Darüber, was beim Liebesspiel passiert, müssen Paare sich einig sein und also alles konkret bereden. Männliche Sexualwissenschaftler wie Gunter Schmidt sprechen in diesem Zusammenhang, ganz im Sinne ihrer Geschlechtsgenossen, von der sogenannten ausgehandelten Sexualität. Und beklagen, dass auf diese Weise der Sex zerredet würde. Dass ihm alle Spontaneität verlorenginge, alles Geheimnis. Das scheint reichlich übertrieben und ist vermutlich vorrangig ein Problem älterer Semester. Viele junge Männer sind daran gewöhnt, gleichberechtigt mit Frauen zu verkehren. Die »Verhandlung« über das, was den Partnern gefällt, muss ja außerdem nicht direkt vor dem Sex stattfinden. Das wäre tatsächlich Lust-Verhütung. Aber es gibt genügend Momente, in denen ein Gespräch über das Liebesspiel die Lust darauf nicht erschlägt. In denen Paare auf spielerische, lustvolle Art Kompromisse finden können, die beiden Befriedigung versprechen. Kompromisse, das bedeutet Variation: mal ein heftiger Quickie, mal ein ausgiebiges Vorspiel. Mal fordernder Sex, mal sanftes Verführen. Mal nehmen, mal das mitspielen, was der andere will. Rollenspiele, Rollenwechsel. Grenzübertritte möglich machen – die selbstbewusste Karrierefrau, die sich seiner Lust unterwirft, der souveräne Macher, der ihr zu Willen ist. Alles darf sein. Alles muss sein. Jeder bekommt, was er braucht und sich wünscht.

Partnerschaftskonflikte

Kriselt es in der Beziehung, schlägt sich das oft auch beim Mann in Form von Lustlosigkeit nieder. Bei langwierigen, zähen Streitereien oder Konflikten versiegt sein Bedürfnis nach körperlicher Nähe. Also lässt er sie mürrisch abblitzen oder entzieht sich freundlich, wenn seine Partnerin ihn verführen will. Bevor die Situation nicht bereinigt ist, hat der Sex keine Chance. *»Ich bin nicht der Typ, der mit seiner Freundin schläft, als wäre nichts gewesen, wenn wir mitten im dicksten Clinch liegen. Ich habe dann keine Lust. Ich kann doch nicht zärtlich sein, wenn ich innerlich koche vor Wut.«*

In langen Partnerschaften kann sexuelle Verweigerung auch ein Zeichen für Entfremdung sein. Da hilft nur, die Nähe wiederherzustellen. Fragen Sie ihn, was ihn bewegt, wie seine Träume für die Zukunft aussehen. Haken Sie nach, ob er an einem Projekt herumgrübelt. Über die innere Annäherung kommt oft auch die körperliche wieder zustande. Versucht eine Frau dagegen einfach nur immer wieder und immer fordernder, ihren Partner zu verführen, verstärkt das seine Lustlosigkeit.

Sexuelle Langeweile

»Sex funktioniert bei uns inzwischen wie Zähne putzen oder Kaffee kochen. Man kennt jeden Handgriff, die Abfolge der Bewegungen, und alles passiert am immer gleichen Ort. Das törnt mich total ab. Ich habe immer seltener Lust, mit meiner Freundin zu schlafen. Andererseits ist es schwierig, so eine eingefahrene Sache im Alltag plötzlich zu ändern.« Ritualisierte Wiederholungen des immer Gleichen sind einer der größten Lustkiller überhaupt. Das gilt für Männer und Frauen gleichermaßen. Leicht ist es nicht, aus der erotischen Routine auszubrechen und neue Wege der Lust auszuprobieren. Häufig scheitert die sexuelle Revolution im eigenen Bett schon am darüber Reden. »Was denkt sie von mir, wenn ich diesen Wunsch äußere?« »Wie soll ich das Thema ansprechen?« »Das würde sie sowieso nie tun ...« Vielen Männern ist das Aussprechen ihrer heimlichen Wünsche zu heikel – und die Chance, die Libido aus ihrem Dornröschenschlaf zu wecken, bleibt ungenutzt. Sie haben das Gefühl, Ihr Mann ist so ein Kandidat? Dann fassen Sie sich ein Herz und eröffnen Sie in einem entspannten Moment – und außerhalb des Schlafzimmers! – die erste Sextalk-Runde. Erklären Sie ihm, wie sehr der Sex mit ihm Sie befriedigt. Dass es da aber noch Wünsche gäbe und Dinge, die Sie gerne mit ihm erleben würden. Vielleicht nimmt er die Einladung zu einer gemeinsamen erotischen Entdeckungsreise an – und rückt mit seinen eigenen bislang unerfüllten Träumen und Sehnsüchten heraus.

Eine andere Frau

Wenn Ihr Partner eine andere und deswegen sein Interesse an Sex mit Ihnen verloren hat, dann lässt sich das relativ leicht feststellen: Er bleibt die Abende weg, hat kein Interesse mehr an gemeinsamen Unternehmungen. Seine Zärtlichkeiten sind unaufmerksam, oberflächlich. Er telefoniert mit leiser Heimlichtuer-Stimme oder spricht theatralisch und, und, und. Untrügliche Anzeichen für eine Affäre gibt es genug. Am besten, Sie sammeln Indizien gegen ihn und stellen ihn zur Rede, sobald Sie sicher sind, dass er seine Affäre angesichts Ihrer Belege nicht länger verleugnen kann. Was Sie mit seinem Geständnis anfangen, bleibt Ihnen überlassen. Wollen Sie um ihn kämpfen oder stellen Sie seine gepackten Koffer vor die Tür?

Anlaufschwierigkeiten

Vor allem junge Männer fühlen sich im Bett manchmal überfordert. Sie wären so gerne gute Liebhaber, doch genügt der Partnerin, was sie zu bieten haben? Mit Anfang 20 stehen sie unter hormonellem Starkstrom und haben vor allem eines im Sinn: schnell und möglichst oft den Druck loswerden. Die Frauen in diesem Alter hingegen fordern Zärtlichkeit, sinnliche Liebesspiele und ganz viel Zeit. Dieser schwierigen Situation fühlt sich manch ein junger Liebhaber nicht gewachsen und reagiert mit Lustlosigkeit.

Stress

Eine berufliche Krise, erdrückender Stress, Geldprobleme oder Konflikte können natürlich auch einen Mann so sehr beschäftigen, dass für Sex keine Energie mehr bleibt. Viele Männer erzählen ihrer Partnerin allerdings nicht, was sie belastet. Sie wollen alles mit sich selbst abmachen. Dass die Frau ihr sexuelles Desinteresse auf sich beziehen könnte, darauf kommen sie nicht. Was Sie tun können? Fragen Sie immer wieder nach, bis Ihr Partner die Gründe für seine sexuelle Lustlosigkeit offenbart. Hängen Sie das Gespräch aber nicht von vorneherein am Thema Sex auf, sonst blockt er vermutlich ab. Kitzeln Sie lieber aus ihm heraus, wie es zurzeit beim Job läuft, ob er mit seinem Leben zufrieden ist, ob mit seinen Freunden alles in Ordnung ist. Fragen Sie ihn auf diesen Umwegen taktisch klug aus. Irgendwann wird er sicher auspacken. Noch ein Tipp: Wenn er sagt, er sei einfach nur müde und ausgepowert, sprich zu müde und zu ausgepowert für Sex, glauben Sie ihm. Und unterstellen Sie ihm nicht insgeheim, ein Mann könne und wolle immer, wenn er seine Frau nur richtig liebt. Der allzeit bereite Mann gehört ins Reich der Sexmythen.

Wie Frauen Männern die Lust austreiben

Es gibt ein paar Dinge, mit denen Frauen einem Mann den Spaß am Sex garantiert verderben:

»Meine letzte Freundin hatte einen regelrechten Hygienefimmel. Sobald ich was von ihr wollte, rannte sie erst mal unter die Dusche. Ich musste mich natürlich auch waschen, bevor ich ihr nahekommen durfte.«

»Ich hatte mal eine Frau, die hat immer losgekichert, wenn ich sie angefasst habe. Das törnt einen echt ab.«

»Meine Freundin hat mir immer Instruktionen erteilt, als ob ich ein Ikea-Regal zusammenmontieren würde. Da vergeht dir die Lust ganz schnell.«

»Ich kann es nicht leiden, wenn eine Frau sich nicht vor mir ausziehen will. Es ist unheimlich erotisch, wenn Frauen sich ausziehen, ganz normal meine ich, nicht so einen echten Strip.«

»Frauen, die immer erst Geigenklänge und schöne Worte brauchen, bevor sie mit ihrem Freund ins Bett gehen, finde ich total unerotisch. Man muss einfach auch mal nur machen.«

Fühlen Sie sich bei einem der Zitate angesprochen? Wenn ja, denken Sie doch mal darüber nach, ob Sie Ihr Verhalten nicht ein wenig modifizieren wollen. Schließlich finden Sie es auch nicht eben lustfördernd, wenn er im Bett die Socken anbehält oder Sie andauernd fragt, ob Sie schon gekommen sind.

Wann muss ein Therapeut ran?

Was tun, wenn er keine Lust hat? Zunächst einmal nicht verzweifeln. Eine Phase der Lustlosigkeit bedeutet nicht automatisch das Ende einer sexuellen Beziehung. Kein Mensch ist immer in der körperlichen und seelischen Verfassung für Sex. Das gilt für Männer und Frauen gleichermaßen. Es handelt sich also vielleicht nur um eine vorübergehende Funkstille. Wo die Lust nicht von allein zurückkehrt, kann man ihr nachhelfen. Dazu ist es sinnvoll, wird seine Lustlosigkeit zum Dauerzustand, einen Experten einzuschalten.

Eine Sexualtherapie ist nicht unangenehm und keineswegs peinlich. Sie kann sogar richtig Spaß machen. Denn unter Anleitung eines Therapeuten lernt man seinen Körper besser kennen und entdeckt vielleicht spannende neue Wege, Lust zu erleben. Therapeuten arbeiten bei Luststörungen oft mit einer bestimmten Methode: Sie schaffen erst einmal körperliche Distanz zwischen den Partnern. Sprich, das Paar *darf* keinen Sex miteinander haben. Beide sollen masturbieren und zunächst jeder für sich wieder Kontakt zu seinem Körper und seiner Lust aufnehmen. Vor allem Frauen müssen oft ihr Selbstbewusstsein bezüglich ihres Körpers aufpäppeln, nachdem der Partner sie längere Zeit abgewiesen hat. Bei dem Lusttraining werden Phantasien geübt, zum Beispiel fremdgehen im Kopf. Das kann eine eingefahrene Beziehung wiederbeleben, das Gefühl von etwas Neuem in das langjährige Sexleben bringen. Dann dürfen sich die Partner bei der Selbstbefriedigung zusehen. Später dürfen sie sich gegenseitig berühren, Partnermassagen zelebrieren und sich gegenseitig manuell befriedigen. Wichtig dabei ist, sich ständig über die Gefühle auszutauschen, die während der Übungen entstehen. Die Partner sollen sich gegenseitig deutlich sagen, was ihnen Lust bereitet und wie sie berührt werden wollen. Erst nach Wochen, manchmal Monaten, dürfen sie das erste Mal wieder miteinander schlafen.

Wenn sein bester Freund nicht mitspielt

»Wir haben uns gegenseitig stimuliert wie immer, und sein Schwanz war auch richtig schön steif und fest. Als er aber in mich rein wollte, wurde aus dem Ständer plötzlich eine Gummiwurst. Da ging nichts mehr. Mein Freund war total geschockt.« In den Top Ten der schrecklichsten Dinge, die einem passieren können, steht ein Hänger im Bett bei Männern ziemlich weit oben. Egal, ob sie Anfänger sind oder erfahrene Liebhaber, diese Blamage haut alle um. Und wehe, ihnen fällt nicht auf der Stelle eine halbwegs glaubwürdige Ausrede ein, die sie der irritierten oder überraschten Geliebten servieren können – Höllenqualen stehen sie dann aus. Ihr Ego hat kräftig daran zu knabbern, bis das Gefühl, ein Versager zu sein, überwunden ist. Und mit jedem weiteren Mal, bei dem ein Mann keine Erektion bekommt, wächst die Angst vor dem nächsten Durchhänger. Sex bedeutet in dem Moment nicht mehr Spaß, sondern Stress. Männer, die schon länger Erektionsprobleme haben, neigen deshalb dazu, sexuelle Situationen zu vermeiden. Sie ziehen sich körperlich von ihrer Partnerin zurück oder trennen sich sogar.

Wann ist ein Mann impotent?

Hat ein Mann ab und zu mal einen Hänger, spricht man nicht gleich von Impotenz, oder, wie Mediziner es nennen, einer »erektilen Dysfunktion«. Nur bei einer chronischen, mehrere Monate dauernden Erektionsstörung trifft die Bezeichnung zu. Impotenz bedeutet damit im Grunde die technische Unfähigkeit des Mannes zum Geschlechtsverkehr. Etwa jeder fünfte Mann zwischen 30 und 80 Jahren leidet in den westlichen Industriestaaten an einer erektilen Dysfunktion, sagen Experten, wobei die Zahl mit zunehmendem Alter steigt.

Potenzkiller

Meistens spielen bei fehlender Standfestigkeit mehrere Faktoren gleichzeitig eine Rolle. Wenn ein Mann zum Beispiel wegen einer Krankheit Erektionsprobleme hat, bauen sich mit der Zeit automatisch Versagensängste auf. Die wiederum verstärken die Erektionsstörung. Bei Männern unter 40 sabotiert in der Mehrzahl der Fälle die Psyche eine »verkehrstaugliche« Erektion. Ab diesem Alter sind Probleme mit der Potenz meist organisch bedingt.

Das erste Mal und andere Störfälle

Männer sind beim ersten Mal mit einer neuen Partnerin mindestens so nervös wie die Frau. Da kann es ganz schnell passieren, dass ihnen der Penis einen Strich durch die Rechnung macht. Üben Sie Nachsicht, schließlich kommen Frauen bei einem neuen Liebhaber auch nicht gleich zum Orgasmus.

Absolut tödlich für eine Erektion sind blitzartige Gedankenüberfälle wie »O Gott, meine Mutter hat heute Geburtstag und ich habe sie nicht angerufen« oder »Wo habe ich dieses verdammte Flugticket für morgen früh bloß hingepackt?«. Keine Sorge, beim nächsten Mal klappt es wahrscheinlich wieder.

Nervenflattern beim Seitensprung

Affären sind aufregend. Für manch einen Seitenspringer zu aufregend. Die ständige Angst, dass seine Frau ihm auf die Schliche kommen könnte oder dass die Kollegen etwas erfahren, kann den Penis eines Mannes leicht lahmlegen.

Stress

Im Job gibt er alles, auch privat sind Schwächen tabu. Je leistungsorientierter ein Mann ist, desto größer ist der Stress, unter dem er steht. Ähnlich ergeht es jenen, die ihrer Partnerin und dem Rest der Welt alles recht machen wollen. Da Männer dazu neigen, Stresssymptome zu ignorieren, bringt sie manchmal erst ihr Unterleib auf den Gedanken, dass sie sich übernehmen und lieber eine kleine Erholungspause einlegen sollten. Stehen sie nämlich unter Hochdruck, schüttet ihr Körper das Stresshormon Adrenalin aus, und das wirkt zuverlässig als Erektionskiller. Manche Männer reagieren übrigens auf zu viel Nähe mit Erektionsstörungen. Zieht zum Beispiel die Freundin bei ihnen ein, gehen sie durch die sexuelle Störung auf Distanz.

Versagensangst

Ein guter Liebhaber beglückt seine Partnerin bei jedem Akt mit mindestens einem überirdischen Orgasmus. Und wer nicht fünfmal hintereinander kann, ist sowieso eine Null. Mit solchen Zielvorgaben würgen Männer ihre Erektion im Extremfall selbst ab. Wer Sex als Leistungssport ansieht, macht ebenso wie der Manager unter Dauerstrom Bekanntschaft mit der abschlaffenden Wirkung von Adrenalin. Denn solchem Erwartungsdruck hält nicht jede Psyche stand. Er löst in den Köpfen vieler Leistungs-Liebhaber die Angst vor Erektionsstörungen aus – und die bewirkt wiederum die Ausschüttung des Stresshormons. Ein Durchhänger ist die zwangsläufige Folge. Noch dramatischer wird die Lage, wenn weitere Faktoren wie Druck oder Konflikte am Arbeitsplatz dazukommen. Und je öfter es im Bett nicht klappt, desto größer wird wiederum die Angst. Die Männer sind in einem Teufelskreis gefangen.

Rollenangst

Wie will sie es denn nun? Einige Männer lassen sich von den heutigen Rollenerwartungen so sehr verunsichern, dass sie starke Selbstzweifel entwickeln. »Darf ich sie einfach mal nehmen?« »Darf ich Fellatio von ihr verlangen?« Die Männer wollen den Vorstellungen ihrer Partnerin gerecht werden und entwickeln deshalb Schuldgefühle wegen ihrer sexuellen Wünsche, die sie als politisch unkorrekt empfinden. Die Folge ist totale Passivität, die sich auch auf die Erektionsfähigkeit auswirkt.

Körperliche Ursachen

Ein Mann, der weder eine sogenannte Morgenlatte (die morgendliche Erektion nach dem Aufwachen) noch nächtliche Erektionen hat, gilt als physisch impotent. Die Liste der möglichen Ursachen für diese Störung ist lang: Durchblutungsstörungen durch starkes Rauchen, Diabetes (laut Experten leiden 50 Prozent aller Diabetiker unter Erektionsstörungen), erhöhte Cholesterinwerte, Bluthochdruck oder Übergewicht, Gefäßveränderungen, Nervenschädigungen, Testosteronmangel, die Einnahme von Beruhigungsmitteln, Psychopharmaka oder Medikamenten für Herz und Blutdruck. Bei Herz-Kreislauf-Erkrankungen, zum Beispiel nach einem Herzinfarkt, lässt bei den Betroffenen das sexuelle Interesse nach, es gibt Probleme mit der Gliedsteife und Schwierigkeiten, einen Orgasmus zu erreichen.

Auch wenn zu viel Alkohol oder Drogen im Spiel sind, tritt der Penis vieler Männern in Streik. Alkohol, selten und in kleinen Mengen getrunken, wirkt unter Umständen aphrodisierend. Er enthemmt, und schon allein die Erwartung dieser luststeigernden Wirkung führt zu sexueller Lockerung. Chronisch alkoholkranke Männer jedoch leiden zu 50 Prozent unter sexuellen Störungen.

Wie kann die Partnerin helfen?

Das fängt damit an, nicht allzu enttäuscht zu sein. Wenn er nicht kann, dann freuen Sie sich eben umso mehr auf das nächste Mal. Darauf, dass Sie es sich dann besonders schön machen werden, mit viel Zeit und noch mehr Ruhe. Männer sind höchst empfindlich, wenn es im Bett mal nicht geklappt hat. Ungeduld, Empörung oder Fassungslosigkeit sollten Sie sich also verkneifen. Und schließlich haben Frauen es sehr viel einfacher als Männer: Ihnen merkt niemand an, wenn sie mal nicht in Form fürs Liebesspiel sind. Ebenfalls nicht angebracht ist, was sonst oft hilft: die Sache mit Humor zu nehmen. Gelächter ist in etwa das Letzte, was ein Mann in dieser Situation verträgt. Sagen Sie ihm lieber etwas Nettes, auch wenn er es Ihnen im Augenblick seiner vermeintlichen Niederlage vermutlich nicht abnehmen wird. Unangebracht sind übertriebene Mitleidsbekundungen – Ihr Partner fühlt sich auch so schon klein und erbärmlich genug. Apropos klein: Den Penis sollten Sie fürs Erste in Ruhe lassen. Ihn durchzuwalken wie Pizzateig, richtet ihn jetzt gewiss nicht auf. Auch eine zartere Behandlung führt zu nichts. Er braucht erst mal eine Pause. Vielleicht klappt es ja in einer halben Stunde. Und wenn nicht, dann eben morgen. Oder übermorgen ...

Schenken Sie sporadischen Hängern Ihres Partners alles in allem nicht zu viel Aufmerksamkeit. Sonst hat er beim nächsten Mal solche Angst zu versagen, dass er ganz sicher keinen hochkriegt. Und mit jedem neuen Versuch wird diese Angst größer. Am besten, Sie bleiben gelassen. Trösten Sie ihn, wenn er deprimiert ist, und erzählen Sie ihm etwas, was ihn von seinem Frust ablenkt. Eine nette Begebenheit, die Sie heute erlebt haben, oder eine Klatschgeschichte, die Sie irgendwo aufgeschnappt haben. Dann schmusen Sie noch ein bisschen oder schmiegen sich einfach an Ihren Liebsten und schlafen gemeinsam ein.

Herrscht im Bett schon länger Funkstille, weil es bei ihm nicht mehr klappt, sollten Sie Ihren Mut zusammennehmen und das Thema in einem entspannten Moment auf den Tisch bringen: »Liebling, du weißt, wie sehr ich den Sex mit dir liebe. Schade, dass nun schon eine ganze Weile nichts mehr läuft ...« Er wird vielleicht erst einmal abwehrend oder beleidigt reagieren. Machen Sie ihm klar, dass dieses Thema wichtig für Ihre Beziehung ist und dass er sich dem Problem stellen muss. Entweder er nimmt das Problem dann selbst in die Hand und holt sich Rat bei seinem Hausarzt oder einem Urologen. Oder Sie suchen gemeinsam nach einem Weg, seinem streikenden Penis wieder zu alter Standfestigkeit zu verhelfen. Ein offenes Gespräch ohne falsche Scham und Tabus ist da ein erster, großer Schritt.

Wenn sein bestes Stück sich gelegentlich hängen lässt, muss das der Lust der Frau übrigens nicht zwingend Abbruch tun. Im Gegenteil: Animieren Sie Ihren Partner, sich etwas anderes auszudenken, um Sie zu befriedigen. Vielleicht kommt er so auf ein paar neue Ideen, die den Sex mit ihm noch abwechslungsreicher machen. Und noch eins: Reden Sie sich bloß nicht ein – und lassen Sie sich nicht von ihm einreden –, dass es an Ihnen liegt, wenn er mal nicht kann!

Vorzeitige Ejakulation

Zu früh gekommen – das ist wahrscheinlich jedem Mann schon mal passiert. Bei der vorzeitigen Ejakulation erfolgt der Samenerguss vor oder wenige Sekunden nach Einführen des Penis in die Vagina. Diese Panne erwischt Liebhaber, denen der Alltagsstress alle Energie und Nerven kostet, vor allem aber junge, sexuell unerfahrene Männer. Und zwar meistens dann, wenn sie die ersten Male mit einer neuen Partnerin im Bett sind. Mit der Zeit lernen die Betroffenen, ihren Penis besser zu kontrollieren. Normalerweise klappt das bei ein wenig Übung ohne therapeutische Hilfe. Bekommt ein Mann dieses Problem nicht allein in den Griff, kann er sich von einem Experten helfen lassen. Mit einer Therapie lässt sich die vorzeitige Ejakulation gut behandeln.

Verkehrsübung für zwei

Wer das Problem ohne professionellen Beistand angehen möchte, braucht Ausdauer und eine gehörige Portion guten Willens. Kommt der Mann immer zu früh, raten die meisten Therapeuten zur sogenannten Stop-Start-Technik. Die können Paare auch allein lernen. Für dieses Trainingsprogramm müssen beide Partner allerdings ziemlich viel Geduld aufbringen. Vor allem die Frau leistet damit einen Liebesdienst, im wahrsten Sinne des Wortes. Aber der Aufwand lohnt sich in den meisten Fällen: Oft kann ein Paar innerhalb weniger Monate bei dreimal Üben pro Woche das Problem abstellen.

Und so funktioniert's:

Wichtig ist für diese Übung eine entspannte Atmosphäre: Telefon aushängen, eventuell schöne Musik einlegen, kein Zeitdruck. Jetzt kann es losgehen. Die Frau liebkost ihren Partner, bis er eine Erektion bekommt. Dann stimuliert sie seinen Penis mit der Hand weiter, während der Mann auf dem Rücken liegt und sich entspannt. Er soll sich ganz auf seinen Penis konzentrieren. Merkt er, dass die Ejakulation kurz bevorsteht, warnt er sie. Sie wendet dann die sogenannte Squeeze-Technik an, sprich, sie hält mit Daumen und Zeigefinger den Penis unterhalb der Eichel fest und drückt kräftig drei oder vier Sekunden mit dem Daumen auf die Unterseite des Penis. Fest genug drücken, sonst stimuliert man den Penis weiter, anstatt ihn zu beruhigen. Diese Verzögerungstaktik wiederholt das Paar zwei- oder dreimal, dann darf der Mann ejakulieren. Nach einiger Zeit haben die Männer eine bessere Kontrolle über ihren Samenerguss. In der nächsten Stufe wird diese Stop-Start-Technik auf den Koitus übertragen. Der Mann zieht also seinen Penis aus der Vagina, bevor er einen Orgasmus hat. Seine Partnerin »beruhigt« den Penis per Fingerdruck, dann darf er wieder rein. Wenn der gewünschte Effekt sich nicht binnen mehrerer Wochen einstellt, sollten Sie sich von einem Therapeuten anleiten lassen. Vielleicht haben Sie etwas falsch gemacht. Keine Panik, der Fachmann guckt Ihnen nicht unter die Bettdecke. Der praktische Teil der Therapie findet weiterhin unbeobachtet in den eigenen vier Wänden statt.

Sex – ein Leben lang

Sex ist keine Erscheinung, die mit dem Beginn der Pubertät ins Leben einer Frau tritt und nach spätestens 40 Jahren wieder verschwindet. Sexualität gehört zu unserem gesamten Leben. Unbewusst erleben wir sie schon als Säuglinge, und sie beschäftigt uns noch als Großmutter einer ganzen Schar von Enkeln.

Im Verlauf der verschiedenen Lebensphasen einer Frau verändert sich ihre Sexualität allerdings. Nicht, dass sie irgendwie besser oder schlechter würde, sie wandelt sich nur, wie auch unsere Träume oder Lebensvorstellungen nicht ein Leben lang die gleichen bleiben. Oder wollen Sie immer noch, wie mit sieben Jahren, Astronautin, Prinzessin oder Piratenkapitän werden? Oder vielleicht wie mit 14 Frontfrau einer Girlband oder Topmodel? Mit jeder Erfahrung, die eine Frau macht, verändert sie sich ein wenig. Das betrifft auch den Sex. Was einer 25-Jährigen höchste Lust spendet, kann sie 20 Jahre später vollkommen kaltlassen.

Der Schlüssel zu einem befriedigenden Sexleben ist, die Veränderungen der eigenen Sexualität bewusst wahrzunehmen. Und sie dann dem Partner zu vermitteln. Denn gleichzeitig ändern sich die Ansprüche an den Liebhaber. Übrigens bleibt auch bei Männern nicht ewig alles beim Alten. Frauen müssen also kein schlechtes Gewissen haben, dass sie einem Mann zu viel abverlangen, wenn sie immer mal wieder ein sexuelles Grundsatzgespräch anberaumen. Nur wer sich mit dem anderen über seine erotischen Bedürfnisse auseinandersetzt, kann Kompromisse finden, wie sich die sexuellen Wünsche beider Partner so weit wie möglich verwirklichen lassen.

Die Entdeckung der Sexualität

Von Beginn an erzeugt unser Körper sexuelle Reaktionen. Schon Säuglinge können, wie Wissenschaftler feststellten, Orgasmen haben. Babys legen es allerdings nicht bewusst darauf an, einen Höhepunkt zu bekommen. Während der ersten Lebensmonate produziert der menschliche Körper periodisch einen Hormonüberschuss, der dann, so die Experten, einen Orgasmus hervorrufen kann. Solche sexuellen Reaktionen haben, das muss wohl nicht betont werden, nichts mit der Sexualität erwachsener Menschen zu tun.

Etwa ab dem dritten Lebensjahr beginnen Kinder, sich selbst zu befriedigen. Fast immer sind es Jungen, die in diesem Alter an sich herumspielen. 80 Prozent der Mädchen entdecken die Masturbation erst in der Pubertät oder als erwachsene Frau. Zwischen dem vierten und sechsten Lebensjahr registrieren Jungen und Mädchen den erigierten Penis des Jungen und unterhalten sich darüber. Die Kinder entwickeln eine sexuelle Neugier. Der Orgasmus gehört in diesem Alter noch nicht zur Sexualität. Die Mädchen haben die Klitoris noch nicht als Lustzentrum entdeckt. Sie berühren den gesamten genitalen Bereich, wenn sie masturbieren, ohne dabei einen Höhepunkt anzustreben. Auch die Jungen streicheln sich nicht bis zum Erguss. Die Kinder genießen die lustvolle Erregung am ganzen Körper, ohne bewusst einen Orgasmus erzeugen zu wollen.

Wenn Kinder masturbieren, ist das nichts Unnatürliches. Erwischen Eltern ihren Nachwuchs beim Herumspielen an den Genitalien, sollten sie dem Sohn oder der Tochter nicht einreden, sie hätten etwas Schlechtes oder Schmutziges getan. Es genügt, den Kleinen zu erklären, dass sie solche intimen Dinge nicht vor anderen Leuten tun sollen.

Zwischen sechs und zwölf stehen die berühmten Doktorspiele auf dem Programm. 40 bis 50 Prozent der Frauen erinnern sich an solche Spiele mit anderen Mädchen oder Jungen, bei denen sie sich gegenseitig ihre Genitalien gezeigt oder sie berührt haben. Diese Doktorspiele sind eine wichtige Lernmöglichkeit für Jungen und Mädchen. Verbieten Eltern sie, ist Körperlichkeit für die Kinder häufig fortan mit Schuld- und Schamgefühlen verknüpft.

Anmerkungen zum Thema Aufklärung

Die Sexualaufklärung durch Eltern und Schule hat sich in den letzten Jahren deutlich verbessert. Nach einer aktuellen Studie werden heute 75 Prozent der Mädchen von den Eltern aufgeklärt. Sie sind die wichtigsten Vertrauenspersonen für sexuelle Fragen. Trotzdem: Nach wie vor sind viele Kinder und Jugendliche auf Informationen aus Jugendmagazinen und auf Mund-zu-Mund-Propaganda angewiesen, wenn sie erfahren wollen, was genau sich zwischen Mann und Frau im Bett abspielt. Was die Kids von den Eltern oder in offiziellen Aufklärungsstunden durch die Schule, Teenies aber auch in heimlich besorgten Pornovideos und -heften, über Sex lernen, geht nur selten über das Allergrundsätzlichste hinaus: Mann und Frau kommen zusammen, man streichelt ein bisschen am anderen herum, das Glied des Mannes wird steif, er dringt in die Vagina ein, dann geht es eine Zeit lang rein und raus, schließlich hat er eine Ejakulation, fertig. Alles Aufklären beschränkt sich auf die Kurzversion eines Koitus. Dass zum Sex weit mehr gehört als schlichtes Rammeln, mag den Teenies kaum jemand so recht erklären. Mädchen kommen bei dieser Form von Aufklärung besonders schlecht weg. Denn nicht nur, dass ihre sexuellen Reaktionen meistens nicht erwähnt oder gar beschrieben werden. Auch dass sie so etwas Wundervolles wie die Klitoris besitzen, bleibt vielen Frauen lange verborgen. Ihnen wird Sex obendrein als Bedrohung für ihre Zukunft geschildert, denn, das dürfen die lieben Kleinen immerhin erfahren, auf diese Weise wird man schwanger. Wen wundert es angesichts dieses Informationsmissstandes, dass Frauen bislang oft Jahre brauchen, manchmal sogar Jahrzehnte, um ihre eigene Sexualität zu entdecken und auszuleben? Natürlich müssen Mädchen, und nicht nur die, über die Risiken beim Sex aufgeklärt werden. Aber die Lust darf in Gesprächen auch nicht zu kurz kommen. Gerade Mütter müssten bei der Aufklärung ihrer Töchter eine positive Rolle spielen. Oft warnen sie vor den Gefahren der Sexualität, ohne über den Rest auch nur ein Wort zu verlieren. Einige Mütter glauben ihren Töchtern einen Gefallen zu tun, wenn sie sie zum Frauenarzt schleppen, um ihnen die Pille verschreiben zu lassen, »für alle Fälle«, obwohl die Mädchen vielleicht noch gar kein Interesse an Sex haben. Auch das sorgt nicht gerade für ein entspanntes Verhältnis zur Sexualität. Töchter nicht über das Risiko einer ungewollten Schwangerschaft aufzuklären, ist sträflicher Leichtsinn. Auch die Themen Kindesmissbrauch, Vergewaltigung und Aids dürfen nicht ausgespart werden. Doch sollten Mütter die schöne, die lustvolle Seite der Sexualität in Gespräche über Sex miteinbeziehen. Und ihren Töchtern Ratschläge mit auf den Weg geben, wie sie diese Seite unbeschwert erleben und genießen können.

Auch was die Menstruation betrifft, liegt es mit der Aufklärung im Argen. Kaum zu glauben, aber angeblich wird etwa ein Drittel aller Mädchen nicht umfassend über die Periode informiert. Mütter müssen lernen, ihren Töchtern einen offenen und natürlichen Umgang mit ihrer Monatsblutung zu vermitteln. Außerdem sollten sie ihren Töchtern ausführlich erklären, was genau alle vier Wochen mit ihnen geschieht.

Der Sex der Teenies

Mit zwölf, 13 haben die meisten Mädchen ihre erste Periode. Sie durchlaufen ab jetzt bis etwa zu ihrem 50. Lebensjahr den monatlichen Zyklus, der zwischen 21 und 32 Tagen dauert. In der ersten Hälfte des Zyklus produzieren die Eierstöcke der Frau eine ständig zunehmende Menge des weiblichen Sexualhormons Östrogen. Dieser Hormonkick versetzt viele Frauen in besonders gute Stimmung. Das Östrogen wirkt sich zwar nicht direkt auf den Sexualtrieb aus, aber es sorgt dafür, dass die Vagina gut durchblutet wird, und macht sie elastisch und feucht. Das könnte wiederum bewirken, dass Frauen in der zweiten Woche des Zyklus leichter erregbar sind. Um den Zeitpunkt des Eisprungs herum wird dann vermehrt Testosteron ausgeschüttet, was nach Vermutung einiger Experten die Lust auf Sex steigern soll. Viele Frauen sind in dieser Zeit tatsächlich mehr an einer heißen Nacht interessiert als sonst.

Das erste Mal

Die ersten Erfahrungen mit dem Geschlechtsverkehr gehören nicht gerade zu den Highlights in der Sex-Biographie einer Frau. Meistens passiert es heimlich in der Wohnung der Eltern von ihr oder ihm, und deshalb unter ständiger Angst, erwischt zu werden. In diesem Alter zählt diese Angst noch nicht zu den Antörnern, die einem später den besonderen Kick beim Sex geben können. Wer sexuell unerfahren ist, hat mit seinen Hemmungen und dem Kaschieren seiner Wissenslücken genug zu kämpfen. Da ist jede zusätzliche Spannung zu viel.

Den ersten richtigen Kuss erleben Mädchen im Schnitt mit 15 Jahren. Das berühmte erste Mal passiert durchschnittlich mit 16. Unter den 14-Jährigen hatten laut einer aktuellen Studie der Bundeszentrale für gesundheitliche Aufklärung (BZgA) ganze zwölf Prozent der Mädchen schon mal Geschlechtsverkehr. Bei den 17-Jährigen sind es dann bereits 73 Prozent. Mehr als 40 Prozent der Mädchen beschrieben bei einer Befragung durch eine deutsche Mädchenzeitschrift die Entjungferung als schmerzhaft und den Akt als zu schnell vorbei und verkrampft. Für weitere 30 Prozent hatte das Erlebnis zwar einen gewissen angenehmen Kribbel, zum Orgasmus waren sie dabei aber nicht gekommen. Ein paar Mädchen fanden das ganze schlicht zum Lachen. Diese Negativbilanz ziehen weibliche Teenager jedoch nicht nur von ihrem sexuellen Debüt. Noch eine ganze Weile sind sie von ihren erotischen Erlebnissen eher enttäuscht als begeistert. *»Ich habe immer das Gefühl, es ist schon wieder vorbei, bevor es richtig angefangen hat.«* Das Eiltempo, in dem der Liebesakt zwischen Jugendlichen meistens vollzogen wird, lässt die Mädchen oft nicht einmal in die Nähe eines Orgasmus kommen. Mit 18 Jahren hat deshalb auch erst rund ein Drittel der jungen Mädchen mit Sexerfahrungen einen Höhepunkt erlebt.

Wovon Teenies träumen

Vor allem für Mädchen hat Sex heute wieder sehr viel mit Liebe, Vertrauen und Treue zu tun. Ohne Gefühle füreinander läuft, wie aktuelle Befragungen zeigen, nur selten etwas. Einfaches Ausprobieren reizt die wenigsten Teenager, hier sind sich Jungen und Mädchen einig. Einig ist man sich auch, dass beide es wollen müssen.

Viel wichtiger als Sex ist den Mädchen im Gegensatz zu ihren männlichen Altersgenossen die Romantik. Sie wollen in erster Linie keinen Freund fürs Bett, sondern einen, mit dem sie über alles reden können, dem sie vertrauen und mit dem sie zärtlich sein können. Händchenhalten, Herumknutschen und Schmusen, darauf kommt es den Mädchen an. Alles, was darüber hinausgeht, empfinden sie, wie oben beschrieben, oft als wenig lustvoll und nicht sonderlich aufregend. Ihre romantischen Träume leben Teenies in Schwärmereien aus. Sie himmeln ihren »geilen« Mathelehrer oder die »total schöne« Englischlehrerin an oder schmachten an Teenie-Stars wie die Jungs von »Tokio Hotel« oder den »Killerpilzen« hin.

Ein gravierender Unterschied zu früheren Teenagergenerationen ist, dass die Mädchen beim Sex nicht mehr nur mitmachen, weil ihr Freund darauf drängt. Zwar geht die Initiative beim ersten Mal in den meisten Fällen immer noch von den Jungs aus. Später jedoch geben auch die Mädchen öfter mal das Startsignal. Selbst dann, wenn sie Sex eigentlich gar nicht so toll finden. Bleibt natürlich die Frage, ob sie glauben, ihren Freund mit Sex an sich zu binden. Und mit ihm nur aus der Angst heraus ins Bett gehen, er würde sich andernfalls eine andere, willigere suchen.

Teenies und Aids

Das Verantwortungsgefühl unter den Jugendlichen ist enorm gestiegen. 1980 benutzte nicht einmal ein Drittel der Teenager Kondome. Nach dem Motto »Mich erwischt's schon nicht« wischten die meisten Jugendlichen alle Bedenken weg und ignorierten das Risiko, sich bei ungeschütztem Sex das Virus einzufangen (oder ein Kind zu zeugen). Heute verhält sich die Mehrheit schon beim ersten Mal verantwortungsbewusst. Für mehr als zwei Drittel ist der Griff zum Kondom von Beginn an eine Selbstverständlichkeit. Trotzdem: Immerhin jeder dritte Teenager verzichtet beim Sex auf den Schutz vor Krankheit oder ungewollter Schwangerschaft. Und wenn man hört, was so mancher Teenager beim

Thema Verhütung und Schutz vor Aids von sich gibt (Frage: »Was ist ein sicheres Verhütungsmittel?« Antwort: »Tampons.«), wird mehr als deutlich, dass bei der Qualität der Aufklärung noch einiger Spielraum nach oben ist.

Hässliche Entlein

Traurig, aber wahr: Die meisten Frauen fühlen sich nicht schön genug. Noch vor geraumer Zeit begannen die Selbstzweifel bis hin zum Selbsthass »erst« mit der Pubertät. Heute jedoch fangen Mädchen immer früher an, an sich herumzukritisieren, das heißt in den meisten Fällen: sich als zu dick zu empfinden. Nimmt ihr Körper dann langsam weibliche Formen an, ist es ganz dahin mit dem Selbstbewusstsein. Viele Teenager verfolgen die Verwandlung zur Frau nicht mit Faszination und Freude, sondern erleben sie als Krise. Bauch, Oberschenkel, Hüften, Busen und Po werden nicht als normale Körperpartien wahrgenommen, sondern als Problemzonen. Spätestens von diesem Zeitpunkt an trifft man kaum mehr ein Mädchen, das sich nicht als Mängelexemplar empfindet. Und kommt eine Pubertierende nicht von allein auf die Idee, dass es etwas an den neuen weiblichen Formen herumzunörgeln geben könnte, dann bringen sie spätestens die Sticheleien ihrer Klassenkameraden und -kameradinnen darauf oder die besorgten, im Grunde gut gemeinten Ermahnungen der Mutter, doch lieber auf das vierte Nutella-Brot zu verzichten. Ab jetzt betrachten die Mädchen sich mit gnadenlosem Kritikerblick. Sollen zum Beispiel 15-Jährige ihr Aussehen beurteilen, zerlegen sie sich in einzelne Körperpartien und lassen an den wenigsten etwas Gutes. Da ist der Busen zu klein, die Knie sind zu knochig, die Hüften zu rund, das Kinn ist zu spitz, die Lippen scheinen zu schmal. Obendrein stacheln die Mädchen sich in ihrem Kritikwahn auch noch gegenseitig weiter auf.

Die Mädchen stehen mit ihrer überkritischen Einstellung zum eigenen Äußeren in deutlicher Diskrepanz zu den pubertierenden Jünglingen. Die geben ihrem Aussehen meistens gute Noten, da können die Pickel im Gesicht noch so sprießen. Sie konzentrieren sich, unterstützt durch die aufmunternden Worte der Eltern und Verwandten, die gleichaltrigen Mädchen oft vorenthalten bleiben, einfach auf ihre attraktiven Seiten und ignorieren, was dem Auge missfallen könnte. Dieses Selbstbewusstsein verlieren sie auch als Männer nicht, während aus wenig selbstbewussten Mädchen ebenso unsichere junge Frauen werden.

20 bis 30: das große Experimentieren

Die 20er sind, was den Sex betrifft, die aufregendsten Jahre im Leben einer Frau. Sex ist in diesem Alter jedoch nicht purer Genuss, er ist ein Experimentierfeld. Es geht in erster Linie darum, Erfahrungen zu sammeln. Mit 20 hat fast jede Frau schon mal mit einem Mann geschlafen und versucht nun für sich herauszufinden, was erregt mich, was mag ich, was brauche ich, wie macht mir Sex Spaß?

Die Suche nach dem Kick

Suchen und ausprobieren heißt die Devise vor allem in der ersten Hälfte dieses unruhigen Lebensjahrzehnts. Suchen und ausprobieren bedeutet für die Twens leider auch, oft auf den Höhepunkt verzichten zu müssen. Viele Frauen wissen noch nicht genau, wie ihr Körper reagiert. Und wer gerade dabei ist, herauszufinden, was wirklich antörnt, der trifft nun mal nicht immer ins Schwarze.

20-Jährige haben zwar eine präzise Vorstellung davon, wie eine lustvolle Liebhaberin sein muss, nämlich sinnlich, feucht, schwellend und leidenschaftlich. Aber wie komme ich da hin? Was muss passieren, dass ich ganz Lust bin, dass der Rausch mich davonträgt? Wie kriegen das die Mädels hin, die von ihren stürmischen Liebesnächten schwärmen? Mehr Fragen als Antworten.

Lustkiller Unsicherheit

Überhaupt macht die Unsicherheit das Sexleben ganz schön anstrengend. Aufgeklärt sind sie, die jungen Frauen von heute. Nach außen geben sie sich locker und offen im Umgang mit der Sexualität. Doch wenn es so weit ist, und sie mit einem Mann zugange sind, dann steht plötzlich ein Berg von Hindernissen zwischen ihnen und ihrer Lust. Die Angst vor ungewollter Schwangerschaft gehört nicht mehr zu den Genussblockern. Pille, Kondome, Spirale oder Portiokappe bieten sicheren Schutz vor bösen Überraschungen. Auch das Aidsrisiko wirkt nicht als Lusttöter. Der Grund für möglichen Frust mit der Lust liegt woanders: Die weiblichen Twens übernehmen zwar häufig die Initiative im Bett, doch ihr Selbstbewusstsein steht nicht selten auf wackeligen Beinen. Viele fühlen sich weder schön noch erotisch. Herrscht beim Liebesspiel nicht Stockfinsternis im Zimmer, liegen sie mit eingezogenem Bauch und flachem Atem auf dem Rücken und hoffen, dass ihr Liebhaber bloß kein Speckröllchen oder eine Delle am Oberschenkel bei ihnen entdeckt. Die Unsicherheit, nicht gut genug auszusehen, nicht sexy genug zu sein, kann junge Frauen im Extremfall vollkommen lahmlegen. »Performance anxiety« nennen die amerikanischen Sexforscher Masters und Johnson dieses Phänomen. Anstatt das Liebesspiel entspannt zu genießen, machen viele Twens einen Schönheitswettbewerb daraus.

Schlankheitswahn – der Feind im Bett

Frauen werden, vor allem mit Anfang 20, von einem reichlich anstrengenden Leistungsdenken bezüglich ihres Körpers beherrscht. Vor dem inneren Auge haben sie stets ein Ideal, an dem sie ihr eigenes Äußeres messen, Paris Hilton, Kate Moss, Lindsay Lohan oder die spindeldürre Nicole Richie. Dünn wollen sie sein, jede Rundung ist zu viel. Und das Verrückte dabei ist: Je näher sie tatsächlich diesem Ideal kommen, desto eingeschränkter ist ihre Fähigkeit, den Sex zu genießen. Das stellten Experten in einer Studie fest. Bei der Untersuchung kam zur allgemeinen Überraschung heraus, dass übergewichtige Frauen unterschiedlichen Alters mehr Freude am Sex haben als idealgewichtige: Nur 45 Prozent der schlanken Frauen behaupten in dieser Befragung, immer Spaß beim Sex zu haben. Im Gegensatz dazu gaben 85 Prozent der runden Frauen diese Antwort. Der Grund dafür könnte sein, dass die Schwergewichtigeren ihren Ehrgeiz auf andere Bereiche verlegt haben als auf eine schlanke Silhouette. Dadurch können sie sich im Bett ganz auf den Sex konzentrieren, anstatt krampfhaft zu versuchen, irgendwelche Pölsterchen zu kaschieren. Leider stoßen solche Forschungsergebnisse gerade bei Frauen von Anfang 20 auf taube Ohren. Für sie ist ein wohlgeformter Körper, und das kann ihrer Meinung nach nur ein schlanker sein, das Maß aller Dinge, wenn es um sexuelle Attraktivität geht. Andere Faktoren nehmen sie an sich gar nicht erst wahr. Sollen sie zum Beispiel ihre Sinnlichkeit beurteilen, geben sie eine Auflistung ihrer Körperteile, und zwar in der Reihenfolge deren angeblicher Qualität: Busen, Fesseln, Oberarme sind okay, Rücken, Beine, Schulterpartie annehmbar, Po, Hüften und Bauch viel zu fett. Hakt der Befrager nach: »Aber was ist mit deiner Sinnlichkeit, mit erotischer Ausstrahlung?« – Fehlanzeige. Mit so etwas können die jungen Frauen ihrer Meinung nach nicht dienen.

Der falsche Mann

Twens neigen nicht selten dazu, an sich jeden Fehler der Welt zu entdecken. Sie erleben sich als wandelndes Mängelexemplar. Viele, die einen Partner haben, können kaum glauben, dass ihr Freund trotz all dieser Makel und Schwächen mit ihnen zusammen ist. Keine Rede davon, dass er es vielleicht wegen ihrer Eigenarten, Liebenswertheit oder ihrer Wesensart sein könnte. Unglückseligerweise suchen sich viele Frauen in dieser Lebensphase obendrein mit sicherem Gespür den falschen Partner aus. Nämlich genau solche Männer, die sie in ihren Selbstzweifeln noch bestätigen.

Immer Probleme mit dem Timing

Sind beide Partner Anfang 20, steht einem befriedigenden Sexleben noch ein weiteres Hindernis im Weg. Nämlich die Tatsache, dass der Unterschied zwischen männlicher und weiblicher Erregbarkeit und Leistungskraft in diesem Alter am stärksten ausgeprägt ist. Während die Jungs innerhalb weniger Sekunden heißlaufen, brauchen die meisten Frauen ein langes, liebevolles Vorspiel. So mancher Heißsporn im Testosteronrausch verliert öfter mal die Beherrschung und rammelt einfach drauflos. Oder er kann sich einfach nicht mehr beherrschen und erreicht die Ziellinie, lange bevor sie für die Partnerin auch nur in Sichtweite ist. *»Bei meinem Ex-Freund war alles immer schon nach wenigen Minuten vorbei. Da hat es für mich noch nicht mal richtig angefangen. Orgasmen habe ich nur gekriegt, wenn ich mich selbst befriedigt ha-*

be.« Andere geben sich zwar mächtig Mühe, ihrer Liebsten Lust zu bereiten, doch stellen sie sich in ihrer Unerfahrenheit oft so ungeschickt an wie ein Kleinkind beim Schuhebinden. Während sie dann ihrem Höhepunkt entgegenfliegen, hat die Frau das Nachsehen. Die Partnerin nach dem eigenen Finale über die Ziellinie nachzuholen, auf diese Idee kommen die meisten erst, wenn sie mehr Erfahrung gesammelt haben.

Täuschungsmanöver

Bei all den Hindernissen erleben Frauen in diesem Alter beinahe zwangsläufig nicht sehr oft einen Orgasmus – zumindest beim Sex zu zweit. Dafür aber spielen sie, öfter als sonst in ihrem Leben, einen vor. Warum? Twens wissen zwar theoretisch einiges über ihre Sexualität, aber sie vertrauen nicht auf dieses Wissen (»Vielleicht brauche ich doch zu lange, um zu kommen ...«; »Wenn die anderen bei ihm immer einen Orgasmus haben, dann bin ich vielleicht nicht normal.«). Ihnen fehlt das nötige Selbstbewusstsein, um ihre Bedürfnisse einzufordern. Sie haben Angst, schlechte, langweilige Liebhaberinnen zu sein, es nicht zu bringen. Außerdem befürchten sie, ihren Partner zu verlieren, wenn sie mehr verlangen, als er von sich aus zu tun bereit ist. *»Der sucht sich doch 'ne andere, wenn es im Bett stressig für ihn wird.« »Mein Freund kriegt bestimmt die Krise, wenn ich ihm genau vorschreibe, wo er wie streicheln muss und wie lange.«* Bei einem älteren Liebhaber ist der Leistungsdruck besonders stark. *»Mein Freund hat viel mehr Erfahrung als ich. Ich habe einfach Schiss, dass er keine Lust mehr auf mich hat, wenn ich keinen Orgasmus habe. Der denkt sich dann, dass ich halt noch viel lernen muss, und sucht sich eine, die besser im Bett ist.«* Schließlich ist da noch das Problem mit der Optik. Wenn der Orgasmus uns wie eine heiße Woge überrollt, dann verlieren wir die Kontrolle. Über unseren Verstand und, viel schlimmer noch, über unser Aussehen. »Ist mein Gesicht albern verzerrt, habe ich vergessen, den Bauch einzuziehen?« Dann lieber einen Höhepunkt vorspielen, da hat man wenigstens alles im Griff.

Bloß keine Affäre!

An flüchtigen Abenteuern und One-Night-Stands haben die meisten Frauen in dieser Lebensphase heute kaum Interesse. Sie träumen von der großen Liebe und wollen eine feste Partnerschaft, in der sie ihre Sexualität ausleben können, abgefedert von Zuneigung und zärtlichem Aufeinandereingehen. 20-jährige Singles haben oft weniger Sex als 60-jährige Paare, sagen Experten. Haben sie aber Lust auf einen Mann, fackeln weibliche Twens nicht lange. Sie gehen, wie ihre männlichen Altersgenossen seit jeher, in die Offensive. *»Wenn mir im Club ein Typ gefällt, gibt's schon mal eine schnelle Nummer auf dem Klo. Ich habe keine Hemmungen, einem Mann klarzumachen, was ich will.« »Wenn ich Sex will, dann mache ich da keinen Hehl draus, egal ob bei meinem Freund oder einem Typen, mit dem ich nur einen One-Night-Stand will.«* Solche selbstbewussten Statements waren im Gegensatz zu heute vor zehn Jahren die Ausnahme. Die junge Generation hat sich zusammen mit dem alten Jahrtausend anscheinend auch vom Bild der sexuell defensiven Frau verabschiedet.

In der zweiten Hälfte der 20er halten viele Frauen Ausschau nach dem »Richtigen«, dem Partner »fürs Leben« bzw. dem Vater für ihre Kinder. Mit etwa 25 erreichen Frauen den Höhepunkt ihrer Fruchtbarkeit. Das bedeutet übrigens, dass man es nun mit der Verhütung besonders genau nehmen sollte.

Tatsächlich bekommen jetzt viele ihr erstes Kind. Die Sexualität verändert sich einschneidend. Junge Mütter fühlen sich häufig überfordert und vom Partner allein gelassen. Sie haben kaum Zeit für sich und verlieren, wenn sie nicht rechtzeitig etwas dagegen tun, die Lust am Sex (mehr dazu unter »Sex in der Schwangerschaft«, Seite 290).

30 bis 40: reif für die Lust

Wenn der Mann seinen sexuellen Zenit längst überschritten hat, läuft die Frau zu Höchstform auf. Erst zwischen 30 und 35 ist die weibliche Potenz voll ausgereift. Etliche Frauen erleben nun ihren ersten Orgasmus. Wem von sittenstrengen Eltern, die noch eine altmodische Sexualmoral vertreten, durch negative Kommentare die Lust am hemmungslosen und neugierigen Experimentieren und Erforschen vergällt wurde, macht sich endlich vom Bild des »braven, anständigen« Mädchens frei. Wie Interviews belegen, sind Frauen in dieser Lebensphase stärker an Sex interessiert als die gleichaltrigen Männer. In den 20ern verhält sich das genau umgekehrt.

Das neue Selbstbewusstsein

Um die 30 stabilisieren Frauen ihr sexuelles Selbstbewusstsein. Viele entdecken sich jetzt als sinnliche Wesen mit erotischer Ausstrahlung. Können sich zum ersten Mal ganz ihren lustvollen Gefühlen hingeben, vergessen beim Liebesspiel die Angst vor irgendwelchen Unzulänglichkeiten ihres Körpers. Sie wissen, was sie im Bett wollen, und nehmen es sich. Oral- und Analsex sind kein Tabu mehr. Wer das eine und/oder das andere mag, tut es mit Lust. Dirty Talk und Sextoys treiben ihnen nicht mehr die Schamesröte ins Gesicht, sondern heizen sie an. Über 30-Jährige lassen ihren heimlichen Wünschen und Phantasien freien Lauf und verwirklichen sie, wenn ihnen danach ist. Alles kann, nichts muss.

Die meisten Frauen nehmen es als Erlösung wahr, im Bett nicht mehr dem teilweise selbstauferlegten Schlankheitsdiktat unterworfen zu sein. Natürlich spielt Schönheit weiter eine wichtige Rolle in ihrem Leben und ganz verlassen die Selbstzweifel sie nie. Doch lösen sie die Sexualität weitgehend von den Formen ihres Körpers, können ihre Lust endlich richtig genießen. Plötzlich trauen sie sich, nackt durchs Zimmer zu laufen, obwohl der Partner sie betrachtet. »Schau her, ich bin nackt. Und mach ja nicht das Licht aus!« Sie können sich hemmungslos gehenlassen, wenn der Partner ihren Körper kunst- und liebevoll bespielt wie eine kostbare Stradivari.

Endlich auf dem Höhepunkt

Das Timing zwischen etwa gleichaltrigen Partnern stimmt jetzt besser überein als in den 20ern. Die Männer sind nicht mehr so schnell erregbar wie mit Anfang 20, das Liebesspiel dauert entsprechend länger. Das kommt der Lust der Frau natürlich zugute. Genauso wie die effektivere Stimulierung ihrer erogenen Zonen. Inzwischen hat sie herausgefunden, was sie braucht, um zum Höhepunkt zu kommen. Und sie hat jetzt mehr, als noch vor ein paar Jahren, die Courage, ihre Wünsche auszusprechen und umzusetzen.

Erfahrung und Selbstbewusstsein machen sich bezahlt: Frauen bekommen ab 30 leichter und häufiger einen Orgasmus als vorher. Über die Hälfte erleben beim Sex mit dem Partner einen Höhepunkt. Die Zahl der Frauen, die nie einen

Orgasmus haben, ist in den 30ern dreimal niedriger als mit unter 25.

Natürlich haben sich die überhöhten Erwartungen an den Sex in diesem Alter relativiert. Eine 30-Jährige weiß, dass die Welt nicht untergeht, wenn sie mal keinen Orgasmus hat, und dass sie auch nicht bebt, wenn sie einen hat. Sie weiß, wie sie beim Finale reagiert, und dass es Orgasmen von unterschiedlicher Intensität gibt. Sie erlebt ihre Sexualität weit gelassener als in den 20ern.

Auch das Selbstbewusstsein dem Mann gegenüber ist gestiegen. Frauen über 30 sind sich ihrer Macht im Bett bewusst. Wissen, wie sie einen Mann verrückt machen können mit ihren Fingern und Lippen.

Dass der Sex in diesem Alter erst richtig lustvoll erlebt wird, mag zum Teil auch daran liegen, dass die Partnerschaften vertrauensvoller und stabiler sind. Die Beziehung dient nicht mehr nur als Experimentierfeld für das eigene Ego. Aus »ich« und »ich« wird »wir«, und das auch im Bett.

Kinder und Karriere – die Lustbremsen

Die Lust in den 30ern hat auch ihre Feinde. Erstens der Job. Karriere macht Spaß und Erfolg macht sexy. Aber sie machen auch müde. Für heiße Spiele und aufwendige Inszenierungen fehlt abends oft die Energie. So manche Frau stellt bei genauem Nachdenken mit Entsetzen fest, dass sie seit Wochen oder gar Monaten mehr oder weniger sexlos lebt. Dies ist insbesondere bei Partnern, die zum gleichen Zeitpunkt Großes im Job vorhaben, kein Einzelschicksal. Nach mehr als zehn Stunden konzentrierter Arbeit kann man nicht auf Knopfdruck ab- und auf Sex umschalten. Natürlich gibt es diese kleinen Tricks, wie ein Glas Champagner, hauchzarte Seidendessous und erotisierende Musik. Doch ohne Erholungsphase funktionieren selbst die in Stressituationen nicht. Da bleibt oft nur die Routinenummer am Wochenende, irgendwo zwischen Großeinkauf und Theaterbesuch. Wenn dann noch Kinder da sind, sieht es ganz düster aus für die Leidenschaft.

Immer mehr Frauen gründen heute mit Mitte 30 eine Familie. Die Partnerschaft bekommt eine neue Qualität. Es geht nicht mehr nur um leidenschaftliches Verliebtsein. Es geht darum, den Alltag mit dem Partner zu teilen, zusammen eine Wohnung einzurichten, Frühstück einzukaufen und den anderen zu pflegen, wenn er mit Durchfall und Magenkrämpfen im Bett liegt. In dieser Lebensphase wünschen Frauen sich einen Mann, mit dem sie streiten oder ganze Abende vor dem Fernseher herumlümmeln können. Doch gemeinsam Gelder verwalten, Versicherungen abschließen und der Kampf um einen Kindergartenplatz für den Sprössling sind eher lustfeindliche Beschäftigungen. Ideen für wilden, raffinierten Sex können sich zwischen vollen Windeln, Unterlagen aus dem Büro und schmutziger Wäsche kaum entwickeln. Jeder Anflug von Lüsternheit verfliegt schnell, wenn die Kinder quengeln, warum das Abendessen noch nicht fertig ist. Bleibt doch mal ein bisschen Luft für die Liebe, trommeln die kleinen Quälgeister garantiert an die Schlafzimmertür, weil Papa helfen soll, den Playmobil-Zoo zu installieren.

Hoch-Zeit für Seitensprünge

Sicher ist die Unzufriedenheit mit der kinder- und karrierebedingten erotischen Flaute einer der Gründe, warum Frauen in dieser Lebensphase besonders häufig fremdgehen. Zwischen 35 und 40 Jahren machen Frauen am ehesten einen Seitensprung. Eine zentrale Rolle spielt dabei auch die sexuelle Langeweile, die sich mit den Jahren in Partnerschaften einschleicht (siehe »Sex in langen Partnerschaften«, Seite 307). Und dann ist da ja noch die weibliche sexuelle Potenz, die erst jetzt ihren Höhepunkt erreicht. Natürlich wollen Frauen ihre gestiegene Lust und Genussfähigkeit ausleben. Das geschieht ausgerechnet zu dem Zeitpunkt, zu dem die Potenz des Mannes (sofern er nicht wesentlich jünger ist als seine Partnerin) beginnt abzubauen. Ein Teil der Frauen sieht's mit Bedauern und unterdrückt schweigend das eigene Begehren. Einige fordern ein, wonach ihnen gelüstet. Andere sind selbst viel zu erschöpft, um an Sex zu denken und die übrigen holen sich woanders, was ihnen im partnerschaftlichen Bett versagt bleibt.

So bleibt die Lust

Eine Chance hat der partnerschaftliche Sex in dieser Phase nur, wenn das Paar Freiräume dafür schafft. Wovon viele träumen, es aber nie realisieren: gelegentlich ein Liebes-Wochenende ohne Telefon, Nachwuchs und Internet einzulegen. Keine Zeit? Dann nehmen Sie sich welche. Es geht schließlich um Ihre Partnerschaft. Am besten also die Kids bei einer Freundin oder den Eltern parken und an einen unbekannten Ort fliehen. Es ist das gute Recht gestresster Eltern, ab und zu eine Auszeit zu nehmen, um die Lust aneinander wiederzuentdecken und den anderen zu genießen. Oder sollen sie mindestens 18 Jahre lang dafür bestraft werden, dass sie Kinder in die Welt gesetzt haben?

Wenn für ausgiebigen Sex im Alltag keine Zeit bleibt, tut es als Übergangslösung ein gelegentlicher Quickie. Er erhält die Intimität zwischen den Partnern. Und diese behalten sich gegenseitig trotz Lustentzugs als sexuelle Wesen im Bewusstsein, nicht nur als funktionierendes Mutter- und Vatertier oder als Karrierecoach. Signalisieren Sie Ihrem Liebsten hin und wieder durch Worte und Gesten, dass er Sie noch antörnt, dass Sie scharf auf ihn sind. Das heißt, natürlich nur, wenn Sie es wirklich sind. Kleine erotische Wortspielereien regen die Phantasie an und können über Zeiten der Abstinenz hinweghelfen. Und vergessen Sie nicht – jede Durststrecke hat einmal ein Ende.

Hilfe, ich habe keinen Sex

»Wie oft tun Sie es eigentlich?« Das wollen Sexualwissenschaftler, Soziologen und Magazine in regelmäßigen Abständen von uns wissen. Die Zahlen, die bei solchen Befragungen herauskommen, übersteigen oft bei weitem das, was wir selbst im Bett zustande bringen. Denken Sie beim Lesen von Sex-Statistiken immer an folgende Punkte: Viele übertreiben bei der Beantwortung dieser Art Fragen aus Angst, zu selten Sex zu haben (doch wer kann überhaupt definieren, wie oft selten ist oder oft?). Sie dichten einfach ein paar Nummern dazu. Außerdem sind solche Zahlen Durchschnittswerte. Wer hat schon Sex nach Stundenplan? Das heißt, jede Frau tut es vermutlich mal eine Zeitlang gar nicht, dann jeden Tag oder dreimal in einer Nacht. Zum anderen wird bei den meisten Befragungen ausschließlich die Koitusfrequenz erfragt. Doch zum Sex gehören weit mehr Spielarten – sich gegenseitig oral oder manuell befriedigen, intensiv schmusen und küssen, Selbstbefriedigung. All dies bleibt in den Wie-oft-haben-Sie-Sex-Statistiken oder beim Nachdenken über das eigene Sexleben meist unberücksichtigt.

In Phasen der Lustlosigkeit überfällt Frauen immer wieder die Angst, dass aus der Phase ein Dauerzustand werden könnte. Diese Vorstellung erschreckt besonders diejenigen, die ihren Kinderwunsch in die zweite Hälfte des vierten Lebensjahrzehnts verschoben haben. Nicht ohne Grund: Amerikanische Wissenschaftler haben entdeckt, dass der Östrogenspiegel bei Frauen, die regelmäßig einmal die Woche Sex haben, höher ist als bei denjenigen, die enthaltsam leben. Das bedeutet, sexuell aktive Frauen können länger schwanger werden.

Außerdem sorgt ein hoher Östrogenspiegel dafür, dass Frauen sich körperlich und seelisch wohlfühlen. In den 30ern, wenn die Produktion des Hormons langsam nachlässt, leiden viele Frauen zunehmend unter PMS-Symptomen wie Migräne oder Ziehen in der Brust. Diese Symptome sind allerdings auch abhängig von Stress. Und dem sind Frauen gerade jetzt ausgesetzt, wo sie in der Karriere richtig durchstarten und gleichzeitig von ihrer Familie stark beansprucht werden.

40 bis 50: die besten Jahre der Frau

Um die 40 lassen sich die Anzeichen des Alterns nicht mehr übersehen: ausgeprägte Fältchen um Mund und Augen, ein paar graue Haare, die Haut verliert an Spannung. Fast jede Frau packt mit einem Mal die Angst, sich bald von der Sexualität verabschieden zu müssen. Diese Angst ist nicht ganz unbegründet. Denn in unserer Gesellschaft gelten Frauen über vierzig trotz Madonna, Sharon Stone oder Demi Moore gemeinhin als sexuell unattraktiv und nicht mehr begehrenswert. Plötzlich drehen sich die Männer nicht mehr so oft nach einem um, die kleinen harmlosen, aber beflügelnden Flirts werden seltener. Eine Tatsache, an die jede Frau sich erst einmal gewöhnen muss und die für sie nur schwer zu akzeptieren ist. Vor allem, weil sie erkennen muss, dass für Männer offensichtlich eine andere Zeitrechnung gilt. Dass Männer der festen Überzeugung sind, langsamer und vor allem attraktiver zu altern als Frauen, lässt sich täglich schwarz auf weiß in den Kontaktanzeigen der Zeitungen und Magazine nachlesen. Dort suchen alleinstehende Männer zwischen 40 und 50, also eigentlich die potenziellen Partner von Frauen um die 40, fast grundsätzlich jüngere Partnerinnen. Ein Mann in den besten Jahren wirbt um eine Frau in den besten Jahren, und die werden bei Frauen mal eben zehn bis fünfzehn Jahre früher angesetzt als bei Männern. Was die Sache im Hinblick auf den Sex besonders ärgerlich macht: Frauen um die 40 sind, was kaum jemand zur Kenntnis nimmt, gleichaltrigen Männern in Sachen sexueller Potenz eindeutig überlegen. Doch während die Frauen sich aus der Sexualität verabschieden sollen, präsentieren die Männer sich als ganze Kerle in der Blüte ihrer Manneskraft.

Weibliche und männliche Potenz – der große Irrtum

Die sexuelle Potenz des Mannes nimmt ab dem 40. Lebensjahr schrittweise ab. Erektionen bauen sich zunehmend langsamer auf und sind nicht mehr so steil. Die sexuelle Potenz der Frau bleibt dagegen, anders als man gemeinhin glaubt, bis ins hohe Alter relativ gleich hoch.

Ursache für die allgemeine Fehleinschätzung der weiblichen sexuellen Potenz ist deren Gleichsetzung mit Fruchtbarkeit. Beim Mann mag das Gültigkeit haben. Männer können noch als Urgroßvater einen Orgasmus erleben und dabei ein Kind zeugen. Auch wenn sie vermutlich nur noch einmal alle paar Wochen eine Erektion zustande bringen.

Bei der Frau ist das anders. Bei ihr dürfen Potenz und Fruchtbarkeit nicht in einen Topf geworfen werden. Es ist falsch, Frauen ab einem gewissen Alter die Fähigkeit zu und das Recht auf Sex abzusprechen, nur weil sie nicht mehr in der Lage sind, Kinder zu gebären. Man kann die männliche Sexualität nicht unreflektiert mit der der Frau gleichsetzen. Also einfach das Schema übernehmen, Koitus ist gleich Orgasmus gleich mögliche Befruchtung. Frauen bekommen erstens nicht zwangsläufig beim Koitus einen Orgasmus, und ein Orgasmus bedeutet auch nicht zwangsläufig Befruchtung. Genauso bedeutet Unfruchtbarkeit nicht einen Mangel an Potenz. Im Gegenteil fühlen etliche Frauen sich nach dem Verlust ihrer Gebärfähigkeit sogar sinnlicher und haben mehr Lust auf Liebe denn je. Die Ursache dafür ist, so vermuten Wissenschaftler, der Testosteronspiegel. Der ist verantwortlich für den Sexualtrieb und sinkt, im Gegensatz zum Östrogenspiegel, nicht in der Menopause (siehe »Sex nach dem Klimakterium«, Seite 276).

Frauen wollen mehr

Frauen können und viele wollen auch in dieser Lebensphase viel öfter Sex haben, als sie tatsächlich bekommen. Nicht nur, dass der Irrglaube bezüglich ihrer Potenz sie aus dem Verkehr zieht. Mit wem sollten sie denn schon öfter Sex haben? – Ihre Männer können ja nicht mehr so häufig. Frauen, die mit einem älteren oder etwa gleichaltrigen Partner zusammenleben, passen sich bezüglich der Häufigkeit des Geschlechtsverkehrs meistens an die Wünsche des Mannes an. Da die meisten Frauen ihr Begehren verschweigen, schlossen auch Wissenschaftler lange Zeit einfach daraus, dass Frauen ab 40 keine große Lust mehr auf Sex haben. Erst jetzt ändert sich langsam das Bild von der lustlosen Frau über 40. Denn immer mehr Frauen in diesem Alter suchen sich nach der Trennung von einem gleichaltrigen Mann einen wesentlich jüngeren Lebenspartner, mit dem sie unter anderem auch ihre Sexualität neu entdecken und besser ausleben können als vorher. *»Nach meiner Scheidung habe ich mich in einen sieben Jahre jüngeren Mann verliebt. Seit wir zusammen sind, passiert wieder was, auch im Bett.« »Ich habe mich von meinem Mann immer ausgebremst gefühlt. Vor allem beim Sex war er wie ein alter Mann. Wenn wir überhaupt Sex hatten.«* Frauen jenseits der 40, die sich neu verlieben, haben häufig öfter Sex als Twens, und den besseren noch dazu.

Endlich frei

Moderne Sexualwissenschaftler nennen die Phase ab 40 die »besten Jahre einer Frau«. Die sexuelle Potenz sinkt nicht, und die Fähigkeit, Sex zu genießen, steigt manchmal sogar noch. Gelegenheit für Liebesspiele gibt es genug: Viele Paare haben jetzt wieder mehr Zeit füreinander, denn die Kinder gehen ihre eigenen Wege. Laut amerikanischen Studien erleben Frauen ab 40 häufiger multiple Orgasmen als jüngere. Wie in den 30ern, kommen 50 Prozent der Frauen in diesem Alter beim Koitus zum Orgasmus. Sie wissen ganz genau, welche Art der Stimulation sie brauchen, um beim Sex größten Genuss zu empfinden. Sie sind im Bett gelassener, entspannter denn je, und sie machen sich nicht mehr vom Urteil eines Mannes abhängig. »Wie will er mich haben?« oder »Was denkt er von mir?« ist für sie nicht mehr ausschlaggebend. Schon gar nicht, was der Rest der Welt über »guten« Sex oder einen »richtigen« Orgasmus denkt. Frauen in dieser Lebensphase vergeben selbst die Noten beim Liebesspiel. Was wahre Lust oder eine gute Geliebte ausmacht, entscheiden sie. Sie formen dieses Bild nicht mehr nach fremden Bedürfnissen. Sie fragen nicht mehr »Bin ich gut genug für ihn?«, sondern »Bin ich gut genug für mich?«. Nicht mehr »Ist das gut?«, sondern »Ist das gut für mich?«. Was sich so lapidar anhört, ist ein wichtiger Schritt für Frauen. Er bedeutet, die eigenen Wünsche über die des Partners und über Erwartungen und Wertungen von außen zu setzen.

Auch die Souveränität im Umgang mit dem eigenen Körper spielt eine tragende Rolle für die Genussfähigkeit der Frauen. »Ich bin nackt. Na und?« Natürlich gehört einiges an innerer Überzeugungsarbeit dazu, um Fältchen und Falten zu akzeptieren, von denen man täglich neue entdeckt. Und die meisten Frauen glauben auch jetzt noch nicht wirklich (und das vermutlich nicht zu Unrecht), dass Männer mindestens so viel Wert auf eine positive Ausstrahlung legen wie auf makellos glatte Schenkel und einen flachen Bauch. Trotzdem: Für die Frau ab 40 ist es nicht mehr die Perfektion, die im Bett zählt. Was zählt, sind ein paar vollkommen glückliche Momente mit dem geliebten Mann.

Sicher hängt der Sex von der aktuellen Lebenssituation der einzelnen Frau und ihren bisherigen Erfahrungen ab. Wer sich nie freimachen konnte von Hemmungen und einer sexfeindlichen Erziehung, der hat nicht plötzlich ein orgasmuserfülltes Sexleben. Und Frauen, die einen älteren Partner haben, passen sich wie schon gesagt häufig an dessen abnehmende Lust, hervorgerufen durch sinkende Potenz, an. Für viele Frauen bedeutet dies einen zu frühen Abschied vom Sex.

Störfaktoren und was man dagegen machen kann

Natürlich ist diese Lebensphase für Frauen nicht nur von herrlichen Orgasmen und einem rundum perfekten Sexleben geprägt. In den 40ern sind die hormonellen Veränderungen groß. Viele Frauen erleben bereits eine Prä-Menopause, also ein Klimakterium auf Probe, das zwischen einem und fünf Jahren dauert. Bis zu 85 Prozent der Frauen erleben in dieser Phase Symptome wie Hitzewellen, eine unregelmäßige Periode, Trockenheit der Vagina. Die kann den

Sex schmerzhaft machen. Gleitgels aus der Apotheke können jedoch leicht Abhilfe schaffen.

Die negativen Auswirkungen der hormonellen Veränderungen lassen sich vor allem durch eines abfangen: regelmäßigen Sex. Ab diesem Alter lautet die Devise »Use it or lose it«. Single-Frauen müssen jetzt nicht in Panik ausbrechen: Wenn eine Frau keinen Sexpartner hat, kann auch ein Vibrator gute Dienste leisten. Gleiches gilt für Frauen, deren Partner nicht mehr so oft eine Erektion haben.

Bei manchen Frauen fallen die Orgasmen weniger intensiv aus als früher. Doch auch dem lässt sich entgegenwirken. Trainieren Sie regelmäßig Ihre Beckenbodenmuskulatur (siehe Seite 225). Um die allgemeine Fitness zu erhalten und ein gutes Körpergefühl aufzubauen, sollten Frauen sich viel bewegen. Wer keinen Sport treiben darf oder will, sollte lange Spaziergänge unternehmen. Vielleicht versuchen Sie es einmal mit Yoga. Ideal ist ein sanftes Fitnesstraining mit vielen Gymnastikelementen.

Eine weitere Gefahr für den Sex in dieser Lebensphase liegt in der Routine und dem Verlust der Neugier. Alles hat man schon ausprobiert, man weiß, was einem guttut. Trotzdem sollten Frauen auch in diesem Alter experimentieren oder zumindest das Liebesspiel immer wieder variieren. Sie haben schließlich auch unter endlos vielen köstlichen Gerichten ihre Lieblingsspeise herausgeschmeckt und sorgen dennoch für Abwechslung auf ihrer Speisekarte. Denn das Schönste kann seinen Reiz verlieren, wenn es überstrapaziert wird.

Sex nach dem Klimakterium

Im fünften Lebensjahrzehnt werden bei der Frau Eisprung und Monatsblutung immer seltener und bleiben schließlich ganz aus. Von diesem Zeitpunkt an kann sie nicht mehr schwanger werden. Wann genau eine Frau die Menopause erreicht, lässt sich nicht voraussagen. Relativ sicher ist nur, dass sie bei Raucherinnen rund zwei Jahre früher eintritt als bei Nichtraucherinnen.

Im Schnitt wird eine Frau etwa 80 Jahre alt. Es liegt also noch rund ein Drittel ihres Lebens vor ihr, wenn sie ihre Fruchtbarkeit verliert. Diese dritte Lebensphase verbringen Frauen nach landläufiger Meinung als asexuelle, geschlechtslose Wesen. Kaum jemand mag sich eine Frau über 60 im Bett vorstellen oder macht sich gar Gedanken über die sexuellen Bedürfnisse und Wünsche älterer Frauen. *»Sex? An so was denkt meine Großmutter doch nicht mal.« »Das sollten Frauen in diesem Alter ja wohl hinter sich haben.« »Sex und alte Körper, das geht für mich nicht zusammen. Das finde ich unästhetisch. Klappt das denn überhaupt noch ab einem bestimmten Alter?«* Für uns bedeutet der Abschied von der Fruchtbarkeit automatisch den Abschied von Weiblichkeit und Sex.

Tatsächlich steigt mit zunehmendem Alter die Wahrscheinlichkeit für eine Frau, mehr oder weniger sexlos in einer nur mehr rein platonischen Partnerschaft oder als Single zu leben. Vor allem alleinstehende Frauen haben in der Mehrzahl, von Selbstbefriedigung abgesehen, keinen Sex mehr. Doch das liegt keineswegs daran, dass ältere Frauen kein Interesse an körperlicher Lust und Zärtlichkeit hätten. Viele empfinden es vielmehr als schmerzlichen Verlust, dass sie ein Leben ohne Sex führen.

»Am Anfang war es sehr schlimm, aber ich habe mich mit den Jahren daran gewöhnt.« (Helga, 75)

»Als mein Mann nicht mehr so richtig konnte, haben wir damit aufgehört. Schade ist das schon.« (Ilse, 71)

»Mein Mann hat vor ein paar Jahren Probleme mit der Erektion bekommen. Er hat sich körperlich daraufhin total von mir zurückgezogen. Es ist da auch nicht mit ihm zu reden. Ich leide sehr unter dieser Situation. Ich bin richtig verzweifelt bei dem Gedanken, dass ich vielleicht nie wieder Sex mit einem Mann haben werde.« (Gudrun, 59)

»Seit meiner Scheidung vor drei Jahren hatte ich keinen Sex mehr. Als Single in meinem Alter hat man es schwer. Ich hätte schon gerne wieder einen Partner, auch wegen des Sex. Den vermisse ich sehr.« (Christa, 64)

Die Lust bleibt

Mit der letzten Periode verschwindet das sexuelle Interesse einer Frau nicht einfach von einem Tag auf den anderen. Die Lust auf körperliche Nähe bleibt nahezu unverändert, wie sämtliche aktuellen Studien zum Thema »Sexualität in der zweiten Lebenshälfte« belegen. Und nicht nur das: Eine gesunde 70-Jährige kann ebenso oft und intensiv Lustgefühle erleben wie eine 30-Jährige. Das stellten schon Masters und Johnson in Laboruntersuchungen mit Frauen zwischen 51 und 78 Jahren fest. Einzige Einschränkung: Ein Orgasmus dauert mit zunehmendem Alter weniger lang als früher und die Kontraktionen der Vagina werden etwas schwächer. Ob Frauen über 50 ein erfülltes Sexleben genießen oder im Bett außer Selbstbefriedigung nichts passiert, hängt deshalb wie in jeder anderen Lebensphase vor allem davon ab, ob sie einen (sexuell aktiven) Partner haben oder Single sind.

»Früher habe ich geglaubt, dass Sex im Alter nicht mehr

wichtig ist. Ich habe mich geirrt. Ich möchte jedenfalls nicht auf ihn verzichten.« (Rosi, 68)

»Noch vor zwei Jahren hätte ich das nicht für möglich gehalten, aber seit ich mit meinem neuen Freund zusammen bin, habe ich mehr Lust auf Sex als jemals zuvor in meinem Leben. Vielleicht liegt das daran, dass ich den Sex so entspannt genießen kann. Ich muss mir nichts mehr beweisen, sondern nehme ihn wie ein Geschenk, über das ich mich jedes Mal freue.« (Ulla, 59)

Wie bereits erwähnt, kann das Sexleben einer frisch verliebten Rentnerin befriedigender sein als das einer 25-jährigen Singlefrau.

Der Kult um Jugend und Schönheit

Kaum eine Frau über 60 streitet ab, sexuelle Gefühle zu haben. Aber offen darüber sprechen? »Mein Gott, wie peinlich!« Sexualität im Alter ist in unserer Gesellschaft immer noch ein Tabuthema. Sex, das ist doch nur etwas für junge, schöne Menschen mit frischen, starken, straffen Körpern. Dick oder alt sein – das passt nicht in unsere Vorstellung von ästhetischem Sex, die geprägt ist von erotischen Parfum-Werbespots und von Hollywood-Sex. Nur wenige »Alte« wagen es, öffentlich dagegen anzulieben.

Besonders hart und ungerecht geht das öffentliche Urteil mit älteren Frauen um. »Double standard of aging« nennen Sexualmediziner ein Phänomen, unter dem Frauen sehr zu leiden haben: »Altes« Aussehen beeinträchtigt in unserer Gesellschaft die Attraktivität einer Frau stärker als die eines Mannes. Der ältere Herr mit den grauen Schläfen und Charakterfalten im Gesicht gilt immer noch als einigermaßen akzeptabel. Eine ältere Frau wird hingegen als sexuelles Wesen erst gar nicht wahrgenommen.

Wir alle sind infiziert von einem weiblichen Schönheitsideal, das nur eines gelten lässt: Jugend. Der Vorgang des Alterns bedeutet einen sexuellen Wertverlust. Verzweifelt cremen und massieren die Frauen deshalb gegen Alter und Verfall an. Und wo das nicht mehr hilft, muss der Schönheitschirurg ran.

Der Schönheitswahn lässt Frauen nie zur Ruhe kommen. Was vorher die Pölsterchen oder ein zu kleiner Busen waren, das sind jetzt Falten, Runzeln und schlaffe Haut. Die Unzufriedenheit mit dem eigenen Aussehen bleibt Frauen im Alter ebenso erhalten wie den Männern die positive Voreingenommenheit bezüglich ihrer Erscheinung. Von diesem Selbstbewusstsein der Männer sollten Frauen sich ruhig etwas aneignen. Zumal die Unsicherheit bei vielen älteren Frauen so weit geht, dass sie sich nicht mehr auf eine sexuelle Beziehung einlassen, nur weil sie fürchten, wegen ihres Äußeren abgelehnt und verletzt zu werden.

Die neuen »Alten«

Eine ältere Frau darf Oma sein oder im Kirchenvorstand sitzen. Mit Sexualität und Liebesglück hat sie gefälligst abgeschlossen zu haben. Eine ältere Frau mit einem jüngeren Liebhaber gar ist ein Bild, das von den meisten Menschen noch immer regelrecht als anrüchig empfunden wird. »Guck mal, die geile Alte.« Mittlerweile gibt es allerdings eine neue Generation von Frauen über 50, die mit dem Oma-Image von gestern nichts mehr zu tun haben will. Diese Frauen befreien sich aus einengenden, unbefriedigenden Ehen, fangen beruflich noch mal von vorne an, suchen sich einen jüngeren Partner und pochen auf ihr Recht, ein unabhängiges, lustvolles Leben zu führen.

Anders als ihre Vorgängerinnen machen sie auch aus ihren sexuellen Wünschen und Vorstellungen keinen Hehl. Sie sagen, was sie wollen, und leben ihre Idee von Partnerschaft aus. Sie akzeptieren nicht länger die sexuelle Fremdbestimmung durch den Partner, die Frauen über 70 heute immer noch bitter beklagen. Die »neuen Alten« wollen mitentscheiden, wie oft und auf welche Weise sie Sex haben.

Diese Frauen ziehen sich nicht freiwillig aufs Altenteil zurück und lassen sich schon gar nicht von der jüngeren Generation dorthin abschieben. Sie erkämpfen sich Freiheiten und Rechte, und dazu gehört das Recht auf Sexualität.

Hormone und die liebe Lust

Ob Frauen noch Lust auf Männer und auf Sex haben, das hängt natürlich zunächst einmal von der individuellen Lebenssituation ab. Wer in einer sexuell unbefriedigenden Beziehung lebt oder schlechte Erfahrungen mit Männern gemacht hat, ist vermutlich froh, wenn der Partner endlich nicht mehr kann oder will. Frauen hingegen, die einen neuen Lebensgefährten gefunden haben oder mit ihrem Partner glücklich sind, haben mindestens so viel Spaß am Sex wie in jüngeren Jahren. Vor allem ältere Frauen, die mit ihrem Partner nicht verheiratet sind, beschreiben ihr Sexleben in Umfragen als befriedigend. Wer jedoch sein Leben lang ein sexueller Spartaner war, der wird im Alter nicht mehr zur Sexkanone.

»Mein Freund und ich haben sehr zärtlichen Sex. Er ist anders als der Sex, den ich früher hatte, ruhiger, entspannter, aufmerksamer. Man nimmt sich mehr Zeit, wenn man älter ist.« (Heidi, 65)

»Ich mag nicht mehr. Mit meinem Mann war das immer ganz schön, aber irgendwie bin ich froh, dass er mich jetzt in Ruhe lässt.« (Anna, 70)

»Sex? Lassen Sie mich damit bloß in Ruhe. Ich bin nur froh, dass das seit zehn Jahren vorbei ist.« (Amelie, 77)

»Mein Mann kann nicht mehr so oft. Aber dann streicheln wir uns eben nur und sind zärtlich miteinander.« (Luise, 79)

»Die meisten reagieren geschockt oder peinlich berührt, wenn ich das öffentlich ausspreche, aber ja, ich habe noch Sex. Ich habe hier im Heim einen Mann kennen gelernt, und wir sind regelmäßig zärtlich miteinander. Anfassen, küssen, streicheln, wir sind nicht mehr so beweglich wie früher, aber wir genießen unseren Senioren-Sex. Und darauf kommt es doch an, nicht wahr?« (Greta, 84)

Wie die hormonalen Veränderungen nach dem Klimakterium die Lust beeinflussen, kann die Wissenschaft bislang nicht exakt sagen.

Viele Frauen haben, wie bereits erwähnt, in und nach den Wechseljahren mehr Lust auf Sex denn je zuvor. Manche Forscher führen das tatsächlich auf den veränderten Sexualhormonhaushalt zurück. Der Körper einer Frau produziert in den Eierstöcken die weiblichen Sexualhormone Östrogen und Progesteron, und in den Nebennieren männliche Sexualhormone, die sogenannten Androgene. Während die Produktion der männlichen Geschlechtshormone von der Pubertät an relativ gleich bleibt, reduziert sich mit Beginn der Wechseljahre die Produktion und Ausschüttung von Östrogen und Progesteron. Forscher vermuten, dass die Androgene, die man für die Libido verantwortlich macht, überhandnehmen und eine Steigerung der Lust bewirken.

Wie verändert sich der Körper?

Die hormonale Veränderung im Klimakterium hat eindeutig feststellbare körperliche Folgen für die Frau. Durch den Östrogenmangel wird die Scheide trockener und weniger elastisch. Gebärmutter und Scheide werden kleiner, die Schamlippen sind nicht mehr so gut durchblutet. Das

Schrumpfen der Geschlechtsorgane führt unter Umständen zu einer Reizung der empfindlichen Klitoris. Die Haut von Vulva und Vagina wird dünner, leichter verletzlich und anfälliger für Infektionen. Dadurch kann es zu Blutungen, schmerzhaften Einrissen und Juckreiz kommen. Bei den meisten Frauen sind diese Veränderungen jedoch nur gering ausgeprägt. Außerdem hält ein regelmäßiges, als lustvoll erlebtes Liebesleben die körpereigene Befeuchtung, die Durchblutung und Elastizität der Scheide aufrecht. Ältere Frauen brauchen ein ausgiebiges Vorspiel. Denn nur wenn die Erregung stark genug ist, produziert die Vagina ausreichend Feuchtigkeit. Auch Beckenbodenübungen verbessern die Versorgung der Vagina. Ist die Scheide trotzdem zu trocken, helfen Gleitmittel aus der Apotheke oder ärztlich verordnete hormonhaltige Scheidenzäpfchen und Scheidencremes. Bleiben die Schmerzen beim Geschlechtsverkehr, sollten die Betroffenen umdenken. Sex ist nicht nur Koitus, es gibt jede Menge wunderbarer Alternativen. Und etwas Neues auszuprobieren, macht immer Spaß, auch wenn es aus einer sexuellen Notlage heraus geschieht. Das gilt übrigens auch für den Fall, dass er nicht mehr so kann, wie er gerne würde!

Durch eine prophylaktische Hormonbehandlung können die oben beschriebenen Vorgänge verhindert oder eingeschränkt werden. Solche Hormonbehandlungen sind allerdings nicht unumstritten. So steigt etwa das Risiko einer Brustkrebserkrankung leicht an. Eine Behandlung muss deshalb genau mit dem Arzt besprochen werden. Es gibt übrigens keinen Grund, falsche Scham an den Tag zu legen. Fragen Sie Ihren Arzt alles, was Sie wissen wollen, und erklären Sie offen, welche Probleme Sie haben.

Ältere Frauen und Sex – ein wissenschaftliches Mauerblümchen

Die Forschung hat am Mythos von der Lustlosigkeit älterer Frauen fleißig mitgebastelt. In den meisten Erhebungen wurde bislang lediglich die Koitushäufigkeit abgefragt. Aus den niedrigen Zahlen schloss man dann einfach auf ein mangelndes sexuelles Interesse bei älteren Frauen. Geforscht wurde weder nach den Ursachen für das enthaltsame Leben so vieler älterer Frauen, noch wurde ihr möglicher Wunsch nach einer Partnerschaft und nach sexueller Aktivität in Erwägung gezogen. Auch der Umgang alleinstehender Frauen mit Sexualität wurde nicht weiter untersucht.

Inzwischen ist man dabei umzudenken und unternimmt erste Schritte, das falsche Bild von den »lustlosen Alten« zu korrigieren. Die deutschen Wissenschaftlerinnen Kirsten von Sydow und Beate Schultz-Zehden haben umfassende Studien zum Thema Sexualität im Alter vorgelegt. Ihre Ergebnisse entlarven die These von der geschlechtslosen älteren Frau als Mythos. Das sollte Frauen ermutigen, ihren Anspruch auf ein erfülltes Sexleben geltend zu machen.

Der Mythos von der Lustlosigkeit älterer Frauen

Der Mythos von der Lustlosigkeit älterer Frauen nährt sich vor allem aus der Tatsache, dass die meisten Frauen über 60 nicht mehr sexuell aktiv sind. Aber warum ist das so? Erstens, weil es zu wenig Männer in diesem Alter gibt. Haben Frauen nämlich einen Partner, dann haben sie sehr wohl, entgegen aller Vorurteile, auch ein Sexleben. Vorausgesetzt, wie aktuelle Studien belegen, der Lebensgefährte zeigt trotz schwindender Manneskraft weiter Interesse am Liebesspiel. Auch die Skepsis von jüngeren Familienmitgliedern oder der Alltag im Seniorenheim mit Mehrbettzimmern oder unsensiblem Personal machen es älteren Frauen oft schwer, ihre sexuellen Wünsche zu verwirklichen.

Männermangel

Zum großen Kummer älterer Single-Frauen besteht ein deutlicher Mangel an Männern über 70, verursacht durch die Tatsache, dass Männer eine kürzere Lebenserwartung haben als Frauen. So gibt es weit mehr Witwen als Witwer. Und für die wird die Partnersuche mit zunehmendem Alter immer schwieriger: Bei den 70-Jährigen beträgt das Frauen-Männer-Verhältnis drei zu zwei, bei den 80-Jährigen gar zwei zu eins.

Während rund drei Viertel der Männer über 60 verheiratet sind, gilt das nur für ein Drittel der Frauen. Von den ledigen Frauen lebt wiederum ein Drittel in nichtehelicher Partnerschaft, zwei Drittel und damit insgesamt über die Hälfte aller Frauen über 60 sind allein.

In den kommenden Jahren wird sich bezüglich dieses Ungleichgewichts vermutlich einiges ändern. Das Sexualverhalten der heute über 50-Jährigen befinden sich in einem Wandlungsprozess. Immer mehr Frauen haben jüngere Partner und damit ein aktives Sexleben, das sie laut eigener Aussage auch in höherem Alter nicht aufzugeben gedenken.

Männer machen schlapp

Ein weiterer Grund für die abnehmende sexuelle Aktivität älterer Frauen ist der Rückzug ihrer Partner aus dem Liebesleben. Beim Mann sinkt, wie bereits erwähnt, ab 40 die sexuelle Potenz. Die Erektionen werden schwächer und sind leichter störbar. Der Penis braucht längere direkte Stimulation, um zu erigieren. Ein Zustand, an den sich so mancher Mann nicht gewöhnen kann. Er fühlt sich von seinem besten Stück im Stich gelassen und verzichtet, weil es seiner Meinung nach nicht mehr »richtig funktioniert«, lieber ganz auf partnerschaftliche sexuelle Aktivität. Nicht, dass Männer darüber mit ihrer Partnerin sprechen würden. Die vermeintliche Niederlage würden sie nie und nimmer eingestehen. Das jähe Ende des Liebeslebens eines älteren Paares ist meistens eine einsam vom Mann getroffene Entscheidung.

Sehr zum Leidwesen der Frauen, wie Kirsten von Sydow feststellte. Sie wünschen sich weiterhin Zärtlichkeit, Berührungen oder auch oralen, beziehungsweise manuellen Sex. Es muss ja nicht unbedingt der Koitus sein. Doch anstatt ihre Männer darauf anzusprechen, hüllen die Frauen sich oft in Schweigen. Genauso wie sie vorher ihre sexuellen Wünsche unausgesprochen ließen. Vielen bliebe der sexuelle Zwangsentzug sicher erspart, wenn sie darüber reden würden. Wie soll der Mann wissen, dass seine Partnerin nicht mit seinem Ausstieg aus dem Liebesleben einverstanden ist?

Missverständnisse und Langeweile – die vermeidbaren Lustfallen

Wenn ihre Potenz nachlässt, machen nicht nur Männer einen Rückzieher aus dem Bett. Auch viele Frauen vermeiden ab diesem Moment körperliche Nähe. Sie befürchten, dass ihr Mann keine Erektion zustande bringt, weil er sie nicht mehr attraktiv findet. Die Frauen verschwinden jeden Abend vor ihrem Partner im Bett und täuschen Tiefschlaf vor, wenn er nachkommt. Ängstlich gehen sie Situationen aus dem Weg, in denen es zu Zärtlichkeiten oder Körperkontakt kommen könnte. Würden die Partner miteinander über ihre Ängste sprechen, ließe sich vermutlich recht schnell eine Lösung für die sexuellen Probleme finden.

Viele ältere Paare beenden ihr Sexleben aus Langeweile. Routine erdrückt die Lust. Das wissen alle, die schon ein paar Jahre mit ein und demselben Partner zusammenleben.

Dass nach mehreren Ehejahrzehnten häufig die Luft raus ist, liegt vor allem an den immer gleichen Liebesritualen. Viele Paare versäumen, mit verschiedenen Stellungen und sexuellen Varianten Abwechslung in ihr Sexleben zu bringen. Meistens tun sie es jahrelang auf ein und dieselbe Weise, in immer der gleichen Stellung. Natürlich lässt sich ein Absinken der sexuellen Spannung über die Jahre nicht vermeiden, doch kann andererseits die Vertrautheit, das gegenseitige Verstehen eines Paares den Sex bereichern.

Wir können auch anders

Denken jüngere Menschen an Sexualität im Alter, dreht sich alles um den Verlust der körperlichen Kräfte und damit das vermeintliche Aus für jeden Spaß im Bett. Grund für diese Fehleinschätzung ist die einseitige Definition von Sex als Koitus. Zum Geschlechtsverkehr kommt es ab einem bestimmten Alter tatsächlich nicht mehr so oft. Ältere Paare können aber aus dieser Not eine Tugend machen und entwickeln mit Phantasie und Lust am Ausprobieren neue Möglichkeiten, um ihre Sexualität auszuleben. Diese Alternativen sind für Frauen und Männer nicht selten eine überraschende Bereicherung ihres Liebeslebens. Sex ist für diese Paare jedenfalls gleich gut oder sogar besser als früher. Vor allem Frauen haben in diesem Alter häufig mehr vom Sex.

»Ich bin 65, mein Mann ist sechs Jahre jünger. Wir haben zwei bis drei Mal die Woche Sex. Seit kurzem benutzen wir ein Gleitgel, weil meine Scheide nicht mehr feucht genug wurde. Darauf hätten wir ruhig früher kommen können, ein neues, wirklich tolles Gefühl!« (Ute, 65)

»Sex ist für mich immer noch die schönste Sache der Welt. Mein neuer Partner sieht das genauso. Ich finde den Sex sogar schöner als früher, weil wir erfinderisch sein müssen. Sein Penis macht eben manchmal nicht mehr mit. Aber das stört uns

nicht. Für uns ist Zärtlichkeit wichtiger als Leidenschaft.« (Doris, 61)

»Es ist nicht zu glauben, aber meinen ersten Orgasmus hatte ich mit 58. Das war mit meinem neuen Partner. Durch ihn habe ich erst gelernt, was Befriedigung heißt. Orgasmen habe ich seither oft, und Sex macht mir erst jetzt richtig Spaß.« (Gabi, 63)

Da ihr Körper langsamer auf sexuelle Stimulation reagiert, sehen nun auch die Männer im Vorspiel kein lästiges Geplänkel mehr, sondern zelebrieren die Zärtlichkeiten, wie Frauen sich das wünschen. Die Partner lassen sich mehr Zeit und verzichten, wenn der Mann keine Erektion hat, auf den Akt als solchen. Für Frauen ist dies meistens alles andere als ein Verlust, solange der Partner sich etwas anderes zu ihrer Befriedigung ausdenkt. Der Sex wird im Idealfall abwechslungsreicher und phantasievoller, als er es vorher war.

Sexualität ist für ältere Menschen vor allem ein Ausdruck partnerschaftlicher Zuneigung und dient der Befriedigung des Bedürfnisses nach Nähe.

Wenn Paare jenseits der 60 die Veränderung ihrer Sexualität akzeptieren, können sie ein harmonisches, stressfreies Liebesleben genießen. Endlich kein Leistungsdruck mehr, keiner muss dem anderen mehr beweisen, dass er schneller, stärker oder leidenschaftlicher zum Höhepunkt kommt als alle anderen.

Ein anderer Vorteil im Alter ist, dass ein Paar mehr Zeit für die Sexualität hat. Kein Stress, keine störenden Gedanken über Pflichten und Job im Kopf. Man kann sich ganz auf die erotische Situation konzentrieren.

Voraussetzung für den vertrauensvollen, zärtlichen Umgang miteinander ist natürlich Kommunikation. Die Partner müssen offen über ihre Ängste und Probleme sprechen, um gemeinsam einen Weg zu finden, Lust zu erleben.

Das Sexleben älterer Single-Frauen

»Ich bin nicht freiwillig Single. Ich habe schon eine Menge versucht, um wieder einen Mann zu finden, aber es klappt einfach nie. Die meisten Männer wollen eine jüngere. Sex? Ich habe einen Vibrator.« (Gerlinde, 61)

»Ich gehe ein Mal in der Woche zur Massage. Da hole ich mir meine Streicheleinheiten. Die Hoffnung auf eine Beziehung habe ich aufgegeben. Ich fürchte, da kommt nichts mehr.« (Grit, 67)

»Ich schmuse viel mit meinen Enkelkindern. Das ist auch schön.« (Dorith, 71)

»Selbstbefriedigung ist gut. Jedenfalls besser als gar nichts mehr.« (Lore, 65)

»Ich bin sehr aktiv, treffe mich mit Freundinnen und so. Dann muss ich nicht so oft an Sex denken.« (Helga, 67)

Die meisten älteren alleinstehenden Frauen wünschen sich laut Umfragen einen Partner. An einer Ehe sind sie allerdings kaum interessiert. Sie wollen nicht mehr auf ihre Freiheit und Unabhängigkeit verzichten, haben keine Lust auf die alte Versorgerinnenrolle oder fühlen sich ihrem alten Partner noch zu sehr verbunden. Bei dem herrschenden Männermangel bleibt die Sehnsucht nach einer neuen Liebe allerdings leider meist unerfüllt. Und damit auch die Sehnsucht nach Zärtlichkeit und körperlicher Nähe.

Ein Großteil der Frauen versucht, sich von ihrem sexuellen Notstand abzulenken. Die einen verbringen möglichst viel Zeit mit Freundinnen, die nächsten schmusen mit ihrem Hund oder ihren Enkeln. Andere gehen irgendwelchen Hobbys nach und viele engagieren sich in einer wohltätigen Organisation oder in der Kirche. Und die restlichen verdrängen ganz einfach ihre Wünsche.

Viele ältere Frauen leben ihre Sexualität aber auch aus:

Sie flirten gerne und achten auf Kleidung und Make-up. Viele masturbieren und haben erotische Träume oder lesen Romane mit erotischen Inhalten, sehen sich erotische Filme oder Bilder an. Die Freude am Sex vergeht eben nicht ...

Lust und Leidenschaft in anderen Umständen

Sex in der Schwangerschaft

Was für eine faszinierende Verwandlung: Der Busen wird rund und prall, der Bauch formt sich gleichmäßig zu einer satten Kugel, der Po wird füllig, und über all diese Weiblichkeit spannt sich samtene, glatte Haut.

»Ich strotzte vor Fruchtbarkeit«, beschreibt eine Frau ihre Schwangerschaft, *»und fand mich unwiderstehlich sinnlich.«* Kaum eine Gelegenheit ließ sie aus, ihren Mann zu verführen. Unbeschwert konnte sie den Sex mit ihm genießen, und oft befriedigte sie sich tagsüber vor unbändiger Lust selbst. Sie hätte die Welt umarmen können, so stark und unabhängig fühlte sie sich: *»Schließlich war ich dabei, Leben zu schenken!«*

Rein biologisch betrachtet, sind die Voraussetzungen für ekstatischen Sex bei der Frau nie besser als während der Schwangerschaft. Die Hormone lassen das Gewebe um die Vagina anschwellen, sie wird feuchter; die Klitoris vergrößert sich, der Beckenboden ist stärker durchblutet; ab etwa dem vierten Monat verstärkt sich der Druck auf die Genitalien; Brüste und Haut reagieren hochsensibel auf Berührungen. Schwangere befinden sich in einem Dauerzustand sanfter sexueller Erregung, beschreibt die berühmte englische Geburtshelferin Sheila Kitzinger dieses Phänomen. Manche Frauen spüren während der Schwangerschaft ihren Orgasmus besonders intensiv oder erreichen zum ersten Mal in ihrem Sexleben mehrere Höhepunkte hintereinander, manche erlebt jetzt sogar ihren ersten Orgasmus.

Warum sich Frauen zurückziehen

So schön und lustvoll kann eine Schwangerschaft sein. Viele Frauen aber empfinden sie leider eher als beschwerlich. Eine Zeit, in der sie anfangs erschöpft sind, vor Übelkeit nichts genießen können, eine Zeit, in der sie ihren Körper zusehends unansehlich und unbeweglich finden. *»Je unförmiger ich wurde, desto tiefer sank mein Selbstbewusstsein. Ich mochte mich meinem Mann nicht mehr nackt zeigen und sah ihn in meinen Gedanken knackige, flachbäuchige Frauen umarmen.«*

Eine Schwangerschaft macht empfindlich. Nicht nur körperlich. In dem Maße, wie sie positive Gefühle verstärken kann, kann sie andererseits auch Selbstzweifel und Hemmungen verstärken.

Die zahlreichen Veränderungen, die gerade in den ersten Monaten der Schwangerschaft vor sich gehen, führen dazu, dass Frauen sich sehr stark auf sich konzentrieren. Eine Unmenge Fragen, Ängste und Zukunftsprobleme stürmen auf sie ein. Da bleibt wenig Freiraum, keine Entspannung. Das Interesse am Partner und die Auseinandersetzung mit ihm ist eingeschränkt, und oft wird die Sexualität neun Monate lang regelrecht auf Eis gelegt: *»Eigentlich fühlte ich mich sehr gut während meiner Schwangerschaft. Aber ich hatte von Anfang an keine Lust mehr, mit meinem Mann zu schlafen – er interessierte mich nicht, viel mehr das, was in mir vorging.«*

Viele Frauen fühlen sich richtig schuldig, ihren Mann derart »hängen« zu lassen: *»Ich hatte gelesen, dass der Sex während der Schwangerschaft nachlassen würde, aber wir liebten uns anstatt zweimal in der Woche plötzlich gar nicht mehr. Ich merkte, dass ich die Macht habe, ›Nein‹ zu sagen, und er sehr hilflos dem gegenüberstand. Er war oft zornig* *und ich hatte dann ein schlechtes Gewissen. Wir hätten darüber reden sollen, so ließen wir neun Monate zur Hölle werden.«*

Viele Probleme, auch die beim Sex, kommen jetzt ans Licht. Lange schwelende Beziehungskonflikte brechen auf. Frauen, die noch nie viel Spaß am Sex hatten, entsagen sich nun »aus gutem Grund«. Manche Männer benützen die Schwangerschaft als Ausrede, um den gemeinsamen Sex zu beenden, und einige von ihnen beginnen, sich anderswo umzusehen.

Ein fataler Fehler, sich jetzt nicht diesen Problemen zu stellen. Wie soll so eine Beziehung mit neuer Verantwortung, das heißt mit Kind, nach der Geburt weiterbestehen? Schwangerschaft und Geburt sind eine zutiefst sexuelle Angelegenheit. Die neue Situation, eine Art Ausnahmezustand, zwingt Sie dazu, Sex zum Thema zu machen, wenn es bisher keines war. Falls Sie bislang Probleme hatten, so nutzen Sie diese Zeit für einen geklärten gemeinsamen Neuanfang Ihres Liebeslebens. Es redet sich zum Beispiel unbeschwerter über andere Stellungen und neue Akzente, wenn man dafür den dicken Bauch als Grund vorgeben kann ...

Ob Sex dem Kind schadet?

Nein! Medizinisch gesehen ist diese Furcht bei einer normalen Schwangerschaft völlig unbegründet. Weder die Stoßbewegungen des Penis noch der Samen können der Frucht schaden. Sie ist in der Fruchtblase, deren Membranwand sehr dick ist, sicher, und das weiche Gewebe des Gebärmutterhalses ist wie ein Kissen für das Babyköpfchen. Die Kontraktionen während des Orgasmus tun der Gebärmutter sogar gut, weil sie dadurch gelockert und trainiert wird. Im Grunde genommen kann man bis zu wenigen Wochen vor der Geburt miteinander Sex haben, vorausgesetzt der Partner ist zärtlich und vorsichtig. Nur, die meisten Frauen finden es jetzt zu beschwerlich, das bevorstehende Ereignis nimmt sie körperlich und gedanklich völlig ein. Die Angst, durch den Geschlechtsverkehr eine Früh- oder Fehlgeburt auszulösen, ist im Normalfall unbegründet, sie beeinflusst aber bei vielen Frauen die Libido.

Wenige Tage vor dem Geburtstermin kann Sex allerdings tatsächlich Wehen auslösen. Der männliche Samen enthält das Hormon Prostaglandin, das dazu beiträgt.

Zur Enthaltsamkeit mahnt der Arzt nur dann, wenn in den ersten zwölf Wochen Schmierblutungen auftreten oder wenn die Frau bereits eine Fehlgeburt hatte. Leider vergessen die betreuenden Ärzte, dann wieder grünes Licht zu geben. Fragen Sie nach, wann und wie Sie Ihr Liebesleben wieder aufnehmen können.

Wärme, Einfühlungsvermögen und auch der Sex sind wichtig für eine glückliche gemeinsame Schwangerschaft – allein schon im Hinblick auf die schwierige Zeit nach der Geburt. Behutsame, miteinander zärtliche Paare sind auch zärtliche Eltern. Eine liebevolle sexuelle Beziehung kann in der Tat zu einem guten Schwangerschaftsablauf beitragen, nicht nur, weil die Frau spürt, geliebt zu werden und der tägliche Stress für Augenblicke verschwindet, sondern auch, weil bei der Erregung Oxytozin, das »Glückseligkeitshormon« in ihr Blut ausgeschüttet wird. Und wer wollte nicht gerne im Glücksgefühl schwelgen?

Einfach keine Lust

»Für Sex muss ich den Kopf frei haben und entspannt sein.« Dieser Satz gilt sicher für viele (schwangere) Frauen. Und wer hat den Kopf schon frei in dieser Situation grundlegender Veränderungen? Keine Lust auf Sex bedeutet nicht, dass Liebe und Zärtlichkeit verschwunden sind. Wenn es keine

Konflikte in Ihrer Beziehung gibt, die dafür verantwortlich sind, dann belassen Sie es dabei, jetzt »unlustig« zu sein. Denken Sie keine Krise herbei, wo keine ist. Und lassen Sie sich nicht unter Druck setzen. Sex in der Schwangerschaft sollte wie auch in normalen Zeiten immer nur mit Lust verbunden sein. Sex unter Zwang hinterlässt den zähen Geschmack von Widerwillen, der später nicht mehr gutzumachen ist. Um dem vorzubeugen, hilft nur eins: reden. Ihr Partner kann nur von außen sehen, wie sich Ihr Körper verändert, beim besten Willen kann er nur erahnen, was Sie denken, wirklich einfühlen kann er sich nicht in Sie. Einigen Sie sich mit ihm, ob und wie der Sex für Sie angenehm ist. Wenn Sie viel, viel Zärtlichkeit und andere Streicheleinheiten brauchen, aber keinen Sex, sollte Ihr Partner das von Ihnen hören. Nur derjenige, der weiß, wo Schwierigkeiten sind, kann auch darauf angemessen reagieren.

Der schwangere Mann

Männer finden ihre schwangeren Frauen im Allgemeinen sehr begehrenswert: *»Sie konnte es nie glauben, weil sie sich selbst für unansehnlich hielt, aber ich fand ihren Bauch hocherotisch!«* Männer erleben ihre Partnerinnen weicher, fraulicher, offener, aber auch ein wenig »unberührbar«, und dadurch doppelt anziehend. *»Von mir aus könnte meine Frau immer ein bisschen schwanger sein.«*

Vielleicht braucht manch einer ein wenig Zeit, sich an die neuen Rundungen seiner Frau zu gewöhnen oder an den Gedanken, mit dem Penis die pralle Fruchtblase zu bewegen – grundsätzlich aber werden die Männer geduldiger, stellen sich auf die Wünsche ihrer Frauen ein, dehnen das Vorspiel aus, haben große Lust, die Üppigkeit des weiblichen Körpers zu erkunden. Vorausgesetzt, sie werden gelassen!

Praller Bauch – guter Sex

Viele Paare erforschen in der Schwangerschaft sexuelles Neuland. Die Umstellung bringt sie auf erfrischende Ideen. Techniken und Stellungen werden getestet, um den veränderten Bedürfnissen und auch Einschränkungen der Frau entgegenzukommen. So probieren einige Paare zum ersten Mal die gegenseitige orale Befriedigung, weil die Penetration unangenehm (oder in besonderen Fällen vom Arzt nicht erlaubt) ist. Aber nicht immer ist es einfach, neue Wege zu gehen: *»Mein Bauch war extrem groß, und auf Rat meines Gynäkologen sollten wir uns auch mit dem Sex etwas zurückhalten. Mein Mann fand das gar nicht schlimm. Er sagte völlig gelassen, dass er sich ja auch selbst befriedigen könnte. Ich war wirklich empört. Er erzählte mir, dass er oft onanieren würde. Ich konnte es nicht fassen, war richtig beleidigt. Aber irgendwie hat er mich überredet, ihm dabei zuzuschauen. Ehrlich, es hat mich so sehr erregt, dass ich selbst einen Orgasmus bekam!«* Wer bislang glaubte, gemeinsames Masturbieren sei für sein Sexleben unnötig, der wird spätestens bei den Entdeckungsreisen während einer Schwangerschaft darauf kommen, dass dies eine sehr intime, voyeuristisch anregende Variante ist. Gerade dann, wenn es den Frauen nicht sehr angenehm ist, penetriert zu werden, ist jede Art geschickter Handarbeit gefragt. Den Partner mit den Händen bis zum Orgasmus zu stimulieren, empfinden viele Schwangere als entlastend, aber auch erregend. Frauen, deren Busen gerade jetzt besonders empfänglich für Erotisches ist, überraschen ihren Partner mit einer sinnlichen Penis-Massage zwischen den Brüsten.

Frauen achten während der Schwangerschaft mehr auf die Signale ihres Körpers, entdecken ihre Sinnlichkeit und entwickeln den Mut zum eigenen sexuellen Stil. Die meisten sprechen lang gehegte Wünsche aus und versuchen sie zu verwirklichen – aber dennoch sind sie in der auch ihnen

noch unbekannten körperlichen Situation anfangs unsicher und angespannt. Das Paar sollte bei allen Liebesspielen behutsam vorgehen. Die Brust zum Beispiel ist sehr empfindlich, manche Frauen mögen plötzlich überhaupt nicht mehr dort berührt werden, andere müssen sich an die neue Sensibilität gewöhnen. Die Bruststimulierung sollte also federleicht beginnen, und erst wenn die Frau Zeichen gibt, verstärkt werden. Alle Liebestechniken müssen der fortschreitenden Schwangerschaft angepasst werden. Jedes Gewicht auf dem Busen ist unangenehm, auch die Missionarsstellung wird unbequem – der zunehmende Bauch steht da erheblich im Wege – es sei denn, der Mann verlagert sein Gewicht ganz auf die Arme.
Hier die vier von Schwangeren favorisierten Stellungen:
* »Löffelchen«, eine seitliche Stellung, in der die Frau dem Mann den Rücken zukehrt und sich in seinen Schoß schmiegt. So entsteht kein Druck auf ihren Rücken und Unterleib. Sie kann sich frei bewegen und die Lage, bis sie ihr angenehm ist, korrigieren.
* »Vierfüßler«: Auch wenn die Frau bislang nicht begeistert war, wenn der Mann von hinten eindrang, mit fortschreitender Schwangerschaft kann diese Stellung (liegend oder hockend) sehr bequem sein. Das Gewicht des Babys hängt im Unterleib, der Rücken wird entlastet. Der Druck auf die so fast im rechten Winkel zur Vagina liegende Gebärmutter nimmt ab. Die Schwangere kann in dieser Lage die Pobackenmuskulatur benützen, um die Stöße des Penis aufzufangen.
* Die Schwangere liegt mit angezogenen Beinen auf dem Rücken, der Partner seitlich, ihr zugewandt, mit seinem Unterleib zwischen ihren angewinkelten Ober- und Unterschenkeln. Eine innige, variationsreiche Stellung, vorausgesetzt, die Rückenlage verursacht kein Schwindelgefühl. Da-

gegen helfen zusätzliche Kissen unter Kopf und Schultern.
* Er sitzt und sie hockt face-to-face auf ihm. Mit zunehmendem Bauch schwierig. Diese Stellung hat aber für die Frau den Vorteil, dabei aufrecht zu sitzen, sich beim Partner festhalten zu können und damit Spielraum zu gewinnen.

Sex nach der Geburt

Was für ein Triumph und was für ein Glücksgefühl: Die Geburt ist geschafft, das langersehnte Kind ist da. Ein neuer, spannender Lebensabschnitt zu dritt beginnt.

Egal, ob die Geburt leicht oder schwer war, fließend oder abrupt, schnell oder langwierig, die Geburtserfahrung verändert bei vielen Frauen die Einstellung zum Sex. Schon während der neun Monate Schwangerschaft erleben sie ihren Körper, oft zum ersten Mal in ihrem Leben, sehr intensiv. Sie haben gespürt, beobachtet, wahrgenommen. Sie haben erfahren, zu welchen Anstrengungen ihr Körper fähig ist, wie er Kräfte mobilisieren, wie er Schmerzen ertragen kann, aber auch, wie Wellen großer Zufriedenheit ihn geradezu schweben lassen. In dieser Phase entdecken Frauen eine neue Dimension ihrer Körperlichkeit, auch wenn es bei manch einer noch einige Monate dauert, sich dessen bewusst zu werden.

Erfahrungsgemäß hat das Sexleben jetzt erst mal Pause. Das winzige Wesen bringt jede Menge gewaltige Umstellungen mit sich. Rund um die Uhr fordert es hundertprozentige Liebe und Aufmerksamkeit. Schlaflose Nächte. Unsicherheit und Sorge, ob das Kind auch richtig versorgt ist. Das Gefühl, ständig verfügbar sein zu müssen. Das alles macht mürbe. Jetzt gilt es, selbst wenn das Paar schon gut auf die neue Situation vorbereitet war, den neuen Lebensrhythmus in den Griff zu kriegen. Beruf und Alltag müssen neu organisiert werden, eventuell ist die alte Wohnung doch zu eng, es kann Geldprobleme geben, Konflikte mit alten Freunden, Auseinandersetzungen mit den eigenen Eltern. Und zudem gerät vor allem bei den Frauen das Gefühl für die eigene Identität ins Wanken: Was bedeutet das Muttersein? Sind jetzt Freiheit, Selbständigkeit, Unabhängigkeit verloren? Kann ich, will ich, muss ich wieder arbeiten? Wird es akzeptiert, dass ich »nur« Mutter sein will? Frauen müssen sich neu definieren (Männer im Übrigen auch) und oft fühlen sie sich damit in der ersten Phase nach der Geburt des Kindes völlig überfordert.

Diese dramatischen Veränderungen führen bei vielen Paaren zu großen Spannungen. Viele erleben jetzt, zum ersten Mal in ihrer Beziehung, eine echte Krise. Sie sind beide so mit ihrem inneren Wandel beschäftigt, und jeder Funke Energie wird für das Baby aufgebracht, so dass sie sich leicht aus den Augen verlieren. Fürsorge, Zärtlichkeit und Liebe konzentrieren sich ganz auf das Baby – und oft geht der Partner oder auch die Partnerin dabei leer aus. Kaum mehr Berührungen, Schmusen, zärtliche Augenblicke. Viele Männer sind verletzt und leiden, wenn sie die völlige Symbiose zwischen Mutter und Kind erleben. Sie fühlen sich ausgeschlossen.

Es ist nicht verwunderlich, dass in dieser Zeit der einschneidenden Umstellungen sich auch die Sexualität ändert. Sie ist ein ganz empfindlicher Gradmesser für Spannungen und Konflikte zwischen Mann und Frau. *»Wir waren so angespannt«*, erzählt ein Vater, *»dass wir uns regelrecht aus dem*

Weg gegangen sind. Erst viel später fiel uns auf, wie wenig wir in der ersten Zeit miteinander zu tun hatten. Selbst wenn wir nebeneinander im Bett lagen, hatten wir keinen Körperkontakt.« In den meisten Fällen sind es die Frauen, die in der ersten Phase nach der Geburt keinen sexuellen Kontakt wollen. Sie befinden sich in einer Art Widerstreit zwischen sexueller und mütterlicher Liebe. Die eine Seite weckt Beschützerinstinkte, den Nestbau, den Hege- und Pflegetrieb, die andere Seite, die der Erotik und des Sex, ist verbunden mit Macht und Ohnmacht, begehren und sich wehren, wild sein, Gefahr spüren. Anfangs gewinnt immer die mütterliche Liebe, der Sex erobert erst später wieder altes Terrain.

Sex? Was ist das?

Viele Paare erleben die ersten Monate nach der Geburt ihres Kindes alles andere als erotisch und intensiv. Sex? Dafür haben sie erst mal keine Muße. *»Ich wollte Zuwendung und Unterstützung, keinen Sex …«,* beschreibt eine junge Mutter ganz klar ihre Bedürfnisse. Ähnlich eine andere: *»Es war so schwer, meinem Mann verständlich zu machen, dass ich gerne in seinem Arm liegen, ganz in Ruhe und Geborgenheit ihn streicheln und gestreichelt werden – aber nicht mit ihm schlafen wollte.«* Wenig Lust am Sex ist eine ernstzunehmende Tatsache. Frauen müssen sich darüber offen aussprechen. Oft sind es die Männer, die Druck ausüben: »Lass mich nicht zu lange warten, sonst …«, und allzu oft lassen sich Frauen zum Sex überreden, selbst wenn sie innerlich noch nicht bereit dazu sind. In keiner anderen Phase des gemeinsamen Liebeslebens kann erzwungener Sex so irreparable Schäden auslösen. In Protokollen von Frauen zum Thema »Sex nach der Geburt« finden sich allzu oft die Worte »Wut auf den Partner«, »Angst vor seinen Forderungen« und, damit verbunden, »wachsende körperliche Ablehnung«.

Wieder Feuer entfachen

Die größte Kunst in dieser schwierigen ersten Phase ist, sich trotz aller Verpflichtungen und Probleme eigene und auch gemeinsame Räume zu bewahren oder sie neu zu schaffen. Babysittende Freunde und Eltern sind gefragt. Auch gemeinsame Rituale, die Ruhe bringen und Zweisamkeit zelebrieren, sind jetzt wichtig: zum Beispiel das allabendliche Tête-à-Tête bei Kerzenlicht (auch wenn es nur 20 Minuten dauern kann) oder eine 10-minütige Massage, nur zur Entspannung und um sich gegenseitig zu spüren.

Lust und Orgasmusfähigkeit brennen nach der Geburt auf Sparflamme, sie müssen langsam, geduldig und zärtlich wieder entfacht werden. Aber auch diese Beispiele gibt es: *»Mein Körper reagierte anders als vor der Geburt. Ich spürte seine Hände überall. Das Gefühl der Erregung floss warm durch meinen ganzen Körper, ich war sehr viel erregbarer als jemals zuvor und nicht mehr nur auf die erogenen Zonen konzentriert.«* Normalerweise jedoch vergehen einige Wochen und Monate – so der Erfahrungswert von Ärzten – bis die gewohnte Lust am Sex wieder auflebt, etwa ein Jahr nach der Geburt kann ein Paar wieder in vollen Zügen genießen.

»Er begehrte mich und das war das schönste Gefühl für den Neubeginn unserer Liebe.« Sehen Sie das »Wiederentdecken« Ihrer Lust nach dem Motto »Neue Chance – neues Glück«. Ein guter Einstieg für den gemeinsamen, vielleicht sogar intensiveren Sex. Betrachten Sie es wie das spannende »erste Mal«.

In erster Linie gehört dazu gegenseitiges Verständnis. Wissen, wie der Partner sich fühlt. Natürlich kann man jetzt erahnen, wie angestrengt der Partner ist, aber weiß man es auch genau? Fragen Sie ihn! Vieles hat sich auch bei den Männern verändert: *»Die Geburt unseres Kindes hat die widersprüchlichsten Gefühle in mir ausgelöst. Auf der einen Seite* *war ich meiner Frau niemals zuvor so nah. Andererseits hatte ich danach eine Zeitlang das Gefühl, etwas verloren zu haben.«* Auch die Väter müssen, wenn sie bei der Geburt dabei waren, dieses Erlebnis verarbeiten: *»Bei Lauras Geburt floss Blut, meine Frau weinte. Und dann drängte das Kind durch diese Öffnung, die mich immer so fest umschlossen hatte. Das war schon eine Art der Entzauberung. Ich wusste in diesem Moment, dass wir neu anfangen müssen. Nur, ich hatte lange Zeit keine Ahnung, wie.«* Jetzt sind die Frauen gefragt. Berichten Sie von Ihren Glücksgefühlen, aber auch von der Sorge, beim ersten Mal eventuell Schmerzen zu haben. Erklären Sie ihm, dass er sanfter sein muss als vorher; wo er streicheln soll, ausdauernder als früher; ob Sie Sex wollen oder lieber noch damit warten möchten. Und zwar nicht erst dann, wenn er gerade dabei ist, Sie für eine Liebesnacht zu stimulieren. Diese Zurückweisung in aufgeheizter Stimmung bringt unnötige Kränkung und Stress. Nutzen Sie die Ruhe beispielsweise des Tête-à-Tête, um sich zu erklären. Fordern Sie sein Verständnis, fragen Sie nach seinen Wünschen – meist wollen Männer sehr viel früher als ihre Partnerinnen wieder Sex. Sie brauchen, vielleicht aus Unsicherheit in der neuen Situation, möglichst schnell die Bestätigung, dass alles wieder beim Alten ist. Sie wollen aber auch auf diesem Weg ihre Liebe beweisen und erwidert wissen. Ist das nicht auch ein Kompliment an die Attraktivität der Partnerin? Viele Frauen übersehen das in der angespannten Stimmung. Sie fühlen sich schlicht vom Trieb ihres Mannes überfordert. Wenn er aber mehr über Sie weiß, kann er sich besser einstellen, und wenn auch er über seine Bedürfnisse sprechen kann, gibt es neue Wege. Sie wollen noch nicht mit ihm schlafen? Warum sprechen Sie nicht mit ihm über Selbstbefriedigung? Allein das Gespräch darüber gibt dem Mann das Gefühl, Sie nicht zu »betrügen« und es heimlich machen zu müssen. Vielleicht haben Sie jetzt die Freiheit, dabei sein zu können, wenn er es macht (kann sehr anregend sein!), oder selbst Hand bei ihm anzulegen.

Machen Sie deutlich, dass Sie noch Zeit brauchen. Allein das Verhältnis zum Körper, der vorher ganz dem Wachstum eines Kindes gehörte, muss jetzt neu sortiert und wieder aufgebaut werden. *»Nach all dem musste ich mich erholen, mich an meinen alten Körper gewöhnen. Sosehr ich mich darauf gefreut habe, wieder in meine alte Jeans zu passen – so empfindlich war ich nun mit mir. Nicht nur am Busen, durch das Stillen …«* Die wenigsten Frauen haben nach der Geburt ihres Kindes eine blendende Figur, geschweige denn ein blühendes Aussehen. Der Bauch ist noch rund, Schwangerschaftsstreifen an Po und Busen, Adern sind deutlich sichtbar. Das macht nicht gerade selbstbewusst und hemmungslos. Für eine gute Sexualität sind aber Annehmen des (veränderten) Körpers und sich Zeigen fundamental. Das harmonische Verhältnis zum eigenen Körper wiederzuerlangen, das braucht Zeit.

Wie der Körper reagiert

In den ersten sechs Wochen nach der Geburt vollziehen sich erneut große körperliche Veränderungen: Der Uterus zieht sich langsam in seine normale Lage und Größe zurück. Der Wochenfluss (vaginale Blutungen, ausgelöst von den Haftstellen der Plazenta) dauert ungefähr sechs Wochen, und so lange, raten die Ärzte, sollte wegen Infektionsgefahr kein Sex stattfinden. Der Busen ist hochempfindlich, oft auch durchs Stillen. Und gerade das Stillen empfinden Frauen ganz unterschiedlich: die einen angenehm, als *»ein sanftes Gefühl von Wärme und Offensein, das aber nichts mit sexueller Erregung zu tun hat«,* sie trennen das Stillen strikt von der sexuellen Stimulation; andere haben so sensible Brustwarzen, dass sie sich erotische Stimulierung dort überhaupt nicht vorstellen können. Die meisten Frauen empfinden ihren Busen aber in der Stillzeit, und dieses Gefühl hat sich während der Schwangerschaft bereits eingestellt, als äußerst attraktives, erotisches Stimulans: Er ist groß und prall, verführerischer als sonst. Sprechen Sie mit Ihrem Partner darüber, wie Sie Ihren Busen empfinden. Nicht alle Männer sind so begeistert von einem stillenden Busen: Sie ekeln sich ein bisschen vor der Milch, die während der Stimulierung austritt, wollen nicht »gesäugt« werden, oder sehen die Brust im Moment nur als Nahrungsquelle für das Baby, nicht mehr als Lustobjekt. Manchmal sind Männer aber auch eifersüchtig, weil nur noch das Kind Zugriff auf ihren geliebten Busen hat.

Wenn ein Dammschnitt gemacht wurde, muss er natürlich vollständig verheilen, bevor Sie wieder aktiv werden. Nehmen Sie sich täglich einen Spiegel und betrachten Sie Schnitt und Naht genau, nicht nur, um den Heilungsprozess zu beobachten, sondern auch, um diese Stelle der Vagina und ihre Verletzung bewusst zur Kenntnis zu nehmen. Diese Narbe gehört auch zu Ihnen! Ist das Gewebe verheilt, dauert es circa noch drei Monate, bis dort alles wieder schmerzfrei ist – vorausgesetzt, der Partner geht sanft und rücksichtsvoll um. Übrigens ist die Angst, dass sich die stark geweitete Vagina nach der Geburt nicht mehr zurückbildet, in den meisten Fällen unbegründet. Bis Sie Ihr Sexleben wieder aufnehmen dürfen (und auch fleißig die PC-Muskeln trainieren), hat sich dort alles wieder normalisiert.

Die ersten Male danach

Benützen Sie – nicht nur beim ersten Mal – etwas Öl oder Gleitcreme. Vor allem stillende Frauen haben jetzt weniger körpereigene Gleitflüssigkeit, weil ihr Körper mehr von dem

Hormon Progesteron bildet als üblich. Auch das Gewebe rund um die Vagina sollte mehr als gewöhnlich gestreichelt und massiert werden, um es elastisch zu machen. Vielleicht ist es, wenn Sie das erste Mal nach der Geburt wieder Sex haben, besser, dass Ihr Partner gar nicht eindringt. *»Ich fühlte mich so offen und wund«,* die Furcht vor Schmerz macht Frauen verspannt, und das kann dann wirkliche Schmerzen hervorrufen.

Probieren Sie also erst einmal, ohne Penetration zum Orgasmus zu kommen. Sorgen Sie für eine romantische Atmosphäre. Sich gegenseitig ausziehen, schmusen, küssen, sinnliche Massagen, gemeinsam baden – damit kann es lustvoll beginnen. Orale Stimulierung, sich im Beisein des Partners selbst befriedigen, sich gegenseitig streicheln bis zum Orgasmus – das sind die nächsten zärtlichen Schritte, vielleicht kommen auch mal Dildo und Vibrator zum Einsatz. Und wenn es jetzt zum ersten Mal »richtig« losgehen soll? Dann sollte er zur Einstimmung seine Penisspitze nur am Scheideneingang sanft spazieren führen. Er wartet, was *Sie* tun. Kreisen Sie Ihr Becken, den Scheideneingang um seinen Penis, versuchen Sie, ihn sich Stück für Stück nach innen zu holen – und zwar in dem Tempo, in dem Rhythmus und in der Intensität, wie es *Ihnen* guttut. Üben Sie, die Muskulatur anzuspannen und zu entspannen, vermeiden Sie jedes Stoßen. Tipp: Ein Kissen unterm Po wirkt Wunder! Es erleichtert dem Körper, eine angenehme Lage einzunehmen und sie zu halten; versuchen Sie die Pomuskulatur anzuspannen, das hilft, die empfindlichen Stellen (auch den Dammschnitt) zu schützen. Dabei aber nicht die Beckenbodenmuskulatur zusammenziehen, nur den Po. Das ist eine Sache des Trainings (siehe Seite 225). Im Übrigen sollten Sie sich ganz konsequent (täglich!) der Rückbildungsgymnastik widmen. Sie hilft, die aufs Äußerste beanspruchte Muskulatur und die Bänder zu kräftigen, und sorgt für eine bessere Durchblutung des Unterleibs. Mit gestärkter Beckenboden- und Scheidenmuskulatur macht Sex in jedem Fall, nicht nur nach der Geburt, mehr Spaß!

Die Missionarsstellung ist für den Neueinstieg noch nichts. Um die Kontrolle und damit den Spielraum zu haben, sollten Sie oben auf Ihrem Partner sitzen. Versuchen Sie nie, einen Schmerz zu überstehen. Besser ist es, Lage und Stellung so zu ändern, dass es angenehm wird. Sich immer weiter vorsichtig vorarbeiten – das ist ja auch ein bisschen wie das spannende »erste Mal«: aufeinander eingehen, sich herantasten und testen, was alles möglich ist. Und – wenn Sie sich an das »erste Mal« recht erinnern – es war nur bei wenigen ein von Erfolg gekröntes Unternehmen! Seien Sie also unverzagt. Von Mal zu Mal wird es professioneller.

Vielleicht ist es jetzt sogar möglich, bislang Unausgesprochenes zu wagen: *»Ich möchte dich küssen, während du in mich eindringst.« »Magst du es eigentlich, wenn ich deinen Po massiere? Ich würde gerne intensiver werden, weil es mich ziemlich scharf macht – aber ich trau mich nicht!«* Oder gibt es da vielleicht ganz einfache Dinge, die endlich mal verkündet werden müssen? *»Ich will nicht, dass du mich fragst, ob ich nachher mit dir schlafen möchte – das nimmt mir die Spannung.« »Können wir nicht ein paar Kerzen aufstellen? Bei diesem grellen Licht kann ich mich nicht so gut entspannen.« »Ehrlich gesagt, bringt mir die Missionarsstellung überhaupt nichts! Am intensivsten spüre ich, wenn ich auf dir sitze.«*

Der kleine Zuschauer

Sinnlich-verschlafene Bettorgien am Sonntagvormittag, Überraschungsmanöver auf dem Küchentisch, der Quickie auf der Picknickdecke – alles vorbei, wenn der Winzling da ist? Seien Sie nicht noch puritanischer als die Quäker! Ein

Säugling sieht nicht und weiß nicht, was Sie da treiben. Aber er spürt genau, dass Zärtlichkeit mit im Spiel ist, und diese Atmosphäre macht ihn vielleicht sogar ganz friedlich. Gibt er doch keine Ruhe, legen Sie ihn einfach schön eingekuschelt in ein Eckchen Ihres Bettes. Vielleicht sollten Sie dann weniger laut stöhnen als gewohnt und keine außergewöhnlichen Fesselspiele wagen, und wahrscheinlich fühlen Sie sich unter einer Decke bei all dem wohler.

Ein bisschen problematischer wird es erst dann, wenn die süßen Kleinen bereits in der Wohnung herumsausen. So spontan Sie Ihre Leidenschaft ausleben wollen, so plötzlich können die Kinder auch in der Türe stehen. Und meistens wollen sie dann auch dabei sein (ist ja auch lustig, so ein Hoppe-Hoppe-Reiter-Spiel!). Sauer sein oder gar sie wegschicken, bringt gar nichts. Nehmen Sie das Kind in Ihre Mitte, schmusen Sie zu dritt, damit geben Sie ihm zu verstehen, dass die Eltern sich lieben und es nicht ausgeschlossen wird – und vertagen Sie Ihre Gelüste, bis der kleine Störenfried im Bett ist.

Sex in langen Partnerschaften

Zwei befreundete Paare sitzen in einer eleganten Bar. Dort treffen sie sich regelmäßig. Sie kennen sich gut, ihre Gespräche sind intensiv und intim. Es geht an diesem Abend, wie so oft, um Liebesbeweise und Ablehnung, Leidenschaft und Lieblosigkeit. Bislang waren es nur immer Anekdoten und ironische Bemerkungen, heute geht es zur Sache: *»Seid ihr eigentlich noch richtig scharf aufeinander? Nach bereits – wie lange? – fünfzehn Jahren? ...« »Das ist nicht so einfach. Wir haben schon einiges ausprobiert. Mittlerweile sind wir aber mit unserem Latein am Ende.« »Wie das? Gibt es etwa nichts mehr, was euch beide auf Hochtouren bringt?« »Na, dann schieß mal los. Ich bin gespannt, was ihr zu bieten habt, nach doch auch beachtlichen zehn Jahren ...« »Wir verabreden uns, oft auch mal mittags, in einem Hotel. Die Atmosphäre dort ist spannend, so ein bisschen wie ›Bonnie und Clyde auf der Flucht‹.« »Schon probiert. Weiter!« »Wir haben uns ein paar Toys gekauft. Hin und wieder legen wir eine Spielstunde ein.« »Das ist wirklich eine gute Idee. Ich habe auch eine hübsche Sammlung, aber Judith mag das nicht, sie meint, es müsse auch ohne gehen.« »Und was habt ihr euch dann einfallen lassen?« »Seit kurzem haben wir getrennte Schlafzimmer. Das läuft sehr gut an.« »Hm. Getrennte Schlafzimmer ... Klingt so, als ob ihr euch wirklich nichts mehr zu bieten hättet.« »Da täuschst du dich aber. Das ist wirklich erstaunlich, was wir da miteinander erleben. Wir liegen nicht mehr gewohnheitsmäßig jede Nacht nebeneinander. Ich muss zum Beispiel bei ihr anklopfen und sie fragen, ob ... Manchmal fühle ich mich zurückversetzt in die Teenagerzeit. Und ich muss mir schon was einfallen lassen, dass ich bei ihr bleiben darf.« »Okay. Klingt gar nicht so schlecht. Für mich* *wäre es aber nichts. Ohne mich nachts an Robert kuscheln zu können, fühlte ich mich irgendwie einsam im Bett.«*

Wenn das Geheimnis fehlt

Ob die Lust in getrennten Schlafzimmern wieder aufwacht, ob sie bereits mit Sextoys neu definiert werden kann, oder ob überhaupt nichts mehr läuft: Sex und Erotik sind in langen Partnerschaften entweder ein heiß diskutiertes oder ein heikles, verschwiegenes Thema.

Brigaden von Therapeuten, Wissenschaftlern und nicht zuletzt die Paare selbst suchen nach Erklärungen, woran es liegt, dass die erotische Spannung abflaut; sie forschen nach Lösungen und Möglichkeiten, die gegenseitige Anziehungskraft zu halten oder wieder neu zu beleben. Das Gesicht, das faszinierte, die Berührung, die elektrisierte, die Persönlichkeit, die stimulierte, das alles ist so vertraut geworden, für manche langweilig, ohne Geheimnis. *»Der Sex, den wir morgen Abend haben werden, wird genauso sein wie der, den wir vor fünf Jahren hatten. Es ist traurig«*, beklagt sich ein Mann. *»Alles ist so mechanisch geworden, eine Routineangelegenheit wie Zähneputzen.«*

Um es vorwegzunehmen: Es gibt kein Allheilmittel, zumindest nicht eines, das bei jedem Paar wirkt. So unterschiedlich die Partner und die Struktur ihrer Gemeinschaft sind, so unterschiedlich sind die Möglichkeiten, den besonderen Kick zu erhalten. Und noch etwas: Sie sind nicht krank, weil die Spannung in Ihrer Beziehung nachlässt, es ist auch keine Schwäche Ihres Charakters, die zu therapieren wäre, und auch keinesfalls eine persönliche Niederlage, die es zu verkraften gilt – es ist ein kleines (sicherlich gemeines) Spiel der Natur. Nur mit wenigen Ausnahmen haben alle Paare nach dessen Regeln zu leben.

Sex gehört nun mal dazu

Untersuchungen über Menschen in glücklichen Beziehungen haben gezeigt, dass Sex ein wesentlicher Bestandteil ist. *»Mir ist der Sex sehr wichtig, er gibt mir Selbstbewusstsein, Stolz und die Bestätigung, mit meinem Partner eine Einheit zu sein.«*

Sex ist eine ganz besondere Art, Liebe zu zeigen, sie zu erwidern und eine intime Gemeinsamkeit zu erfahren. Und wie jede Art der Kommunikation ist auch diese zuweilen anstrengend und sehr aufwendig. *»Unser Sex ist gut, wenn auch nicht immer das Wichtigste. Mehr noch tun wir für unsere Sinnlichkeit. Wir sind immer sehr zärtlich miteinander. Wir gehen zum Beispiel nie aneinander vorbei, ohne uns zu berühren oder zumindest offen in die Augen zu sehen.«*

Die Erfahrung zeigt, dass Partnerschaften, denen es an sexueller Befriedigung mangelt, oft eine zerstörerische Eigendynamik entwickeln. Plötzlich sieht sich das Paar einem nicht mehr zu lösenden Problem gegenüber. Bis zu diesem Zeitpunkt hat es bereits Verletzungen, Missverständnisse, Anschuldigungen, Zurückweisungen gegeben und eventuell sogar schon eine Affäre, die nicht mehr zu verzeihen ist. Der eigentliche Fehler: Es wird in den meisten Partnerschaften nicht ehrlich über das gemeinsame Liebesleben gesprochen. Und je länger eine Beziehung anhält, desto schwieriger scheint diese Offenheit zu werden.

Oft liegen den sexuellen Problemen auch ganz andere, »alltägliche« zugrunde: Sorgen um Kinder, Beruf, Karriere, Geld – und nicht zuletzt die Bewältigung des ewig Wiederkehrenden. Natürlich, es gibt die wunderschönen Seiten einer langen Beziehung: Das Glück, sich zu haben, die Kinder, die Gemeinsamkeiten, das Vertrauen, die emotionale Sicherheit, das alles ist unvergleichlich wichtig und unersetzbar. Dennoch bleibt kaum mehr Platz für den ganz intimen

Austausch eines Paares. Austausch der Gedanken, Ängste, der Gefühle, der Zärtlichkeiten, des Sex. Gerade der Sex aber ist zugleich empfindlichster Teil und sensibelster Gradmesser einer Beziehung. Es gibt schon mal Krach, wenn er immer wieder spät nach Hause kommt oder sie den Versicherungskram nicht mehr länger verwalten will. Es gibt in jeder Partnerschaft Meinungsverschiedenheiten über größere Anschaffungen, Kindererziehung oder Schwiegereltern. Aber das vergeht auch wieder. Negative Spannungen allerdings, sei es, weil der Sex wenig, zu wenig oder gar nicht mehr stattfindet, diese Spannungen schwelen, bleiben meist ungeklärt, aber sind dem Paar selbst bei großer Verdrängungskunst allgegenwärtig.

Die Intensität der sexuellen Beziehung ist von Paartyp zu Paartyp verschieden. Die einen machen es öfter und leidenschaftlicher als andere. In eher kameradschaftlichen Ehen spielt der Sex keine so zentrale Rolle. *»Als wir zusammenzogen, haben wir oft zwei- bis dreimal am Tag miteinander geschlafen. Jetzt, fünf Jahre später, ist der Sex nicht mehr so wichtig. Wir haben uns emotional so weit aufeinander eingelassen, dass nichts, zumindest nicht der wenige Sex, uns trennen könnte.«* Ganz unterschiedlich ist auch der Stellenwert, den Frauen und Männer und Paare der Sexualität in ihrer Beziehung beimessen. Dementsprechend kann eine Beziehung am Mangel an Erotik zerbrechen, eine andere aber, trotz eigentlich unerfüllten Sexlebens, über längere Zeit glücklich sein, weil sich die Partner darüber einig werden, dass andere Bereiche des gemeinsamen Lebens wichtiger sind. Wahrscheinlich trauern gerade die Paare, die zu Beginn ihrer Beziehung einen funkensprühenden Sex hatten, diesen starken Emotionen nach. Die genaue Erinnerung daran, wie verzaubert sie einmal waren, gibt ihnen das Gefühl, etwas Wichtiges in ihrer Partnerschaft verloren zu haben.

Nun denn, kann man die Leidenschaft, Lust und Liebe in einer langjährigen Beziehung aufrechterhalten? Ja. Vorausgesetzt, Sie wollen die intimen und erotischen Grenzen Ihrer Partnerschaft ausdehnen. Jedes Paar, dem es gelungen ist, die starken Gefühle füreinander zu bewahren, wird bestätigen können, dass es an seiner Beziehung täglich gearbeitet hat.

Wie sich der Sex verändert

Jeder Einzelne steigt mit einer ganz persönlichen Vorgeschichte in eine Beziehung ein. Diese Vorgeschichte, geprägt vom Elternhaus und vorangegangenen Partnerschaften, beeinflusst die sexuellen Bedürfnisse, die Hemmungen, Phantasien und Ängste. Dass deshalb der Aufbau einer für beide Partner reizvollen und befriedigenden Liebesbeziehung ziemlich schwierig werden kann, leuchtet ein. Es erfordert von beiden Feingefühl, Geduld und Vertrauen, um die eigenen Wünsche äußern und sich auf den anderen einstellen zu können. Sie allein entscheiden darüber, ob Ihr Liebesleben leidenschaftlich, emotional oder experimentell sein wird. *»Am Anfang unserer Ehe waren wir ziemlich ungeschickt und gehemmt. Irgendwann einmal war ich so verzweifelt darüber, dass ich plötzlich, während wir uns liebten, anfing zu weinen. Natürlich ließ er nicht locker, bis ich ihm erzählt habe, welche Ängste ich habe. Da hat er mich in den Arm genommen und wir haben uns leidenschaftlich geküsst. In diesem Moment hatte ich das Gefühl, befreit worden zu sein. Wir begehren uns nach sieben Jahren noch immer so wie damals bei diesem Kuss, und unser Sexleben ist sehr befriedigend.«*

Wenn der gemeinsame Sex Wünsche offenlässt, Ängste verstärkt, Zärtlichkeit missen lässt oder zum stumpfen Ritual wird – auch dafür liegt die Verantwortung ganz allein bei den Partnern: *»Als ich meinen Mann kennenlernte, war ich* *von gutem Sex sehr verwöhnt. Er konnte mich aber von Anfang an nicht richtig befriedigen. Ich wollte ihn nicht kränken und dachte mir lange, dass sich das schon bessern würde. Schließlich, so beruhigte ich mich, liebe ich ihn ja. Irgendwann einmal war es mir egal. Wir schliefen nicht mehr miteinander und Jahre später war unsere Ehe daran gescheitert. Man kann nicht einmal sagen, dass wir etwas verloren haben – wir hatten ja nie eine sexuelle Beziehung aufgebaut!«*

Paare in langen Beziehungen gehen aus den unterschiedlichsten Bedürfnissen miteinander ins Bett. Es ist nicht nur der Wunsch nach Befriedigung der Lust. Am Anfang ist der Sex ein leidenschaftliches Spiel, ein Herantasten an Grenzen, eine Herausforderung, ein Kampf um Macht und Unterliegen. Dann wird es immer mehr ein Akt des Vertrauens. Und da man sich so nahe ist, so intim, hat man jetzt die beste Gelegenheit, Hemmungen und Ängste abzubauen und Grenzen zu überschreiten: *»Wenn ich mit ihr schlafe, meine ich, mit ihr zu verschmelzen.«* Aus dem kurzen Glück der Leidenschaft kann Sicherheit und Geborgenheit entstehen.

Aus Spannung wird Nähe, aus Leidenschaft wird Vertrauen. Und oft geht durch diese zärtlichen, hingebungsvollen Gefühle der erotische Reiz verloren. Vor allem Männer brauchen aber beim Sex dieses Überraschungsmoment und eine gewisse Form von Aggression. Das erklärt auch, warum sie ihre Frauen so gerne von neuen Spielen und aufregenden Inszenierungen überzeugen wollen.

Kein One-Night-Stand, keine kurze Liaison hat die Chance, die Ups und Downs in der Lebensgeschichte eines Menschen mitzuerleben. Jeder verändert sich. Die Wünsche, die Visionen, die Träume. Eigenschaften verstärken sich, Spleens werden deutlicher. Es kann sehr aufregend sein, diese persönlichen Veränderungen mitzuleben, aber auch sehr anstrengend. Jede persönliche Veränderung verändert die Beziehung – auch in ihren Liebesdingen. Es gibt Phasen, in denen sie Elan und eine frische Brise in die Partnerschaft bringt. Manch einer hat sich schon mächtig gewundert, wie aus seiner eher stillen Frau ein begehrendes Vollweib wurde. Andere Phasen, in denen Menschen sich lieber zurückziehen, Abstand nehmen, ganz auf sich konzentriert sind, um sich selbst wiederzuentdecken, gibt es natürlich auch. In dieser Zeit ist es gut möglich, dass man mit dem Partner nicht schlafen möchte, was aber nichts mit fehlender Liebe zu tun haben muss. *»Die schwierigste Zeit unseres gemeinsamen Lebens war, als ich eine große persönliche Krise hatte. Ich war so unzufrieden mit mir selbst, ich mochte mich nicht einmal im Spiegel sehen. Mehr und mehr zog ich mich zurück. Völlig unbewusst. Über ein Jahr war ich unausstehlich, über ein Jahr habe ich mit meinem Mann nicht geschlafen. Gott sei Dank hat er begriffen, was in mir vorgeht, mir immer nur behutsam seine Hilfe angeboten, sich aber weder psychisch noch körperlich aufgedrängt.«*

Und es gibt noch viel zu tun …

Am Anfang einer Liebesbeziehung denkt man nicht im Traum daran, dass irgendwann mal die Leidenschaft verblassen könnte. Ob die Sexualität die ganze Ehe hindurch interessant bleibt oder bereits früh den Reiz verliert, hängt davon ab, was und wie viel die Partner in diesen zutiefst privaten Bereich einbringen und was sie im Laufe der Zeit daraus machen.

Man kann sich, wie die Paare in der Einstiegsgeschichte, Tipps von Freunden holen, sich aus einschlägiger Literatur (z.B. ›Warum nur davon träumen?‹ vom Autorenteam Berger/Ketterer) inspirieren, sich von einem Therapeuten sextechnisch coachen lassen – aber allgemeingültig sind diese

Vorschläge nicht. Jede Liebesgeschichte ist auf anderen Mauern aufgebaut. Jedes Paar braucht seinen individuellen Kick.

Vielleicht benötigen Sie gar keine ausgefallenen Spiele, aufreizenden Filme oder bahnbrechenden Techniken. Manchmal reicht ein kleiner Hinweis, ein Aha-Erlebnis.

Haben Sie sich schon einmal darüber Gedanken gemacht,

*... ob Sie sich nicht endlich von Ihrer geliebten alten Jogginghose, den ausgetretenen Hauslatschen, XXX-large Wohnshirts und angegrauten BHs verabschieden sollten? Die Klamotten mögen ja unglaublich bequem sein, aber sind Sie darin auch eine Augenweide? Viele Paare vergessen nach so vielen Jahren gemeinsamen Lebens, dass sie den Partner mit einem attraktiven Äußeren verwöhnen sollten. »Ist doch egal, wie ich aussehe, sie kennt mich doch schon so lange«, ist ein oft gehörtes Argument, in Wahrheit aber eine Beleidigung der ästhetischen Bedürfnisse des Partners. Lohnt es sich etwa nicht, sich für ihn oder sie zu pflegen, herzurichten, sich durch eine Frisur, Stil oder einen neuen Duft zu verändern, sich Gedanken zu machen, wie man den Partner überraschen kann? Das tut man ja nicht nur in äußerlicher Hinsicht, schließlich will man den Partner auch auf anderen Gebieten nicht langweilen ... oder gelangweilt werden ...

*... ob sich Ihre Gespräche, gemeinsamen Unternehmungen und Hobbys nicht bereits seit Jahren wiederholen? Sie gehen selbstverständlich jeden Sommer zum Bergsteigen, nie ins Kino; Sie sprechen immer nur über den Job oder die Kinder, nie über ein Buch, das Sie beide gelesen haben, oder teilen sich nie Ihre geheimen Wünsche mit, zum Beispiel noch Klavier lernen oder endlich mal nach Indien reisen zu wollen. Der Kampf gegen die Langeweile beginnt schon außerhalb des Bettes. Nur die gelebte Vielfalt Ihrer Persönlichkeit, Ihre facettenreiche Ausstrahlung macht es möglich,

dass das gemeinsame (Sex-)Leben nicht öde wird. Außerdem ist es eine Chance, sich wirklich kennenzulernen. Sonst geht es Ihnen irgendwann einmal so wie dem alten Paar, das sich aus Überzeugung, dem anderen etwas Gutes zu tun, über Jahrzehnte immer die falsche Brötchenhälfte überließ ...

*... ob er wirklich weiß, was Sie im Bett brauchen? Und haben Sie ihm schon mal gezeigt, dass Sie Lust auf ihn haben? Und geben Sie ihm eigentlich Signale, dass Sie an dem einen oder anderen erotischen Experiment interessiert wären? Wenn Sie jetzt nicht den Anstoß geben, wird sich vermutlich nichts verändern. Es kostet einige Überwindung, das ist wahr, vor allem wenn man jahrelang geschwiegen hat oder gekonnt vorgegaukelt, dass alles wunderbar ist. Aber bitte, falls Sie nun überzeugt sind, etwas verändern zu wollen, fallen Sie nicht plötzlich mit vernichtender Kritik über ihn her, besinnen Sie sich auf weibliche Strategien – er hat eine Chance verdient. Die Devise lautet: Es ist niemals zu spät! Und man kann dabei nur gewinnen.

*... die Kinder nicht immer als Grund vorzuschieben? Zeit, Aufmerksamkeit und Sichgehenlassen – die Zutaten, aus denen Sinnlichkeit entsteht – fehlen in vielen Partnerschaften. Für alle Paare ist es wichtig, sich einen Intimbereich aufzubauen, die erotische Beziehung zu pflegen. Intensität und Häufigkeit von Sex hängen sehr davon ab, sich dafür Freiräume im Alltag zu schaffen.

*... dass Liebe manchmal nicht genug ist ... Die Lust ist kein Nebenprodukt, sondern eine der wesentlichsten Seiten einer langen Partnerschaft. Der Motor eines Autos ist ja auch kein Zierrat ... und auch er braucht Pflege!

*... dass Lust manchmal nicht alles ist ... Sie erleben heißen, aber nicht leidenschaftlichen Sex. Da gibt es einen gravierenden Unterschied. Zwei Menschen können ausgefallene

Spiele im Bett beherrschen und es blendend verstehen, sich gegenseitig scharf zu machen, und doch irgendwie unbefriedigt bleiben. Denn um Leidenschaft zu erleben, müssen sich die beiden auch emotional nahestehen.

*... wie viel Romantik noch in Ihrer Beziehung ist? Gemeint ist nicht nur die romantische Verliebtheit, diese euphorische Zeit zu Beginn einer Liebesbeziehung. Wenn jemand die Welt um sich vergisst. Keine Sekunde ohne den anderen sein kann, keinen Handgriff ohne ihn machen will, (fast) jeder Gedanke ihm gilt. Aber irgendwann einmal dringt die Wirklichkeit in diesen herrlichen Ausnahmezustand. Die Arbeit verlangt hundertprozentige Aufmerksamkeit, Freunde fühlen sich womöglich zurückgesetzt, auch der Mülleimer muss mal geleert werden. Plötzlich stört es, dass er nie die gelesene Zeitung wieder zusammenfaltet, diesen dämlichen Hut aufsetzt (den man am Anfang ganz witzig fand) oder vergisst, Ihnen Blumen mitzubringen (womit er Sie gleich beim ersten Rendezvous überrascht hat). Jetzt sollten Sie achtsam sein. Die Wirkung der Droge Verliebtsein lässt nach. Jetzt beginnt die Arbeit. Respekt und Liebe müssen erhalten werden. Und wo bleibt die Romantik? Um ein wahrer Romantiker zu sein, müssen Sie die Welt hin und wieder auch mit den Augen Ihres Partners sehen. Finden Sie heraus, was ihm das Gefühl gibt, geliebt zu werden, und tun Sie es. Sei es in der Wüste Gobi zu trekken, frühmorgens den Sonnenaufgang zu erleben oder ihm immer die »richtige« Hälfte des Brötchens zu überlassen. Das Gleiche gilt natürlich auch für ihn!

*... wie es am Anfang war? Welche Worte, welche Situationen, welche Stimmungen haben Ihnen Lust gemacht? Vielleicht lässt sich einiges davon zurückholen ...

*... sich gegenseitig den Hof zu machen? Ein Part, der traditionsgemäß eher den Männern zufällt? Hier gilt das Prinzip

Gleichberechtigung: Er spürt nämlich auch gerne, begehrt zu werden.
*... dass Monogamie nicht gleich Monotonie ist? Aufregender Sex ist kein Vorzug der Jugend, frisch Verliebter oder reizvoller Affären!

Es gibt noch einiges zu tun ...

Pille & Co. – alles über Verhütung

Wer nicht schwanger werden will, der hat heute eine ganze Reihe von Möglichkeiten, dafür zu sorgen, dass das auch nicht passiert. Da junge Frauen oftmals nicht genau wissen, was es mit den einzelnen Methoden auf sich hat, und außerdem ständig neue Produkte auf den Markt kommen, ist es auch in diesen aufgeklärten Zeiten immer wieder notwendig, sie im Detail vorzustellen.

Leider ist es in den meisten Fällen immer noch die Frau, die sich um die Verhütung kümmern muss. Bis auf das Kondom gibt es bis jetzt keine gängige Methode, bei der Männer die aktive Rolle übernehmen können. Zwar wären laut Umfragen der Weltgesundheitsorganisation WHO mehr als die Hälfte der Männer bereit, ein hormonelles Verhütungsmittel zu nehmen, doch auf den Markt, so rechnen Experten, kommt die Pille für den Mann frühestens 2010. Bis dahin darf er sich darauf beschränken, seiner Partnerin zu sekundieren: »Liebling, soll ich die Temperatur in die Tabelle eintragen?« »Hast du an die Pille gedacht, Schatz?«

Glücklicherweise steht den Frauen inzwischen eine breite Palette an sicheren Verhütungsmethoden zur Verfügung. Denn die Ansprüche an »ihr« Verhütungsmittel unterscheiden sich von Frau zu Frau. Der einen liegt vor allem ihre Gesundheit am Herzen, der Nächsten die Spontaneität beim Sex, und die Übernächste will nur dann verhüten, wenn tatsächlich Lust auf dem Programm steht.

Die Entscheidung, welches Verhütungsmittel das richtige für Sie ist, hängt zunächst einmal von gesundheitlichen Faktoren ab. Lassen Sie sich von einer Gynäkologin oder einem Gynäkologen Ihres Vertrauens beraten. Vor allem Frauen, die mit der Pille verhüten wollen, müssen unbedingt vom Arzt abchecken lassen, ob sie zu einer der Risikogruppen gehören, also zum Beispiel übergewichtig sind oder zu Gefäßerkrankungen neigen.

Bei der Wahl der Verhütungsmethode spielt aber auch die persönliche Lebenssituation eine wichtige Rolle. Wer in einer festen Beziehung lebt, bevorzugt unter Umständen eine andere Methode als eine Single-Frau. Die eine hat regelmäßig Sex und braucht deshalb permanenten Schutz vor ungewollter Schwangerschaft, die andere muss nur sporadisch an Verhütung denken, dafür aber jedes Mal an den Schutz vor Aids und Geschlechtskrankheiten.

Schließlich sollte jede Frau genau überprüfen, mit welchem Verhütungsmittel sie sich wirklich wohl und sicher fühlt. Wer einem Diaphragma partout nicht vertrauen kann, sollte lieber die Methode wechseln, als beim Sex an nichts anderes zu denken als an einen möglichen »Verkehrsunfall« und jeden Monat seinen Tagen entgegenzubangen. Und wer bei Tabletten ein Würgen im Hals bekommt, für den ist die Pille garantiert nicht die ideale Wahl.

Haben Sie sich für eine bestimmte Verhütungsmethode entschieden, sollten Sie sich vom Arzt oder bei einer Pro-Familia-Beratungsstelle bis ins Detail darüber informieren, wie sie funktioniert. Wo und wie wird zum Beispiel bei der Portiokappe das spermientötende Mittel aufgetragen? Wie reinigt man ein Diaphragma? Wie lange darf man es in sich tragen? Was tun bei Fernreisen, wenn man natürlich nach der Fiebermethode verhütet? Haben Sie keine Hemmungen nachzufragen, wenn Sie etwas nicht verstanden haben. Besser eine vermeintlich dumme Frage stellen, als aus falscher Scham einen Fehler bei der Verhütung machen.

Die kritischen Tage

Im Grunde sind es gerade mal acht bis zehn Tage im Monat, für die der ganze Verhütungsaufwand betrieben wird. Etwa alle vier Wochen findet während der fruchtbaren Jahre der Frau ein Eisprung statt. Dabei wird eine reife Eizelle freigesetzt, die durch einen Eileiter in die Gebärmutter wandert. Diese Eizelle ist nur etwa sechs bis zwölf Stunden lang für eine Befruchtung durch männliche Samenzellen bereit.

Die Pille

Seit Juni 1961 ist sie in Deutschland auf dem Markt. Rund die Hälfte aller Frauen unter 49 Jahren nehmen heute die Pille, etwa jede vierte davon die sogenannte Mikropille. Damit ist die Pille das am häufigsten angewendete Mittel zur Verhütung ungewollter Schwangerschaften.

So wirkt die Pille

Dem Körper wird bei Einnahme der Pille durch eine bestimmte Kombination chemisch hergestellter weiblicher Geschlechtshormone eine Schwangerschaft vorgetäuscht. Dadurch reift in den Eierstöcken keine Eizelle. Außerdem wird der Aufbau der Gebärmutterschleimhaut gebremst. Ein befruchtetes Ei kann sich deshalb nicht einnisten. Der Schleim am Muttermund wird so verdickt, dass er für Spermien undurchlässig ist. Die niedrig dosierten Mikropillen unterdrücken ebenfalls Eireifung und Eisprung. Minipillen enthalten dagegen keine Östrogene, sondern nur Gestagen. Sie unterdrücken den Eisprung nicht, sondern hemmen lediglich den Aufbau der Gebärmutterschleimhaut und verdicken den Schleim am Muttermund, so dass keine Spermien durchkommen. Zusätzlich schränken sie die Beweglichkeit der Eileiter ein, so dass die eine reife Eizelle nicht auffangen können.

Vorteile

Die Pille ist sicher und bequem. Für die meisten Frauen, die mit ihr verhüten, gehört sie zum Morgen- oder Abendritual wie das Zähneputzen.

Spontan-Quickies am Strand, erotische Überrumplungsmanöver im Hausflur, wer die Pille nimmt, kann mit einem festen Partner jederzeit Sex haben, ohne sich oder ihn vorher präparieren zu müssen. Bei wechselnden oder neuen Liebhabern trotz Pille Safer Sex praktizieren und immer ein Kondom benutzen!

Ein angenehmer Nebeneffekt der hormonellen Verhütung: Die Menstruation ist häufig kürzer, und die Schmerzen zu Beginn der Blutungen nehmen ab oder fallen sogar ganz weg. Außerdem kann sie die Akne verbessern.

Nachteile

Jeden Tag zu einer festgesetzten Stunde eine Pille zu schlucken, ist bei dieser Verhütungsmethode Pflicht. Das liegt nicht jeder Frau. Ein gewisses Maß an Disziplin ist aber Voraussetzung, damit die Pille tatsächlich ihre Wirkung entfalten kann.

Sämtliche Pillen (außer der Minipille) enthalten das Östrogen Ethinylestradiol und verschiedene chemisch hergestellte Gestagene, die alle unterschiedliche Nebenwirkungen haben können. Wer die Auflistung dieser Nebenwirkungen auf dem Beipackzettel liest, kriegt erst mal einen gewaltigen Schreck. Niemand sollte leichtfertig über diese Angaben hinweggehen. Das Risiko der Pille kann tatsächlich groß sein. Das beweisen allein die immer wieder geführten Diskussionen unter den Experten. Zuletzt sorgte eine Meldung der Weltgesundheitsorganisation WHO für Aufregung, in der Pille seien Stoffe enthalten, die krebsauslösend sind. Was das Brustkrebsrisiko angeht, konnte der Verdacht unter anderem durch die bislang größte Brustkrebsstudie ausgeräumt werden. Noch nicht endgültig geklärt ist hingegen, ob die Pille das Risiko erhöht, an Gebärmutterhalskrebs zu erkranken. Bestimmte Präparate dürfen außerdem nicht Frauen unter 30 Jahren verschrieben werden, die erstmals die Pille einnehmen wollen, da sie möglicherweise das Thromboserisiko (Blutgerinnsel im Körper) erhöhen. Sprechen Sie auf jeden Fall mit Ihrem Arzt ab, welches der über 50 verschiedenen Präparate für Sie geeignet ist, oder ob Sie eventuell auf eine andere Verhütungsmethode zurückgreifen sollten.

Bei einigen Frauen lösen die Pillenhormone Kopfschmerzen, Übelkeit, Sehstörungen, eine Gewichtszunahme oder Brustspannen aus. Vermutlich genügt es in solchen Fällen, das Präparat zu wechseln. Spätestens ab 35 ist die Einnahme der Pille vor allem für Raucherinnen problematisch. Das Rauchen verengt die Gefäße, und das Ethinylestradiol verschlechtert die Fließfähigkeit des Blutes. Die Folge ist ein erhöhtes Risiko für Thrombosen, Herzinfarkt und Schlaganfall. Es ist deshalb unbedingt zu empfehlen, auf eine andere Verhütungsmethode umzusteigen.

Wenn Sie sich mit Ihrer Pille wohlfühlen und Ihr Arzt keine Bedenken äußert, können Sie die Pille so lange Sie wollen ohne Angst oder schlechtes Gewissen weiternehmen.

Pille vergessen – was nun?

Wenn Sie die Pille mal vergessen haben, nur keine Panik. Nimmt man sie innerhalb von rund zehn Stunden nach (die genaue Stundenzahl steht auf dem Beipackzettel), schützt sie noch zuverlässig. Haben Sie die angegebene Stundenzahl überschritten, nehmen Sie die vergessene Pille nicht mehr ein und machen am nächsten Tag zur gewohnten Stunde mit dem Pillenstreifen weiter, um den Monatszyklus nicht zu stören. Schützen Sie sich für die restlichen Tage des Zyklus aber beim Sex zur Sicherheit durch zusätzliche Verhütungsmittel, zum Beispiel Kondome. Sollten Sie die Pille öfter vergessen, haben Sie wahrscheinlich unbewusst Bedenken gegen das Präparat. Vielleicht sollten Sie eine andere Verhütungsmethode ausprobieren.

Und noch eine Verhütungspanne

Haben Sie während der ersten vier Stunden nach dem Einnehmen einer Pille Durchfall oder müssen sich erbrechen, kann der Körper die Hormone nicht aufnehmen. Nehmen Sie eine weitere Pille ein und fragen Sie Ihren Frauenarzt, ob der Schutz dadurch gewährleistet ist. Geht es Ihnen so schlecht, dass Sie keine zweite Pille schlucken oder bei sich behalten können, besprechen Sie mit Ihrem Arzt, wie Sie den Monat pillentechnisch zu Ende bringen. Achtung: Viele Antibiotika beeinträchtigen die Wirkung der Pille. Sollten Sie ein entsprechendes Medikament einnehmen, unbedingt zusätzlich verhüten!

Kosten

Die Kosten für die Pille liegen zwischen fünf und zehn Euro pro Monat. Für Frauen unter 20 Jahren übernimmt die Krankenkasse die Kosten.

Der Vaginalring

Der weiche Kunststoffring (Durchmesser: 54 Millimeter) ist wie die Pille eine hormonelle Verhütungsmethode, die den

Eisprung verhindert. Er wird wie ein Tampon in die Scheide eingeführt, wo er kontinuierlich das Östrogen Ethinylestradiol und ein Gestagen freisetzt. Nach 21 Tagen müssen Sie den Ring wieder entfernen. In den folgenden sieben Tagen setzt normalerweise die Regelblutung ein, danach setzen Sie den Ring wieder ein. Der Vaginalring verhütet ähnlich sicher wie die Pille.

Vorteil

Einmal im Monat einsetzen, einmal herausnehmen – eine gute Methode für vergessliche Naturen. Vorausgesetzt, sie notieren die beiden Stichtage mit Rotstift in ihrem Kalender und halten sie auch ein.

Nachteile

Die Nebenwirkungen sind denen der Pille vergleichbar. In seltenen Fällen kommt es zu Ausfluss oder Reizungen in der Scheide.

Kosten

Der Vaginalring muss vom Gynäkologen verschrieben werden und kostet für drei Monate rund 40 Euro.

Die Dreimonatsspritze

Bei der Dreimonats- oder Depotspritze verhindert eine hoch dosierte Gestagen-Injektion in den Pomuskel über einen Zeitraum von acht bis zwölf Wochen den Eisprung. Da sie weit stärker als die Pille in den Hormonhaushalt eingreift, darf diese Methode laut Bundesgesundheitsamt nur in Ausnahmefällen vom Gynäkologen verschrieben werden.

Vorteile

Die Dreimonatsspritze bietet zuverlässigen Schutz vor einer ungewollten Schwangerschaft, Einnahmefehler sind ausgeschlossen, und man muss nicht ständig an Verhütung denken.

Nachteile

Wer sich für diese Methode entscheidet, muss mit erheblichen Nebenwirkungen rechnen. Meistens werden die Monatsblutungen unregelmäßig, es kann zu Kopfschmerzen, Sehstörungen, Gewichtszunahme und Depressionen kommen. Alle drei Monate ist ein Arztbesuch fällig, und nach dem Absetzen des Mittels kann es Monate bis Jahre dauern, bis sich der Zyklus wieder einstellt.

Kosten

Die Spritze wird alle drei Monate vom Frauenarzt verabreicht und kostet rund 25 Euro.

Hormon-Implantat

Das Hormon-Implantat »Implanon« ist ein kleines flexibles Hormonstäbchen, das der Frau unter örtlicher Betäubung an der Innenseite des Oberarms direkt unter die Haut eingesetzt wird. Das Stäbchen ist vier Zentimeter lang, zwei Millimeter dick und gibt kontinuierlich kleinste Mengen Gestagen ab. Östrogen enthält »Implanon« nicht, deswegen ist es für Raucherinnen und unter Umständen für Frauen geeignet, die die Pille nicht vertragen. Die Wirkung: Wie bei der Pille wird der Eisprung unterdrückt. Das Implantat gilt als absolut sichere Verhütungsmethode und kann jederzeit wieder entfernt werden.

Vorteile

Mit dem Hormon-Implantat kann die Frau das Thema Verhütung für drei Jahre vergessen. Außerdem wird die Regel schwächer, seltener oder bleibt sogar ganz aus. Das wird von den einen als Vorteil bewertet, bei anderen Frauen hinterlässt es jedoch ein ungutes Gefühl. Für sie ist die Regel ein Indiz für Fruchtbarkeit, das sie nicht missen wollen.

Nachteile

Das Einsetzen und Entfernen des Implantats ist ein echter chirurgischer Eingriff, den man nur von einem geschulten Arzt vornehmen lassen sollte. Fehlt dem Arzt die nötige Ausbildung und Routine, kann vor allem das Entfernen ausgesprochen schmerzhaft sein und hässliche Narben hinterlassen. Zahlreiche Anwenderinnen klagen über zum Teil starke Nebenwirkungen wie Kopfschmerzen, Akne, Brustspannen bis hin zu starken Brustschmerzen, Depressionen, Angstzuständen, Sehstörungen, Lustlosigkeit oder Blutungsstörungen. Frauen mit Kinderwunsch müssen unter Umständen lange warten, bis sie nach dem Entfernen des Implantats schwanger werden. Es kann bis zu zwei Jahre dauern, bis der normale Zyklus sich wieder einspielt. Viele Frauen lassen sich das Implantat wegen der heftigen Nebenwirkungen übrigens vorzeitig herausnehmen.

Kosten

Das Implantat wird vom Frauenarzt eingesetzt und kostet inklusive Eingriff 300 bis 350 Euro.

Kondome

Kondome sind wohl das einzige Verhütungsmittel, das nebenbei einen unterhaltsamen Effekt hat. Es gibt sie in verschiedenen Farben, mit Erdbeer- oder Bananengeschmack, genoppt, feucht, geriffelt, in Tierform oder mit Musikmechanismus. Solche Entertainment-Kondome sind ein witziger Gag, zur sicheren Verhütung sollte man aber lieber zu konservativen Apotheken-Gummis, am besten mit spermienabtötender Beschichtung, greifen.

Seit Aids ungeschützen Sex zum lebensbedrohlichen Vergnügen gemacht hat, sind ertragreiche Zeiten für die Kondomindustrie angebrochen. Denn das Gummi schützt nicht mehr nur vor ungewolltem Nachwuchs und ansteckenden Geschlechtskrankheiten, sondern als einziges Verhütungsmittel auch vor dem tödlichen Virus.

Der Vorteil für Frauen ist, dass der Mann endlich in die Pflicht genommen wird. Abgesehen von der Sterilisation ist das Kondom die einzige Methode, bei der Männer den aktiven Part bei der Verhütung übernehmen.

Das Kondom ist die zweithäufigst angewandte Verhütungsmethode und bietet sich besonders Singles an, die aus Lust am Sex oder auf der Suche nach Mister Right mit verschiedenen Männern ins Bett gehen. So schützen sie sich gleichzeitig vor einer Schwangerschaft und bleiben vor Aids oder ansteckenden Geschlechtskrankheiten verschont.

Kondome sind einfach anzuwenden und abgesehen von der Möglichkeit eines Latexallergieschubs (Kondome bestehen aus Naturkautschuklatex) gibt es keine Nebenwirkungen. Achtung Latexallergiker: Zu Kondomen aus Polyurethan, einem synthetischen Stoff, der keine Allergien auslöst (gibt's in der Apotheke), greifen. Das Material ist außerdem strapazierfähiger als das herkömmliche Latex, geruchsneutral und farblos.

Kondome sind eine sichere Verhütungsmethode, wenn man sie richtig anwendet. Das Ejakulat gelangt nicht in die Vagina der Frau, sondern sammelt sich im Reservoir an der Spitze des Gummis.

So ziehen Sie ihm einen über

Wir gehen einmal davon aus, dass Männer sich das Kondom in der Regel selbst überziehen (können). Frauen setzen sich schließlich auch ohne männliche Unterstützung ihr Diaphragma ein. Sollten Sie ausnahmsweise einmal bei ihm Hand anlegen wollen und das »Anziehen« so ins Liebesspiel integrieren, hier eine kleine Gebrauchsanweisung: Wenn der Partner eine volle Erektion hat, die Kondom-Packung vorsichtig öffnen. Perforieren Sie das Kondom nicht vor lauter Eile und Ungeduld mit Ihren Fingernägeln. Die Vorhaut des Penis zurückziehen und das Gummi auf die Eichel legen. Achten Sie darauf, dass das Kondom richtig herum liegt, also so, dass Sie es leicht abrollen können. Drücken Sie mit Daumen und Zeigefinger die Luft aus dem Reservoir an der Spitze des Kondoms; bleibt eine Luftblase, könnte das Kondom platzen. Halten Sie mit der einen Hand den Penis des Partners an der Wurzel fest, und rollen Sie mit der anderen das Kondom bis zur Peniswurzel ab.

Wer Angst hat, sich beim Einkleiden des Penis ungeschickt anzustellen, trainiert vorher einfach mit einer Gurke, einer Zucchini oder einem Besenstiel.

Ein bisschen mehr Training und robuste Geschmacksnerven erfordert vermutlich das Überziehen mit dem Mund. Wir kennen zwar niemanden, der diese mundakrobatische Nummer schon mal hingekriegt hätte, aber Sie können es ja mal versuchen:

Das Gummi mit der Spitze nach innen hinter die Zähne nehmen. Aber nicht draufbeißen, sonst kann man den Überzieher gleich weglassen. Das Kondom über die Eichel stülpen und vorsichtig mit den Lippen abrollen. Die letzten paar Zentimeter funktioniert das Abrollen auch mit kreisenden Bewegungen der Zunge. Der Penis wird so gleichzeitig stimuliert. Wie schon gesagt, der Geschmack eines Kondoms behagt nicht jeder Zunge. Auf keinen Fall sollte man für diese Übung aber ein Kondom mit samentötender Beschichtung nehmen – die schmecken besonders widerlich.

Nachhilfe

Wenn es beim Sex mit dem Kondom nicht richtig flutscht, hilft ein Gleitmittel. Aber nur Mittel auf Wasserbasis benutzen! Gleitmittel, die auf Öl basieren, zum Beispiel Babyöl oder Vaseline, ätzen in weniger als einer Minute Löcher in das Gummi oder lösen es sogar völlig auf. Vorsicht auch bei einer heißen Nummer in der Badewanne: Keine Badezusätze wie ein duftendes Badeöl verwenden!

Après-Sex

Nach der Ejakulation sollte der Partner seinen Penis aus der Scheide ziehen, bevor die Erektion abschlafft. Das Kondom beim Herausziehen gut festhalten, sonst rutscht der Gummi ab und das Ejakulat landet doch noch in der Vagina. Das Kondom sofort entfernen und den Penis waschen. Denn auch nach dem Sex können sich Spermien, die auf dem Penis in Warteposition auf ihre Chance lauern, in die Vagina der Frau mogeln, und alle Verhütung war vergebens.

Kleine Warenkunde

Garantiert sicher sind nur Markenkondome mit Genehmigungsnummer oder der Kennzeichnung »CE« mit einer

Prüfstellennummer. Geprüfte Markenkondome haben keine Löcher und: Sie platzen nicht. Außerdem ist es ratsam, vor Gebrauch eines Gummis immer auf das Verfallsdatum zu achten. Kondome sollten nicht älter als ein Jahr sein, da der Gummi mit der Zeit brüchig wird und dadurch leichter reißt. Im Urlaub nicht vergessen: Auch Hitze und Sonne können Kondome porös machen. Wer sichergehen will, kauft seine Gummis in der Apotheke. Ein Kondom kostet 50 bis 60 Cent.

Das Kondom als Lustkiller

Ja, es ist wahr: Das Kondom bringt eine unsinnliche Note ins Liebesspiel. Die »Einkleidung« des Penis unterbricht lustbremsend das entfesselte Treiben. Das scheinen jedenfalls viele Männer so zu empfinden. *»Meine Freundin stört das nicht weiter, aber mich bringt das total raus. Außerdem will ich sie direkt spüren, wenn ich in ihr bin.« »In dieser dämlichen Mülltüte fühle ich mich eingesperrt. Ich spüre meinen Schwanz gar nicht richtig.« »Mir macht das Ding nichts aus, aber mein Mann sagt, er vermisst das Gefühl des Miteinanderverschmelzens. Klingt überzeugend, oder?« »Ich merke nie, wann es mir kommt. Ich habe überhaupt keinen Einfluss darauf, wenn ich ein Gummi über habe.«* Selbstvergessenheit und Kontrollverlust, wichtige Komponenten beim Sex, sind eingeschränkt – das Ding darf schließlich nicht plötzlich herunterflutschen. Ist das Gummi einmal übergestreift, bleibt nur noch die Penetration – phantasievolle Spiele müssen vorher erledigt werden, denn der Penis muss steif bleiben, sonst hält das Kondom nicht. Schluss also mit Zärtlichkeiten und Stimulieren, der Gipfel und damit das Ende der Lust steht unwiderruflich bevor, für Frauen oft ein Problem. Das Kondom verhindert beim Mann auf dem Höhepunkt des Liebesspiels das Gefühl des sich Verströmens in der Partnerin. Und bei der

Frau die lustbringende Vorstellung, seinen Samen in sich aufzunehmen, von ihm ausgefüllt zu werden. Es bricht das Liebesspiel ab, wenn der Mann gekommen ist, ein Verweilen, Ineinanderbleiben, Zusammenliegen, traumverlorenes Ausruhen, gemeinsames Wegschlummern ist unmöglich, denn das Gummi muss sofort entsorgt werden. Gezähmte Leidenschaft, dieser Ausdruck fasst alle Übel wohl am treffendsten zusammen. Und dann auch noch die Beleidigung der Sinne – Kondome riechen und schmecken nach Latex, sprich nicht lecker. Lust auf Fellatio haben nur wenige Frauen, wenn der Überzieher einmal sitzt.

Alles reine Gewöhnungssache, meinen die einen. Und die anderen? Die müssen das, bei One-Night-Stands und einem neuen Partner sowieso, eben aushalten. Zugegeben, die Nachteile von Kondomen lassen sich nicht wegdiskutieren. Aber kann das ein Argument dagegen sein, sie zu benutzen? Die Autorinnen gehen davon aus, dass inzwischen jede Frau weiß, dass Aids unter anderem bei ungeschütztem Sex übertragen wird. Und dass sie allein die Verantwortung für ihre Gesundheit trägt.

Wenn man sich zwischen seinem Leben und einem klein bisschen mehr Lust beim Sex entscheiden muss, dann dürfte die Wahl eigentlich nicht schwerfallen. Autofahren ist ohne Sicherheitsgurt auch angenehmer, man fühlt sich freier, beweglicher. Dafür behält man sein Gesicht oder sogar sein Leben, wenn es mal kracht. Und beim Riverrafting trägt man lieber eine lästige Schwimmweste, als beim Kentern mortal abzutauchen.

Sex ist leider mit einer tödlichen Gefahr belastet. Seien wir doch froh, dass man sich davor schützen kann und das Ausleben der Lust nicht zum russischen Roulette mit anderen Waffen wird. An den potenziellen Lebensretter kann man sich außerdem gewöhnen. Wenn man ihn öfter benutzt hat, dann wird es irgendwann zum Automatismus. Die störenden Nebenwirkungen nimmt man gar nicht mehr bewusst wahr. Sie können manchmal sogar durchaus ihre Vorteile haben.

Viele Männer und auch einige Frauen beklagen zum Beispiel, beim Sex weniger zu spüren, wenn Gummi auf Haut reibt. Das muss für die Frau nicht unbedingt von Nachteil sein. Auf diese Weise kann der Orgasmus des Mannes nämlich herausgezögert werden. Nicht übel, wo doch die meisten Frauen von Schnellschüssen nicht viel haben.

Wenn das Gummi beiden Partnern die Lust auf Sex total verdirbt, sollten sie einfach mal eine andere Marke ausprobieren. Es gibt durchaus Unterschiede.

Das Diaphragma

Das Diaphragma, auch Scheidenpessar oder Pessar genannt, ist ein weiches Gummischälchen mit einem elastischen Rand. Die Innenseite des Diaphragmas wird vor dem Einsetzen mit samentötender Creme oder Gel bestrichen. Dann führt man es längs zusammengedrückt in die Scheide ein und stülpt es über den Muttermund. Das Diaphragma umschließt den Muttermund und versperrt den Spermien so den Weg in die Gebärmutter. Wichtig ist deshalb, dass der Muttermund vollständig bedeckt ist. Richtig angewandt, ist das Diaphragma eine zuverlässige Verhütungsmethode.

Diaphragmen gibt es in verschiedenen Größen (sieben bis acht Zentimeter Durchmesser). Welche Größe die richtige für eine Frau ist, bestimmt ihr Frauenarzt. Passt das Diaphragma nicht genau, kann es verrutschen und bedeckt den Muttermund nicht mehr zuverlässig. Das heißt freie Fahrt für alle Spermien, die die samentötende Creme überlebt haben.

Vorteile

Diese Verhütungsmethode hat den großen Vorteil, dass der Hormonhaushalt nicht beeinflusst wird. Die Frau muß außerdem nicht täglich zu einer bestimmten Zeit an Verhütung denken, sondern setzt das Diaphragma ein, wenn es gebraucht wird. Oder wenn sie glaubt, dass es gebraucht wird. Vorbeugen ist manchmal besser als eine störende Pause. Wollen Sie eine Verführungsszene nicht unterbrechen, dann gehen Sie während des Abendessens oder eben dann, wenn Sie merken, dass Lust in der Luft liegt, kurz auf die Toilette und setzen das Diaphragma ein (etwa eine Stunde vor dem Verkehr ist okay; ist das Diaphragma länger als diese Zeit in der Vagina, sollte man mit einem Applikator nochmals eine Portion spermientötendes Gel oder Creme einführen). So kommt es zu keiner Unterbrechung des Liebesspiels. Diese Verhütungsmethode hat keine Nebenwirkungen.

Nachteile

Spontansex ist mit dieser Methode natürlich nicht möglich. Außerdem schützt ein Diaphragma nicht vor Aids. Und noch eins: Üben, üben, üben. Sonst ist es mit der Lust vorbei, ehe sie richtig begonnen hat. Oder finden Sie es aufregend, verschwitzt, mit vor Zorn zitternden Händen aus dem Badezimmer zu kommen und zu verkünden »Okay, wir können jetzt anfangen, Baby«.

Après-Sex

Mindestens sechs Stunden muss das Diaphragma nach dem Sex noch in der Scheide bleiben. Erst dann darf man es mit den Fingern aus der Vagina ziehen und mit milder Seife und lauwarmem Wasser reinigen. Wird das Diaphragma früher als sechs Stunden nach dem Verkehr entfernt, können Spermien überlebt haben, die sich nun noch auf die Reise zur Eizelle begeben. Hat man innerhalb dieser Zeit ein weiteres Mal Sex, muss unbedingt samentötendes Mittel »nachgelegt« werden, da die erste Portion nach zwei bis drei Stunden ihre Wirkung verliert.

Kosten

Ein Diaphragma können Sie sich von Ihrem Frauenarzt, bei Pro Familia oder in Frauengesundheitszentren anpassen lassen. Es kostet ab 80 Euro inklusive Anpassung und ist ein bis zwei Jahre benutzbar. Zusätzlich muss ein spermientötendes Mittel gekauft werden für zehn bis 15 Euro.

Ähnlich wie das Diaphragma wirken die in den nächsten beiden Abschnitten beschriebene Portiokappe und Lea-Kontrazeptikum. Bei allen dreien muss ein spermientötendes Mittel aufgetragen werden und das Einsetzen will geübt sein. Ob ein Diaphragma, eine Portiokappe oder Lea-Kontrazeptikum für Sie am besten geeignet ist, besprechen Sie am besten mit Ihrem Frauenarzt. Was passt zum Beispiel zu Ihrem Körperbau? Lassen Sie sich von jedem ein Exemplar zeigen. Mit welchem können Sie sich am ehesten anfreunden?

Die Portiokappe

Die Portiokappe ist kleiner als ein Diaphragma, besteht aus Silikon und wird mit spermientötendem Gel bestrichen (unbedingt Anleitung beachten!), dann wie ein Tampon in die Vagina eingeführt und über den Muttermund gestülpt. Dort saugt sie sich fest, so dass kein Spermium in den Gebärmutterhals gelangt. Bis das Einsetzen richtig klappt, muss man ein wenig üben. Dann aber entspricht die Sicherheit dieser Methode in etwa der des Diaphragmas.

Wegen der geringeren Größe (Innendurchmesser zwei bis drei Zentimeter) verhüten viele Frauen lieber mit der Portiokappe als mit einem Diaphragma. Außerdem fühlen sie sich sicherer, weil die Kappe durch das Ansaugen nicht so leicht verrutscht. Gemeinsam ist beiden Methoden der Vorteil, dass sie keine Nebenwirkungen haben.

Die Portiokappe muss zwei Stunden bis spätestens 20 Minuten vor dem Sex eingeführt werden. Man spürt die Kappe beim Koitus noch weniger als ein Diaphragma. Sie schützt ungefähr sechs Stunden lang.

Nach dem Geschlechtsverkehr darf sie, wie das Diaphragma, nicht zu früh entfernt werden. Etwa sechs Stunden muss sie in der Scheide bleiben.

Die Portiokappe muss unbedingt vom Arzt angepasst werden. Ist sie zu klein, verschließt sie den Muttermund nicht zuverlässig und das eine oder andere Spermium kann sich durchmogeln.

Eine Portiokappe kostet rund 50 Euro zuzüglich Anpassung und hält ein bis zwei Jahre. Zusätzlich fallen Kosten für die spermientötende Creme an (siehe Diaphragma).

Lea-Kontrazeptivum

Bei Lea-Kontrazeptivum handelt es sich um eine Art Portiokappe. Erschrecken Sie nicht, wenn Sie so ein Ding zum ersten Mal in der Hand halten. Es sieht auf den ersten Blick ziemlich groß und ein bisschen nach einem gynäkologischen Instrument aus. Die meisten Frauen, die es benutzen, sind jedoch begeistert von dieser Verhütungsmethode. Lea-Kontrazeptivum wird ebenfalls mit einem spermientötenden Mittel bestrichen und dann in die Vagina eingeführt. Es hat ein Ventil, durch das Flüssigkeit aus der Gebärmutter ablaufen kann. Am unteren Ende der Silikonkappe befindet sich eine Schlaufe, an der man sie mit einer leichten Drehung aus der Scheide ziehen kann. Die Verhütungssicherheit ist ähnlich hoch wie bei Diaphragma und Portiokappe.

Lea-Kontrazeptivum kann bis zu 48 Stunden in der Scheide bleiben und ist wie ein Diaphragma und eine Portiokappe nach einem lauwarmen Seifenwasserbad wiederverwendbar.

Die Verhütungskappe hält etwa ein Jahr und kostet rund 50 Euro. Dazu kommen die Kosten für das spermientötende Mittel.

Die Spirale

Eine Spirale, auch Intrauterinpessar genannt, sieht nicht etwa aus wie eine Spirale, sondern wie ein kleiner Anker. Sie besteht aus Kunststoff und ist mit Kupferdraht umwickelt (Kupferspirale) oder mit einem Hormondepot beladen (Hormonspirale). Eine relativ neue Form der Kupferspirale ist die so genannte Kupferkette. Sie wirkt wie die klassische Variante, besteht jedoch aus vier oder sechs kleinen Kupferzylindern, die auf einem Nylonfaden aufgefädelt sind. Die Spirale bremst die Spermien auf dem Weg zur Eizelle aus. Außerdem verhindert sie, dass sich ein Ei in der Gebärmutter einnistet. Sie reizt die Gebärmutterschleimhaut, so dass diese verstärkt Schleim produziert. Dadurch findet ein befruchtetes Ei keinen Platz in der Gebärmutter. An manchen Modellen hängen unten zwei Rückholfäden aus Kunststoff, die man in der Scheide ertasten kann. So lässt sich jederzeit feststellen, ob die Spirale richtig sitzt.

Die Spirale wird vom Arzt in die Gebärmutterhöhle eingelegt. Sie eignet sich vor allem für Frauen, die bereits Kinder geboren haben. Bei ihnen ist der Muttermund geweitet, so dass die Spirale leichter appliziert werden kann. Bei kinderlosen Frauen muss der Gynäkologe den Muttermund erst weiten. Das ist sehr schmerzhaft und passiert meist unter örtlicher Betäubung. Die Kupferkette wird nicht wie die anderen Modelle in die Gebärmutter eingelegt, sondern mit einem Knoten etwa einen Zentimeter tief in der Muskulatur der Gebärmutter fixiert.

Vorteile

Wer auf diese Weise verhütet, braucht sich bis zu fünf Jahre lang nicht weiter um dieses Thema zu kümmern. Die Zuverlässigkeit der Spirale liegt bei 97 bis 99 Prozent. Die Hormonspirale gilt sogar als fast so sicher wie eine Sterilisation.

Wie bei der Pille ist der Sex mit einem festen Partner frei von irgendwelchen Vorbereitungszeremonien. Allerdings gilt auch hier: Bei neuen und wechselnden Liebhabern immer ein Kondom benutzen. Die Hormonspirale hat zudem den Vorteil, dass Blutungsschmerzen und die Blutungsstärke stark zurückgehen. Nach Entfernen dieser Spirale kann die Frau sofort schwanger werden.

Nachteile

Nicht jede Frau verträgt die Spirale. Bei der Kupferspirale ist die Regelblutung meist stärker und schmerzhafter als vorher. Außerdem kann es zu Unterleibsentzündungen kommen, die, werden sie nicht behandelt, zu Unfruchtbarkeit führen können. Die Hormonspirale führt in den ersten drei Monaten relativ häufig zu Schmier- oder Zwischenblutungen. Machen Sie unbedingt einen Kupferallergie-Test, bevor Sie sich eine Kupferspirale einsetzen lassen. Viele Frauen reagieren allergisch auf dieses Material. Einige Frauen finden den Gedanken unangenehm, einen Fremdkörper in sich zu tragen, und lehnen die Spirale deshalb ab. Manche Ärzte raten Frauen, die noch Kinder haben wollen, von der Kupferspirale ab.

Kosten

Die Spirale wird nach einer gründlichen Untersuchung vom Gynäkologen verschrieben und kostet rund 160 Euro (Kupferspirale/Kupferkette) beziehungsweise 300 bis 350 Euro (Hormonspirale) inklusive Einsetzen.

Gel, Creme, Zäpfchen

Von der Verhütung mit spermientötenden Mitteln ohne zusätzlichen Schutz ist dringend abzuraten. Diese Mittel bilden, direkt vor dem Sex fingertief in die Scheide eingeführt, einen zähen Schaum vor dem Muttermund. Der Schaum zerstört die Spermien, indem er die schützende Hülle der Samenfäden auflöst. Zuverlässig ist die Schutzwirkung jedoch nicht.

Manche der spermientötenden Gels und Cremes verursachen ein unangenehmes Wärmegefühl, Juckreiz oder Brennen in der Scheide. Vorsicht bei Kondomen: Einige der Mittel greifen das Gummi an.

Erhältlich sind spermientötende Mittel in der Apotheke. Die Kosten liegen zwischen zehn und 15 Euro.

Natürliche Familienplanung (NFP)

Bei der natürlichen Familienplanung geht es darum, herauszufinden, wann die fruchtbaren Tage sind. In dieser Zeit muss mit Kondomen oder einem anderen Schutz verhütet werden. An den anderen Tagen ist der Sex verhütungsfrei. Die fruchtbaren Tage werden vom Eisprung eingeleitet. Leider signalisiert der Körper nicht mit einem eingebauten Alarmmechanismus, wann der Tag X ist. Er sendet nur schwer wahrnehmbare Zeichen für den Beginn der brenzligen Phase. Deshalb ist natürliche Familienplanung nur für sehr disziplinierte Paare geeignet.

Das passiert beim Eisprung

Jeden Monat reift im Eierstock einer Frau ein Eibläschen heran. Wenn die Eizelle voll entwickelt ist, platzt die Hülle, das Ei springt heraus und wird sofort vom Eileiter aufgenommen. Durch ihn wandert es in die Gebärmutter. Manche Frauen spüren ihren Eisprung, der etwa zwölf bis 14 Tage vor der nächsten Blutung passiert, durch ein leichtes Ziehen rechts oder links im Unterleib, je nachdem, welcher Eierstock in diesem Monat ein Ei freigegeben hat. Der Zeitpunkt kann sich allerdings durch äußere Einflüsse wie Stress verschieben.

So funktioniert NFP

Der Vorteil der natürlichen Familienplanung besteht darin, dass die Frau ihren Körper besser kennenlernt – und, sofern sie in einer festen Beziehung lebt, an nicht fruchtbaren Tagen keine Verhütungsmittel benutzen muss. Weniger angenehm ist der Aufwand an Zeit und Disziplin, die NFP verlangt. Die Frau muss bei dieser Methode mit einer Temperaturkurve und durch die Beobachtung des Zervixschleims herausfinden, wann ihre fruchtbaren Tage sind. Da die so genannte Aufwach- oder Basalt-Temperatur beim Eisprung um ca. ein Grad steigt, kann man die fruchtbaren Tage durch tägliches morgendliches Messen ermitteln. Die Angaben werden dann auf einem Kurvenblatt (gibt's beim Arzt oder

Apotheker) festgehalten. Nachdem die Temperaturmessung allein nicht sicher genug wäre, untersucht man zusätzlich die Beschaffenheit des Zervixschleims. Die Konsistenz des Gebärmutterhalsschleims verändert sich im Laufe des Zyklus: Er wird immer dünnflüssiger, je näher der Eisprung rückt. Natürlich braucht es einige Übung, um den Temperaturanstieg und die Beschaffenheit des Schleims richtig zu deuten. Und Disziplin: Man muss jeden Morgen vor dem Aufstehen die Temperatur messen und den Zervixschleim prüfen. Frühestens nach einem Jahr reichen wenige Messtage pro Monat aus, um auf der Basis dieser beiden Anhaltspunkte eine sichere »Diagnose« bezüglich der aktuellen Fruchtbarkeit zu stellen. Inzwischen gibt es zur Wahrnehmung von Fruchtbarkeitszeichen spezielle Zykluscomputer, die diese Prozedur erleichtern sollen. Ein anderer Verhütungscomputer, »Persona«, besteht aus einem kleinen Handmonitor und einem Urinteststäbchen. Der Monitor wertet die Hormonkonzentration im Urin aus und ermittelt so die kritischen Tage, an denen die Frau verhüten oder auf Sex verzichten sollte, will sie nicht schwanger werden. Diese Methode gilt allerdings als nicht sehr sicher.

Über NFP kann man sich bei verschiedenen Beratungsstellen informieren. Adressen gibt es bei Pro Familia und Frauengesundheitszentren. Wer natürlich verhüten will, sollte sich unbedingt ausführlich demonstrieren lassen, wie diese Methode funktioniert. Die Beratungsstellen bieten Kurse an, an denen beide Partner teilnehmen müssen, denn ohne Kooperation zwischen den Partnern klappt NFP nicht.

Eine weitere natürliche Verhütungsmethode ist die Verhütung nach Knaus-Ogino, auch Kalendermethode genannt. Da sie im Gegensatz zu dem oben beschriebenen Verfahren sehr unzuverlässig ist, soll hier nicht näher auf sie eingegangen werden. Wer wirklich nicht schwanger werden will, sollte auf diese Methode verzichten. Ähnliches gilt für den Koitus interruptus, bei dem der Mann seinen Penis vor dem Samenerguss aus der Scheide zieht.

Sterilisation

Die Sterilisation ist ein Schritt, den sich Frauen sehr gut überlegen sollten. Vor allem dann, wenn sie noch keine Kinder haben. Schließlich kann man nie wissen, ob man in ein paar Jahren nicht doch noch eine Familie gründen will. Außerdem sind die möglichen psychischen Auswirkungen nicht zu unterschätzen. Manche Frauen fühlen sich nach dem Eingriff plötzlich nicht mehr als richtige Frauen und bereuen den Eingriff.

Bei einer Sterilisation werden die Eileiter durchtrennt, verschorft oder mit Kunststoff- oder Metall-Clips verschlossen. Es kommt zwar weiter zum Eisprung, aber die Eizelle kann nicht in Richtung Gebärmutter wandern.

Ein großer Vorteil dieser Methode ist, dass die Frau sich über Verhütung keine Gedanken mehr zu machen braucht. Sie muss nicht jeden Tag auf die Pillenstunde achten oder vor dem Sex ans Einsetzen des Diaphragmas denken. Allerdings darf diese Sicherheit nicht dazu verleiten, sich nicht mehr vor Aids zu schützen. Kondome bei neuen Liebhabern bleiben ein Muss.

Die Hormonproduktion wird durch eine Sterilisation nicht beeinflusst. Allerdings besteht ein erhebliches Risiko von Eileiterschwangerschaften.

Die Kosten des Eingriffs (ab 500 Euro) trägt die Krankenkasse nur bei medizinischer Notwendigkeit.

Notlösung – die Pille danach

Das Kondom ist gerissen, beim Rausziehen des Penis heruntergeflutscht, das Diaphragma sitzt nach wilder Vögelei nicht mehr dort, wo es sitzen soll. Solche Verhütungspannen können passieren. Fast jede hat so etwas schon mal erlebt. Dumm, wenn die Frau gerade jetzt in den kritischen Tagen steckt. Dann nämlich kann so ein Malheur im wahrsten Sinne des Wortes Früchte tragen. In solchen Situationen ist sie die Rettung in der Not: die Pille danach. Diese Hormonbombe muss vom Arzt verschrieben werden und ist wirklich nur für den Notfall gedacht. Sie sollte so schnell wie möglich nach dem Verkehrs-Unfall eingenommen werden.

Genaugenommen besteht die Pille danach aus zwei Pillen, die Sie spätestens 72 Stunden nach dem ungeschützten Verkehr einnehmen müssen.

Die beiden Pillen enthalten ein hoch dosiertes Gestagen, das den Eisprung (wenn der Sex vor dem Eisprung stattfand) beziehungsweise die Einnistung einer bereits befruchteten Eizelle in die Gebärmutter (wenn die Sexpanne nach dem Eisprung passierte) verhindert.

Die Nebenwirkungen der Pille danach sind Kopfschmerzen, Übelkeit, Schmierblutungen oder Erbrechen. Außerdem steigt das Thromboserisiko. Sollten Sie sich innerhalb der ersten drei Stunden nach Einnahme der Pillen erbrechen, suchen Sie unbedingt Ihren Arzt auf. Vermutlich müssen Sie noch einmal zwei Pillen schlucken. Die Kosten von zehn bis 15 Euro müssen die Frauen selbst übernehmen.

Sexuelle Perversionen

Was ist pervers?

Sadomaso-Partys in Lack und Leder, Lust im Gummianzug oder peitschenschwingende Herrinnen, Fesselspiele, Dirty Talk am Telefon – ganz schön pervers, oder? Oder vielleicht doch nicht? Es ist noch nicht lange her, da diente der Begriff Perversion zur Bezeichnung, Diffamierung und Ausgrenzung von Spielarten der Sexualität, die heute vollkommen normal erscheinen. Homosexualität, der klitorale Orgasmus, oraler oder analer Verkehr – all das galt als »perverse« Abart von dem, was die Wissenschaft als »reife, genitale Sexualität« definierte, sprich den heterosexuellen, auf Penetration und Fortpflanzung fixierten Geschlechtsakt. Wie ethische Normvorstellungen im Allgemeinen unterliegt auch unsere Auffassung von »normalem« und »perversem« Sex Wandlungen. Was der einen Generation Aufschreie der Empörung entlockt, sorgt ein paar Jahre später längst nicht mehr für Aufregung. Kein Wunder, dass der Begriff der Perversion mittlerweile fragwürdig geworden ist. Sexualwissenschaftler und Psychologen sprechen inzwischen lieber von sexueller Deviation, also Abweichung, oder Paraphilie, wenn es um die Nebenwege der Leidenschaft geht. Man kann jedoch, wie in diesem Kapitel geschehen, durchaus weiterhin den Ausdruck Perversion verwenden, solange man ihn richtig benutzt.

»Der Typ ist ja pervers!« Wie schnell geht einem das über die Lippen. Dabei wissen die wenigsten, was der Begriff Perversion eigentlich bedeutet: Eine Perversion ist nie allein durch eine bestimmte sexuelle Handlung definiert, sondern immer auch durch den Zwang dazu. Ein Perverser kann sexuelle Lust nur im Rahmen eines bestimmten festgeschriebenen Rituals empfinden. »Normaler« Sex ist ihm oft unmöglich. Ein Paar, das meint, seinen erotischen Reizmangel zeitweilig durch sadomasochistische Spiele beheben zu müssen, ist ebenso wenig pervers wie ein Homosexueller, der mitunter Lust hat, sich als Frau zu verkleiden. Auch Handlungen, die gegen die allgemeinen moralischen Normen verstoßen, sind nicht notwendig pervers. Wenn ein Mann glaubt, eine Frau vergewaltigen zu dürfen, weil sie sich in seinen Augen ihm gegenüber aufreizend verhalten hat, dann ist das keine sexuelle Deviation, sondern allein ein Sexualdelikt. Er ist so wenig von einem psychischen Zwang getrieben wie ein Mann, der sich aus erotischer Langeweile, Neugier oder Lust statt einer erwachsenen Prostituierten ein minderjähriges Kind kauft – im Gegensatz zu einem Pädophilen, der sich ausschließlich von Kindern angezogen fühlt und vor erwachsenen Frauenkörpern Ekel empfindet. Perversion ist Fixierung, und sie benutzt immer Sexualität, um psychische Defizite auszugleichen. Ihre Hauptfunktion ist nicht die sexuelle Befriedigung, sondern ein komplizierter Schutzmechanismus, den einige Menschen benutzen, um ihre gefährdete psychische Stabilität aufrechtzuerhalten. Nicht in jedem Fall ist der innere Zwang gleich groß. Manche Menschen können sich dafür oder dagegen entscheiden, eine perverse Neigung auszuleben. Immer aber bleiben sie von dem Thema der Perversion beherrscht.

Wie nun mit jemandem umgehen, der offensichtlich pervers ist? Natürlich muss man differenzieren zwischen perversen Handlungen wie Kindesmissbrauch, durch die Menschen zu Schaden kommen, und solchen wie Schuh-Fetischismus, die höchstens peinlich sind. Diese Perversionen kann man tolerieren, muss man aber nicht. Jeder soll da nach seinem Empfinden urteilen. Wer bei seinem Partner eine im Grunde harmlose perverse Neigung feststellt und damit nicht klarkommt, kann sich mit dem Problem an einen Sexualtherapeuten wenden. Andere Perverse hingegen, wie Männer, die sich aus innerem Zwang heraus an Kindern vergreifen, begehen eine verabscheuungswürdige Tat, für die sie bestraft werden müssen. Wobei jeder dieser Täter dringend einer Therapie bedarf.

Der Mythos Perversion

Verschiedene Formen von Perversion, so abwegig sie auf den ersten Blick scheinen mögen, spiegeln sich nach Meinung von verschiedenen Psychologen in uns allen. Was natürlich nicht gleichbedeutend damit ist, dass in jedem Menschen ein potenzieller Kinderschänder oder Frauenmörder schlummert. Die grundlegenden Strukturen des Perversen ähneln jedoch bestimmten kindlichen Dramen, die wir nach Meinung verschiedener Psychoanalytiker und Psychologen alle durchlaufen. Jeder kennt das Lustmoment von Macht und Ohnmacht, das im Sadomasochismus seinen extremen Ausdruck findet. Die Schamlust des Exhibitionismus und Fetischisierung sind dem Durchschnittsbürger ebenso wenig unbekannt wie das Prinzip der Sexualisierung von Emotionen. Wir alle benutzen manchmal Sex, um Angst, Einsamkeit, Zorn oder Ohnmacht abzuwehren oder auch, um Macht auszuüben. Die Grenzen zwischen Perversion und Normalität sind fließend. Ein Mann, den ausschließlich Frauen mit Riesenbrüsten und Strapsen oder im Gegenteil knabenhafte Formen erregen, ist dem Perversen sehr nahe. Was ihn unterscheidet, ist vor allem, dass seine Fixierung besser in die gesellschaftlich akzeptierten Raster von Sexualität passt als die eines Mannes, der eine Erektion nur mit einem Schnuller im Mund zustande bringt.

Nach wie vor spukt in vielen Köpfen die irrige Vorstellung herum, Perverse seien Menschen mit einem extrem ausgeprägten Sexualtrieb, den sie hemmungslos ausleben. In Wahrheit aber ist das charakteristische Moment einer Perversion keineswegs Entgrenzung. Der Kern der Perversionen ist vielmehr die panische Angst vor der Hingabe. Die Perversion ist ein Schutzwall gegen diese Angst, ein für Betroffene notwendiger Umweg, um lustvollen Sex überhaupt erst möglich zu machen. Der eigentliche Akt bedarf des Mantels der Inszenierung oder er wird völlig vermieden. Der Fetischist zum Beispiel schiebt zwischen sich und das Objekt seiner Begierde den Fetisch, der Angst und Zorn bannt. Oder er ersetzt die Frau ganz durch einen Gegenstand: Anstelle der Partnerin steht der Schuh, die Unterwäsche. Der Exhibitionist, der sich die Existenz und Macht seines Penis beweisen muss, indem er sein erigiertes Glied einer Fremden zeigt, kann nur lustvoll onanieren, wenn die Frau körperlich auf Distanz bleibt. Das sadomasochistische Ritual schließt im Allgemeinen den Geschlechtsakt mit der übermächtigen, strafenden Frau aus. Der Mann will und darf nicht mit der Domina schlafen. Perversion ist nicht Freiheit, sondern Ritualisierung, die unablässige Wiederholung eines festgeschriebenen sexuellen Dramas. Die meisten perversen Phantasien sind dabei eher banal. Die schillernde Oberfläche der Perversion, die scheinbare Vielfalt ist eine Vielfalt der eingesetzten Requisiten. Viele dieser Gegenstände haben eine besondere Bedeutung in der individuellen Biografie des Perversen und sind nur dadurch überhaupt mit Lust besetzbar. Der Ring, den eine Frau während des Aktes drehen muss, die umgebundene Küchenschürze, die uringefüllten Stiefel lösen bei den wenigsten Menschen besonders erotische Empfindungen aus.

Entstehung und Funktion von Perversionen

Man muss kein blinder Anhänger psychologischer und psychoanalytischer Erklärungsmodelle sein, um die Verbindung zwischen kindlichen Erfahrungen und Phantasien und erwachsenen perversen Inszenierungen zu erkennen. Vom trotzig-triumphierenden Gliedvorzeigen bis zum verbotenen Spiel mit Exkrementen. Nicht zufällig nennen Sadomasochisten einen weiten Bereich ihrer Rituale »Erziehung«. Die Ähnlichkeiten zwischen elterlichen Strafmaßnahmen und dem Bondage-Disziplin-Szenario lassen sich kaum übersehen.

Die Wurzeln der Perversionen sehen Experten heute in jener frühen Phase, in der bei einem Kind sinnliche, physische Erregung, ohnmächtige Wut oder Liebe, Angst und Verlassenheitsgefühle noch relativ ungetrennt existieren. In dieser Phase ist das Ich noch nicht ausgeprägt und abgegrenzt. Dass etwa Angst und Erregung sich vermischen können, weiß jeder aus eigener Erinnerung. Kinder, die in dieser Zeit schwere Verwirrungen, Traumatisierungen erleben, können solche Verknüpfungen mitunter später nicht lösen. Häufig litten Perverse zum Beispiel unter einer Mutter, die aufgrund eigener psychischer Defizite nicht fähig war, ihr Kind als Person wahrzunehmen. Sie ignorierte seine Bedürfnisse und Gefühle und vergötterte es stattdessen als eine Art Gegenstand, benutzte den Körper des Kindes wie ein lebendiges Spielzeug. Diese Kinder beginnen oft, wie viele traumatisierte, verzweifelte Kinder, manisch zu onanieren. In der Pubertät verschmelzen dann Abwehrgefühle gegen die Mutter mit Masturbationsphantasien, die für Teenager ganz typisch sind. Viele Teenies entwickeln ein fetischistisches Szenario, zu dem sie masturbieren. Bei den meisten werden diese Art Masturbationsphantasien jedoch irgendwann durch die ersten sexuellen Liebeserlebnisse abgelöst. Sie erheben im Laufe ihrer sexuellen Entwicklung den Geschlechtsverkehr mit einem Partner zum Nonplusultra. Vielleicht stellen sie sich ab und zu vor, dass die leckende Zunge des Partners zu einem Hund gehört. Sie genießen es, vor den Augen des anderen zu strippen oder ihm beim Onanieren zuzusehen. Aber wenn sie richtig scharf sind, schlafen sie zum Finale miteinander. Menschen mit perversen sexuellen Fixierungen dagegen haben oft als Jugendliche kaum oder gar keine Erfahrungen mit Partnern. Die Phase der Onanie ist extrem intensiv und lange ausgedehnt, und eine der kindlichen Lüste bleibt die Hauptsache. Die Perversion ermöglicht ihnen, kindliche Konflikte in Rituale einzubinden, noch einmal zu durchleben und bedrohliche Emotionen wie Angst, Hass, Zerstörungslust und Rachegefühle unter Kontrolle zu halten. Sie festigt die psychische und sexuelle Identität und repariert das instabile Ich vorübergehend. Perversionen machen also Sinn, sie erfüllen im Leben vieler Menschen eine positive Funktion. Allerdings kann die Aggression, die die Perversion bindet, bei Konflikten jederzeit ungefiltert durchbrechen.

Perversionen sind symbolische Akte. Der Haarfetischist oder »coupeur des nattes« muss der Frau eine Haarsträhne oder einen Zopf abschneiden, sie symbolisch entmachten, kastrieren, ehe er in sie eindringen kann. Bei der süchtigen Selbstamputation wird die Kastration durch Schnitte ins Fleisch oder das Abtrennen von Fingerkuppen ersetzt. Mitunter kommt es dabei zu brutalen Selbstverstümmelungen. Bei Menschen, deren physische und psychische Unversehrtheit früh extrem stark verletzt wurde, kann sogar die Fähigkeit zu so einer Symbolisierung fehlen. Sie können ihre sadistischen Impulse nicht in symbolische Inszenierungen übersetzen, sondern leben sie in ihrer ursprünglichen Form aus, indem sie lebendige Körper zerschneiden, in Eingeweiden wühlen und dergleichen. Die allerwenigsten Perversionen bewegen sich natürlich in solch extremen Bereichen.

Die perverse Inszenierung

Die Varianten perverser Inszenierungen sind vielfältig und immer Ergebnis einer individuellen Biographie. Es gibt jedoch einige Themen, die beständig auftauchen: Ödipale Konflikte, die Angst vor der Hingabe, der kastrierenden übermächtigen Frau und der Hass gegen diese, und schließlich immer wieder der in der Perversion karikierte oder geleugnete Unterschied zwischen den Geschlechtern. Viele Perversionen kreisen um die Geschlechterdifferenz, sie verkehren sie, negieren sie. Die Psychoanalytikerin Louise J. Kaplan erzählt in ihrem Buch ›Weibliche Perversionen‹ das Fallbeispiel eines Mannes, der nur eine Erektion bekommen konnte, wenn der Geschlechtsakt nach einem festen Ablauf vorbereitet wurde: Seine Frau hatte ihn unter Beschimpfungen dazu zu zwingen, eine Schürze zu tragen, und musste deren Bänder anschließend mit aller Kraft um seinen Bauch zuziehen, während er phantasierte, eine Frau zu sein – allerdings mit einem Penis.

Der Perverse ist der Regisseur, der auch das Drehbuch seiner Dramen entwirft, innerhalb dessen er dann dem anderen als Mitspieler eine Rolle zuschreibt. Das gilt selbst für jene Spielform der Perversion, in der er scheinbar passives Opfer ist – den Masochismus. Es ist immer der Masochist, der die Spielregeln festlegt. In der sadomasochistischen Szene ist es üblich, einen sogenannten Stop-Code zu vereinbaren, mit dem der Masochist, wenn seine Grenzen des Erträglichen überschritten werden, das Ende des Rituals signalisiert. Die perverse Inszenierung ermöglicht es, kindliche Traumen zwar nicht aufzulösen, doch sie kontrolliert noch einmal durchzuspielen. Der Masochismus erzwingt scheinbar die panisch gefürchtete völlige Hingabe. Er erlaubt zum Beispiel einem Mann, seinen beschämenden Wunsch nach Passivität, Hörigkeit und Hilflosigkeit auszuleben, indem er vortäuscht, dazu genötigt zu werden. Zugleich ist er ein komplizierter Abwehrmechanismus des eigenen Zorns. Jede Perversion beinhaltet aggressive Impulse, sei es in direkter Form wie der Sadismus oder in indirekter, verkleideter Form wie der Masochismus. Die Lust am Leiden ist stets auch eine Maske für sadistische Antriebe. Der Masochismus nimmt die gefürchtete Strafe für die aggressiven sexuellen Wünsche vorweg.

Frauen und Perversionen

Die klassischen Perversionen wie Fetischismus oder Sadomasochismus waren mit wenigen Ausnahmen schon immer eine männliche Angelegenheit. Der Masochismus ist oft als eine typisch weibliche Perversion bezeichnet worden. In Wahrheit aber ist er eine der häufigsten männlichen Perversionen. Es gibt unvergleichlich weniger weibliche als männliche Masochisten. Immerhin aber ist der Masochismus eine der wenigen Formen klassischer Perversionen, die überhaupt bei Frauen auftreten. So können mitunter zum Beispiel Frauen, die in stark traumatisierenden Verhältnissen aufgewachsen sind, Gewalt ambivalent besetzen. Auf tragische, widersprüchliche Weise ist körperliche Gewalt, bei der sich der Mann (Vater) gehenließ, ihnen nahekam, die einzige Art Zuwendung, die sie von Männern erfahren haben. Nur im Schmerz ist es ihnen möglich, zu den eigenen Gefühlen durchzustoßen und die Illusion von Zuwendung zu erleben.

Natürlich gibt es Frauen in der sadomasochistischen Szene, sowohl mit sadistischen als auch masochistischen Neigungen. Im Gegensatz zu dem Bild, das die Medien gerne vorspiegeln, ist ihr Anteil jedoch sehr klein, wenn man einmal von jenen absieht, die sich als Akteurinnen in männlichen Inszenierungen, als bezahlte Dominas, ihr Geld verdienen. Frauen können sich an perversen Inszenierungen durchaus lustvoll beteiligen, wie Paare in der Sado-Maso-Szene zeigen. Wenn eine Frau, die Schwierigkeiten hat, ihre eigenen Grenzen zu ziehen, sich allerdings unter Druck darauf einlässt (»Du bist verklemmt.« »Du liebst mich nicht.«), kann sie Gefahr laufen, schwere psychische Verletzungen zu erleiden.

Sind Männer perverser als Frauen?

Die Frage, warum sich klassische Perversionen so selten bei Frauen finden, hat immer wieder zu Kontroversen geführt. Der Verweis auf ein größeres männliches Aggressionspotenzial und einen angeblich stärkeren Sexualtrieb befriedigt nicht. Denn Männer treten nur bei einem kleinen Teil perverser Inszenierungen als aktive sadistische Aggressoren auf, und viele dieser Inszenierungen haben keineswegs den Geschlechtsakt zum Ziel. Auch die Tatsache, dass Frauen durch jahrhundertelange Sexualunterdrückung kaum gelernt haben, ihre geheimen sexuellen Wünsche auszuleben, reicht allein als Erklärung nicht aus. Schließlich finden sich bei Frauen gerade jene wenig aggressiven und sozial kaum auffälligen Perversionen nicht wie der Fetischismus, der sich auf das Sammeln von Fetischen und die Onanie beschränkt.

Eine Erklärung dafür, warum Männer so viel häufiger dazu neigen, in ganz spezifischen Formen emotionale Konflikte zu sexualisieren, sehen viele Experten in der grundsätzlich unterschiedlichen psychosexuellen Entwicklung von

Jungen und Mädchen. In der Familiensituation, die heute bei uns weitgehend Norm ist, ist die erste entscheidende Bezugsperson des männlichen Kindes die Mutter. Ganz gleich aber, wie sehr er sie liebt, er kann sich nie wünschen, zu werden wie sie. Er muss die Identifikation mit ihr aufgeben, um zu seiner eigenen männlichen Indentität zu finden. Ein Junge muss sich gewaltsamer und früher aus der symbiotischen Beziehung zur Mutter lösen als ein Mädchen, er muss anders werden. Jungen sind gezwungen, ihre geschlechtliche Identität in Abstoßung, Abgrenzung und Trennung herzustellen. Dadurch ist diese brüchiger und gefährdeter als die eines Mädchens.

Wie stark ein Junge die unvermeidliche Abgrenzung als Bruch erlebt, hängt natürlich nicht zuletzt von gesellschaftlichen Geschlechternormen ab und davon, wie stark sich der Vater als Identifikationsfigur anbietet und auch weibliche Wesenszüge bestätigt und zulässt. Fast alle Jungen beginnen irgendwann, die weiblichen Anteile in sich abzuwehren, zu ächten, was meist mit einer vorübergehenden Verachtung für Frauen und Mädchen, das Prinzip des Weiblichen, einhergeht. Wie beängstigend Jungen die weiblichen Anteile in sich empfinden, zeigt sich auch im Phänomen der pubertären Homophobie – der panischen Angst vor der Homosexualität und dem Hass auf alles »weibisch« Schwule. In einer halbwegs normalen Entwicklung sind dies Übergangsphänomene. Wenn jedoch die Hinwendung zum Vater nicht möglich und die Beziehung zur Mutter nicht positiv zu lösen und zu verwandeln ist, sowie der Versuch, eine stabile geschlechtliche Identität aufzubauen, misslingt, kann der Mann in jener ambivalenten angstbesetzten Hassliebe gefangen bleiben, die viele Perversionen kennzeichnet.

Nicht zuletzt ist auch die Körpererfahrung von Mädchen und Jungen anders. Die Sichtbarkeit des Penis, die Reaktion anderer darauf, die sozial vorgegebenen Assoziationen von Macht, Männlichkeit und Stärke mit dem Phallus machen ihn in eindeutigerer Weise als Ort der geschlechtlichen Identität und des körperlichen Narzissmus besetzbar als die Vagina.

Dennoch: Auch wenn man davon ausgeht, dass die männliche geschlechtliche Identität weniger stabil ist – Frauen erleiden in ihrer psychosexuellen Entwicklung nicht geringere Traumatisierungen und Verletzungen als Männer. Müssen sie also nicht ihre eigenen Abwehrmechanismen entwickeln?

Weibliche Perversionen

Einige Experten behaupten, dass Frauen nicht weniger, sondern einfach andere Perversionen entwickeln als Männer. Die amerikanische Psychoanalytikerin Louise J. Kaplan zählt zum Beispiel Magersucht, Kleptomanie, den suchtartigen Konsum von Liebesromanen, Hörigkeit und Kaufsucht dazu, der Kieler Sexualwissenschaftler Klaus M. Beier außerdem Störungen im Bereich der Reproduktion: eingebildete oder verdrängte Schwangerschaft, exzessiver Kinderwunsch, Überbehütung oder Misshandlung von Kindern und Kindsmord. Perverse Inszenierungen von Frauen, glaubt Kaplan, sind unauffälliger als die der Männer, weil Frauen sich aufgrund der weiblichen Sozialisation zumeist nicht in so demonstrativ sexueller Weise äußern. Wie männliche Perversionen aber kreisen die Inszenierungen um das Thema der Geschlechtsidentität, karikieren geschlechtliche Stereotypen und suchen einen Ausweg aus massiven psychischen Konflikten. So sieht Kaplan etwa in der Magersucht mit ihren rauschhaften Triumphgefühlen von Allmacht, Grandiosität und totaler Kontrolle, ihrer manischen Beschäftigung mit dem Körper und der Maskierung der darunterliegenden Aggression und Zerstörungswut typische Züge der Perversion.

Die Anorexia nervosa negiert die eigene geschlechtliche Identität. Durch sie wird versucht, einen Zustand kindlicher Unschuld gewaltsam zu erhalten und bedrohliche aggressive sexuelle Wünsche abzuwehren. Bei Kleptomanie und Kaufrausch wird die Sehnsucht nach Zuwendung auf eine Ware übertragen. Sadistische und herrschsüchtige Impulse befriedigen Frauen gern als gute Mutter getarnt.

Im Gegensatz zur Perversion bei Männern ist die Perversion bei Frauen nach wie vor nur unzureichend erforscht. In einem aber sind sich alle Wissenschaftler einig: Frauen sind nicht weniger pervers als Männer – nur anders.

Deutet all dies am Ende nicht darauf hin, dass Perversionen Spiegelbilder und Produkte gesellschaftlicher Geschlechternormen sind? Würde sich in einer Welt, die Frauen dazu erzieht, ihre Sexualität aggressiver zu demonstrieren, ihr Verhältnis zur Perversion ändern? Würden sie dann die Maske der guten Mutter und asexuellen Heiligen fallen lassen und ihre dunklen Seiten genau wie Männer in Orgasmen ausdrücken, anstatt sich selbst oder ihre Kinder leiden zu lassen? Ist eine Gesellschaft denkbar, in der Männer ihre weiblichen Wünsche konfliktfreier integrieren, seltener aggressiv-sadistische Impulse gegenüber Frauen entwickeln könnten? Diese Fragen sind nicht mit Sicherheit zu beantworten. Ganz sicher aber gibt es keine psychosexuelle Entwicklung, die unabhängig von gesellschaftlichen Normen und Realitäten stattfindet. Perversion ist immer auch ein Spiegel einer fragwürdigen Normalität.

Cybersex – der Sex der Zukunft?

Wir senden E-Mails in Sekundenschnelle von München nach Mumbai, von Hamburg nach Helsinki, von Berlin nach Boston und wieder zurück, in den Anhang stellen wir die lustigsten Fotos aus dem Urlaub, unsere Lieblingsmusik und kurze Videoclips oder auch ausgefeilte multimediale Konzepte und spannende Artikel aus Online-Tageszeitungen. Wir diskutieren im Internet über wissenschaftliche Phänomene, chatten über ganz alltägliche Probleme, spielen Online-Poker – und das mit der ganzen Welt. Wir fragen und annoncieren im globalen Netz, kaufen und verkaufen Bücher, Socken, Autos, Sex.

Kaum ein Bereich unseres Lebens funktioniert mehr ohne das schnelle Medium Internet. Es hat sich zu einer unentbehrlichen Informations- und Vergnügungsquelle entwickelt und eröffnet neue Treffpunkte, wo sich Menschen mit gemeinsamen Interessen und außergewöhnlichen Neigungen darstellen, finden und Communitys bilden. Es ist zu einem Ort geworden, an dem man nicht nur passiv konsumiert, sondern auch höchst aktiv selbst produziert. Wo man nicht mehr anonym im Publikum sitzt, sondern auf eine weltweite Bühne tritt und sich darstellt. Mit seinem Wissen, seinen Visionen, seinem Körper.

Es ist aber vor allem auch eine Kontaktbörse, völlig unkompliziert, rasend schnell und mit unendlichen Spielvarianten. Das Besondere: Man kann, so lange man das möchte und für nötig empfindet, anonym bleiben. Klingt geradezu ideal für alle, die auf der Suche sind nach Freunden, um gemeinsam in den Alpen zu wandern; nach Partnern oder auch Liebhabern, um ein bisschen zu flirten oder eine Liebesbeziehung zu arrangieren, oder einzig, um seine individuellen sexuellen Phantasien auszuleben. Über Text, Bild, Ton oder Video entstehen komplett neue Beziehungswelten. Und was in den 70ern noch Stoff für Science-Fiction-Szenarien lieferte, ist heute ganz alltäglich: Cybersex. Man startet den Computer, begibt sich auf den Internet-Highway mit dem Ziel, sich sexuell zu stimulieren und selbstverständlich: sich zu befriedigen.

Da immer mehr Menschen, in Deutschland sollen 60% aller Internet-User auch regelmäßig auf Sex-Seiten unterwegs sein, sich für Cybersex interessieren, stellt sich die Frage:

Was ist so interessant am virtuellen Sex?

Dazu ein kleiner Ausschnitt aus einem Kennenlern-Chat – so und ähnlich kommen (mindestens) zwei Menschen miteinander ins Gespräch:

<lisaloo>*hi, woher biste denn?*
<tomt>*hi, grüße dich*
<tomt>*raum Nürnberg, du?*
<lisaloo>*Wolfsburg. was suchst du?*
<tomt>*Bin nur mal so vorbeigekommen.*
<lisaloo>*ach, was! erzähl von dir*
<tomt>*23/180/75 und du?*
<lisaloo>*25/170/65 lange haare, blond, grüne augen*
<tomt>*klingt gut. Ich: braune äugen, blond, kurz*
<lisaloo>*hm. auf was stehst du?*
<tomt>*alles außer leder, sm, gewalt*
<lisaloo>*ist ein Vorurteil!*
<tomt>*willst du mir das gegenteil beweisen?*
<lisaloo>*wer weiß ;-) – wie groß ist ER?*
<tomt>*so etwa 17 ... wichtig?*

<lisaloo>*ja.*
<tomt>*bisher hat sich noch keine beschwert ;-)*
<lisaloo>*gibt's pic von dir?*
<tomt>*ja. willst du alles sehen?*
<lisaloo>*am liebsten*
<tomt>*aber nur im tausch!*

Das Gespräch ist rasant vorangeschritten und führte ohne Umschweife zu sehr intimen Themen. Zwei Menschen, die – hätten sie sich ganz normal in einem Lokal kennengelernt – vielleicht erst nach mehreren Wochen an diesem Punkt der Ehrlichkeit angekommen wären. lisaloo ist sicher auch im normalen Leben neugierig, aber ohne ihrem Gegenüber ins Gesicht sehen zu müssen, kommen ihr die Fragen und Antworten noch schneller und unverblümter über die Lippen, beziehungsweise in den Computer getippt. Wäre es tomt zu schnell gegangen oder zu intim geworden, hätte er sich bequem aus der Affäre ziehen und verabschieden können. Hat er aber nicht. Auch er war neugierig. Auch er findet es spannend, ohne große Umwege aufs Wesentliche zu kommen. Und nebenbei Wichtiges zu erfahren, etwa, dass die Größe seines Penis – zumindest für lisaloo – nicht unerheblich ist.

Läuft unsere Kommunikation via Online nun Gefahr zu verrohen? Darauf reduziert, so schnell wie möglich miteinander auf das Thema zu kommen, für das wir im normalen Leben zu schüchtern sind? Oder gar unfähig? Wo bleibt da das Romantische, das Spannende, sich behutsam aneinander heranzutasten?

Natürlich, die Hemmschwellen sind niedrig, wenn man anonym bleiben kann. Und das Gespräch der beiden gehört, im Vergleich zu dem, wie extrem es teilweise in den Chat-Räumen zugeht, eher zu der harmlosen Art. Aber was ist eigentlich Schlechtes daran? Kein Mensch verirrt sich in derartige Gespräche und wäre gezwungen sich zu outen. Es ist doch eigentlich auch eine Chance, sich im Flirten zu üben, zu testen, wie weit man gehen kann, wie offen man sein darf oder sein muss, damit das Gespräch nicht abbricht und man für den anderen interessant bleibt. Eine gute Möglichkeit, Menschen kennenzulernen, die die gleichen Erfahrungen oder Wünsche haben, eine Chance, sich mit ihnen auszutauschen, sich nicht allein oder gar »abartig« zu fühlen. Und: In der Gemeinschaft Gleichgesinnter eventuell sogar an Selbstsicherheit zu gewinnen.

Außerdem entwickeln sich, allen Skeptikern zum Trotz, auch sehr, sehr innige Chat-Romanzen, oft über mehrere Jahre hinweg. Zwei Menschen, die sich Gedichte schreiben und tiefe Gefühle zum Ausdruck bringen und den Wunsch haben, sich im wahren Leben zu treffen. Und nicht wenige ziehen dann auch vom Süden in den Norden, von München nach Montreal, von der Stadt aufs Land. Um miteinander zu leben.

Liebes Online-Tagebuch ...

Früher waren sie mit einem Schloss versehen, die geheimen Gedanken und Gefühle und Erlebnisse. In der sicheren Anonymität des Internet erzählen Menschen nun ihren Alltag, ihre Träume, ihre erotischen Geschichten ganz öffentlich auf ihren Weblogs (setzt sich zusammen aus »Web« und »Logbuch«). So, und in Abertausenden von Varianten, beginnen sie: *»Heute Nacht hatte ich einen seltsam-wunderbaren Traum. Ich lag in einem großen weißen Zelt mit einer hohen Kuppel ...«*

Auf Sex-Weblogs wird die letzte heiße Nacht publik gemacht, eine gefährliche Liaison beschrieben, es werden erotische Träume eingetippt, über die Notwendigkeit von Intim-Piercing oder die Lust auf Sex zu dritt nachgedacht. Jeder kann sich auf den Seiten einloggen und losschreiben. Manche hängen noch Tipps und Links dran. Dann bekommt der Eintrag Datum und Uhrzeit und erhält dadurch den Eindruck eines Tagebucheintrags. Beim neugierigen Stöbern durch diese Web-Seiten spürt man die Lust der Schreiber, sich der ganzen Welt mitzuteilen. Sie geben sich vieldeutige Namen und verwandeln sich zu Verbal-Nudisten: *»Der Gedanke, dass andere an meinem Sexleben teilhaben, verstärkt meine Lust. Ich kann alle Hüllen fallen lassen, ohne nackt dazustehen. Ich kann so versaut oder liebevoll sein, wie es mir gerade in den Sinn kommt.«*

Das Spiel mit den Identitäten ist dabei grenzenlos, die Phantasie schlägt Kapriolen und wird beflügelt – und das ist wohl der Grund, warum hier auch unzählige voyeuristische Nur-Leser gerne unterwegs sind.

Ich zeig dir, und du zeigst mir

Aus einer Plauderei wird ein intimes Gespräch, aus der Sympathie wird Neugier, wer unter vier Augen noch weiter gehen will, schaltet die Webcam ein. Der bislang virtuelle Rahmen wird real. Kleiner Busen, kurze Beine, Glatze, große Nase – jetzt wagt sich nur der ins Bild, der sich vorher nicht zum Adonis oder einer Mona Lisa geschwindelt hat. Man sieht sein Gegenüber, wie es sich bewegt, wie es lächelt, ob es bei bestimmten Fragen zögert oder auch weiterhin offen bleibt. Mit einer »Voice«-Zusatzfunktion ist sogar die Stimme zu hören. So bleibt nur noch ein kleiner Teil Anonymität erhalten, die persönlichen Angaben wie Name, Alter, Adresse etc. können weiterhin ein Geheimnis bleiben.

»Meine erste länger dauernde Chat-Cam-Bekanntschaft entwickelte sich zufällig«, erzählt Martin, ein 28-jähriger Student. *»Ich suchte bestimmte Manuskripte für mein Biologie-Examen. So traf ich Melanie. Sie hatte zwar keine Unterlagen für mich, aber wir verstanden uns auf Anhieb. Nach ungefähr drei Wochen erzählte sie mir ganz beiläufig, es war ein heißer Sommerabend, dass sie nur mit einem Slip bekleidet am Laptop sitze. Ich war Single damals und ließ keine Chance auf Sex aus, so probierte ich auch bei Melanie, wie weit ich gehen konnte. Ich fragte sie, ob es ihr was ausmache, wenn auch ich meine Hose ausziehen würde. Sie sagte ›nein‹ und allein zu wissen, dass wir beide jetzt nackt dasaßen, machte mich ziemlich geil. Und schon ließ sie ihrer Phantasie freien Lauf. Wir benutzten nie krasse Worte oder benannten unsere Geschlechtsteile und doch – in unseren E-Mails ging es heiß her, wir masturbierten beide dabei. Aber letzten Endes spielte sich der Sex nur im Kopf ab. Ich hatte genug Phantasie, mich, oder besser: uns in den Orgasmus zu beschreiben, aber ich wollte Melanie endlich sehen. Das sagte ich ihr. Und sie war einverstanden. Wir besorgten uns Webcams. Aber das war am Anfang gar nicht so einfach. Wir waren sehr schüchtern plötzlich, nervös und unsicher, belachten die komische Situation. Wir fingen fast von ganz vorne an. Angezogen und artig. Doch bald hatten wir unsere Intimität wieder, auf einer anderen Ebene, nicht mehr phantasievoll, sondern eher klar und konkret. Das war wahnsinnig spannend. Wir machten es fast jeden Abend. Über ein Jahr lang.«*

Die Erregung, die man empfindet, wenn man jemandem dabei zusieht, wie er sich selbst befriedigt, ist natürlich erotischer als der reine »Wort-Sex«. Schließlich haben wir Menschen ja mehrere Sinne zur Verfügung. Man kann Sehnsüchte ausleben, man kann »verbotene Früchte kosten«.

Man wohnt nur 5 Kilometer von seinem Chat-Partner entfernt, oder 5000. Nur der Moment der Lust zählt: *»Ich hatte einmal eine Cam-Liaison mit zwei Französinnen«*, erzählt der 31-jährige Robert, *»zwei Freundinnen, die ziemlich Spaß an allen Formen von Cybersex hatten. Sie zogen sich beide vor der Kamera aus, streichelten sich gegenseitig, küssten sich, masturbierten. Ich hatte das Gefühl, mit zwei Frauen Sex zu haben. Das war einfach großartig, ich kann mir gut vorstellen, wie sich das in echt anfühlt.«*

Sex via Webcam ist eine interessante, aber auch riskante Sache. *»Ich habe sehr viel Neues erfahren, habe auch gelernt, mich selbst besser in Szene zu setzen«*, erzählt die 23-jährige Yvonne. *»Trotzdem würde ich nie wieder Bilder über Livecam verschicken! Ein Freund erzählte mir, dass Nacktfotos von mir im Internet herumschwirren. Das finde ich sehr unangenehm und richtig erschreckend!«*

Um dem zu entgehen, gibt es auch bei den Cam-Chattern eine Etikette. Es werden beispielsweise nie einseitig Bilder verschickt, nur ausgetauscht. Und seriöse Chatter erwarten das auch nicht bereits nach den ersten Begegnungen, sondern gedulden sich, bis eine Vertrauensbasis besteht. Wer das nicht akzeptieren kann, den sollten Sie getrost zurück ins weltweit große Netz schicken.

Macht Cybersex süchtig?

Das Internet mit seinen vielen Möglichkeiten, Sex-Beziehungen aufzubauen, kann zu einem sehr unkomplizierten Liebhaber werden. Wer weiß, wo er/sie sich einklinken muss, um schnell zu dem zu kommen, worauf er/sie gerade Lust hat, muss sich nicht in Clubs oder auf dem Tennisplatz tummeln, um jemanden etwa für einen One-Night-Stand kennenzulernen. Er braucht nur wenig Worte und noch weniger Verführungskünste. Das weltweite, riesige Angebot an kommerziellen und nichtkommerziellen Kontaktforen kann bei fehlender Selbstregulation (so nennen Psychologen den Zustand, wenn man sich nicht im Griff hat) tatsächlich zu exzessivem Sex-Surfen, zur Sucht werden. Manche chatten buchstäblich jede freie Minute, sind zwanghaft auf der Suche nach neuen Cybersexaffären. Das ist vergleichbar mit der Abhängigkeit von anderen Drogen, z. B. Alkohol. Und wird von Psychologen auch dementsprechend therapiert.

Sehr problematisch wird es, wenn sich das Sex-Net in eine Beziehung einschleicht. In Paar-Beratungsstellen häufen sich die Geschichten von eifersüchtigen Partnern, die um ihre Beziehung bangen, sich betrogen fühlen. Nicht zu Unrecht, schließlich werden mit den Cyberlovern nicht nur intime Gedanken via E-Mail ausgetauscht, oft werden auch reale Treffen geplant und Zukunftspläne geschmiedet.

Sex-Beratung im Netz

»Bin ich sexsüchtig, wenn ich täglich auf Pornoseiten gehe?«, »Meine Frau hat eine Affäre. Wie kann ich unsere Beziehung retten?«, »Wie funktioniert der Vaginal-Ring?«, »Ich bin schwul und weiß nicht, wie ich das meinen Eltern beibringen soll.«

Mehrere hundert Anfragen dieser Art gehen wöchentlich bei der Online-Beratungsstelle von Pro Familia ein (um nur eine von vielen professionellen Webseiten zum Thema Sex zu nennen). Und zwar nicht nur von Teenagern, mehr und mehr nützen auch Erwachsene das Angebot, sich in Beziehungskrisen beraten zu lassen oder sich ganz generell über Sex zu informieren. Dabei wächst auch die Zahl der (jungen)

Männer, die ihre Probleme und Gefühle »beichten«, ihre Unsicherheiten zugeben und ehrlich Hilfe suchen. Interessant, weil vor allem der männliche Anteil der Ratsuchenden in den real exisitierenden Beratungsstellen höchstens ein Drittel ausmacht, online aber mehr als 60 Prozent. Weil Männer zunehmend offen werden? Vielleicht. Noch liegt der Hauptgrund aber wohl eher darin, dass Männer intensiver noch als Frauen den Computer, das Internet nutzen und beim Surfen die Möglichkeit nutzen, eine gerade brennende Frage zu stellen. Außerdem, und das gilt auch für die Frauen, liegt der große Vorteil am Kontakt über E-Mail an der Anonymität. Das erleichtert im wahrsten Sinne des Wortes einiges. Man muss zunächst von sich selbst nicht mehr preisgeben als diese eine Frage. Man kann seine Gefühle äußern, ohne dass einem jemand dabei ins Gesicht blickt (wie das in der normalen Beratungsstelle nun mal ist) oder gar nachhakt. Es entsteht keine peinliche Situation. Und man braucht keinen Termin. Überfällt einen nachts um zwölf eine bange Frage, wird sie in Form eines digitalen Briefes unverzüglich weggeschickt. Damit ist man die Sorge erst mal los und kann mit einer baldigen, seriösen (und ja, vorwurfsfreien) Antwort rechnen.

Natürlich simuliert die Online-Beratung nur einen spannenden Gesprächspartner (eine face-to-face-Sitzung mit einem Berater umfasst ein viel intensiveres Spektrum an Unterstützung), aber sie kann genug Anregungen bieten und entlässt den User nicht nur als Konsumenten (was den Interaktionen im Internet oft vorgeworfen wird), sondern mit der Möglichkeit, nun eigenverantwortlich weiterzuhandeln.

Wird Cybersex der Sex unserer Zukunft?

Vor dem E-Mail-Sex gab es den erotischen Briefwechsel. Vor dem Chat-Sex den Telefonsex. Vor dem Cam-Sex die Pornovideos (und noch viel früher die erotischen Postkarten).

Neu ist es also nicht, dass Menschen sich durch mediale Botschaften in Erregung versetzen. Neu ist, dass man seine sexuellen Begegnungen nicht zeitversetzt (Briefe schreiben) oder nur als Zuschauer (Pornos) erlebt. Sondern ein gemeinsames Drehbuch hat, auch ohne Körperkontakt. Man muss stets bei der Sache sein, sich um den laufenden Austausch bemühen (sonst klickt sich der Cyberpartner einfach weg), es ist also tatsächlich soziale Kompetenz notwendig, wenn man attraktiv bleiben möchte. Der Vorwurf, Cybersex sei körperfremd, stimmt. Einerseits. Denn natürlich spürt man nicht die Haut, den Atem des Partners. Andererseits rückt bei einem Cam-Chat die Körperlichkeit sehr ins Zentrum des Geschehens. Alles ist darauf konzentriert, den anderen zu beobachten, seinen Körper, seine Bewegung, seine Mimik zu studieren. Weil er nicht greifbar ist, wird er natürlich noch mehr zum Objekt der Begierde, der Sehnsucht. Wenn sich zwei virtuell gut verstehen, dann, das ist die Erfahrung, wollen sie ihren Cyberpartner leibhaftig treffen. All das live spüren, was sie bisher nur über die Kamera erleben konnten. Ob der virtuelle Sex, wie die Skeptiker behaupten, weniger phantasievoll und abwechslungsreich ist als der reale, bleibt dahingestellt. Denn, leider: Nicht jeder Offline-Sex ist so variationsreich, wie man ihn sich wünschte ... Langeweile, das Wort kennen Online-Sex-Fans jedenfalls nicht.

Da zeigt es sich wieder, dass Sex, egal, ob er sich auf der grünen Wiese oder im weltweiten Netz abspielt, natürlich auch ein Bild von individuellen Erfahrungen, kulturellen Normen, Erziehung und Neigungen ist.

Kurzum: Wissenschaftler sind sich einig, dass der Cybersex nicht der Sex unserer Zukunft sein wird. Er ist eine Spielform des Sex. Er ist nur selten zärtlich, nie sinnlich, er ist nur dazu da, sexuelle Anspannung zu lösen. Er kann das »Ich liebe dich«-Hauchen beim Sonnenuntergang nicht ersetzen.

Er kann unseren Geruchssinn nicht erwecken. Er kennt das Gefühl nicht, wenn Körper an Körper geschmeidig aneinandergleiten, prickelt nicht wie Champagner, den man aus dem Bauchnabel leckt. Geschweige denn ...

Und er kann keinen ultimativen Glücksrausch zaubern. Cybersex ist schlicht und einfach ein anregender Zeitvertreib. Wenn man gerade nichts Besseres zu tun hat.

Und was besser ist, wissen wir. Natürlich.

Liebe – Ehe – Partnerschaft

Peter Angst
Ehen zerbrechen leise
Ein Frühwarnsystem für Paare
ISBN 978-3-423-**34028**-1

Hildegard Baumgart
Eifersucht
Erfahrungen und Lösungsversuche im Beziehungsdreieck
ISBN 978-3-423-**34329**-9

Cheryl Benard, Edit Schlaffer
Die Physik der Liebe
Warum selbstbewusste Frauen glücklichere Beziehungen haben
ISBN 978-3-423-**34091**-5

Deepak Chopra
Lerne lieben, lebe glücklich
Der Weg zur spirituellen Liebe
ISBN 978-3-423-**36170**-5

Karin Freymeyer
Manfred Otzelberger
In der Ferne so nah
Lust und Last der Wochenendbeziehungen
ISBN 978-3-423-**36303**-7

Erich Fromm
Die Kunst des Liebens
ISBN 978-3-423-**36102**-6

Arno Gruen
Der Verrat am Selbst
Die Angst vor Autonomie bei Mann und Frau
ISBN 978-3-423-**35000**-6

Serge Hefez, Danièle Laufer
Paartanz
Beziehungskrisen als Chance
Übers. v. M. Georg
ISBN 978-3-423-**34285**-8

Patty Howell, Ralph Jones
Der kleine Beziehungstherapeut
Zu zweit lieben lernen
Übers. v. C. Broermann
ISBN 978-3-423-**34397**-8

Eva Jaeggi
Liebe lieber ungewöhnlich
ISBN 978-3-423-**34165**-3

Mathias Jung
Das sprachlose Paar
Wege aus der Krise
ISBN 978-3-423-**34053**-3

Trennung als Aufbruch
Bleiben oder gehen?
Ein Ratgeber aus der Praxis
ISBN 978-3-423-**34335**-0

Verena Kast
Neid und Eifersucht
Die Herausforderung durch unangenehme Gefühle
ISBN 978-3-423-**35152**-2

Klaus Koch
Bärbel Schwertfeger
Zu zweit am Ende
Phasen der Trennung
ISBN 978-3-423-**36084**-5